WARRIORS

# 貓戰士

外傳之X

# 蛾飛的幻象

## Moth Flight's Vision

艾琳・杭特(Erin Hunter) 著
高子梅 譯

晨星出版

特別感謝凱特・卡里

## 天族

族長 清天：淺灰色公貓，藍色眼睛。

星花：毛髮豐厚的金色虎斑母貓。

微枝：棕色和銀色相間的公貓。

露瓣：銀白相間的母貓。

花足：棕色條紋母貓。

橡毛：紅棕色母貓。

荊棘：毛髮很厚的灰色短毛母貓，淡藍色眼睛。

麻雀毛：玳瑁色母貓，琥珀色眼睛。

快水：灰白色母貓。

蕁麻：灰色公貓。

白樺：薑黃色公貓，眼睛四周有一圈白毛。

赤楊：灰白相間的母貓。

花開：玳瑁色與白色相間的母貓，黃色眼睛。

紅爪：紅棕色公貓。

# 各族成員

## 風族 *windclan*

族長　**風奔**：毛髮粗硬的棕色母貓，黃色眼睛。

**金雀毛**：體型很瘦的灰色虎斑公貓。

**塵鼻**：灰色虎斑公貓，琥珀色眼睛。

**蛾飛**：白色母貓，綠色眼睛。

**灰板岩**：毛髮豐厚的灰色母貓。

**白尾**：帶著白斑的暗灰色小公貓，琥珀色眼睛。

**銀紋**：淺灰色虎斑小母貓，藍色眼睛。

**黑耳**：黑白斑點的小公貓，琥珀色眼睛。

**斑毛**：金棕色公貓，覆著一層帶著斑紋的豐厚毛髮，琥珀色眼睛。

**石頭佬**：體形肥胖的橘白色公貓，綠色眼睛。

**迅鯉**：灰白色母貓。

**蘆尾**：銀色虎斑公貓，擁有淵博的藥草知識。

**鋸峰**：體型嬌小的灰色虎斑公貓，藍色眼睛。

**冬青**：毛髮聳如刺蝟的黑色母貓。

**暴皮**：斑灰色公貓，藍色眼睛，尾巴毛髮豐厚蓬鬆。

**露鼻**：棕色斑點虎斑母貓，有白色的鼻頭和尾尖，黃色眼睛。

**鷹羽**：棕色公貓，黃色眼睛，肩膀很寬，尾巴帶著條紋。

**柳尾**：淺色虎斑母貓，藍色眼睛。

## 影族 *shadowclan*

族長　高影：毛髮豐厚的黑色母貓，綠色眼睛。

礫心：灰色虎斑公貓，胸前有白色記號，琥珀色眼睛。
陽影：黑色公貓，琥珀色眼睛。
柏枝：玳瑁色長毛母貓，綠色眼睛。
鴉皮：黑色公貓，黃色眼睛。
鼠耳：體型很大的虎斑公貓，但耳朵非比尋常的小。
泥掌：淺棕色公貓，黑色腳掌。
暮鼻：黑橘相間的玳瑁色小母貓。
懸葉：橘色尾巴的小公貓。
影皮：棕色斑點的小公貓。

## 農場貓

乳牛：農場上肥胖的黑白色母貓，綠色眼睛。
老鼠：農場上體型嬌小的棕色公貓，琥珀色眼睛。
彌迦：黃色公貓，綠色眼睛。

## 雷族 *thunderclan*

族長　雷霆：橘色公貓，有很大的白色腳掌。

紫曙：毛色光滑的暗灰色母貓，耳朵和腳掌四周微黑。

雲點：黑色長毛公貓，耳朵、胸口和腳掌是白色。

閃電尾：黑色公貓。

梟眼：灰色公貓，琥珀色眼睛。

粉紅眼：白色公貓，粉紅色眼睛。

葉青：毛色黑白相間的公貓，琥珀色眼睛。

奶草：薑黃色與黑色的帶斑母貓，鼻口上有疤。

三葉草：薑黃色與白色相間的母貓，黃色眼睛。

薊花：薑黃色公貓，綠色眼睛。

蘋果花：橘白相間的母貓。

蝸殼：帶著斑點的灰色公貓。

## 河族 *riverclan*

族長　河波：銀色長毛公貓，琥珀色眼睛。

斑皮：體型纖細的玳瑁色母貓，金色眼睛。

碎冰：灰白相間公貓，綠色眼睛。

夜兒：黑色母貓。

露珠：毛髮髒亂，滿身疥癬的公貓。

曙霧：橘白相間母貓，綠色眼睛。

苔尾：暗棕色公貓，金色眼睛。

小雨：灰白相間小母貓，淺藍色眼睛。

松針：黑色小公貓，黃色眼睛。

獵場
高影營地
轟雷路
雷霆營地
清天營地

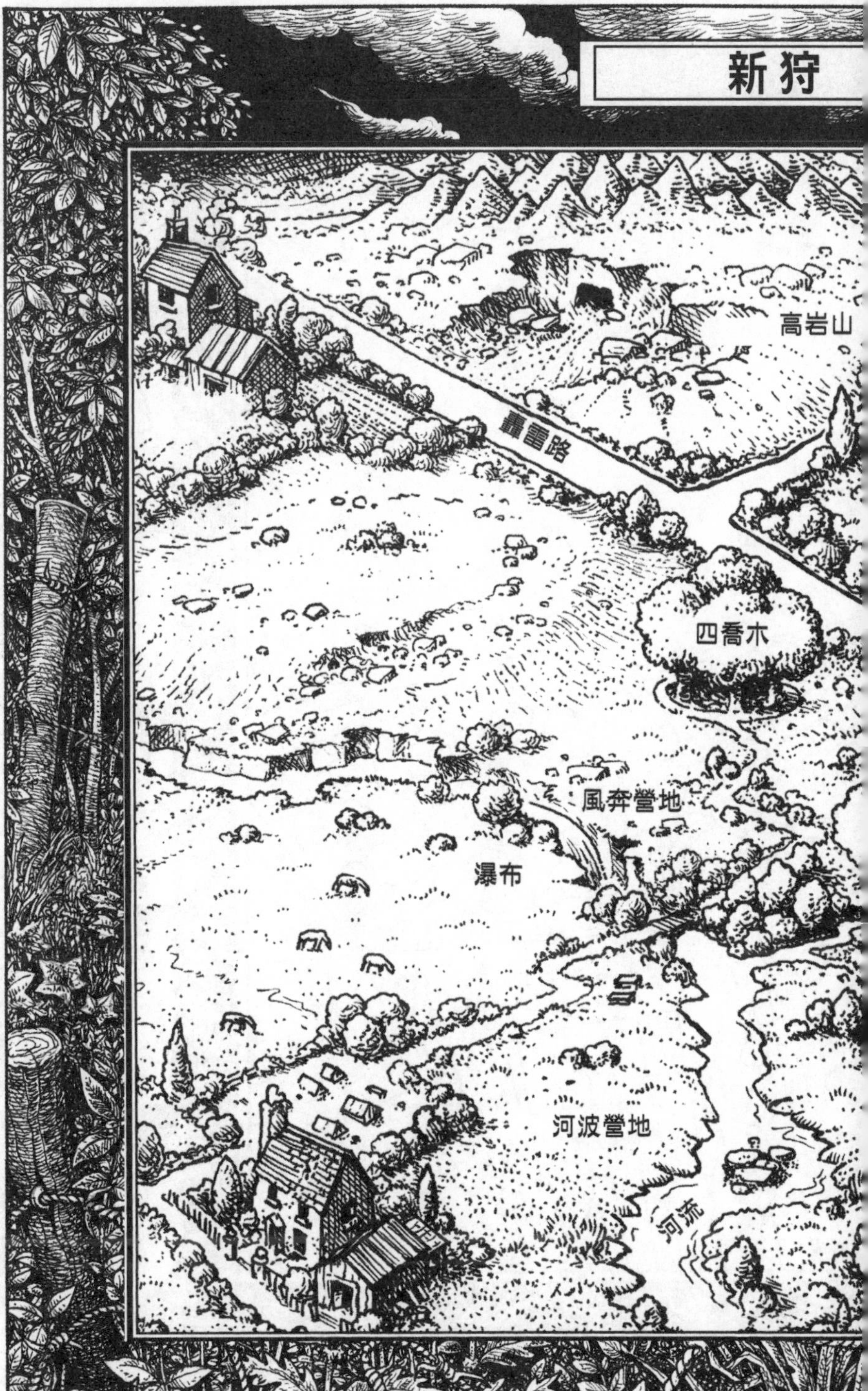
新狩
高岩山
轟雷路
四喬木
風奔營地
瀑布
河波營地
河流

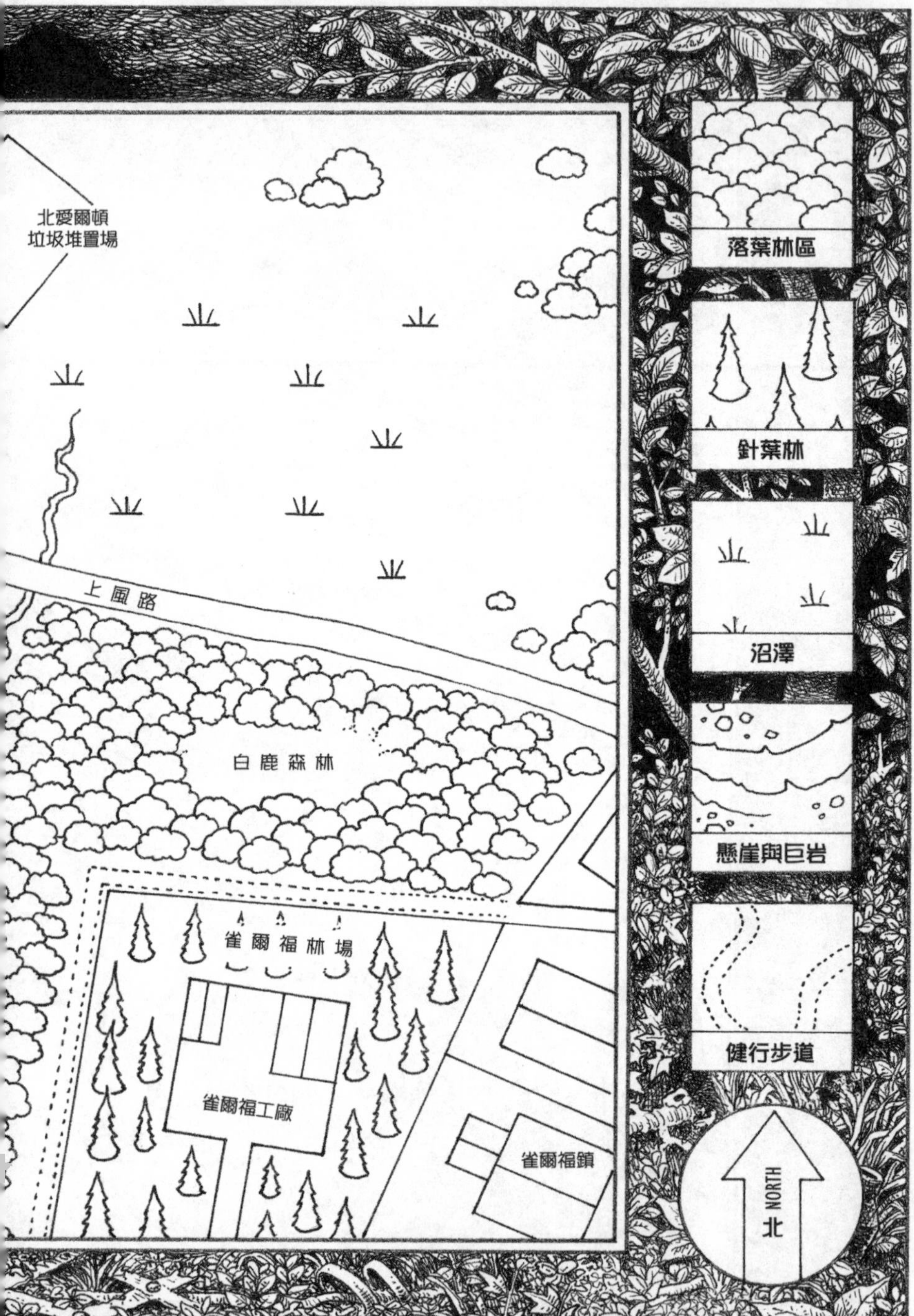

北愛爾頓
垃圾堆置場
上風路
白鹿森林
雀爾福林場
雀爾福工廠
雀爾福鎮
落葉林區
針葉林
沼澤
懸崖與巨岩
健行步道
NORTH
北

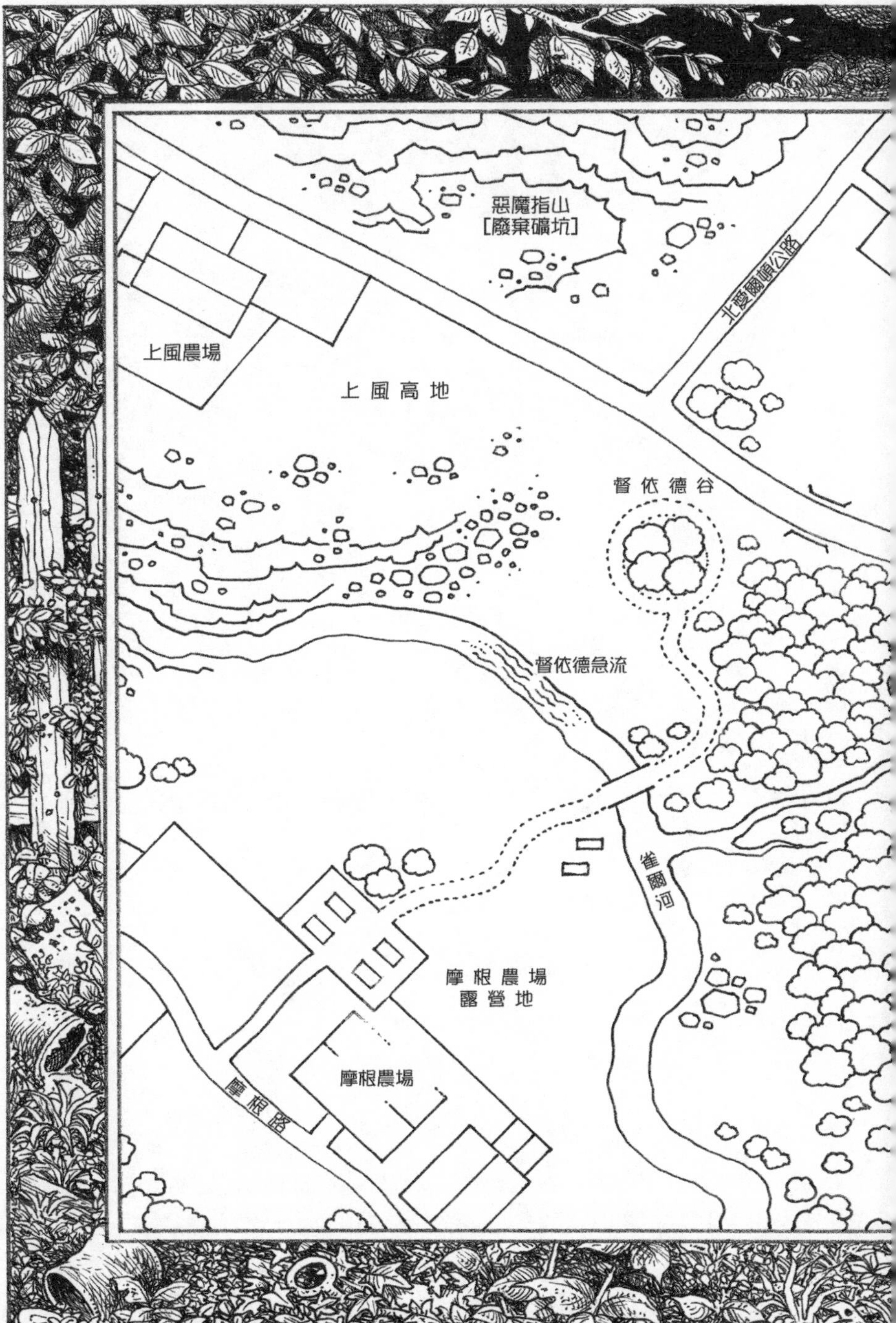

惡魔指山
[廢棄礦坑]
北愛爾頓公路
上風農場
上風高地
督依德谷
督依德急流
雀爾河
摩根農場
露營地
摩根農場
摩根路

# 序章

「快救救她！」蛾飛看見一隻母貓躺在泥巴路旁的水溝裡，嚇得全身毛髮蓬了起來。鮮血染黑了母貓的脖子，在濃密的毛髮間迅速漫開。她的呼吸很淺很吃力，脅腹微微顫抖。

蒼白的曙光下有其他貓兒的模糊身影在蛾飛四周移動。這時旁邊傳來嘶聲，她扭頭一看，只見一隻魁梧的暗色虎斑貓撐起後腿，前爪猛擊一隻體型較小的黑白色公貓。「你們怎麼不救她？」蛾飛懇求。但他們似乎沒聽見。那隻被虎斑貓壓制在地的公貓正在拚命掙扎。

蛾飛念頭一轉。莫非他們在打仗？

**可是其他貓兒並沒有打起來。**

一隻年輕的薑黃色公貓奔到母貓身邊蹲下來，動作迅如火燄流竄。水溝上方還有兩張驚慌失措的臉往下窺看，耳朵不斷抽動。

鮮血從母貓的頸子滲到地面。

「她快死了！」蛾飛朝正在打鬥的公貓大喊，但他們只是更暴怒地互相狂嚎。

恐懼攫住她的心，她跑向受傷的母貓，但地上沒有她的腳步聲。清晨陽光灑上她脅腹，卻無影子投射在另一邊。

她滑進水溝裡，在淡色公貓旁邊停下腳步。「她怎麼了？」

公貓沒有回答，反而挨近受傷的母貓，鼻息輕輕吐在她的耳毛上。

「不要死！」蛾飛伸爪去碰母貓，卻像劃破薄霧似地穿透母貓的脅腹。

有個暗色身影朝她逼近。魁梧的虎斑貓終於停止打鬥，走了過來。但是當他經過蛾飛身邊時，她竟然完全感覺不到他的重量。他的毛髮直穿她的身體，彷彿她並不存在。

原本在水溝上方窺看的兩隻年輕貓兒也爬了下來，渾身發抖地站在薑黃色公貓旁邊。她看見虎斑貓的嘴一張一合地說話，但完全聽不到內容。

蛾飛屏息看著藍灰色母貓的脅腹起伏漸弱，直到完全停止。

**她快死了！**

死亡景象如冷冽寒風掃向蛾飛。她開始發抖，想起一個月前的灰翅。當時她全身顫抖地窺看那座敞開的墳墓，發現墓裡的他看起來好小，毛髮晦暗。當時她難過到心揪了起來。這隻向來古道熱腸的公貓已經隨死神而去，毛髮在野風裡翻飛。他躺在那裡，猶如喪命的獵物。他的族貓將他埋葬，個個眼神空洞，充滿哀傷，不過至少那場儀式給了他們機會與他道別。

「你們一定要埋了她。」她渾身顫抖地低聲說道。

可是他們動也不動，只是凝視著已經死亡的她，太陽逐漸升起，但他們的眼睛幾乎眨也沒眨。黑白色公貓站在幾條尾巴的距離之外旁觀，並不時緊張地打量虎斑貓。

「別光站在那裡！」蛾飛想要他們聽見她的聲音，但依舊徒勞，她沮喪不已。「你們起碼得尊重她，幫她挖個墳吧！」

沒有貓兒轉身，就連動動耳朵，表示聽見她的話的跡象都沒有。

太陽越爬越高，陽光終於灑進水溝。

「你們要把她留在這裡給烏鴉吃嗎？」蛾飛不敢相信眼前所見。這些貓兒怎麼這麼沒有良心？

突然間藍灰色母貓的尾巴動了一下。

蛾飛倒抽口氣，嚇一大跳。是風吹的吧？

**不是！**

藍灰色母貓緩緩抬起頭來，茫然地看著其他貓兒。

蛾飛想退後，但彷彿被薄霧纏住了腳，動也不能動。她一臉不可置信地看著母貓開口對啖色公貓說話。**她不是死了嗎？**蛾飛聽不見她在說什麼，但母貓的藍色眼睛漸漸明亮。她看見她眼神裡的威嚴，不由得想起自己的母親也有一樣的威嚴神色。**難道她是一族之長？她是怎麼死而復生的？**

年輕貓兒騰出空間，讓母貓站起來。她緩緩地撐起身子。貓兒們見狀都出現如釋重負的表情。

但虎斑貓只是瞪著她，琥珀色的眼睛清楚洩露出他的無感……他既沒有如釋重負，也沒有喜悅。蛾飛全身哆嗦地倒抽口氣，打算逃開，爬出水溝。她心思紊亂，試圖釐清眼前所見。

有個淺淡的東西閃現在她眼裡，她抬頭張望，驚見風中一隻綠色的大飛蛾正拍打著透明的翅膀。曙光透過翅膀滲了過來，亮晃晃地像兩片嫩葉。

她看見大飛蛾翩翩飛走，這才發現後方正是高岩山，峰頂巍峨地在陽光下熠熠閃爍。蛾飛瞇起眼睛抵禦強光，緊張地看著大飛蛾鼓動翅膀，朝高岩山翩翩而去。

她不假思索地跳出水溝，追著在草地上低飛的大飛蛾走。**我一定得抓到牠！**她緊追不捨，但大飛蛾猶如風中的花瓣不斷盤旋飛舞，怎麼搆都搆不到。

距離越拉越遠，蛾飛蹣跚停下腳步，看著牠飛遠，暗自驚覺心裡有股灼熱的渴望。**等等我！**她差點哭出來。**我想跟你去！**

# 第一章

「你在嘀咕什麼啊？」塵鼻的喵聲驚醒了蛾飛。她眨眨眼睛睜開，但午後曬進營地金雀花牆的陽光很是刺眼，她又趕緊瞇起來。「我說了什麼？」藍灰色母貓和大飛蛾的影像仍在腦海裡清晰可見。她是在夢裡大喊嗎？

塵鼻走到她面前。「你說你想跟誰去？」

斑毛站在塵鼻旁邊，溫暖的眼神充滿了憐愛。「我還以為只有老貓才會在午後打瞌睡。」他推推塵鼻。「你姊姊八成跟石頭佬混太久了。」

石頭佬聽見他的名字，立刻抬起頭來。薑黃白色老公貓的臥鋪就在沙坑旁的長草堆裡，他在臥鋪裡眨眨眼睛，咕噥道：「她從我這裡學到很多，我看到月亮的次數比你們三個兔崽子看到的加起來還要多。」這隻寵物貓才來族裡幾個月，就如魚得水地完全適應了部族生活。他是在灰翅首度將各據一方的貓群改稱為部族之後沒多久便來到這裡。「部族」這個字眼是當初灰翅脫口而出的，但如今聽起來似乎再貼切不過。石頭佬其實不像年輕的貓兒那樣常去狩獵，他總是抱怨自己的腳程不夠快，追不上獵物。但他倒是常幫冬青和鷹羽挖掘地道。冬青經常在規畫新地道，老愛挖穿兔子的洞，鑿出可通往新地道的捷徑。

蛾飛爬了起來。「我又不是故意要睡著，只是陽光好溫暖。」禿葉季終於遠離高地，在歷經了幾個月的嚴寒和冰霜之後，此刻尤其感受得到新葉季乍現的陽光有多溫暖。這時她突然警覺到一件事：「灰板岩的小貓呢？」她掃視空地，一顆心頓時揪了起來。灰板岩曾拜託她幫忙看好白尾、銀紋和黑耳。先前她的眼皮愈變愈重時，他們還在沙坑上玩耍。沒想到眼皮才闔了一下，小貓就全不見了。

蛾飛的目光迎視著空地對面的冬青，黑色母貓正在清理毛髮上的泥沙，鷹羽則在他母親身邊甩動滿布灰塵的身子。

「蛾飛你還好嗎？」冬青皺起眉頭喊道。「你看起來很擔心。」

蛾飛眨眨眼睛，勉強露出愉悅的表情。「沒事。」她向冬青保證道。

塵鼻瞄了她一眼，風涼地低聲說了句：「的確是沒事，只是灰板岩的小貓不見了。」

「噓！」蛾飛越過草地，往前走去。「也許他們在石堆附近玩耍。」小貓們向來喜歡繞著營地入口附近那幾塊平坦的岩石追逐嬉戲。

石頭佬說：「我剛才有看到他們。」

「你在哪裡看到？」蛾飛連忙轉身，趕在他還沒大聲說出來讓全營地的貓兒都聽見之前，衝到他臥鋪那裡，氣喘吁吁地站在旁邊懇求道：「他們在哪裡？」

石頭佬告訴她：「我們從地道出來時，看見他們在營地外面玩耍。」

蛾飛驚惶追問：「營地外面的哪裡？」

「你是說峽谷那裡？」蛾飛喉頭一緊。那裡有條很深的溝壑直穿高地，下方是波濤洶湧的河水。對小貓來說很危險。

「河族邊界那附近。」

「也沒有很靠近峽谷那裡，」石頭佬向她保證道。「他們很聰明，不會走到崖邊。」

「他們只有兩個月大！」蛾飛努力按壓下驚慌的情緒。灰板岩相信她會看好她那三個至愛的孩子，灰色母貓到現在仍在感傷伴侶貓灰翅的逝去，經常哀痛到徹夜難眠，直到午後，才不敵倦意沉沉睡去。**要是銀紋失足掉進峽谷？或者白尾被禿鷹抓走？抑或黑耳……**不要再想了！蛾飛強迫自己放緩思緒。「你為什麼不順道帶他們回來？」她怒瞪石頭佬。

「我以為是你叫他們去那裡玩的。」石頭佬驚愕地看著她。

「我為什麼要叫他們去那裡？」蛾飛壓低音量嘶聲道。「他們年紀太小，根本不能出營地。他們不會照顧自己啊！」

石頭佬冷靜地看著她。「是啊，你的工作不就是應該好好看著他們嗎？」

不屑的冷哼聲從蛾飛後方響起。

她朝營地石楠圍籬下方的草叢張望。

迅鯉厲色瞪著她。「石頭佬，我從你這句話就聽得出來你在這裡的資格還不夠老，」灰白色母貓喵聲道。「所以才會對蛾飛的認識不夠深。」

「你這話什麼意思？」蛾飛怒瞪對方，胃一陣翻攪，因為她猜得出來對方要說什麼。

「該你做的事情，從來沒有好好完成過。」迅鯉憤憤不平地說道。「風奔昨天派你去抓田鼠，結果你只帶了幾片惡臭的葉子回來。」

「那不臭！」蛾飛為自己辯解。「我一定要帶回來，因為以前從沒見過那種味道的葉子。」

「葉子能餵飽整個部族嗎？」迅鯉回嗆道。

石頭佬撐起身子站起來，鎮定地看著灰白色母貓。「迅鯉，別這麼兇。蛾飛比小貓大不了多少。你也知道小貓總是沒頭沒腦，常會分神，看到什麼都覺得新奇。」說完便聳聳肩，蹣跚走到曬得到陽光的空地上，抖抖背上結塊的泥巴，全是從地道裡沾到的。

「別擔心。」斑毛的喵聲突然在蛾飛耳邊響起。金棕色公貓挨近她，花色毛皮在午後陽光下閃閃發亮。「小貓不會有事的。我跟你一起去找他們。」

迅鯉朝石楠叢底下的洞裡看了看，灰板岩就睡在裡頭。「你們最好趁他們的媽媽還沒醒之前，快把他們找回來。她已經夠傷心難過了。」

蛾飛抬起下巴。「我會找到他們的！」心裡卻暗自希望自己真的那麼有把握。說完便朝營地入口大步走去。

斑毛快步跟在後面。

蛾飛回頭看了塵鼻一眼。「你不來幫忙嗎？」

塵鼻翻翻白眼。「別再找我了！我老是在幫你收拾善後。反正有斑毛幫你，我剛狩獵完，已經累了，讓我休息一下吧。」

蛾飛氣呼呼地彈著尾巴。不過他說得也沒錯，她弟弟的確老在幫她收拾善後。半個月前，風奔派她去找蜘蛛絲包紮露鼻被刮傷的腳爪，但那天晚上剛好星斗滿天，閃閃發亮的星空映照在池塘上，景色美到害她分了神。結果還是塵鼻跑來催她，趁她仍在觀賞星群的形狀時，幫她在岩間找到一坨蜘蛛絲，才算交差了事。

**我一定得學會專心做好自己的工作！不然我永遠也不能……**

「我們要去峽谷那裡嗎？」斑毛的喵聲打斷了她的思緒。「峽谷？」她在營地入口外面停下腳步，皺了皺眉頭，低聲嘶叫，懊惱自己竟然又分了神！於是趕緊告誡自己一定要更努力才行。她點點頭，「當然要去啊！石頭佬就是在那裡看到他們的。」

她放眼眺望大片石楠在新葉季的微風裡上下擺動，兩天後就是月圓之日，再過半個月，高地便會被新芽嫩葉染成綠油油的顏色。這是老貓們告訴她的。蛾飛等不及想看見萬物重生的景色，這將是她這輩子看到的第一個綠葉季。自她有記憶以來，只見過遍地的冰霜和白雪，以及禿葉季來臨前高地上連著好幾個月的蕭瑟景致。現在萬物就要復甦，她興奮到腳爪隱隱作痛。

「蛾飛！」這次斑毛的喵聲很嚴肅。「我們得去找小貓了。」

她甩甩身子，萬分內疚。為什麼她老是分神呢？「對，找小貓。」她把爪子戳進草地裡，下定決心這次一定要全神貫注地去找小貓。

前方的石楠窸窣作響，柳尾從灌木叢裡鑽了出來，嘴裡叼著一隻老鼠。她把老鼠丟在地上，看著斑毛。「小貓怎麼了？」

「我把灰板岩的小貓……」

「灰板岩的小貓從營地裡跑出來玩，我們得把他們找回來。」斑毛趕在她自承錯誤之前打斷她的話。

蛾飛很是感激地看了她朋友一眼，然後補充道：「石頭佬說他看見他們在峽谷附近。」

柳尾瞪大眼睛，憂心忡忡。「我最好跟你們一起去。三個鼻子總好過一個鼻子吧。」她留下老鼠，快步走下邊坡，在石楠叢間穿梭奔馳，斑毛追在後面，蛾飛也緊追在後。

「打開嘴巴，才能聞到他們的味道。」柳尾回頭喊道。

蛾飛追上斑毛，張開下顎，讓高地的氣味包覆舌頭，嘴裡盡是溫熱的泥炭味。她瞇起眼睛，打量下方的斜坡，希望能看到熟悉的身影。「你們有聞到他們的氣味嗎？」她喘氣問道。

斑毛一逕看著前方。「還沒，不過有柳尾幫忙，我想我們很快就會找到。」

柳尾在直下峽谷的陡坡處慢下腳步，到處走動，嗅聞金雀花叢四周的草地。「去檢查一下那裡的石楠叢。」她朝斑毛喊道。

「那我去哪裡找？」蛾飛喊道。

「你跟著斑毛就行了。」柳尾回答她。「我不想連你也搞丟了。」

這句話刺傷蛾飛。難道每隻風族貓都認為她一無是處嗎？但她還是聽命地跟在斑毛後面鑽進石楠叢裡。

遠處有股強烈的味道竄進她鼻腔。「我聞得到河水的味道。」

「從這裡就聞得到？」斑毛轉身看她。石楠叢將他們包圍，頭上也垂著石楠的枝葉。

「我還聞得到河邊水生植物的味道。」蛾飛有股渴望。「我一直想走近去看看水生植物，我覺得很有意思。為什麼不會淹死呢？難道它們不像高地上的植物那樣需要風的吹拂嗎？」

「你不可以去河族領地摘植物。」斑毛警告她。「風奔說過，如果各部族要和平相處，就得各自待在自己的領地裡。」

蛾飛好生氣餒。「如果我們只是學習自己已經知道的事，怎麼會有更多新知呢？」她說話的同時，發現斑毛愣了一下，眼裡閃過一絲驚恐。

「怎麼了？」恐懼攫住她的腳爪。

「你聽！」斑毛的耳朵不停抽動。

蛾飛也豎直耳朵仔細聽。

石楠叢裡有小貓微弱的哭號聲。

接著山腰那裡傳來柳尾的驚叫聲。「斑毛，快來！」

「小貓出事了！」斑毛立刻衝出石楠叢。

蛾飛也追在後面，血液直衝腦門。

# 第二章

蛾飛無視石楠枝葉狠刮脅腹，趕緊衝出灌木叢，緊跟著斑毛奔進後方的草地。斑毛掃視著坡地，她也循著他的目光搜尋。

柳尾蹲在金雀花叢邊的凹地裡，淺色虎斑母貓正在窺看一個很窄的兔子洞。「沒關係，銀紋，我們會救你出來。」

有個嚶嚶的哭泣聲回答她：「拜託，快點，我好害怕！」

體型比小兔子大不了多少的白尾這時也出現了，他一路低頭嗅聞，經過柳尾身邊，窺看兔子洞。「她在那裡好久了。」

黑耳快步繞過他們，毛絨絨的黑白色毛髮全蓬了起來。「我們想下去找她，可是太深了，我們下不去。」

**他們都沒事！**蛾飛頓時鬆了口氣，但又突然愣住。**黑耳和白尾平安無事，可是銀紋呢？**

斑毛衝向柳尾。「發生什麼事了？」

柳尾耳朵抽動了一下。「看來銀紋掉進地

道裡，出不來。可憐的小貓。她快嚇死了，但洞太小，我鑽不進去。」
　　蛾飛也跑了過來，她剎住腳步，朝草地上那個狹小的洞口窺看，銀紋的哭號聲愈來愈大。
「你受傷了嗎？」她朝下方喊道。
「沒有。」銀紋緊張地尖聲說道。「可是我確定地道裡有腳步聲朝我走過來！」
　　黑耳瞪大眼睛。「有野獾！」
　　白尾伸出細細的爪子。「我去救她！」說完把頭探進洞裡，想鑽進地道。
「你不能去！」斑毛用牙齒咬住他的尾巴，拉了回來。「我們可不想看見你們兩個都不見了。」
　　白尾試圖掙脫。「可是有野獾啊，那怎麼辦？」
「地道太小，野獾進不去。」柳尾向他保證道。
　　白尾朝公貓眨眨眼睛。「那會不會是大老鼠？」
　　蛾飛心跳加快，恐懼化為憤怒。「你們為什麼不乖乖待在營地裡？」她厲聲斥責小貓。
　　黑耳一臉無辜地看著她。「我們本來要去問你可不可以出去玩，可是你睡著了。」
　　柳尾瞄了她一眼。「原來負責看好小貓的是你？」
　　蛾飛愧疚地低頭承認道：「是啊。」她懊惱無比，身子微微發抖。**灰板岩幹嘛叫我幫忙看她的小貓？大家又不是不知道我老愛發呆。**
　　斑毛從她旁邊擠過去，動手拔除地道入口附近的雜草。「我們快把銀紋弄出來。我沒有聞到大老鼠的味道，不過她現在一定又冷又餓。」

柳尾點點頭，爪子戳進泥地裡，也拔了一坨草出來。他們合力挖開裂縫周圍的泥巴。蛾飛瞪著夥伴們挖出來的泥塊，發現泥塊上仍殘留著草葉，不像高地上的土壤那麼暗沉潮溼。她甚至注意到這裡的草比較柔軟，不同於營地四周的那些草那麼硬，而且聞起來有股草香味。

「別發呆了，快來幫忙！」柳尾尖銳的喵聲打斷她的思緒。

蛾飛跳上前去，結果被黑耳絆倒，腳爪踩到他的尾巴，後者放聲尖叫，從她腳底下扯出尾巴，懊惱地瞪她一眼。

「對不起！」蛾飛趕緊把前爪伸進斑毛旁邊的洞，開始挖鑿。下午的陽光射進開口變大的洞裡，終於可以看到銀紋的鼻口。這裡的土好挖多了，因為比高地上的泥炭來得鬆軟。蛾飛好奇這裡的植物是不是也不太一樣，她一邊幫忙挖土，一邊偷偷四處張望，察看附近草地有無少見的葉子形狀。

「這洞應該夠大了。」柳尾坐了下來。

斑毛皺起眉頭。「對我來說還是太小，我鑽不進去。」

銀紋試圖爬出陡峭的洞口，但腳下鬆動的泥巴不停掉落，害她一直往下滑。她氣得大吼。

「你的個子夠小，可以鑽進去。」柳尾看著蛾飛。「你跳下去，把她托上來。」

蛾飛有點遲疑。她知道有些風族貓喜歡在兔子洞裡活動。冬青就經常帶著鷹羽和露鼻在洞裡狩獵。但蛾飛寧願享受野風吹拂毛髮的滋味。

斑毛用鼻口推推她的肩膀，溫柔地催促她：「別擔心裡頭是不是很暗，只要一心想著銀紋需要你幫助就行了。」

蛾飛深吸口氣，鑽進洞裡，但腳爪才觸到地底便失足打滑，差點跌倒。四周充斥著冰冷的麝香味。她渾身發抖，幽暗從四面八方襲來，她覺得恐怖。

「你來救我了！」銀紋倏地撲上蛾飛，開心地喵嗚道。蛾飛這才明白這隻小貓獨自久困這裡，實在很勇敢。

她眨眨眼睛，窺看小貓後方的幽黑空間，不禁全身發抖，她納悶這地道到底有多長，盡頭是什麼。她嗅聞大老鼠的氣味，豎起耳朵聆聽尾巴滑動的聲音，但一無所獲。這地道是淨空的。「對不起我睡著了，」她在銀紋耳邊低聲說道，「我應該好好看著你們。」

銀紋用冰冷的鼻子輕搓她面頰。「對不起，我們偷溜了出去。」她喵聲沙啞地道歉道。

「我們先離開這裡。」蛾飛低下身子，鑽進小貓後腿底下。「快跳上去！」她下令道，但喵聲被毛髮蒙住。銀紋往上一躍，蛾飛立刻順勢托起，斑毛的鼻息迎面撲來，後者及時低下身子咬住小貓的頸背，拉了上去。

「銀紋！」白尾快樂地喊道。

黑耳也興奮地喵嗚大叫。「我們還以為你會被大老鼠抓走。」

斑毛喵嗚道：「蛾飛，你不上來嗎？」

蛾飛幾乎沒聽見他的聲音。她剛剛凝神看著頭上太陽的光暈時，一股刺鼻的氣味竄進她鼻腔。她打開嘴巴，深深被這股混雜著酸味與土味的味道吸引。她低頭望著地道，睜大眼睛適應幽暗的光線。一條尾巴之外的地道頂部有白色的根懸垂而下，聞起來不像是草根，也不像石楠或金雀花的根。相信這種沙質土壤一定會長出很特別的植物。她往幽暗深處走去，心跳不免加快，臉頰碰到白色的根，舌頭伸了出來，小心地舔了一口，覺得味道甜美。不知道這株植物的葉子長什麼樣子？蛾飛很清楚地底下的她離地表不遠。於是後腿坐了下來，開始往上挖鑿，試圖挖穿根部四周的土壤。要是她再刨掉一些泥巴，就能將整株植物拉下來，好好看個究竟。

「蛾飛？」斑毛的喵聲在地道裡迴盪。「你在哪裡？」

「我馬上就來。」她漫不經心地喊道。結果才一開口，沙子便掉進她嘴裡，害她咳個不停，口沫噴飛。

「快一點！」柳尾的喵聲比斑毛尖銳。「我們得帶這些小貓回去找媽媽。他們又累又餓。」

「我馬上就好！」蛾飛更用力地鑿著頭頂上的泥土，瞇起眼睛擋住像雨一樣紛飛而下的沙石。根很粗，位置又高，她把利爪戳進去，死命往下拉扯，終於鬆動了，於是用力一把扯下那株植物，大量沙土跟著掉落。她把植物放在地上，試圖看清楚葉子的形狀。

「蛾飛！」柳尾的語氣憤怒。「你現在就給我上來！」

蛾飛叼起植物，沿著地道跑回去。她伸出前爪往上爬，斑毛及時咬住她的頸背，將她從正在坍塌的地洞裡拉了上去，她好生感激。

「看在星族老天的份上，那到底是什麼玩意兒？」柳尾瞪著那叼在蛾飛嘴裡的植物。

蛾飛扔下它，順口呸出嘴裡的泥沙。「我不知道。」她慌張地說道。「我也想搞清楚。」

柳尾怒瞪著她。「我不准你帶回營地，」她厲聲道。「這些小貓才兩個月大，他們已經累到沒辦法自己走回營地，需要我們叼回去。」

蛾飛的心一沉。她瞄了一眼剛才扯下來的植物。亮綠色的葉子邊緣呈扇狀，聞起來帶點辛辣味……跟她想像的河族水生植物味道幾乎一樣。「我不能把它丟在這裡！」她已經認識了高地上的所有植物。但這株從沒見過！她滿懷希望地看著斑毛。「你可不可以讓其中一隻小貓騎在你背上？」

「我可以騎上去。」累到兩眼無神的黑耳提議道。「這總比被叼在嘴裡好。」

斑毛一臉歉意地看著蛾飛。「柳尾說得沒錯。這些小貓需要被叼著回去。」

「我可以啦，」黑耳保證道。「我知道我可以。」

「你當然可以。」斑毛安慰小貓。「但如果你讓蛾飛幫忙叼你回去，我會比較輕鬆。」

蛾飛嘆了口氣。「好吧。」看來那株植物得先擱在一旁了。「我想我待會兒再回來拿好了。」她用腳爪搓搓柔軟的葉子，感覺毛絨絨的。

柳尾的耳朵不耐地抽動。「你要這株死掉的雜草幹嗎？」

蛾飛聳聳肩。「這株植物很有意思欸。」

柳尾搖搖頭，嘆口氣。「貓兒天生就是要捕捉獵物，不是植物。」

斑毛將黑耳輕輕推向蛾飛，同時輕聲說道：「如果所有貓兒都一樣，日子不是太無趣了嗎？」

柳尾不以為然，一臉怒色地張嘴叼住銀紋的頸背。

斑毛跟在後面叼起白尾，蛾飛也用下顎將黑耳輕輕叼離地面。這時她才發現他的體重跟獵物一樣輕，於是才明白獨自在外頭遊蕩的小貓有多脆弱。她心裡過意不去，慢慢跟著柳尾和斑毛爬上通往營地的山坡。

黑耳全身軟綿綿地被她叼在嘴裡，完全沒有掙扎，不像平常傍晚叼他回臥鋪時那麼不安分。**他一定累壞了。**她趕緊加快腳步，與斑毛並肩而行。

到了大片的石楠叢那裡，他們自動排成一行，魚貫鑽進去。柳尾走在最前面。斑毛等蛾飛先鑽進去。於是她跟著柳尾穿過茂密的葉叢，來到那條貫穿灌木叢的舊羊徑，斑毛緊跟在後，溫熱的鼻息吐在她尾巴上，微微刺癢。

他們快走出石楠叢時，柳尾突然慢下腳步。淺色虎斑貓的耳朵豎得筆直，蛾飛愣在原地。**柳尾聽到什麼了嗎？是野獾？**還是狗？蛾飛深吸口氣，但她只聞到黑耳溫熱的體味。柳尾放下銀紋，走出石楠叢。

「怎麼了？」斑毛從她身邊擠過去，將白尾放在銀紋旁邊。

黑耳開始掙扎。「那是什麼味道啊？」

蛾飛才剛把他輕輕放在他哥哥姊姊旁，便立刻聞到一股強烈的氣味，那是陌生公貓的味道。

斑毛豎起頸毛。「你跟小貓待在這裡。」說完便跟在柳尾後面鑽出去。

「只是天族的一隻公貓！」蛾飛聞得出來那是樹皮香味混雜著公貓體味所產生的味道，完全不同於風族貓身上的石楠味。河族貓帶有魚腥味，影族貓聞起來有松樹的味道，至於雷族貓總帶著山谷裡的腐葉味。

**柳尾和斑毛幹嘛那麼緊張？**

蛾飛先把小貓們哄到前面，這才低頭鑽出去。一隻魁梧的紅棕色公貓正在一塊曬得到太陽的草地上疲倦地伸著懶腰。她立刻認出對方。她以前在大集會見過他。他叫紅爪。柳尾和他很熟……他們以前都是惡棍貓，後來才選擇加入不同部族。

**柳尾為什麼要兩耳平貼地對他咆哮？**

「你在風族的領地上做什麼？」柳尾質問道。

蛾飛不明所以地望向斑毛。虎斑母貓的語氣聽起來很生氣。**她為什麼這麼討厭這隻公貓？他又沒妨礙他們。**

斑毛對她聳肩回答，這時紅爪也抬起頭來懶洋洋地看了他們一眼。「我只是來這裡曬太陽，林子裡太陰暗了。」

柳尾呸了一聲。「你不應該來這裡，這是我們的領地。」

黑耳也往前走，露出小小的牙齒，尖聲說道：「沒錯，這是我們的領地。」

紅爪瞟了小貓一眼，被他的話逗得兩眼發亮。「我又沒狩獵。哪裡妨礙到你們了？」

斑毛偏著頭問道：「我們怎麼知道你有沒有偷抓獵物？」

柳尾對著紅爪齜牙咧嘴。「我們不知道你在這裡做什麼。聽好，我不希望你待在風族領地。你會製造麻煩，你向來如此。」

蛾飛豎起耳朵。**紅爪有什麼把柄落在柳尾手上？他很危險嗎？**蛾飛直覺地挨近小貓們，用尾巴圈住，將他們拉近。

黑耳試著掙脫，但斑毛以眼神警告他不要妄動。

紅爪撐起身子，站了起來，兩眼炯亮地看著柳尾。「你不是風族族長，」他吼道，「也不是天族族長，你沒有資格告訴我該怎麼做。」

柳尾伸出爪子。

斑毛趕緊擋在兩隻劍拔弩張的貓兒中間充當和事佬：「這事不值得開打。我們也許不是風奔，但我們可以回去問她對這件事的看法，難道這是你想要的嗎？」

蛾飛不安地蠕動著腳。**風奔會怎麼說呢？**風奔曾說過，邊界的設立是為了確保各部族有足夠的獵物餵飽自己，可是高地上和森林裡的獵物根本供過於求。更何況紅爪也沒有偷抓獵物。可是……只要說到清天或天族貓，風奔就特別在意。

紅爪不悅地覷看斑毛。「我只是很累，剛好看見離邊界只有幾條尾巴距離的空地可以曬曬太陽，於是就過來了。你覺得你的族長會這麼大驚小怪嗎？」

斑毛瞇起眼睛。「我再重申一次，如果你願意的話，我可以回去問她。」紅爪臉色一沉。斑毛則繼續說道：「你聽著，我不想找你麻煩。但你當初選擇加入天族，就表示你們的領地裡一定有地方可以曬到太陽。」

紅爪氣憤地彈動尾巴。「算了。」說完轉身，昂首闊步地走向石楠叢。

銀紋看著蛾飛問道：「他是誰？」

「只是一隻天族貓。」她其實並不很清楚事情何以如此嚴重，但她又不想讓小貓擔心。

黑耳跳過她的尾巴，快步朝紅爪躺臥過的草地走去，小鼻子好奇地抽動著。「天族貓都這麼壞嗎？」

蛾飛感到懊惱。「當然不是，他們跟你我都一樣。」她著實不明白為什麼部族之間要有邊界。邊界的功能似乎只會害大家彼此懷疑而已。要是碰上嚴寒的禿葉季或乾旱的綠葉季怎麼辦？難道各部族寧願眼睜睜看著別族貓兒餓死或渴死，也不願分享自己的狩獵場嗎？

柳尾的毛仍豎得筆直。「我們應該跟上去，確定他真的離開了才行。天族貓的話一點也不可靠。」

蛾飛瞪了柳尾一眼。「不要在小貓面前講這種話。」營地裡已經充斥了太多這類言論，什麼雷族貓行事太魯莽，影族貓最不友善，河族貓是怪咖等等。製造各部族之間差異的這類言論，只會在未來帶來更多麻煩。她突然有個奇想，**不知道別的部族貓又是怎麼評斷我們？**一想到此，她的毛髮忍不住豎了起來。

「我們應該把小貓送回去給灰板岩。」斑毛喵聲道。

蛾飛突然覺察到白尾正緊挨著她的肚子，全身不停發抖。「他說得沒錯，他們已經冷到發抖了。」

「你在挖那些寶貝雜草時，好像沒想到這一點哦！」柳尾眼神兇狠地盯看紅爪消失所在的石楠叢。「要是他還待在我們的領地裡，那怎麼辦？」

「我才不在乎呢。」蛾飛一把叼起白尾的頸背，開始朝營地走，暗自裡惱怒那隻年長的母貓。**那不是雜草，是植物！而且剛剛她不是要我以小貓為優先，先將那株植物暫擱一旁嗎？結果現在她反倒要去追天族貓。**

「我相信他會離開的。」斑毛向柳尾保證道，同時伸出尾巴將她拉回來。「天族貓自己很清楚和風奔過招沒好處。我們先帶小貓回去吧。」

柳尾又看了那株石楠好一會兒，這才嘆口氣，回頭朝營地走。「好吧。」

沒多久，蛾飛便看到位在山腰裡的營地，然後又走了幾步之後，石楠圍籬也映入眼簾，它就聳立在野風不斷的草原上。他們快到家了。

斑毛走在她旁邊，嘴裡叼著黑耳。

她皺起眉頭，不懂為什麼他對紅爪的態度這麼不友善，這時突然聽見一聲吼叫。

灰板岩從營地裡跳了出來。風奔跟在後面。

「他們平安無事吧？」灰板岩剎住腳步，驚恐地瞪大眼睛。

斑毛把黑耳放在她腳下。「他們又冷又餓。除此之外，沒有大礙。」

蛾飛也輕輕放下白尾。小貓立刻跑過去找媽媽，緊偎著她柔軟的灰色身子。

銀紋哭號出聲，忙著掙脫柳尾的嘴。「我掉進兔子洞裡。」柳尾放她下來，她立刻衝向灰板岩。「蛾飛爬下來，把我救出去。」

「她困在那裡好久哦！」白尾告訴灰板岩。

「我們以為她會被野獾吃掉。」黑耳緊接著說。

灰板岩趕緊將小貓們全拉近自己，兩眼炯亮，但布滿憂慮。

斑毛的尾巴刷過蛾飛的脅腹。「那只是一個兔子洞，」他告訴灰板岩。「野獾根本鑽不進去。我們把洞口挖大之後，就讓蛾飛鑽進去把她救出來。」

蛾飛很感激她的朋友。**斑毛總是幫我說話**。但這時她卻捕捉到風奔的目光，胃不免揪緊。她的母親瞪著她。「蛾飛，灰板岩不是託你看好他們嗎？」

蛾飛看著自己的腳爪，羞愧難耐。「對不起。」

灰板岩用力舔著小貓們。「是我的錯。」她邊舔邊說，「我急著躺下來休息。我應該找隻更可靠的貓來看著他們。」

這話猶如利爪狠刮蛾飛。她緊張地看了她母親一眼，只見風奔的眼裡燃著怒火。

風族族長吼道：「蛾飛的年紀已經大到足以知道是非好壞，她的族貓應該要相信她才對。」

蛾飛不安地蠕動著腳爪，喃喃說道：「我保證不會再發生了。」

「我希望我可以相信你。」風奔嘶聲道。「如果我的孩子不值得族貓信賴，那我要怎麼做整個部族的表率？」

蛾飛身子縮了一下。為什麼偏偏她的母親是族長？**為什麼我做的每件事情都必須成為部族的榜樣！**要是她做錯了什麼，部族就會感到失望。她看著灰板岩忙著安撫小貓，不滿的情緒頓時高漲。**我就不相信她會要求她的小貓一定要很完美。**

營地入口閃現灰影。她的父親金雀毛快步朝他們走來，塵鼻跟在後面。「你找到他們了！」他滿臉驕傲地看著蛾飛。

「她把他們搞丟了！」風奔厲聲道。

塵鼻看到蛾飛的模樣，不禁同情地瞪大眼睛。她看見他和斑毛互看了一眼。這真是太丟臉了。**難道風奔打算在每隻貓兒面前都羞辱我一次嗎？**

斑毛似乎猜到了她的心思，於是提議道：「我們先帶小貓回營地吧。裡面的風比較小。」

野風正拉扯著他們的毛髮。他用鼻子把銀紋、黑耳和白尾推向營地入口，順道看了柳尾一眼。「你要一起來嗎？」

淺色虎斑母貓搖搖頭。「我要去追蹤紅爪的氣味，」她低聲吼道。「我想確定他已經出了邊界。」

風奔瞇起眼睛。「紅爪在我們的領地裡？」

蛾飛立刻抬起頭。「他又沒抓獵物，只是想曬個太陽而已。」

「他們天族那裡也可以曬太陽，」風奔尖聲回答，隨即朝柳尾點個頭。「快去看看他是不是離開我們的領地了。」

「我們為什麼要這麼在意邊界？」蛾飛脫口而出。

風奔瞪了她一眼，要她噤聲。「你沒參加過大戰役。如果你參加過，就會明白了。」她眼色黯然地說道。

蛾飛將爪子戳進地裡。**我不明白的是，我幹嘛白費唇舌。**她氣得背上的毛都豎了起來，這時柳尾已經離開，蛾飛才突然想起那株植物。她得趕在兔子吃掉它或風吹走之前快去拿回來。於是她轉身快步走下坡。

「你要去哪裡？」風奔厲聲問道。

蛾飛停下腳步。**有什麼不對嗎？**「我得去把我找到的植物拿回來。」

「你不准去。」風奔的喵聲嚴厲而且很不悅。

金雀毛擠過族長身邊，迎視蛾飛的目光。「你媽媽希望我們一起去狩獵。」

**可是我的植物怎麼辦？**蛾飛的心一沉，爭辯也沒有用，風奔不會明白的。

塵鼻繞著她轉。「別這樣嘛，」他壓低音量說道。「狩獵可以讓我們大家的心情都好起來。」同時瞥了風奔一眼。

蛾飛氣呼呼地回答：「是哦。」

金雀毛嗅聞空氣。「我聞到兔子的味道。」他抬起尾巴，跑過草地，風奔瞪了蛾飛一眼，也跟在金雀毛後面跑開。

塵鼻用肩膀推推蛾飛。「來吧，她不會氣一輩子的。」

蛾飛看著她母親的背影。行動靈活輕巧的棕色母貓正以飛快的速度飛奔草地，尾巴壓低，肩膀極富節奏地上下起落。**為什麼風奔什麼事都那麼精通？**

塵鼻拔腿跑開，回頭喊道：「我跟你比賽！」

蛾飛追了上去，胸口像壓了一塊石頭。她的腳爪敲擊著地面，野風在身上流竄。她弟弟的那句話仍在耳裡迴響。她不會氣一輩子的。

**可是有我這樣一個女兒，她八成會氣一輩子吧。**

# 第三章

高地頂端下方的坡度陡峭，金雀毛緊急剎住腳步。蛾飛氣喘吁吁地看見風奔及時在伴侶貓旁邊止住腳步，這才鬆了口氣。塵鼻先追上他們。她也跑了上去站在他們旁邊，這才發現剛跑上來的塵鼻竟然臉不紅氣不喘。

風奔勘察高地，毛髮在寒風裡翻飛。蛾飛的視線越過她，凝視著後方那片通往高岩山的廣闊谷地。橘色的太陽在淺藍色的天空裡燃燒，漸往嶙峋的山峰西沉。蛾飛看著巨大的峰影掃向曠野，將它包覆在黑暗中。她突然覺得自己好渺小。

「蛾飛！」母親嚴厲的聲音嚇她一跳。

「什麼事？」

「你沒聽到我在叫你嗎？」

蛾飛懊惱地看著她。**沒聽到**。

「我叫你跟塵鼻一起去金雀花叢那裡抓獵物。」風奔朝下坡處的金雀花叢點頭示意。「金雀毛和我會去高處的地洞抓兔子。」

塵鼻皺起眉頭。「我不能也去抓兔子嗎？」

「在這裡陪你姊姊。」風奔告訴他。「她的速度不夠快，抓不到兔子。更別提要是叫她自己去狩獵，搞不好什麼也抓不到，最後只摘了一堆葉子回家。」她直視著蛾飛。「光靠葉子是填不飽肚子。」

蛾飛跺腳轉身離開，走下山坡。

塵鼻趕緊追上去。「別理她，」他勸她道。「她的心情不會永遠都不好的。」

「她心情不好，都得怪我。」蛾飛快步走著，連看都不看她弟弟一眼。「就因為我不小心睡著了，她便打算讓我一整天都不好過。」

「你本來就該好好看著灰板岩的小貓啊。」塵鼻好言提醒她。

「他們不是平安回來了嗎？我不是把他們救回來了嗎？」蛾飛甩著尾巴。「又不是她不想好好表現。「風奔為什麼對我這麼不滿意？」

塵鼻沒有回答，反而挨近蛾飛，毛髮輕刷而過她的身子。「別想這件事了，我們去抓點好吃的東西。」他們在金雀花叢附近慢下腳步。

多刺灌木叢的四周盡是草浪在風中翻飛。蛾飛貼平耳朵，擋住風的聲音。她嗅聞空氣，想捕捉獵物的氣味。塵鼻說得沒錯。如果她能抓點獵物回去，風奔一定會很開心。

塵鼻停下腳步。「不知道柳尾有沒有逮到紅爪？」

「希望沒有。」蛾飛想起柳尾對那隻天族貓的敵意。「要是她跟他打起來怎麼辦？她可能會受傷。」

「她不會主動出手，」塵鼻抬起鼻口，嗅聞空氣。「她沒那麼笨。」

「可是她好像很討厭他。」蛾飛很煩惱。「我知道他在我們的領地上，但他又沒偷抓獵物。可是柳尾卻表現得好像要找他拚命一樣。」

「也許吧。」塵鼻盯著金雀花叢底下的暗影。「可是她和風奔說得也沒錯，他們天族領地又不是沒地方可以曬太陽。或許他真有什麼企圖。」

「可能吧。」蛾飛低聲道，但其實她並不認同。**我這麼相信紅爪，是不是代表我瘋了？**

塵鼻繼續說道：「反正後天就是大集會了。到時就知道她有沒有惹出什麼麻煩。」

蛾飛還在思索。「他們以前都是惡棍貓。」她開口道，想聊點八卦，這樣一來就不會老是煩惱風奔對她的看法。可是她才起了頭，塵鼻就蹲了下來。

蛾飛愣了一下，趕緊循著他的目光望去。金雀花叢下有隻地鼠正動也不動地站在草地上。她興奮到腳爪微微刺癢。「讓我來抓！」她低聲道。

塵鼻輕輕點頭，目光仍盯在地鼠身上。

蛾飛低下身子，偷偷走過去。地鼠把鼻子深埋進草裡。**牠完全不知道我在這裡。**蛾飛開心地後腿用力一蹬，往前一躍，結果力道太大，整個身子撲進金雀花叢裡，撞上帶刺的枝葉。扎痛了鼻子，為了怕眼睛也被刺到，她趕緊瞇緊，低吼一聲退了出來，卻又被從她身邊跑過來的塵鼻絆倒。

她好不容易站起來，搓搓自己的鼻頭，痛得擠眉眨眼。

過了一會兒，塵鼻從灌木叢裡爬出來，嘴裡叼著已經被咬死的地鼠。

「你抓到了！」蛾飛眨眨眼睛，為他感到驕傲。「我真希望我也能像你一樣那麼會狩獵。」

塵鼻將地鼠放在她腳下。「有一天你會變得跟我一樣。在那一天到來之前，我們可以先跟風奔說這是你抓的。」

蛾飛立刻豎起毛髮。「我不需要你這樣幫我！」她厲聲道，但一看到她弟弟那受傷的眼神，又覺得好愧疚。「對不起，你對我太好了。可是我做不來的事情，不想假裝。狩獵真的不是我的強項。」

「你只需要多練習。」塵鼻傾身向前，舔舔她的耳朵。「你流血了。」他抽開身子，這樣說道。

「有嗎？」蛾飛嘆口氣。風奔這下又會知道她跌進了金雀花叢裡。

「去洗一洗就看不出來了。」塵鼻提議道，說完撿起地鼠，爬上坡。

「我們不狩獵了嗎？」蛾飛在他後面喊道。

「我想我們已經把這附近的獵物都嚇跑了。」塵鼻的聲音多少被咬在嘴裡的地鼠蒙住。

「我們去幫風奔和金雀毛抓兔子。」

蛾飛跟著他，耳朵不停抽動。這場狩獵已經被她毀了。

高地上零星點綴著幾個兔子洞，他們走近時，蛾飛驚見他們的父母竟然肩並肩地坐著。**他們為什麼沒有狩獵？**他們面對著高岩山，背對蛾飛和塵鼻，毛髮被野風吹得蓬亂，正在低頭交談。

他們的對話被風吹了過來，恰好被蛾飛和塵鼻聽見。

「別對她太嚴厲。」金雀毛懇求道。

蛾飛慢下腳步，塵鼻也跟著放慢。

「她該長大了，該負起責任了。」風奔厲聲道。「她不再是小貓。我對我的族貓也是這樣要求，所以她也不能例外。」

蛾飛覺察到塵鼻看了她一眼。她不自在到背上的毛都豎了起來，根本不敢迎視她弟弟的目光。她的父母正在背後議論她。

「她沒有不負責任，」金雀毛辯解，語氣強硬。「她只是會注意到貓兒平常不會注意的事情，所以常分心，僅此而已。」

「有這麼多張嘴和小貓等著餵，她不應該分心。」風奔要打著背後的尾巴。「像塵鼻就不會老是惹麻煩。為什麼她不像他呢？」

「總有一天塵鼻會成為出色的獵者，但蛾飛很特別，」金雀毛又說道。「難道你沒發現嗎？」

風奔面無表情地看著她的伴侶貓。「風族不需要什麼特別的貓。風族需要的是獵者和戰士。」

**特別？**蛾飛低聲咆哮。「他們只是覺得我的腦袋跟兔子一樣。」她喃喃說道。

塵鼻放下地鼠。「金雀毛的意思是說你跟別的貓不一樣。」

蛾飛瞪著他。「你也覺得我跟別的貓不一樣？」

「不一樣又不是壞事。」塵鼻不自在地眨眨眼睛。

「我不想跟別的貓不一樣。」蛾飛嘶聲道。

「蛾飛！」金雀毛轉身。「你們兩個一直都在後面嗎？」他的喵聲驚訝尖銳。

風奔看著地上的地鼠。「你們兩個只抓到一隻地鼠？」

「那裡只有一隻地鼠。」塵鼻垂下頭。

風奔哼了一聲說道。「我想八成是蛾飛被自己的尾巴絆倒，結果就把所有獵物都嚇跑了吧？」

蛾飛不敢迎視她母親的目光。她連看都不用看她鼻子上的傷，就立刻猜到是她出了包。蛾飛氣得咬牙切齒，覺得很受傷。**我也可以表現得跟其他貓兒一樣好。**她急著想表現給她母親看，於是趕緊掃視高地，想找到獵物。她瞄到一隻麥雞，於是偷偷穿過土堆後方隨風起伏的野草叢，蹲下身子，放輕腳步地走過去。

**好好看看我的表現吧！**

麥雞正在啄地，這時突然看見地上有樣東西，立刻轉頭用嘴喙拉扯。

蛾飛的呼吸加快，暗自希望那隻鳥嘴下的獵物最好頑強抵抗，讓牠繼續分心。只要再一下子就好了。她現在只離牠一條狐狸的距離，興奮到尾巴不小心掃過草地。

麥雞愣住，眼角捕捉到她的身影，頓時驚慌。

蛾飛趕緊一躍而起，伸長前爪，但麥雞也撲翅竄飛。蛾飛試圖扭身逮住牠，但被翅膀撲撲拍打出來的風掃到臉，她的爪子與鳥爪擦身而過，最後重跌側倒在地。

她尷尬地爬了起來。**我差點就抓到了。**她環顧四周，發現風奔正搖著頭，表情失望。她難過不已。

金雀毛快步走向她。「蛾飛，你的這一招挺厲害的。」

塵鼻也跟在他父親後面過來。「麥雞向來很難抓。」他安慰她。

金雀毛站在她旁邊。「你的尾巴洩露了你的蹤跡。」他輕聲告訴她。「下次不管你有多興奮，都要保持尾巴不動，而且要舉起來，高於地面，這樣才能悄聲無息地移動。我們也許比獵物聰明，但獵物會靠聽力辨識危險。只要有任何不尋常的聲響，牠們都會憑直覺瞬間逃竄。」

蛾飛垂下頭，「是我給牠機會逃走的。」

「別擔心，」金雀毛開心地告訴她。「你會抓到竅門的。竅門很重要。不消多久，你就能抓到麥雞了。」

「塵鼻前幾天才抓到一隻。」蛾飛喃喃說道，語氣委屈。

「塵鼻練了很久。」金雀毛向她保證道。

**對不起。**蛾飛知道金雀毛一定跟風奔一樣對她感到失望，只是他懂得語帶鼓勵。她甩甩身上的毛，設法表現出樂觀的樣子，看著他說：「我保證，我的狩獵技術一定會愈來愈好。」

他喵嗚道：「我相信你可以。」

她瞄了她母親一眼，發現她母親正蹲在一個兔子洞前面，豎直耳朵，盯著幽黑的洞口看。

金雀毛循著她的目光望過去。「我最好過去幫忙。」他喵聲道。「你們也來幫忙好了。」

他看看蛾飛和塵鼻，但塵鼻似乎想去草坡那裡，他的兩隻耳朵豎得筆直，張開嘴巴，似乎正在嗅聞獵物。

「等我抓到那隻田鼠，我就回來。」他低聲道，同時往山腰走去，穿過草地，腳步輕到無聲響，尾巴挺得筆直。

金雀毛把蛾飛朝兔子洞的方向推。「要是看見有兔子跑出來，你還記得要怎麼做嗎？」

蛾飛皺起眉頭。「追牠？」她不知道答案對不對。

金雀毛的耳朵動了一下。「先看牠往哪個方向跑，再截斷牠的逃生之路。要跑得比兔子快很難，必須以智取勝。」

他加快腳步，跑上前去。蛾飛嘆了口氣，腳步緩慢地跟在後面。這時她的父親已經趕到風奔旁邊。風族族長以鼻口示意伴侶貓，於是後者跑開，沿著土堆到另一頭的洞口等候。

蛾飛遊走於土堆上的各兔子洞之間，想離風奔遠一點。要是她母親把兔子趕出來，她可不想又把牠嚇得跑進另一個洞裡。

西沉的太陽已經觸到高岩山，山頂被染成橘紅。傍晚的寒意襲上她的毛髮，她全身發抖。她還記得那個夢。那夢境生動到她很難相信自己不曾去過那裡……不曾見過藍灰色母貓在她的朋友身邊死去。**可是她沒死！**蛾飛皺起眉頭，**已經死掉的她後來又復活了。**她記得那隻棕色公貓眼裡的恐懼，還有那隻虎斑貓眼神的莫測高深。她幾乎要相信這些貓兒都真實存在，不是想像出來的。當死掉的藍灰色母貓突然抽動身子時，在場的貓兒似乎並不吃驚……只是鬆了口氣。彷彿他們早就知道她一定會活過來！

「蛾飛！」

風奔的喊叫聲猶如呼嘯的風聲出現在她思緒邊緣。她幾乎沒聽到她母親正在喚她。她的腦海裡盡是夢境裡的景象。藍灰色母貓流出的鮮血迅速在糾結的毛髮上漫開。**傷勢這麼嚴重，怎麼可能活下來？**

「蛾飛！」風奔的怒吼瞬間射穿她的耳毛。一隻兔子從她旁邊衝了過去，接著眼角餘光驚見她母親的身影一閃而逝，然後在一條尾巴距離外的地方突然剎住腳步，接著就聽見她母親腳下草地被刷地一聲劃過。兔子這時倏地轉向，朝下坡衝去，輕鬆躲開蹲在土堆另一頭的金雀毛，直接鑽進洞裡。

「你的腦袋是被小鳥啄爛了嗎？」風奔朝她奔來，滿臉怒容，似乎正壓抑住自己不要咆哮。「如果你不打算抓牠，起碼也別擋我的路，我才能把牠趕到金雀毛那裡啊。」

蛾飛惶恐地看著她。**我又分心了！**她驚慌失措，**我為什麼又搞砸了？**「真的很對不起！」

風奔怒瞪她女兒，氣到全身發抖，但又努力不讓自己表現出來。「你是來幫忙的，不是來找碴的。」她一個字一個字用力地說。

「我知道。」蛾飛一臉垂頭喪氣，看著自己的腳。「我只是想到一個夢。那個夢太生動了，所以我就……」她想找出適當字眼，但是她知道不管她怎麼說，她母親都不會明白。「……就分神了。」

金雀毛朝他們跑了過來。「蛾飛，」他的語氣憐憫多過於氣憤。「你需要再專心點。」

「我到底要提醒你多少次？」風奔開始數落，蛾飛的肩膀垂了下去。「一個饑餓的部族是很脆弱的。只要我們的肚子是空的，就很容易成為疾病的獵物和惡棍貓攻擊的對象。要是有狗被放到高地上，怎麼辦？我們的貓兒需要有體力對抗牠！」

蛾飛抬頭迎視她的母親。「對不……」她突然打住，沒再說下去，因為一條尾巴距離之外，有一對綠色翅膀正在拍打。

**是大飛蛾！**

**牠在那裡！**就在草原上飛舞，隨風忽左忽右。**就像我夢裡的那隻！**蛾飛的心頓時飛揚。她又陷入夢裡的那股亢奮心情，渴望隨著美麗的大飛蛾遠走高飛。她的腳爪微微刺癢，**好想追上去。我得追上牠！**她開心地發出喵嗚聲，立刻衝了過去。

「蛾飛！」

她幾乎聽不到她母親的吼叫聲。她追著大飛蛾在草原上奔跑，風在耳邊呼嘯。

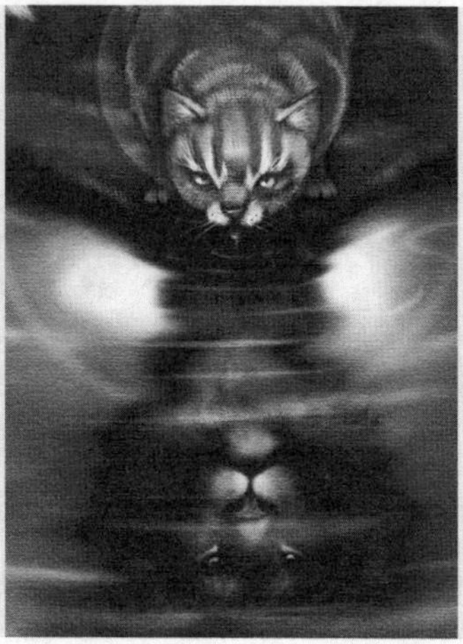

# 第四章

蛾飛一直跑一直跑。她聽到風奔和金雀毛在後面喊她，但是她的眼睛仍然盯著大飛蛾的那雙綠色翅膀。她必須追上牠。那隻蛾一定是想告訴她什麼。她必須知道！

腳下地面急遽陡降，她趕緊剎住腳步，穩住身子，這裡是高地與谷地的分界，她奮不顧身地縱身一躍，跳下山腰。

夕陽將高岩山的山頂染成橘紅一片，光暈籠罩著大飛蛾，點亮了撲撲拍打的碩大翅膀。

一到谷地，質地粗糙的野草便被柔軟的草皮取代，地勢也漸漸平坦。突然間，蛾飛感覺到腳下踩著堅硬的岩面，轟雷路的嗆鼻氣味瞬間襲進鼻腔，她機警地停下腳步。

大飛蛾也停了下來，在空中繞圈，朝她飛來，在她頭上盤旋。

**牠在跟我示意！**她知道大飛蛾要她繼續跟牠走。

「我來了！」

大飛蛾又開始翩翩往前飛，朝轟雷路對面的田野飛去。這時刮起一陣風，將牠高高舉起，牠被刮到旁邊，在空中不停打轉。

蛾飛一躍而起，伸長腳爪，想觸碰那對柔軟的翅膀。

她拱起背，試圖搆著它，但脅腹突然被一隻貓兒的結實肌肉撞上，整個身子瞬間在轟雷路的黑色岩面上翻滾。

她驚魂未定地在路面另一頭的草地邊緣蹣跚爬了起來。怒吼聲突然在耳畔爆開，強風直撲毛髮，怪獸的惡臭味瞬間襲來，喉嚨頓時像被燒灼了一樣，地上濺起的砂石噴向她的脅腹。她嚇得放聲尖叫，趕緊瞇起眼睛，縮起身子，躲開刺痛的飛沙走石。

「蛾飛！」怪獸的怒吼聲漸漸消失，耳邊隨即響起金雀毛的聲音。

她踉蹌爬了起來，眨眨眼睛，這才睜開。

金雀毛就站在她旁邊，眼裡滿布驚恐。「你差點就被撞死！」

她一臉茫然地看著他。

「你剛剛站在轟雷路的中央！」金雀毛眼帶怒火。「你沒聽到怪獸衝過來的聲音嗎？」

蛾飛驚愕地看著他，試圖理解剛剛發生的事。「我剛剛在追大飛蛾。」**他沒看到牠嗎？**她轉頭掃視旁邊的樹籬。**牠飛到哪兒去了？**

轟雷路上傳來腳步聲。蛾飛瞥見她母親和塵鼻正朝他們跑來。

「你這個兔腦袋！」風奔蹣跚剎住腳步，氣到全身毛髮豎得筆直。

塵鼻的眼裡盡是驚恐。「要是金雀毛沒把你撞開……」

風奔沒讓他說完。「你們兩個早就死了！」

蛾飛看見她母親眼裡的驚慌，當場愣住，恐懼漫上全身。她從沒看過她母親如此害怕過。

「你受傷了嗎？」塵鼻傾身過來，嗅聞蛾飛的身子。年輕公貓朝金雀毛瞥了一眼。「你們兩個都沒事吧？」

金雀毛眨眨眼睛，要他放心。「我們沒事。」他保證道。

風奔那雙憤怒的目光烙進蛾飛眼裡。「我不會饒過你的！」

蛾飛往後退，突然害怕起來。「對不起。」她開始發抖。**我和金雀毛差點就死了。這都是我的錯！**

她腳下的地面微微震動。

「你為什麼這麼不負責任？」風奔嚴厲的指責劃破她紊亂的思緒。「不是搞丟灰板岩的小貓，就是該狩獵的時候，跑去摘植物。這些我們都習慣了。但這次你未免太過份了！你不僅危害自己，也危害到你的部族！」

「對……對不起。」蛾飛滿心愧疚，說不出話來。

「你的『對不起』已經說到爛了！」風奔身上的每根毛髮都豎得筆直。「『對不起』這三個字並不能讓亡者起死回生。風族要是沒有你，搞不好還過得比較安穩。」

蛾飛聽不到塵鼻倒抽一口氣的聲音，也聽不到金雀毛試圖安撫伴侶貓的聲音。

「又沒有貓兒受傷。」金雀毛安撫道。

蛾飛覺得自己的心似乎碎了。風奔說得沒錯。她會危害風族。**要是銀紋被野獾咬死了呢？**

**或者黑耳被禿鷹抓走？抑或金雀毛在試圖救我的時候被怪獸撞死？**

她往後退，視線開始模糊。**我做了什麼？**她看著她至愛的家人，胸口痛到無法呼吸。

「你要去哪裡？」風奔喊道。

「我需要時間想清楚。」蛾飛勉強吐出幾個字。「我需要一段時間獨處。」她蹣跚轉身，往草地盡頭的樹籬走去。

金雀毛的喵聲在她身後響起。「你不能獨自離開！」

「不要攔阻我！」她哭號道，說完鑽進樹籬底下，開始狂奔。

眼前是大片低矮的土脊，她奔上前去，不時被土脊絆倒滑跤。但她繼續前進。

「快回來！」風奔的呼喊聲在土脊之間迴盪。「賭氣是沒有用的！」

**我不是在賭氣！**憂傷像風暴一樣襲捲蛾飛，打亂了她所有思緒。**可是你說得沒錯，我的確危害到我的部族。**

**我不配跟你們在一起。**

# 第五章

蛾飛盲目地奔跑，穿過田野，直到金黃色枝葉赫然出現眼前，才止住腳步。她停下來，心猛地揪緊，四隻腳爪陷進柔軟的泥地。山毛櫸圍成的樹籬擋住了去向。她回頭張望後方土脊，沒有貓兒跟來。**太好了。**但喉嚨卻無端哽咽。**我離開後，他們是不是輕鬆許多？**

她茫然環顧四周。樹籬後面的一棵榆樹上方有幾隻禿鼻烏鴉正在盤旋，互相叫嘯，乍看下，猶如幾片暗色枯葉在天空飛舞。這時有頭怪獸沿著後方的轟雷路發出呼嘯聲，遠處有隻狗正在吠叫。

蛾飛渾身發抖。寒風拉扯著她的毛髮。在這片山谷裡，黑影正慢慢吞蝕田野，太陽已經落到高岩山後方，但高地頂端仍沐浴在橘色的霞光下。蛾飛溜進山毛櫸的樹籬下方，趴在泥地上，鼻子藏進腳爪裡。

**接下來該怎麼辦？**

對部族來說，她一無是處。**大飛蛾不見**

**了。**她在追牠的時候，很確定自己的方向是對的，但現在卻不知道自己該往哪裡去。樹籬的枝葉在她四周窸窣作響，她緊緊縮起身子。

她的肚子開始咕嚕咕嚕叫。她已經一天沒吃東西，而此刻的悽慘遭遇更是掩不住餓腸轆轆的事實。

**我應該狩獵。**

她抬起頭，漫不經心地掃視暗處，希望能在樹根附近找到正在搔抓的老鼠。只有樹葉的沙沙聲響。她從枝葉底下往田野窺看。鳥兒低飛於溝犁上方搜找昆蟲，再迅速高飛。蛾飛垂下尾巴。對風奔來說，抓鳥是輕而易舉的事，她會蹲伏在坑裡，不讓身子露出地表，等到鳥兒俯衝而下，立刻伸爪勾住，拉扯下來。**但我辦不到。**蛾飛知道，就算她擅長狩獵，身上雪白的毛髮也會曝露行蹤。

幾條尾巴距離之外，有一池被野風吹得漣漪四起的水坑。她起碼得喝點水。蛾飛鑽出樹籬，快步過去。但才靠近，突然出現動靜。一隻暗棕色的癩蛤蟆正沿著水邊滑行。

**我可以吃癩蛤蟆嗎？**蛾飛皺起眉頭。她知道河族貓會吃青蛙。影族貓也誇稱自己會吃蜥蜴。至少癩蛤蟆很容易抓。癩蛤蟆笨拙地往前跳，砰地一聲落在犁溝旁，但沒站穩，後腿慌亂拍打。蛾飛立刻蹲伏成狩獵姿勢，伺機等候牠再跳起來。

癩蛤蟆一跳，她立刻伸出前爪撲上去，撞倒牠。癩蛤蟆躺在地上，露出白色的肚皮。蛾飛皺著臉，低頭致命一咬。

癩蛤蟆的肉咬在嘴裡溼溼軟軟，她嘎吱一聲咬斷背脊，全身跟著發抖。癩蛤蟆先是不停抽動，最後終於完全靜止。蛾飛鬆了口氣。癩蛤蟆的血不像兔子血那般香甜，但至少不會如池水淡而無味。

她叼起獵物，帶回樹籬，鑽進暗處。

又冷又餓的她開始吃起癩蛤蟆，但是在撕咬肥胖的腰腹時，直覺得反胃。也許腿肉會好一點。於是她開始啃其中一條腿，試著不去理會它的土腥味。吃了幾口之後，她的饑餓感才稍微減緩。她推開癩蛤蟆，想到風奔常告訴她不要浪費食物，餓肚子是沒有資格挑食的。**但風奔不在這裡，我愛做什麼，就做什麼。**

她的心跳得厲害。**我整晚都要待在這裡嗎？**她從沒離營外宿過。她已經習慣與塵鼻睡在一起，也習慣聽著族貓們的打呼聲入眠。她突然明白以前在部族裡的她過得多安適。

她緊張地從樹籬裡往外窺看。黃昏的暗影已經化為黑夜。鳥兒停止盤旋，禿鼻烏鴉還在，但不再聒噪。蛾飛眨眨眼睛，望向星子正要現身的夜空，然後看看池塘，希望能見到倒映在池水裡的星子，像久違的朋友。

田野裡有東西在移動。

蛾飛全身繃緊。有個身影正沿著樹籬朝她爬來。幽暗的黑影在葉叢間滑動，枝葉窸窣作響。

**是狐狸嗎？這種動物一向喜歡偷偷摸摸。**她張開嘴巴嗅聞空氣，無奈舌尖仍殘留癩蛤蟆的酸臭味。她緊張到胃揪緊，趕緊退進樹籬深處，深怕被對方看見。那個動物停下來，嗅聞犁溝，隨即抬起頭。蛾飛愣了一下，因為牠的目光正朝她掃來。牠突然衝來，蛾飛伸出利爪，後腿站穩，準備誓死抵抗。

那隻動物越發逼近，她害怕到耳朵充血。她聽見對方腳爪重踏地面，目光時左時右，似乎正在掃視整排樹籬。

**牠知道我在這裡。**她驚恐萬分，**我該逃走嗎？**

「蛾飛！」

蛾飛驚訝地眨眨眼睛。對方在喊她的名字。她認出了那個聲音。

「斑毛？」她看到熟悉的身影，頓時寬下心來。他那一身帶著斑點的金色毛髮在月光下顯得淺淡。

「我找到你了。」他在樹籬旁停下來。「你在這裡做什麼？你沒事吧？你好像嚇壞了。」

「我沒事。」蛾飛低著身子一跛一跛走出來。斑毛的身上帶著石楠味，聞起來有老家的味道。

「我還以為是狐狸呢！」

「如果真的是狐狸怎麼辦？」他的眼裡帶著憂色。

「你不是啊。」蛾飛彈動耳朵。她不想思考這問題。

「塵鼻說你離家出走了。」

「是啊。」

「可是你不能因為和風奔起爭執，就待在這裡一整晚啊。我們回去吧。」

蛾飛瞪著他。塵鼻沒有告訴他嗎？「我不回去，我會危害到部族。」

斑毛甩甩尾巴。「別傻了，你不會危害任何一隻貓。風奔很難過。到了明天早上，一切都會煙消雲散。」

蛾飛的爪子戳進地裡。「她說對部族來說，沒有我反而比較好。她說得沒錯。反正我不回去了。」

「你不能留在這裡。」斑毛看著她。「這裡不安全。再說，你一定餓了。」

蛾飛不服氣地抬起鼻口。「我抓了隻癩蛤蟆。」她把爪子伸進樹籬，把牠拉了出來。

斑毛往後退，閉緊鼻口。「你不能吃那玩意兒。」

「我已經吃了。」蛾飛滿臉驕傲地告訴他。「你看？我吃了牠的腿。你以為我照顧不了自己，可是我行啊。」

斑毛的目光溫柔。「哦，蛾飛，你當然行。」他傾身過去，用面頰輕搓她的，但她縮了回去。

「不要把我當成小貓！」她聽過他先前也用同樣語調跟黑耳說話。「我不會回去的。」

斑毛坐下來。「如果這樣的話，我們最好先在這裡做個臥鋪吧。」

「你要留下來陪我？」蛾飛不安地蠕動著腳爪。她很想證明自己可以照顧好自己。但如果有斑毛陪在身邊，她會比較有安全感。

「我不會把你單獨留在這裡。」他回答道。「再說，到了明天早上，你就會改變主意。等你睡了一場好覺，我們就可以準備回家了。」

**不，我不會。**可是蛾飛沒說出來，她害怕他或許是對的。

斑毛朝堆在樹籬旁的枯葉點頭示意。「我們何不把那些葉子鋪在樹籬底下，做成臥鋪？」

「我們先挖個洞好了。」蛾飛提議道。「這樣比較溫暖。」

「這點子不錯。」斑毛聞聞枝葉下方，開始伸出前爪在樹根間挖鑿。

蛾飛挨在他旁邊幫忙。沒多久，就在兩坨球狀樹根中間挖出淺淺的凹洞。斑毛用腳掌舀了一些樹葉放進去，蛾飛將它們鋪好，拍鬆。

「我餓了。」臥鋪一完工，斑毛便喵聲道。他在臥鋪裡坐下來，嗅聞空氣。「你有看到老鼠嗎？」

「要是有看到，你覺得我會吃癩蛤蟆嗎？」蛾飛坐在他旁邊，樹葉在她腳下嘎吱作響。有他陪的感覺很溫暖。

斑毛喵嗚道：「我可以去狩獵。」

「這附近可能有狗。我先前聽到牠們在吠叫。」蛾飛警告道。她可不希望被單獨留在暗處。突然間，她開始懷疑自己先前怎麼會以為可以單獨在這裡過夜？

斑毛憐愛地看著她。「好吧，」他垂下頭。「那我就吃你吃剩的那隻臭癩蛤蟆好了。」

「腿還不錯啦。」蛾飛伸爪勾住癩蛤蟆，拉進臥鋪，丟在斑毛腳下。

「你吃得不多。」他說道。

「我沒那麼餓。」

「那就再陪我吃一點吧。」他催促道。「夜裡很冷，肚子裡最好墊點東西。」

這次的分食，感覺癩蛤蟆的味道不像先前那麼糟了，不過還是沒兔肉好吃。

蛾飛看見斑毛擠眉皺臉，不禁喵嗚輕笑。「河族貓不是常吃青蛙嗎？」她提醒他。

「河族貓也游泳啊。」斑毛邊嚼邊說道。「但這不表示我們也都得跟著跳進河裡。」

他們盡量多吃點，最後把剩下的殘骸丟到臥鋪外。「也許……」斑毛打個呵欠繼續說道，「也許明天一早會有鳥兒跑來吃剩下的癩蛤蟆，那我就有大餐可吃了。」

「癩蛤蟆也不難吃啊。」蛾飛不服氣地撒了個謊。為什麼他老是要表現得比她厲害似的？她不滿地蜷進臥鋪，盡量將身子鑽進樹葉裡，閉上眼睛。斑毛用粗糙的舌頭舔著她的耳朵。

「我知道你這一天不好過。」他低聲道。「可是我們真的很擔心你。其他貓兒明天看見你，就會安心了。」

「連風奔也是嗎？」蛾飛還是閉著眼睛。

斑毛用鼻口輕觸她的頭。「尤其是風奔。」

她的心頓時有某種東西快滿溢出來，她抬起鼻口，朝他感激地眨眨眼。他真的對她很好。她明天早上應該回家。她真笨，竟然想單獨在外過夜。她感覺到他在她旁邊躺了下來，用他的體溫暖和了她。**我怎麼能離開部族獨自過活呢？我只要再努力一點就行了。**她刻意無視心底深處那微微不安的焦慮感。**只要我再多磨練一點狩獵技巧，再專心一點……**倦意漸漸襲了上來，她終於沉入夢鄉。

# 第六章

蛾飛睜開眼睛，黑暗自四面八方鋪天蓋地而來，她愣了一下。這不是耀眼星空下的那種黑，而是窒悶的黑。空氣裡有股陰冷的味道，像礦石的氣味。她眨眨眼睛，發現自己竟然站著，腳下是冰冷的岩石。

**我在哪裡？斑毛呢？**

她環顧四周，尋找斑毛，納悶怎麼不見山毛櫸樹籬。她只知道有塊岩石隱身黑暗裡。上方有個小缺口，星光滲了進來，灑在地上一塊隆起的岩石上。

**我在洞穴裡！**她驚覺自己在做夢。但感覺好真實！腳下的岩石冰冷到腳爪微微刺痛，潮溼的空氣令她全身發寒。蛾飛渾身顫抖地看著那塊岩石森然聳立洞穴中央。她快步向前嗅聞它，鬍鬚微微刺癢心跳加快。**這是什麼地方？**這塊岩石似乎預告著某種風雨欲來，四周空氣凝重到覺得這洞穴會隨著隆隆雷聲震顫作響。

**有貓兒來了！**

她的耳朵不停抽動，因為她聽見朝她走來的腳步聲正在洞穴內迴盪。她轉身，看見洞穴邊有暗影。那是一條地道！兩隻貓兒從地道裡現身，微弱的星光照在他們毛髮上，顏色淺淡。

蛾飛辨識出一隻灰色公貓和一隻長毛母貓。**我認得她！**就是曾從死亡邊緣活過來的母貓，蛾飛心跳得厲害，衝到母貓前面，很開心看見她依舊生龍活虎。母貓那身厚重的毛髮顯然精心梳理過，幽光中，她兩眼炯炯有神，看起來比上次更年輕！蛾飛偏著頭，不懂是怎麼回事。

**為什麼老是夢見同一隻貓？為什麼畫面生動到彷若真的一樣？**

「你是誰？」她的喵聲迴盪洞穴，但他們似乎都沒聽見，目光一逕望著那座岩石，快步向前。藍灰色母貓一趨近，立刻慢下腳步。

「拜託跟我說一下話嘛！」蛾飛走到他們身邊，伸出腳爪想觸碰藍灰色母貓。但就像上次夢境一樣，爪子竟穿過對方身體，猶如裊裊輕煙。

公貓的嘴巴一張一合，藍灰色母貓的目光從岩石那裡拉回來，不住地點頭。

**為什麼我聽不見他們的聲音？**蛾飛覺得氣餒。

母貓趨近岩石時，眼裡似乎閃著不安的神色，接著就在岩石旁邊躺下來，抬頭往上看。蛾飛循著她的目光望上去。

她看見穴頂上方的洞口有月亮緩緩現身，皎潔的月光將岩石染成一片銀白，灑上蛾飛的毛髮。**這裡好美！**

母貓閉上眼睛。

蛾飛往前趨近。**然後呢？**

突然間洞穴裡強光乍現……比閃電的光更令她目眩。原本蛾飛為了適應洞裡的黑暗睜大眼睛，但此刻像被強光燒灼到，趕緊閉起眼睛，全身發抖。過一會兒才慢慢瞇成一條細縫。隔著強光，她看見藍灰色母貓往前傾身，用鼻子輕觸發亮的岩石。

**這是怎麼回事？**蛾飛傾身向前，好奇地想搞清楚，心焦如焚。藍灰色母貓漸漸靜止不動，猶如眼前那座岩石。另一隻公貓蜷伏在一條尾巴距離之外的地上，緊閉雙眼。

蛾飛繞著藍灰色母貓轉，肚皮因興奮過度而微微顫動。這時有身影在她四周移動。蛾飛倒抽一口氣。洞穴裡突然充斥著貓兒的身影。

**他們從哪裡來的？**

她發現他們的身體都是透明的，微微發亮，宛若毛髮上有水波動，倒映著點點星光。

**是貓靈！**蛾飛聽過在大戰役過後，四喬木那裡出現了很多鬼魅一樣的祖靈。他們會和族長溝通，為好戰的貓兒帶來和平。那是幾個月前的事了，但是她從來沒見過。

她愣在原地。要是他們是祖靈，那麼灰翅也可能在裡頭。她急切地搜尋那些星光點點的身影，但不見他的蹤跡。

一隻魁梧的公貓快步走向藍灰色母貓旁邊，低下身子，鼻子輕觸母貓的額頭。母貓縮起身子，彷彿被疼痛灼身，但她沒有移動，眼睛也沒睜開。公貓的嘴一張一合地說話，但蛾飛聽不見。然後他退下，藍灰色母貓身子癱軟下來。

蛾飛心中燃起希望，心想也許貓靈看得到她。**亡者既然可以跟生者說話，自然沒有理由看不見一隻進入夢境的貓吧？**她挑釁地抬高下巴。「發生什麼事了？你們為什麼在這裡？」她的喵聲懸浮在空氣中，沒有回音，也沒有貓兒朝她看。

她好生失望，身子在他們當中穿梭，渴望與他們毛髮輕擦而過，但她彷彿……

**根本不存在。**

一隻嬌小的棕色公貓快步走上前，來到藍灰色母貓的身邊，發亮的身軀幾乎隱身在發光的岩石前面。他用鼻子輕觸母貓的頭，後者的身體再次劇烈痙攣。

蛾飛難過地看著那一排排的星光貓。「真希望你們能看到我。」她頓時覺得自己既孤單又渺小。在那個當下，她好想逃離夢境，回到溫暖的臥鋪，躺在斑毛身邊。這時洞穴邊緣乍現出一個熟悉的顏色。大飛蛾的淺綠色翅膀正在滿身星光的貓兒上方撲撲拍打，盤旋飛舞於地道入口，那裡正是灰色公貓和母貓的來處。

蛾飛屏住呼吸。她知道必須跟上去，於是快步穿過圍一圈的星光貓，朝暗處走去。

潮溼的葉子氣味充斥她鼻腔。她眨眨眼，倏地睜開，聽見斑毛溫和的打呼聲，心情頓時一沉，失望極了。**我醒來了！**她又回到了臥鋪，躺在斑毛身邊。山毛櫸的葉子在頭頂上窸窣作響，附近有隻貓頭鷹在啼叫。原本將鼻子塞在爪間的蛾飛這時抬起頭來，窺看外面那片籠罩在月光下的田野。犁溝間有霧氣縈繞。**大飛蛾到哪兒去了？**蛾飛突然恍然大悟。**牠在等我，等著幫我帶路！**可是在哪兒呢？什麼時候要走？為什麼每次她想跟上去，牠就消失了？

蛾飛突然下定決心。**這不是簡單的任務。牠不希望我放棄！**她站起來，鑽出樹籬，蓬起毛髮，抵禦寒氣。曙光正緩緩照亮高地上方的天空。斑毛隨時會醒來。沒有時間可以浪費了。

她現在怎能回部族去？她可能是笨蛋，也可能是她錯了，又或者大飛蛾根本不存在，只存在於夢境裡。但要是現在就回家，她永遠都會好奇到底是什麼東西在離家很遠的地方等她？

**我不能對斑毛不告而別。**就算要他自己回去，也必須讓他知道原因是什麼。她趴了下來，挨近臥鋪。他的體溫充斥她的鼻腔。她覺得心痛。她一定會想念她的部族。可是她必須跟著自己的直覺走。於是她伸出前爪，戳戳斑毛。

斑毛呼嚕作聲，抬起頭來。

「我得走了。」蛾飛低聲道。

他勉強睜開眼睛，睡眼矇矓地看著她。

「對不起，」她致歉道。「我知道這聽起來很瘋狂，但有件事我必須去做。在我做完之前，我不能回去。如果我現在不離開，就永遠沒有機會離開了。」

斑毛舔舔嘴唇，似乎還在做夢。「不要再給我癩蛤蟆了。」他喃喃說道，眼皮又闔上，接著嘆口氣，鼻頭塞進腳爪裡。

蛾飛看著他，不確定他有沒有聽見她說的話。她傾身向前，用鼻子輕觸他的面頰。「對不起，斑毛。」她重覆道，說完滿心愧疚地往後鑽出樹籬。「再會了，希望我們還能再相見。」她直起身子，甩掉身上葉屑。放眼眺望田野，心想到底該走哪條路。

高地在她後方綿亙，高岩山在她前方聳立。她抬起尾巴，快步向前，沿著樹籬前進，直到轉了一個彎，才又再鑽進去，來到後方的泥巴路上。這條小路旁邊有條溝渠，裡頭是滾滾溝水。蛾飛跳進去，腳爪一碰上冷冽的溝水，身子不禁抽了一下。她涉水往下游走，很高興這條小溪可以洗掉她留下的味道。這樣一來，斑毛就找不到她的蹤跡了。不管她應該做什麼，她都得靠自己。

# 第七章

等到蛾飛確信已經沒留下任何蹤跡時，這才跳出水溝，甩甩腳上的水，循著泥巴路繼續往前走。結果這路突然變成上坡，通到一棟兩腳獸巢穴。蛾飛停下腳步。她不想靠近兩腳獸。牠們的行為難以預料，而且還養狗。於是她低頭穿過大片蕨葉叢，來到一處茂盛的草地。

她鑽進長草叢，停下來嗅聞草莖，她很興奮，因為這裡有很多對她來說完全陌生的植物……含苞待放的花，柔軟的青草，全都長得比她的尾巴還高。這裡和高地很不一樣。高地的天候造就出那裡的景觀，只有最堅韌的植物才能生存下去，至於其它少數植物似乎都只能攀附著地表，盡量保持最低姿態，以免被強勁的野風撕扯。

但在這裡，所有植物都一無所懼地往上生長，彷彿揮卻了對惡劣天候的記憶。蛾飛的鼻腔裡充斥著各種刺鼻氣味，聞著聞著，頭都有點昏昏沉沉了。她循著谷地走。高岩山昂然聳立於遠方的一側，高地盤據另一側。在她確定自己的方向之前，她希望兩邊的距離對等。

要是她的旅程得離開谷地，越過高岩山，甚至再也看不見高地呢？一想到此，她就緊張到胃揪緊。遠離部族，拋開斑毛，這種感覺很奇怪。太陽開始升起，慢慢爬上新葉季的湛藍天空。她發現自己的腳步慢了下來，不確定該往哪裡去。也許這裡才是大飛蛾要她來的地方，也許牠只是要她看看家園附近豐富的植物生態。

她的肚子咕嚕咕嚕叫，這才發現自己又餓又渴。她舔舔嘴唇，在空氣中嗅聞水源。要是能再找到一條泥巴路，路旁或許會有水溝。幸運的話，水溝裡會有水，甚至有田鼠。再不然至少也有癩蛤蟆。一想到癩蛤蟆，她就渾身發抖。

她鑽進樹籬，從另一頭出來，發現眼前是廣陌的田野。這裡的草很短。羊群正在吃草，個個眼神呆滯，三兩成群，猶如掛在綠色天空上的幾朵白雲。

蛾飛小心抽動耳朵，快步朝最近的水塘走去，蹲下來舔食塘裡黃澄澄的泥水，試圖不去理會水裡的苦味。她聽見草地上有腳蹄聲響起，抬頭一看，羊群正朝她這裡移動。她不知道牠們要做什麼，只好後退。羊群漫無目的地移動，滿腦子只想著吃草，行動笨拙地撞來撞去。這麼笨的動物可能會不經意地踩到她。她繞過牠們，保持安全距離。牠們身上酸臭的體味令她鼻子不停抽動。

突然間，眼角有動靜閃現。一隻很小的棕色身影正匆忙穿過草地。

**老鼠！**

蛾飛心跳頓時加快，趕緊蹲下來。

老鼠正往樹籬奔來，鼻子緊張地抽動。

獵物都是先聞到你，然後才看到你，所以你一定要在下風處。蛾飛記得金雀毛教過她的技巧，於是抬起尾巴，測試風向。她運氣不錯，老鼠在上風處，所以絕對聞不到她的氣味。她只需要偷偷爬過去，不讓牠聽見聲音就行了。

她小心翼翼地走過去，在草地上停下腳步，確保尾巴不要碰到草葉。金雀毛的教誨令她感到受用，她驚訝自己竟然還記得這麼多狩獵技巧。為什麼每次她想取悅風奔時，就會忘了這些技巧呢？

老鼠移動得很快，目光一逕盯著前方樹籬。要是她想趕在牠鑽進暗處前逮住牠，勢必得用跑的。她屏住呼吸，加快腳步，但又盡量讓腳步輕如羽毛。還好幾條尾巴距離外有羊群的蹄聲幫忙掩飾她的聲響。

老鼠繼續前奔，但她已經近到可以飛撲上去。她興奮到胸口繃緊。她準備撲上去，一再暗自提醒自己一定要專心，必須一次就成功，不然就前功盡棄了。

**準備好了……**

綠色翅膀突然在身旁撲撲拍打。蛾飛連忙止住動作。

**大飛蛾！**

她忘了老鼠，轉身看著大飛蛾。牠就在她前方，碩大的翅膀在陽光下閃閃發亮。

她伸出前爪，試圖抓住，但大飛蛾一溜煙地竄走，翩翩飛過田野。

蛾飛喜不自勝。她追著大飛蛾，喉嚨哽著快樂的喵嗚聲。**牠是來指引我方向的！**

牠從羊群旁邊飛掠而過。蛾飛繞過羊群。大飛蛾在空中越飛越高。**不！不要離開我！**她突然害怕起來。**要是牠飛得太高，看不見了，那怎麼辦？**她加快跑步的速度，緊張到腳爪微微刺癢。

**這次我絕對不讓你飛走。**

一聲狗吠劃破空氣。蛾飛的毛髮豎了起來。

**有狗！**

狗吠聲又起，這次更響亮，接著就開始興奮狂吠。蛾飛頓時嚇得魂飛魄散。

**牠看到我了！**

她趕緊轉身，緊張地掃視田野，泥土和青草混雜的味道混淆了她的嗅覺。

羊群開始驚恐奔跑，成群地朝蛾飛奔來。

她還是看不到狗在哪裡。

但吠叫聲卻愈來愈近。

突然間，羊群一分為二，一個黑白相間的身影從中間竄了出來，朝蛾飛直衝而來，羊群竄逃，驚慌嘶叫。

她愣了一下，恐懼迎面襲來，她霍地轉身，衝向田野邊緣。那裡的樹籬濃密，如果能鑽進去，追她的狗應該擠不進去。

她死命地跑，耳朵充血。

但那隻狗的腳步聲愈來愈近。

**我跑不過牠。**蛾飛拚命往前衝，除了恐懼，什麼感覺也沒有。尖牙啃咬她的尾尖。她嚇得不敢回頭，只覺得毛骨悚然。狗呼出的熱氣噴上她的後腿，吠叫聲變成了可怕的怒吼。

要是牠咬住她的後腿，她就完了。

**我必須面對牠。**唯一的逃脫方法就是先下手為強。

她的腳爪在草地上往前一滑，順勢轉身，用後腿撐起身子，怒吼一聲，揮出前爪。

這時一個黃色身影突然衝進他們中間。

蛾飛嚇了一跳，愣在原地，趕緊收回爪子，只見一隻公貓迅速從旁邊飛奔而過。她腳步踉蹌，心臟快從喉嚨裡跳出來，那條狗立刻轉向去追黃色公貓。

**他從哪裡來的？**

蛾飛站了起來，驚魂未定地看著眼前景象。

「快點！」有喵聲從她身後響起。她轉頭一看，只見兩隻貓兒衝到她身旁。一隻體型豐滿的黑白色母貓緊張地看著她。「我們快離開這裡。」另一隻是體型較小的公貓，棕色鼻口上的鬍鬚已經斑白，忙著把她推向樹籬。「現在就離開。」

蛾飛望著草地。黃色公貓還在左彎右拐地逃竄。狗就追在後面。「那他怎麼辦？」

「誰？你說彌迦嗎？」棕色公貓和黑白色母貓覺得好笑地互看一眼。

彌迦這時突然轉向，衝進羊群中央，蛾飛看呆了。那條狗就追在公貓後面，受驚的羊群咩咩亂叫，四散奔逃，腳下的他們若是躲得不夠快，絕對會被踩到或撞上。

母貓在她身旁喵嗚一笑。「彌迦不需要幫手。」

「來吧，」公貓又推推她。「我們帶你到安全的地方。」

黑白色母貓垂著肥胖的肚子，朝樹籬快步走去。

蛾飛滿心感激地跟在後面，身後的狗吠聲愈來愈刺耳和憤怒。棕色公貓走在她身旁，在樹籬旁慢下腳步，讓她先鑽進去。樹籬的枝葉不停搔刮她的脅腹，這下她總算安心了。她只希望他們說得沒錯，那隻救了她一命的公貓真的不需要任何幫手。

# 第八章

「跟我來！」豐滿的母貓正爬上一道陡坡，坡道上有多塊木板橫擋其中，必須一格一格地費力爬上去。

蛾飛穿過稻草覆蓋的地面，快步朝她走去，驚見自己竟然進到一棟兩腳獸的大巢穴裡，頓時緊張起來，這巢穴四面高聳，頭頂上方的屋頂非常高。棕色公貓快步跟在她們後面，看都不看巢穴盡頭那幾頭黑白色的龐然生物一眼。

「牠們很危險嗎？」蛾飛低聲問道，小心翼翼地覷看牠們。

「你說乳牛嗎？你說牠們危險？」公貓聳聳肩。「不，牠們只是很笨而已，並不危險，只要離牠們的腳蹄遠一點，就不會有事。」

母貓已經爬到坡道頂端，站在很大的突架上方往下窺看，突架那裡堆滿成捆的乾草。

蛾飛停在橫著很多木板的坡道底下，緊張到腳爪微微刺癢。「這是什麼地方？兩腳獸住在這裡嗎？」

公貓把她推上第一塊木板。「這裡是穀倉。兩腳獸都把乾草放在閣樓，乳牛養在下面。牠們很習慣我們在這裡出沒，所以不會來煩我們。」

**這些貓是寵物貓嗎？**蛾飛攀著第二塊木板，將自己撐了上去。但有條後腿不小心打滑，踢到公貓的鼻口。「對不起。」她趕緊爬上去。「我從沒見過這種坡道。」

公貓哼了一聲，甩甩毛髮。「第一次爬梯子總是比較難。」他向她保證道。「爬上去就好了。」

蛾飛終於爬到最上層，母貓在那裡等她。乾草屑充斥蛾飛的鼻腔，害她打了個大噴嚏。這裡一定就是閣樓了。

蛾飛不停地抽動鼻子，母貓眼帶興味地喵嗚道：「以後你就會習慣這裡的灰塵。」

蛾飛不確定這一點。她的眼睛有點刺痛因為空氣滿布塵屑。她看見陽光從穀倉高聳的木板牆縫灑進來，塵屑就在一束一束的陽光下飛舞。閣樓很大，可以直通巢穴盡頭的牆，那裡一片陰暗。四處疊滿乾草堆。

公貓也爬了上來，站在她旁邊。「這上面很安全。狗不會爬梯子。牠們只會四隻腳走路，不會用腦袋。」

「彌迦怎麼辦？」她到現在都還聽得到狗在遠方憤怒地吠叫。

「彌迦是我見過速度最快又最聰明的貓。」一胖母貓坐了下來，開始舔肚皮上的毛。

「沒有狗追得上他。」公貓向她保證道。

正在舔洗身子的母貓這時抬起頭來。「親愛的，你叫什麼名字？」

「蛾飛。」她環顧四周的乾草堆，聞到暗處有獵物的味道，忍不住抽動鼻子。她的肚子咕嚕咕嚕地叫，覺得好餓。

「蛾飛？」母貓朝她眨眨眼。「這是寵物貓的名字嗎？」

蛾飛立刻抬起下巴。「我不是寵物貓！」她不以為然地哼了一聲，又停頓了一下，突然覺得對他們不太好意思。**這些貓是寵物貓嗎？**他們救了她一命，她不應該這麼沒禮貌，於是歉然地偏著頭問：「你們是嗎？」

公貓在一束陽光底下躺下來，伸了個懶腰。「我們是農場貓。我們與兩腳獸共享領地，不過我們都自給自足。」他打著呵欠說道。

黑白色母貓直起身子。「我叫乳牛，他叫老鼠。」

蛾飛忍住笑意。**好奇怪的名字！**

蛾飛突然想起風族的營地，喵嗚聲頓時變得哽咽。「我來自高地，我和我的部族住在那裡。」她突然思鄉情怯到腳步有點踉蹌。

乳牛傾身向前，用肩膀撐住她。「可憐的東西，你一定是餓了。你離家這麼遠。」她看了老鼠一眼。「高地就是有太陽升起的那座巍峨山丘嗎？」

老鼠點點頭。「你的部族是你的家屬嗎？」他問蛾飛。

「算是吧。」她一想到塵鼻和金雀毛，心便開始痛，尤其想到風奔時，更是心痛如絞。**我真希望她能以我為榮。**

蛾飛聽見下方地面傳來腳步聲。她轉身低頭，瞄見黃色身影，接著便聽見他爬上樓梯。沒一會兒，彌迦跳上閣樓，布滿條紋的身影在束狀陽光的照耀下閃閃發亮。他的目光迎向乳牛，綠色眼睛裡有點光一閃而逝。「那條狗這幾天恐怕都得忙著拔牠腳上的刺了。」他忍住笑，喵嗚說道。

「你又把牠引到荊棘叢那裡啦？」乳牛很是興味地抽動鬍鬚。

「當然囉！」

蛾飛盯著他看。「聽起來，你好像常做這種事。」

「這座山谷裡沒有狗追得到我。」彌迦彈著尾巴。「要是牠們追到我，我就賞牠們一巴掌，看牠們還敢不敢。」

老鼠翻身仰躺，一副懶洋洋的模樣。「彌迦，那條狗一定是新來的。農場裡的幾條狗早就學乖了。」

蛾飛一臉崇拜地看著黃色公貓。他也瞪大眼睛看著她。

她不好意思地蠕動著腳。他那副表情活像她長了一身綠毛。「幹嘛一直看我？」她難為情地用腳爪順順自己的耳朵，心想是不是其中一隻耳朵外翻了出來。

「是你欸！」彌迦背上的毛豎了起來，喵聲顯得不可置信。「你在這裡做什麼？你又不住在這裡。」

乳牛眨眨眼睛，看著他。「彌迦，你在胡說什麼？她從沒來過這裡。」

「可是我認識她。」彌迦堅稱道。

老鼠撐起身子。「你從小在農場長大，怎麼可能認識她？她從來沒來過這裡。」

「我在夢裡見過她。」彌迦喃喃說道，似乎有點喘不過氣來，眼睛瞪得斗大。

乳牛用尾巴彈彈自己的腳爪。「別傻了。她又不是從夢裡走出來的。」

蛾飛根本聽不到母貓的聲音，她兩眼瞪著彌迦。「你也會做夢？」

老鼠抽抽鼻子。「誰不會做夢啊？」

彌迦瞥了他一眼。「老鼠，你每次做的夢，不是追小老鼠就是追大老鼠。」

「才不呢，」老鼠抽抽鼻子。「有時候也會夢到牠們在追我啊。」

「可是我的夢感覺是真的。」彌迦堅稱道。

「我的也是。」蛾飛興奮到胃揪了起來。

乳牛穿梭在他們之間，尾巴抬得老高。「可憐的蛾飛一定餓壞了。我們先吃點東西再聊吧。」她朝閣樓後面的暗處點頭示意。「要不要我幫你抓隻老鼠？這裡老鼠很多哦。」

蛾飛搖搖頭。她的旅程還很長。她相信大飛蛾還會回來幫她帶路。如果她的夢是真的，那麼她相信這夢一定多少和貓靈有關。她必須證明自己可以獨當一面地踏上這趟旅程。「謝了，我自己抓。」她的目光越過乳牛，看了彌迦一眼，心想，**我可不希望他以為我沒本事自己抓獵物。**不知怎麼搞的，身子竟愈來愈燙。

乳牛用鼻子指著暗處。「那就請自便吧。」

彌迦快步經過她身邊。「我們一起狩獵好了。」他提議道。「剛才被追了那麼久，害我都餓了。」

「我們一起去好了。」乳牛站了起來。

蛾飛有點失望。她本來想趁與彌迦獨處時，問他夢到什麼。是不是跟她的一樣？

「來吧！」乳牛快步走向閣樓後面。

彌迦跳上其中一捆乾草堆，消失在後方。

蛾飛不知道該不該跟上去，倒是乳牛示意她進去暗處。

「這是一個很棒的狩獵點。」乳牛壓低音量。「常有很多老鼠會忍不住去啃稻草。即便是在閣樓上。」

說完她便蹲伏下來。蛾飛也在她旁邊蹲下來，往暗處盯看。她的鼻腔裡盡是塵屑，不過倒也從塵屑裡聞到了很濃的獵物氣味。

她的肚子又在咕嚕咕嚕叫。

乳牛忍住笑意。「你先抓好了。」她低聲道。

「謝謝你。」蛾飛悄悄地往前爬，眼睛慢慢適應幽暗。就在兩捆乾草中間，有動靜出現。

蛾飛全神貫注，回想金雀毛教過的技巧，這才發覺金雀毛翻來覆去講得其實都是同樣一件事。慢慢移動，抬高尾巴，腳要輕踩。這些話不斷在她腦海裡迴響。於是她躡手躡腳地前進，豎直耳朵，興奮到肚子微微刺癢。她走近乾草堆，看到一隻老鼠的後臀。她屏住呼吸，往前趨近，再度停下腳步，繃緊後腿肌肉，準備撲上前。那個當下，她感覺到一種全然的寂靜。她一躍而起。

老鼠立刻竄逃，但蛾飛動作很快。她在乾草堆一根鬍鬚距離之外落地，以前所未見的迅雷不及掩耳的速度伸爪進縫，直接戳進老鼠溫熱的體內。她得意極了，迅速勾出老鼠，當場咬死。

這時一個黑白色身影突然衝到她旁邊。原來是乳牛，她重搥其中一捆乾草，然後在底下摸索了一會兒，也拖出一隻老鼠。

她當場將牠宰殺，眼睛炯亮地看著蛾飛，很是稱許地瞄了蛾飛的獵物一眼。「住在穀倉裡最快活了，有哪個地方比得上這裡啊。」她大聲喵嗚。

蛾飛迎視她的目光，很是感激對方的好客與熱情。但並不同意她的說法。就在那一瞬間下，她突然想起高地上的野風，想像自己陪著塵鼻一起追逐兔子，毛髮被風灌滿。**有一天，我一定會抓到兔子。**她還想像得出她弟弟對她刮目相看的樣子，這讓她覺得好快樂。

「來吧。」乳牛快步走回閣樓的光亮處，喵聲被叼在嘴裡的老鼠蒙住。

蛾飛也叼起獵物，跟在後面。

名叫老鼠的棕色公貓已經在進食。過了一會兒，彌迦也現身。他爬過乾草堆，輕鬆地在他們旁邊落地，嘴裡也叼著一隻老鼠。

蛾飛咬了一口鼠肉，覺得味道鮮美極了。她一想到昨晚的癩蛤蟆，便忍不住皺眉。河族貓怎麼忍受得了每天吃青蛙呢？也許沒有每天吃吧。可能是請客的時候才拿出來招待！一想到這裡，便渾身發抖。

她的耳邊突然有呼氣聲。「你說你也會做夢。」彌迦的喵聲打斷蛾飛的思緒。他移近她，把老鼠放在她食物旁邊。

「是啊。」她低聲道。

乳牛忙著進食。老鼠已經吃完了，正懶洋洋地在一條尾巴距離以外的地方舔洗自己。

彌迦咬了一口鼠肉。「你夢到什麼？」他滿口鼠肉地問道。「有夢到我嗎？」

蛾飛搖搖頭，忍住想要噗嗤笑出來的衝動。彌迦顯然不夠謙遜。「我夢到一隻大飛蛾還有貓靈。那畫面生動到彷彿真的一樣。」

「貓靈？」彌迦瞪著她看。

「就是死掉的貓啊，他們會來探訪還活在世上的貓。」蛾飛突然好奇農場貓是否也有自己的祖靈？從彌迦臉上的困惑表情來看，應該是沒有。於是她追問他：「你夢的跟我一樣嗎？你有夢到大飛蛾或其他貓嗎？」也許他不知道他夢到的貓都死了。她緊張地看著他，專注到幾乎聞不到腳下的鼠肉香味。她心裡隱約燃起希望，莫非彌迦知道大飛蛾所為何來，還有那隻藍灰色母貓是誰？

他搖搖頭，吞下鼠肉。「我只夢到你。」他皺起眉頭。「只有你。你和一隻年輕的灰色虎斑公貓玩在一起……」

「塵鼻？」蛾飛打斷道。

「我不知道他的名字。只知道你們會玩抓尾巴的遊戲。有時你們到外面廣闊的草原上狩獵。有時你也跟別的貓一起……另一隻灰色公貓，比那個叫什麼鼻的要瘦，年紀也比較大。」

「金雀毛！」蛾飛背上的毛豎了起來。這隻貓真的在夢裡見過她！

彌迦聳聳肩。「你說了算。不過還有一隻精瘦結實的棕色母貓。她看起來脾氣不太好。」

「那是風奔，我母親。」蛾飛告訴他。

彌迦又咬了口鼠肉。「我還是小貓的時候，就從我媽媽身邊被帶走了。要是媽媽都這麼嚴格，那我倒是很慶幸是乳牛把我帶大的。」他滿眼愛意地看著那隻肥胖的母貓，後者正心滿意足地吞下最後一口鼠肉。彌迦的鬍鬚突然動了動。「你為什麼老愛把植物帶回窩裡？」

「你連那個也看見了？」蛾飛瞪著他。

「別的貓都在嘲笑你，可是你每次去狩獵，還是只帶植物，不帶獵物回來。你母親都快被你氣死了。」

蛾飛噗嗤笑了出來。彌迦把它說得太好笑了，但又突然打住。「所以當你真的見到我的時候，你很訝異嗎？」

他瞇起眼睛，彷彿在思考。「我的夢境一向很真實，所以見到你，好像也很理所當然。」

蛾飛認同地點點頭。「我懂你的意思。我沒有夢過你。不過他們也好真實，所以他們也真的存在，對不對？」

彌迦半信半疑地覷她一眼。「綠色的大飛蛾和貓靈？」

蛾飛凝視著他那雙炯亮的綠色眼睛。「你從沒見過我，卻夢到了我。」她告訴他。「所以沒有不可能的事。」

彌迦的耳朵不停抽動。「應該吧。」他定神看著她，那目光充滿溫暖。

她也看著他，突然覺得自己彷彿與他早已熟識。她的毛髮微微刺癢。**這隻貓兒會加入我的旅程嗎？**

# 第九章

蛾飛被自己的噴嚏驚醒。她眨眨眼睛睜開，只見四周堆滿乾草。她一眼望見幾個被壓得扁平的乾草臥鋪，那裡是乳牛、老鼠和彌迦睡覺的地方，上頭猶有餘溫。

她坐了起來，納悶他們去哪兒了？這裡很明亮，但牆縫沒有陽光滲入。蛾飛嗅聞空氣，除了乾草屑的霉味外，還隱約聞到雨的氣味。她站起來伸個懶腰，覺得精神百倍。她睡得很好，肚子是飽的。她先把胸膛壓貼在地上，滿意地抖動尾巴，再直起身子，抖鬆被睡扁的毛髮。

她突然驚覺自己一夜無夢，不禁愣了一下，心想難道這農場就是大飛蛾帶她來的終點站？畢竟她在這裡找到了彌迦，不是嗎？他夢過她，或許大飛蛾只是要他們兩個相遇。她皺起眉頭，揮開這念頭。可是這無法解釋夢裡那隻藍灰色母貓或發亮的岩石，還有圍在四周的貓靈。

她必須繼續旅行，有待發掘的東西還很多。

她快步走向梯子，窺看下方，試著先把前腳放在第一塊木板上，再往下蹬到第二塊木板。她緊張地要命，伸出爪子，緊抓住粗糙的木板。再笨拙地滑到下一塊木板，接著再下一塊，後腳試圖跟上，所以等於是連爬帶跌地往下蹬。等她看到地面近到足以輕鬆落地時，她索性一躍而下，暗自慶幸農場貓沒在這裡看見她下梯的蠢樣。

在她身後暗處的牛隻正用腳蹄踢打著地上的乾草。她匆匆經過牠們身邊，朝昨天老鼠和乳牛帶她鑽進穀倉的那個小縫隙走去。

她小心翼翼地鑽到外頭的碎石空地上，天空灑下毛毛細雨。她瞇起眼睛，享受雨絲的沁涼。在吸夠了穀倉裡的漫天塵屑之後，此刻的空氣尤其覺得清新。微風送來的新葉季氣味瀰漫四周。碎石空地盡頭的樹林正在變綠，枝頭上有嫩芽初生，隨時準備綻放。

「你醒了！」她聽見乳牛的聲音，趕緊轉身。黑白色母貓正快步穿過空地，朝她走來。老鼠跟在後面。「你睡得好嗎？」

「很好。」他們在她旁邊停下來，她喵嗚回答他們。

「你一定餓了。」乳牛猜測道。

「我可以在路上抓獵物。」蛾飛告訴她。

「路上？」乳牛偏著頭，皺起眉頭。

蛾飛看著她，心裡思索著該怎麼回答。她要怎麼解釋是她的夢指引她繼續前進？「我得趕去別的地方。」她的話語剛落，空地盡頭便出現一雙撲撲拍打的綠色翅膀。

**大飛蛾！**她的心情頓時飛揚。牠正在石牆上方來回舞動，彷彿是在召喚她。

她蓬起毛髮，在毛毛雨中朝牠走去。

乳牛轉向擋住她。「你不能就這樣離開。」

「我必須離開。」蛾飛低身想繞過她，但老鼠也幫忙擋住去路。

公貓的眼裡有憂慮的神色。「你年紀太小，不適合在山谷裡遊蕩。」

「我不會有事的。」蛾飛試著從他身邊擠過去，但乳牛又把她推了回來。

「再多留幾天吧，直到體力完全恢復為止。」母貓的綠色眼睛流露出擔憂的神情。

「我不能留下來。」蛾飛緊張地看著大飛蛾。牠飛舞盤旋的速度更快了，彷彿不耐久候。

她不能再讓牠飛走。「我現在一定得走。」

「你才差點被狗追到！」老鼠提醒她。

「從現在起我會更小心。」蛾飛承諾道。

「你瘦得只剩皮包骨。」乳牛驚愕地看著她。「留下來，讓我們先把你養胖點，再走也不遲。」

蛾飛強忍住不悅的情緒。**跟你比起來，我當然看起來像皮包骨。**

大飛蛾突然朝石牆後方的林子飛去。被老鼠和乳牛擋下的蛾飛頓時緊張起來，目光試圖越過他們，想看見牠的去向。**牠不等我就要走了！**蛾飛突然怒火中燒，伸出爪子。難道她得跟他們打一架才能離開嗎？

大飛蛾又飛回石牆。蛾飛在心裡告訴牠，**我來了！**「拜託你們讓我走！」她懇求道。牠隨時可能消失，就像以前一樣。

「如果她想走，就讓她走吧。」彌迦低沉的喵聲從空地另一頭傳來。他從正在空地遠處睡覺的一頭怪獸底下鑽出來，大步朝他們走了過來，尾巴抬得高高的。蛾飛心中竊喜，隱約崇拜。**彌迦不怕那頭怪獸嗎？牠隨時可能醒來欸！**

彌迦停在他朋友旁邊，甩甩鬍鬚上的雨水。「你們看不出來她急著想走嗎？」

蛾飛一臉感激地望著彌迦。「我夢裡的大飛蛾正在指引我方向。」

彌迦嚴肅地點點頭，似乎懂她的意思。

乳牛一臉驚訝。「要是她遭遇不測怎麼辦？」她懊惱地說道。「這樣我永遠也無法原諒自己。」

「乳牛，你不可能保護得了每一隻貓。」彌迦說之以理。「她已經大到足以照顧自己。我們找到她的時候，她不也在獨自旅行嗎？」

「當時她差點就被狗撕爛了。」乳牛直言道。

彌迦看著蛾飛，炯亮的綠色眼睛深深看進她的眼裡。「她必須馬上離開。」

蛾飛點點頭，目光掃向大飛蛾。「我真的得走了。」

彌迦轉向他的朋友，目光溫柔地說道：「我可以陪她去。」

老鼠瞪大眼睛。「陪她去？」

彌迦迎視老公貓的目光。「這樣乳牛就不會擔心了。」他轉身對蛾飛說：「我可以陪你去嗎？」

**但這是我的旅程！**她張嘴想回答，但說不出來，最後只吐出「陪我去？」這幾個字。

「自我有記憶以來，你就一直出現在我夢裡，」彌迦告訴她。「我必須找出原因，就像你必須找到大飛蛾和貓靈一樣。」

蛾飛蠕動著腳。「我覺得我應該獨自完成這件事。」

「那你為什麼會出現在我夢裡？」彌迦殷切地望著她，她覺得自己被那雙綠色目光緊緊攫住。「請你讓我跟你一起去。」

她明白他的感受……他的夢在召喚他，令他寢食難安。現在他的夢境成真，當然無法假裝什麼事都沒發生。再說，她也打從心底感覺得到他們有某方面是相通的。彌迦一定和大飛蛾和貓靈有某種連帶關係。她緩緩點頭。「好吧。」大飛蛾越飛越高，朝樹林的方向來回飛舞。

「可是我們現在一定得走。」

「彌迦，你不能走。」乳牛的眼裡滿是憂傷。「你在這裡長大的。」

彌迦用鼻口輕觸她的。「你就像我母親一樣。我會永遠記得你。我們會再相見的。」

老鼠眼神一黯，垂下斑白的鼻口。「我聽過太多貓說過這句話，可是一旦離開，就再也不回來了。」

蛾飛為農場貓感到難過，但她急著去追大飛蛾。「我不能再等下去了，」她告訴彌迦。「乳牛、老鼠，謝謝你們為我做的一切，但我必須走了。彌迦，你等一會兒再趕上來。」她瞥了大飛蛾一眼，剛發芽的林子綠到幾乎吞沒了那雙亮綠色的翅膀。她趕忙跳開，追在後面，穿過碎石空地，躍上盡頭那面牆。

她從牆上的另一頭跳下來，落在柔軟的草地上，開始追逐大飛蛾。她看見牠穿過林子，於是也低身跑進樹蔭裡，慶幸自己終於不必再淋雨。

大飛蛾飛了下來，輕觸樹幹間正冒出頭的蕨葉。

這時蛾飛聽見後方傳來腳步聲，轉頭一看，林子裡出現一個黃色的條紋身影。**彌迦來了。**他氣喘吁吁地追上她。「幹嘛那麼急？」

蛾飛朝大飛蛾點頭示意。牠已經在一棵山毛櫸的樹皮上停歇了好一會兒。「你看得到牠嗎？」

彌迦循著她的目光，頓時瞪大眼睛。「好漂亮！牠就是你夢中見到的大飛蛾？」

「是啊！」蛾飛開心極了。她本來不確定大飛蛾是否真的存在，或許只是她的想像。沒想到彌迦竟然也看得到牠。

彌迦喵嗚笑了。「所以你應該懂當你的夢突然在你醒來的時候出現，那種感覺是什麼了吧？」他的綠色眼睛目不轉睛地看著她，眼神炯亮。

她還沒得及回答，大飛蛾又飛走了，穿梭飛舞林間。蛾飛跟了上去。

「這林子通到哪裡啊？」她問旁邊的彌迦。

「它們會通到一處山腰，然後會有路通到另一座兩腳獸農場。」彌迦告訴她。

蛾飛愣住。「所以會有更多狗？」

彌迦快步走在她旁邊，毛髮輕輕拂過她的。「別擔心，」他喵嗚道。「那些狗包在我身上。」

# 第十章

大飛蛾沒有飛到兩腳獸農場，這令蛾飛寬心不少。當她和彌迦從林子裡出來時，牠改變了方向，更深入山谷。天上的雲漸稀，毛毛雨也漸緩。等到日正當中時，天空露出了大片的藍，到了下午，更是萬里無雲，陽光普照。

一陣寒風掃向蛾飛。雖然身上曬著太陽，卻還是覺得好冷。他們一整天都沒進食，但蛾飛擔心一停下來狩獵，恐會失去大飛蛾的蹤影。她的肚子咕嚕咕嚕叫，只好蓬起毛髮，保持體溫。彌迦似乎覺察到她的不適，於是在追大飛蛾的同時，也不忘貼近她，與她分享體溫。

大飛蛾領著他們越過一畦又一畦的田野，追著落日，終於來到高岩山附近。

當他們踏進山底下的幽暗處時，蛾飛的腳已經疫痛不堪。這時太陽已消失在他們後方。蛾飛眨眨眼睛，試著適應從明亮頓時變成陰暗的光線變化。腳下草地感覺粗糙，當他們走進高岩山的山腳下時，腳下地面已經變得光禿多岩，間或點綴著幾株石楠。眼前地勢陡峭，大飛蛾卻越飛越高，往上方的崖壁飛去。

彌迦停下腳步，甩甩身子。「我們不能馬不停蹄地一直追啊。」

蛾飛回頭看他一眼。「可是一定得追啊，不然追丟了怎麼辦？」

彌迦爬上一塊平坦的岩石，坐了下來。那身淺色毛髮在暮色裡看不出顏色。「牠早上會回來的。以前不就回來過嗎？」

蛾飛豎起頸毛。「我們不能現在就罷手。」

彌迦看著大飛蛾。牠正在崖壁上拍打著翅膀。「我們要怎麼上去？我們又沒有翅膀。」

「我們會找到路的。」蛾飛急忙掃視陡峭的崖壁，尋找可以攀爬的突岩或小路。但什麼也沒有，只有陡峭的崖面，心情一沉。「一定有辦法。」

岩面陰暗到幾乎看不見大飛蛾的翅膀。蛾飛必須瞇起眼睛才勉強看到。「牠不動了！」她發現牠動也不動地停在那裡，驚訝到全身發抖。**難道牠也累了？**

彌迦從岩石上跳下來，循著她的目光看過去，吐出的熱氣在夜裡的冷空氣裡猶如雲煙裊裊。「崖壁上有個洞嗎？」他低聲問道。

蛾飛瞇起眼睛。大飛蛾的四周被黑暗包覆，那個洞就像一張沒有闔上的嘴，牠就停在其中一片唇瓣上。洞口呈方形，尖稜的邊角宛如兩腳獸巢穴的入口。她興奮到毛髮微微刺癢。「那是一個入口！」

「什麼入口？」彌迦的聲音聽起來很緊張。

「我不知道。不過那一定就是牠要我去的地方！」蛾飛趕緊往上爬，腳下碎石不斷掉落。她才靠近洞口，大飛蛾又飛了起來，在上空盤旋。「等等我！」蛾飛朝牠喊道，胃揪得死緊。「你不告訴我裡面有什麼嗎？」

可是大飛蛾繼續盤旋高飛，最後飛到高岩山的上方。天空灰紫，夕照下，紅霞成縷。蛾飛緊張地眺望著大飛蛾，只見牠越飛越高，最後竟成了夜空裡的一個斑點，消失不見。蛾飛縮起爪子，撐住地面。她覺得心痛。「你看得到嗎？」她絕望地對彌迦喊道。

「牠走了。」她身後傳來碎石的嘎吱聲響，彌迦也爬了上來。

「不可能。」蛾飛看著走過來的他，感覺自己像被掏空了一樣。

他用尾巴輕撫她的背。「牠該告訴你的，都已經告訴你了。」他輕聲說道。「你不再需要牠。」

蛾飛緩緩移動目光，望向崖壁上那個洞口。「我想我得進去裡面。」恐懼在她心裡升起。她想起高地地道裡那些恐怖的回憶。「我怕黑。」她渾身發抖地低聲說道。

「我陪你進去。」彌迦承諾道。

蛾飛搖搖頭。「你夢到的是我，不是大飛蛾，」她提醒他。「所以我必須自己進去。」

「為什麼？」彌迦對她眨眨眼。

蛾飛發現自己的腳在發抖。「我也不確定，我只知道必須自己進去。」這一點她很篤定，就像她很清楚自己肚子很餓一樣。

彌迦的耳朵微微抽動。「好吧。」他爽快答應。「但你得先吃點東西再進去。」

蛾飛垂下頭，很是感恩一路上他的相伴。她餓壞了。也許這也是為什麼她的腳抖得這麼厲害。他轉身離開，她也跟在後面，走下山坡。

「我確定我在這附近有聞到老鼠屎的味道。」彌迦開始在他曾坐過的岩石附近嗅聞。他豎直耳朵。「這不難。」就在他說話的同時，一個小身影從岩石底下衝出來，奔過多石的地面。老鼠！彌迦一躍而起，老鼠跑了還不到一條尾巴的距離，就被他活逮，迅速咬斷頸子，蛾飛頓時聞到溫熱的血腥味。

她口水直流，於是也開始掃視斜坡，尋找自己的獵物。

「這隻給你吃。」彌迦把老鼠丟到她腳下。

「我可以自己抓。」蛾飛反駁道。

「我曉得。」彌迦同意道。「但不是現在。你省點力氣，等下才好應付洞裡的事情。」

他悄悄走開，鼻子不停抽動。蛾飛抬眼望著崖面上的洞口，吞了吞口水。大飛蛾不會要她去危險的地方吧？她甩開這念頭，告訴自己，**不管遭遇什麼，這本來就是我來這裡的目的。**她蹲了下來，吃掉彌迦給的老鼠，但吃完後，還是沒吃飽，肚子仍咕嚕咕嚕叫。這時她看見彌迦又叼了兩隻老鼠回來，高興極了。彌迦看了一眼沾滿血跡的岩石，那裡是她剛剛進食的地方，於是又把獵物丟了過去。「我知道你還很餓。」他喵嗚道，隨即把其中一隻推給她，自己勾了另一隻來吃。

「你確定？」蛾飛覺得很不好意思。他跟她一樣走了很遠的路，一定也餓壞了。

「你去洞裡探險時，我還可以再去抓啊。」他咬了一口，愉快地抽動著鬍鬚。

「你會等我嗎？」她小心問道。天色暗了下來，夜空開始出現星星。冷風寒冽，岩石表面正在結霜，她腳下的碎石冰冷到腳爪都微微刺痛。

「我當然會等你！」他放下正在吃的老鼠，抬頭看她。「我為什麼要離開？」

她聳聳肩。「因為天氣很冷啊，我想你可能會想找個地方避寒。」

「等你回來，我們再一起找。」

蛾飛喉頭一緊，好生感激。

她花了較久的時間吃完第二隻老鼠。「謝謝你。」她沙啞地低聲說道。她急著去洞穴裡面探險，但又很害怕，一顆心撲通撲通地跳。裡面一定很黑。她吞下最後一口鼠肉，試圖穩住自己的呼吸。彌迦正在旁邊幫她梳洗，他的老鼠早吃完了。他那溫柔又有節奏的舌頭舔洗動作多少安撫了她的心。**他會等我的。**她抬眼望向洞穴，這念頭多少緩和了她不安的情緒。

「你準備好了嗎？」他的聲音嚇了她一跳。

蛾飛點點頭，眼睛瞪得斗大。

「不會有事的。」彌迦承諾道，然後和她一起站起來，陪著她上去。她爬了幾條尾巴距離，然後一躍而上穴口，感覺到腳下岩面十分滑溜。彌迦也跟在後面跳上來，探頭往裡面窺看。「還好你有鬍鬚，」他嘀咕道。「可以靠鬍鬚來告訴你方向何在。」

她看了幽暗的洞口一眼。「我也有鼻子和耳朵啊。」她低聲道，試圖要自己放心。「我不會有事的。」

「我知道。」彌迦凝視著她，表情嚴肅，然後傾身過來，用鼻頭與她的輕觸，她感覺到他的鼻息輕輕吐在她的鼻口上。「你要小心。」

「我會的。」蛾飛轉身，走進洞穴。

這裡的空間感覺很大……高度和寬度都足夠一頭兩腳獸走進來。她小心翼翼地嗅聞空氣，除了她以外，沒有其他生物。她只聞到石頭和死水的氣味。她放輕腳步，走進幽暗裡，很想知道高岩山裡的這個洞到底有多深。眼前一片漆黑，她慢慢前進，微弱的星光消失身後，她這才發現它其實是一條地道，不是洞穴。黑暗吞沒了她，她本來以為恐懼會襲捲而來，但是沒有。她竟意外地冷靜，腳步沉穩地行走在平滑的岩面上。

寒意滲入毛髮。這裡照不到陽光，感覺比高地上的雪夜還寒冷。她張開嘴巴，讓潮溼的空氣包覆舌頭，她嚐到刺鼻的岩石味，但冰涼的空氣跟著灌進胸口。

腳下地面往下斜傾。她單邊鬍鬚觸到岩壁。這裡開始出現彎道，她靠著鬍鬚的觸覺跟著轉彎。雖然瞪大眼睛，極力想捕捉光線，但其實跟瞎子沒兩樣。四周一片漆黑，地道蜿蜒而下，深入地底，她只能憑觸覺跟著轉身。她很訝異自己竟然一點也不慌。彷彿這裡的岩石很歡迎她的到來，樂於帶她深入它的心臟地帶。她豎起耳朵傾聽，結果竟聽到遠方岩壁有水滴回音。

**我還要走多遠？**她納悶這地道到底有無盡頭。這時她的鬍鬚突然微微刺痛，在漆黑的空氣裡聞到某種鬆脆的氣味。她加快腳步。前方有新鮮的空氣飄送過來！難道她已經來到高岩山的另一頭？又或者她又繞回彌迦等候所在的洞口？她本來以為可能再轉個彎，就能步出洞外，看見月光普照的夜空，卻沒想到走進一處被水面星光映照得微微發亮的洞窟。她還看不太清楚四周穴壁的形狀，便立刻認出了這個洞窟。她心跳倏地加快，趕緊掃視洞穴，一眼便望見那座大岩石聳立在中央。

**就像夢裡一樣！**

她抬頭望見洞窟頂有個洞，星子在洞外閃爍不定，月亮正慢慢進入眼簾。

蛾飛滿心期待地看著岩石，想知道接下來會發生什麼事。

月亮越爬越高，那座岩石瞬間光華四射。

蛾飛瞇起眼睛，抵禦刺眼強光。

岩石熠熠閃爍，璀燦奪目，宛若有無以數計的露珠在陽光下閃閃發亮。整座洞窟沐浴在它的光華下。

**貓靈也在這裡嗎？**蛾飛緊張地環顧四周。但洞窟裡一無動靜，只有她一隻貓。

她揮卻失望，緩步走到藍灰色母貓曾經躺下的地方，肚皮抵住冰冷的地面，爪子塞進身子底下，試圖想像這裡仍有那隻母貓躺過的餘溫。她忍不住興奮，毛髮微微刺癢。**這裡是我命中注定要來的地方！**她閉上眼睛，伸長鼻口，鼻頭輕觸發光的岩石。

# 第十一章

光瞬間流竄她全身，她的每根毛髮都微微刺痛。蛾飛睜開眼睛，覺察到四周有拖著腳走路的聲音。她坐起來，眨眨眼睛，發覺自己終於不再孤單。月光下的岩石所散發出的光華，使她得以看見四周都是全身發亮的貓靈。他們全瞪著她看。

**他們看得到我！**蛾飛開心極了。**他們終於看到我了！**

她迎視著一隻虎斑公貓的目光，後者向她垂頭致意，然後她看見他身旁一隻玳瑁色母貓也緩緩閉上眼睛，向她點頭致意。蛾飛背上的毛豎了起來。這些貓兒都在對她表達敬意。難道他們不知道她只是一隻年輕的風族貓，連狩獵技巧都還沒學好嗎？

有個發亮的灰色身影朝她走來，她認出對方是灰翅。「你在這裡！」她倒抽口氣，興奮到腳爪微微刺痛。

灰翅停下腳步，離她只有一個鼻口的距

離。「蛾飛，歡迎你來。」他的眼裡閃著驕傲的光芒。「你終於到了。」

「歡迎你。」

「歡迎你。」

「你終於到了。」

招呼聲此起彼落。

他們這話什麼意思？蛾飛心跳加快。「終於到了？」她不解地重覆道。

一隻白色母貓緩步走上前來，停在灰翅旁邊。她的身上閃著星光，綠色眼睛彷彿充滿古老的智慧，閃爍著綠寶石般的光芒。蛾飛發現自己被這隻白色母貓深深吸引，於是屏息以待。

「我叫半月。」母貓的喵聲溫暖熱情。「我們一直在等你。」

「等我？」蛾飛嚇得往後退。「你認識我？」以前在夢裡，貓靈們的目光總是穿透她的身體，從來看不見她。

半月似乎猜到她的心思。「我們認識所有貓兒。」

「怎麼可能？」蛾飛驚愕地看著她。

「我們一直都在觀察你。」她表情惆悵地望著頂上的那個洞。

蛾飛瞥了洞外的星空一眼。**貓靈們就像……某個部族一樣住在天上嗎？**

半月的目光再度掃向她。「我們就像星星一樣，當天色暗了，就會照亮你的道路。我們知道你心裡在想什麼，還有你夢到了什麼。」

「那麼你們在我夢裡為什麼看不到我？就是有藍灰色母貓出現的那些夢。」蛾飛環顧這群星光貓。那隻母貓也在嗎？但是沒看到她的蹤影。「在洞窟裡的時候，你也跟她在一起，我有看到你。」

半月垂下頭。「有些夢你必須獨自面對。」

蛾飛瞇起眼睛。「可是是我的夢引我到這裡來的。」

「是大飛蛾引你來的。」半月提醒她。

「是你派牠來的嗎？」蛾飛沒等她回答。**當然是他們派的。**「你們怎麼知道我會跟牠來？」

「我們不知道。」半月告訴她。「我們只是希望你能跟來。我們才能確定你就是我們萬中選一的貓兒。」

「萬中選一？」蛾飛緊張地抽動尾巴。她突然覺得自己離家太遠了。她瞥了灰翅那張熟悉的臉一眼，渴望他能出聲要她寬心。

可是灰翅垂下頭，往後退。「半月會跟你解釋。」

白色母貓坐下來，尾巴覆在腳爪上。「我們帶你來這裡是有原因的。」她開口道。

「為什麼是我？我又不特別，我只是一個……」

半月使個眼色，要她噤聲。「你很特別。」

蛾飛突然想起金雀毛在高地上說過的話。**塵鼻有一天會成為出色的獵者，但蛾飛很特別。**她看著自己的腳。「我不像其他貓兒那麼擅長狩獵。我常常注意力不集中。」難道這些貓靈千里迢迢地帶她來這裡，就是要告訴她，她不適合當部族貓嗎？

「這一點我們知道，」半月輕聲說道。「但這不是件壞事。我們要你繼續做自己。」

「做自己？這話什麼意思？」

「你要以自己的特質為榮，因為是這些特質造就了你。」半月繼續輕聲說道。「你的好奇心、你的夢，你對周遭世界的開放態度。」

蛾飛驚訝地眨眨眼睛。「可是對部族來說，這些特質都沒用。好奇心和夢不能餵飽饑餓的肚皮。」蛾飛耳裡仍迴盪著她母親說過的話。

半月的尾巴抽了抽。「就讓你的族貓去餵飽饑餓的肚皮，他們的狩獵技術一向比你強。」

蛾飛羞愧到全身發燙。

「但你具有別的貓兒沒有的優點。」半月繼續說道。「當然好奇心對獵者來說不是件好事，開放的心態也不是。因為獵者必須全神貫注在眼前的獵物上，所以不會去注意你會注意到的細節。」

蛾飛試圖理解。「可是我看的也只是池塘裡的星星和有趣的植物而已。」

「你在夢裡看見這個洞窟，」半月直言道。「顯然你比其他貓兒更能感應到我們。」

「可是有貓兒曾見過你們。」蛾飛爭辯道。

「那是一開始的時候，那時各部族還沒找到自己的出路。但現在應該要有所改變。」半月環顧她的星光同伴。「部族需要的不只是領導力和強健的體力，也需要教化和照護。但這些必須從部族內做起。我們沒辦法凡事指點。這也是為什麼會挑選你成為第一隻巫醫貓。」

蛾飛背上的毛如波起伏。「巫醫貓？這話什麼意思？」

半月偏著頭。「你得學會在族貓生病或受傷時，利用高地、森林和河裡找來的植物治癒他們。」

蛾飛想起過去幾個月帶回營地裡的各種植物。難道有些有療效嗎？她怎麼會知道呢？她不安地蠕動著腳爪，思緒飛快地轉。當她還是小貓時，她有一個叫晨鬚的同胞妹妹因為族裡一場傳染病而喪命。後來雲點發現到一種叫蛇鞭菊的植物可以治癒那種疾病。於是病貓們陸續被醫好。而且現在也有些貓兒懂得如何幫助治療別的貓兒。上次禿葉季，很多貓兒都在咳嗽，甚至病重到無法出外狩獵，於是影族的礫心帶來藥草幫他們治病。斑皮也曾從河族過來幫忙灰板岩生小貓。她可以向這些貓兒學習技術！

她頓時熱血沸騰。以後她可以去找新的藥草了。或許有一天，她也會找到屬於她的蛇鞭菊……一種可以拯救族貓的藥草。蛾飛心跳加快，想像風奔看見她醫好病貓。她可以想見她母親眼裡的訝色。**她不會再對我生氣！我的族貓也不會再認為我一無是處！**

半月的嘴裡發出喵嗚聲。蛾飛的注意力趕緊轉回滿身星光的母貓身上。半月憐愛地看著她。「看來你很喜歡這個挑戰。」

「是啊。」蛾飛迎視著她的綠色目光，突然發現自己的腳在發抖。「我只是希望我有那種天份。」

一隻棕色虎斑母貓從半月身邊擠了過來。蛾飛連忙後退，有點被那雙犀利的眼睛嚇到。

「你必須全心奉獻給自己的部族。」母貓低吼道。

蛾飛愣住，心裡老大不高興。**我本來就有啊！**

半月用尾巴撫著虎斑貓的背脊。「雨掃花，她以後就會懂了。再過一段時間吧。」

一隻橘色虎斑母貓從岩石的另一頭喊道：「你必須學會怎麼用藥草治病。」

「還有你得學會看懂我們傳遞給你的神諭。」一隻毛色暗如夜空的公貓，全身發光地走了過來，眼神嚴峻。「只有你能看懂我們給的神諭是什麼意思。然後再利用你的所知所學，提供族長建言。」

**給風奔建言？**蛾飛眨眨眼。「她從來不聽我說話。」

黑貓眼睛眨也不眨。「所以你一定要很堅強，她才會聽你的話。」

半月點點頭。「月影說得沒錯，我們交付給你的任務並不簡單。不過我們都仰賴你來保護你的部族。」

蛾飛的嘴巴發乾。「我會試試看。」她輕聲承諾道。「但其他部族怎麼辦？我也得保護他們嗎？」

月影回答她：「每個部族都有自己的巫醫貓。」

蛾飛眨眨眼睛。「你們已經跟他們說了嗎？」

「必須由你來告訴他們。」月影下令道。

「可是我怎麼知道他們是誰。」蛾飛頓時覺得頭昏腦脹。她要怎麼告訴其他貓兒他們此生另有使命？她已經準備好從此改變自己的生活了嗎？決心以行醫替代狩獵？族貓們的健康將從此由她打理？

半月移動身子，用尾巴示意月影和雨掃花後退。她瞥了蛾飛眼前的岩石一眼。「你看！」

蛾飛循著她的目光望過去，只見一個身影在微光中漸漸成形，她嚇得倒抽口氣。「斑皮！」她認出那是河族母貓，她正蜷伏在臥鋪裡，睡得很熟。她心想斑皮怎麼會在洞窟裡呢？於是小心翼翼地伸出腳爪，想觸摸母貓，卻發現只摸到空氣。

「她在營地，正在臥鋪裡睡覺。」半月回頭彈彈尾巴，示意一隻棕白色虎斑母貓過來。「亮川，你過來祝福斑皮吧。」

亮川緩步走向那個影像，目光溫暖，傾身趨近。她用鼻子觸碰已經睡著的母貓額頭。「保護他們。」她低聲道。

蛾飛以為斑皮會驚醒，卻沒想到她立刻消失不見，取而代之的是另一隻貓。

**雲點！**

正當蛾飛驚愕地看著熟睡中的雷族公貓時，半月已經叫了另一位同伴過來。「寒鴉哭！」一隻黑色公貓快步上前，一臉憐愛地看著黑白色公貓。「好好照顧你的部族。」寒鴉哭伸長鼻口，輕觸那位老夥伴。

雲點瞬間消失，取而代之的是一隻灰色公貓。

**那是礫心。**蛾飛一點也不訝異這隻影族公貓會出現。他對藥草的知識比任何貓兒都多。一隻玳瑁色母貓經過半月身邊，走了過來，停在礫心的影像前面，毛色閃閃發亮。蛾飛不待半月說出她的名字，便猜到她是誰。

「快點，龜尾，月亮快離開了。」半月的喵聲粗啞。

蛾飛知道龜尾是礫心的母親。她是為了去救自己的小貓才被怪獸撞死。**她死的那天，我**

**剛好出生。**蛾飛見玳瑁色母貓悲喜交加，綠色眼睛像驟雨後的陽光閃閃發亮，不禁為她感到難過。

龜尾用鼻子輕觸她孩子的額頭。「我一向知道你很特別，」她低聲道。「親愛的，好好照顧你的族貓。」

礫心突然動了一下，耳朵在他母親的鼻口擦過時抽動了一下，但隨即打個哈欠，又沉沉睡去。影像消失不見。

灰翅來到龜尾旁邊，帶她回去，像在保護她似地用尾巴圈圍著她的背。

蛾飛看著那兩隻貓兒回到同伴的隊伍裡。接下來是誰？除了天族之外，各部族都選好了自己的巫醫貓。她的目光轉回岩石，眨眨眼睛，一個黃色身影在微光中成形。但是天族沒有黃貓啊。她愣了一下，認出了那修長的肩膀和平滑的背部。「是彌迦！」

她驚訝不已。彌迦不像其他貓兒，他沒有睡著，而是警戒地坐在那裡，注視著前方，似乎在等待。

**他在等我！**

一隻小型虎斑母貓擠到半月前面來。

「花瓣。」半月在她經過的時候，開心地喵嗚喊道。

蛾飛看著花瓣往彌迦的影像趨近。「他怎麼可能成為巫醫貓？」她倒抽口氣。「他又不屬於任何部族。」

「我以前也不是啊。」花瓣朝她眨眨眼。在岩石的光華下，母貓的眼睛閃閃發亮。她傾身向前，鼻口輕刷彌迦的面頰。「保護你的部族，把它當成曾撫養你長大的部族。」

彌迦沒有縮起身子，仍然直視前方，絲毫不察貓靈正在看他。蛾飛想大聲喚他，告訴他，她很好，看得到他。但是她知道他聽不到。

等他消失後，半月又走上前來。「蛾飛，你現在必須回到你的部族，告訴貓兒我們所告知的訊息。」

蛾飛愣住。「所有貓兒嗎？」她必須說服所有貓兒她看到的這一切都是千真萬確的？但她要怎麼讓他們相信？

「蛾飛，只要說出真相。」半月的聲音堅定。「你要對自己有信心。」

**我是巫醫貓！**白貓說話的同時，蛾飛也抬起了下巴。

「再過半個月，而且是以後的每半個月，你和其他巫醫貓都要回到這裡，我們會找你們談話。」

「再過半個月？可是我需要多一點時間完成這個任務。」蛾飛脫口而出。她想到高影總是表情嚴肅地坐在荊棘窩穴裡；清天常一臉輕蔑地甩動厚重的尾巴；還有雷霆……他是她見過最威嚴的公貓。而她又從來沒跟神祕的河波說過話。再加上風奔……

雖然她腳下踩的是冰冷的石頭，卻覺得四隻腳發燙。我甚至不知道能不能說服得了自己的母親！「我做不到！」她的心在胸口狂跳。「我根本辦不到。」

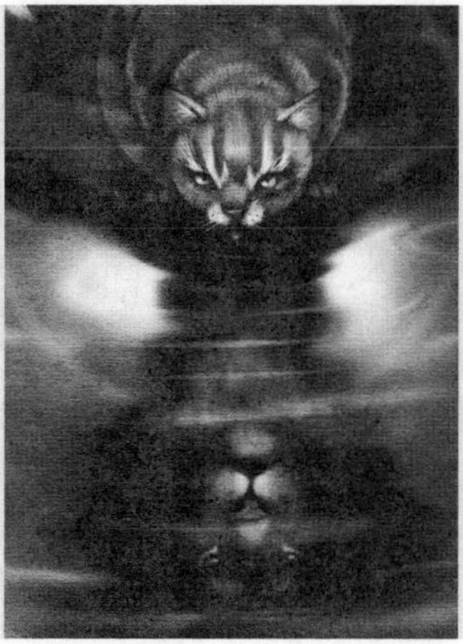

# 第十二章

半月懊惱地揮動尾巴。「你要對自己有信心！」

蛾飛的頸毛豎起。**她說得倒容易！你都已經成仙了！還有什麼好怕的？**「我的部族總認為我只會整天發呆，」她厲聲道。「要是我回去之後，跟他們說我遇到貓靈，他們告訴我，你們需要有巫醫貓，而我是他們萬中選一的巫醫貓，他們一定會認為我胡言亂語。」

「月光就快消失了。我們的時間不多了。」半月警告道。「不管你喜不喜歡，這都是你的天命。你沒有選擇，只能照做。各部族的未來命運只能仰賴你，雖然他們還不知道，但以後就會懂了。總有一天他們會聽你的，而且只聽你的。我只能告訴你這些，但是得靠你自己去爭取他們對你的尊重。」

「怎麼爭取？」蛾飛惶恐不已。月亮隨時會離開那個洞口，到時洞窟又會陷入黑暗，只剩下她獨自面對所有部族。「我到現在都沒辦法贏得任何一隻貓兒對我的尊重！風奔跟我說，我會危害到部族；我弄丟了灰板岩的小貓；我還差點害金雀毛被怪獸撞死。我一無是處！」她絕望到說不下去，垂眼看著沐浴在月光下的那座岩石。

一個毛絨絨的身影朝她接近。她抬眼看見一隻小公貓低頭經過半月身邊。他體型小到好像才出生一天而已，不過眼睛是睜開的，而且炯炯有神。還有一隻小母貓站在他旁邊，體型只比他大一點，但應該還不到一個月大。蛾飛眨眨眼睛，很驚訝貓靈裡頭竟然也有小貓，她的鼻子抽動了一下，突然認出他們的氣味。在那當下，她還以為自己又回到了風奔的臥鋪，擠在塵鼻旁邊搶著喝媽媽的奶。「晨鬚？是你嗎？」她目不轉睛地看著小母貓。晨鬚死於部族裡的一場傳染病。但她現在看起來好極了，星光點綴下的毛髮蓬鬆柔軟，兩眼炯亮。

晨鬚點點頭。「蛾飛，見到你真好。」

蛾飛的目光轉向小公貓。她記得他一出生就死了，她根本來不及認識他。「小燼？」

「哈囉，蛾飛。」他喵嗚道。

晨鬚緩步趨近。「蛾飛，你一定要努力。」她催促道。「所有部族都需要你。」

「可是我不知道怎麼幫他們，」蛾飛沮喪地說道。「風奔從來不肯聽我說話。」

「她會的。」晨鬚堅稱道。

「你不懂。」

晨鬚的目光顯得很不服氣。「蛾飛，我們有三個共通點。」

「什麼共通點？」她跟這兩隻死掉的小貓有什麼共通點？

「很明顯啊，」小燼擠到前面，毛髮豎得筆直。「我們有共同的過去，共同的未來，還有……」

晨鬚打斷她弟弟。「讓蛾飛自己說我們的第三個共通點是什麼。」

蛾飛皺起眉頭，試著去猜。「我不知……」突然她恍然大悟。「共同的母親！」她停下動作，心痛到難以呼吸。她以前從不曾對她這個早夭的弟弟有過任何好奇。但現在他站在這裡，像活生生的小貓一樣聰明健壯。而他們的手足也站在旁邊。她也已經好幾個月沒想到晨鬚了。蛾飛背上的毛髮豎了起來，是的，風奔也是他們的母親。蛾飛以前總是覺得風奔只屬於她和塵鼻的，只不過塵鼻向來獨立，從來不必擔心風奔對他的看法。但其實也不用擔心，因為對他來說，很多事情都很順理成章。但這兩隻小貓也是風奔的孩子，至少在他們死去之前是。**風奔現在還會想念他們嗎？她當然會！她一定很想他們！風奔也會想我嗎？**她突然心痛起來，因為她想到他們分別時，母親那些憤怒的言語。她難過地喃喃自語：「我只是想讓她開心。」

「你可以的。」晨鬚喵聲道。

「你當然可以！」小燼的尾巴興奮地抽動著。「總有一天她會明白一切。到時，她一定會支持你，因為你是她的孩子。」

蛾飛不相信。「她認為我一無是處。」

「她可能很嚴厲，」晨鬚承認道。「但這沒什麼好驚訝的？高地不是一個容易生存的地方。畢竟她在那裡失去了我們。所以她對你嚴厲，並不是因為她認為你一無是處，而是因為她擔心你。」

小燼走上前來，抬起鼻口，趨近蛾飛。她感覺到他鼻息的溫暖。「她只是想保護你，這是一個做媽媽的最強烈的直覺。等你當了巫醫貓，所有族貓都仰賴你時，你就會懂她的感受。」

蛾飛的耳朵不安地抽動。**我會成為全部族的母親嗎？**

她四周的貓靈開始消散，毛髮透明到只看得到身上的星光。

她面前的小燼也只剩微亮的光影。

「別走！」她開始慌張，對著半月大喊。可是半月的綠色眼睛漸漸褪色。「你還沒告訴我，我要怎麼說服部族相信我。你為什麼不趁月圓時的大集會，親自過來告訴他們？」

「不行。」半月的喵聲迴盪。「不過當你告訴他們的時候，我們會降下神蹟，讓他們知道你就是我們的代言者。」

「神蹟？」她怎麼知道神蹟是什麼？她要如何找到呢？貓靈一個接一個地消失。「什麼神蹟？」她絕望地喊道，這時月亮已經從視線隱沒，洞窟被幽暗吞蝕。

一個聲音在黑暗裡迴盪。「我們會劈開天空，然後，星星會升起。」

**劈開天空？這話什麼意思？**蛾飛喘不過氣來。這片黑暗似乎令她窒息。然後，星星會升起……

**這到底是什麼意思？**

# 第十三章

蛾飛循著地道往上走，腳爪止不住地發抖。她真的能醫好部族裡的病貓嗎？她要怎麼跟風奔解釋？為什麼貓靈會找她當代言者？

**你的好奇心、你的夢，你對周遭世界的開放態度。**

她想起半月的話。

**貓靈相信我的能力……**喜悅突然充滿她全身，疑慮瞬間拋到腦後。腳下冰冷的岩地成了她的屬地，這裡彷彿成了她的地盤，因為是她找到這裡的。她下定決心，暗自承諾，**我不會讓你們失望。**

前方幽暗，突有星光閃現，如水一般滲入地道。蛾飛加快腳步，就在快到洞口時，索性拔腿前奔，從突岩處一躍而下，砂石跟著灑落陡坡。

彌迦坐在下方的大岩石上，趕緊轉頭張望。月光下，他的眼睛炯炯有神。「發生什麼事了？」他跳過去找她，氣喘吁吁地問道。

她緊急剎住腳步，直視那雙星光下閃閃發亮的眼睛。「太奇妙了。」她上氣不接下氣。

「我好擔心你哦，你去了好久。」他的目光轉到她身上，似乎在檢查她有無受傷。

「我沒事。」她向他保證道。她渾身發抖，這時才發現自己好冷。地道的溼氣滲進了骨子裡，於是趕緊蓬起毛髮禦寒。

彌迦小心地帶她走下坡。「這塊岩石還留有一點陽光的餘溫。」他推她爬上岩石，他剛剛就是在這裡等她，隨後也跟著爬上來。

一隻死老鼠躺在岩石中央。「我想你一定很餓。」

「謝謝你，」蛾飛感激地眨眨眼。「不過我現在吃不下任何東西。我太興奮了。」她感覺得到腳下猶有餘溫，於是蹲伏下來，肚皮抵住岩面。彌迦蹲在旁邊，毛髮輕觸她的，距離近到足以讓她感受他的體溫。

「你想聊聊嗎？」彌迦輕聲問道。

蛾飛凝視著他。「當然想。這是我這輩子最奇妙的經驗。」

彌迦一臉熱切地看著她。

「地道盡頭有個洞窟，就跟我夢裡看到的一模一樣。洞窟中央有座高大的岩石，洞窟頂上還有個洞，當月光從上面灑下岩石時，它會像火一樣發出光亮！然後貓靈就出現了。」

「你真的看到他們了？」彌迦瞪大眼睛。

蛾飛點點頭。「我甚至看到灰翅。」

彌迦一臉茫然地看著她。

「他是我們的族貓，一個月前才離世，」她解釋道。「能再見到他，真的太好了。」

「這些貓靈以前都曾活在世上？」彌迦問道。

「當然！」蛾飛到現在還不敢相信她跟他們說過話。「有很多我並不認識。」她突然想起晨鬚和小燼。「不過我見到了我死去的弟弟和妹妹。」

彌迦眨眨眼。「很抱歉，我不知道你曾……」

蛾飛打斷他。她不需要同情。「我很高興我見到了他們。他們好有智慧，外形雖然像小貓，但個性都很成熟。」

「你跟他們說過話？」

「他們告訴我，不要怕風奔，她之所以嚴厲，是因為她擔心我。」

彌迦的鼻息徐徐吐在她面頰上。「這還用他們說嗎？你早就該知道了。」

蛾飛垂下肩膀。「我一直以為她對我很失望，因為我不像塵鼻那樣擅長狩獵。」

彌迦的眼裡帶著揶揄。「我想她是希望你帶點獵物回家，別老帶植物回來。」他玩笑道。「但她怎麼可能不愛你呢？」

蛾飛不安地蠕動身子。彌迦的熱切目光突然令她感到很不自在。他是故作幽默吧？還是他覺得她太瘋狂了？畢竟她一直喋喋不休貓靈的事。「你相信我說的話，對不對？」

「從我還是小貓的時候，我就夢見你。」彌迦的耳朵抽動著。「結果現在我真的見到你了。所以還有什麼我不相信的事？」

蛾飛鬆了口氣。她真幸運，能有一個朋友可以分享，而且這麼相信她。這時她突然想起自己的族貓。要是她告訴他們貓靈說她很特別，他們會怎麼說？她想迅鯉一定會很輕蔑地說：你滿腦子就愛胡思亂想！

「告訴我，他們說了什麼？」彌迦的聲音打斷她的思緒。

「他們告訴我，我將成為巫醫貓，我必須學習藥草和行醫的知識。他們會降下神諭，我必須為風奔詮釋神諭。」蛾飛的胸口頓時揪緊。「他們說這是我的天命。」她深深看進彌迦眼裡，以為他會半信半疑，沒想到他竟然神情嚴肅地望著他，於是她焦急問道：「你覺得我做得到嗎？」

「你夢到大飛蛾和貓靈。你喜歡收集植物而非獵物。」彌迦坐了起來，挺起身子。「你一定會是很出色的巫醫。」

「你真的這麼認為？」她跳起來站好。

「你想當巫醫嗎？」

蛾飛想像自己正在醫治貓兒，採集藥草，為風奔提出建言，觀察星象，尋找神諭。她簡直迫不及待。「當然想！」她的尾巴微微顫抖。「可是不是只有我，」她繼續說道。「他們也要雲點成為巫醫，礫心和斑皮也是，還有……」她突然打住。彌迦已經準備好接受自己的天命了嗎？他只是答應陪她追大飛蛾而已，又沒打算完全放棄農場生活，跟部族貓住在一起。「我得去告訴他們，也得告訴我認識的每一隻貓。」她感覺到自己的腳爪又開始顫抖。

「當然！」彌迦甩著尾巴，很是興奮。「他們都會想知道的。」

蛾飛垂下目光，突然覺得星空下的自己好渺小。她真的做得到嗎？她想像自己告訴族貓，她曾跟灰翅、半月和小燼說過話，可是渾身緊張，全身不自在。「他們向來覺得我腦袋有問題，這只會證明他們的想法是對的。」

「為什麼？」彌迦皺起眉頭，一臉不解。

她突然感到絕望。「我做過很多蠢事。」她自承道。「他們不會相信我的。」

「他們必須相信你！」彌迦挺起胸膛。「我就相信你。」

「你不知道我有多笨。」

彌迦焦急地繞著她轉。「你不笨。」

「你又不瞭解我。」

「我瞭解！」彌迦停下腳步，看著她。「我從沒見過一隻貓會去到處追著大飛蛾，或者在半夜裡去探索地道，還告訴我她以後要立志行醫和詮釋神諭。」他突然止住，目不轉睛地看著她，兩眼炯亮到她心跳差點漏一拍。「你真的很棒欸！」

蛾飛緊張地蠕動著腳。要是她把他的天命也說了出來，他還會覺得她很棒嗎？「你也是其中之一。」她脫口而出。

彌迦愣了一下。「什麼其中之一？」

「你命中注定也要當巫醫。」

「在農場裡？」他偏著頭，一臉不解。

「不是，」蛾飛緩步穿過岩地，目光越過樹林，眺望遠方的高地，看起來就像一隻貓坐臥在耀眼的星空下。「你將成為天族的巫醫。」

「那是你的部族，對吧？」彌迦在她身邊停下腳步。

「不是，」蛾飛穩住呼吸。「我來自風族，天族是清天的部族。他們住在森林裡，不是高地。」她感覺到彌迦在她身旁不安地蠕動。

「所以我會住在那裡，不能跟你在一起？」

她心上的一塊石頭落了地。他沒有拒絕。她趕緊轉身面對他。「你的意思是你願意？願意成為部族裡的巫醫？」

彌迦看著她，但是她讀不出他眼裡的表情。「天族的族長……」他開口道，「是隻公貓，對吧？很兇，喜歡對著貓兒呼來喚去。」

蛾飛退後，一臉驚訝。他把清天形容得一點也沒錯。「你怎麼知道？」

「我夢過他。」他低聲道。「我夢見我拿貓薄荷給他，讓一隻生病的小貓吃。」

「貓薄荷？」蛾飛豎起耳朵。

「那是長在穀倉後面的一種藥草。看起來像蕁麻，但葉子比較小，而且沒有刺。只要看到它，你就認得出來那是貓薄荷。它的味道很香，可以緩解咳嗽。」彌迦不耐地甩著尾巴。「我老是夢到同樣的夢。小貓老是生病，那隻灰色公貓就命令我快去找貓薄荷。」他對著她眨眨眼睛。「但我現在懂了，那不是夢！我做的夢都不是夢。我夢到的都是我未來的生活！」他語氣驚訝，身子不住地顫抖，抬眼望向高地。

蛾飛緊張地蠕動著腳。他現在才發覺自己曾經想像的生活跟命中注定的不一樣。「你會在意嗎？」

「我為什麼要在意？」彌迦聳聳肩。「在意自己的命運，是沒有意義的。你只能面對它。」

蛾飛好奇他怎能如此冷靜。每當她試圖想像未來所要面對的一切時，就覺得好心虛。「你不害怕嗎？」

「不怕。」他輕聲說道。「走哪一條路還不都一樣。真正可怕的你不知道該選哪一條。既然現在我知道了自己的天命，就沒什麼好害怕的了。」他看著她。「不管對你還是對我來說，都一樣。」

「你確定？」她的喵聲顫抖。

「我確定。」他的綠色目光沉著堅定，星光在他眼眸深處閃爍。

蛾飛伸出鼻口，輕觸他的。他也以鼻頭輕刷她的面頰，她的心跳不再加快。他的篤定令她的心安定了下來。她感覺到月光輕灑在他們身上。

# 第十四章

「快醒來。」

蛾飛覺得有鼻口正在推她肩膀。她抬起頭，陽光太亮，她得眨眨眼睛才能適應。我在哪裡？一時間她有點錯亂，直到看見旁邊的彌迦才恍然大悟。他們是在高岩山山腳下一塊平滑的岩石上。

記憶如水湧來。**前一天晚上！貓靈！被月光照亮的岩石！**

她的心猛地揪了一下，趕緊奮力站起來。「我們必須回去告訴風奔！」昨天他們聊到大半夜，直到破曉的陽光剛漫上高地才睡著。現在太陽已經沉到他們的後方。「走吧！」

「不急。我們得先吃點東西。」彌迦跳下來，嗅聞岩石底下的獵物。

「沒有時間了。今晚就是月圓之夜。我們必須回去，趕在大集會前告訴風奔，她才能向大家宣布。」蛾飛跳下岩石，穿過多石的地面，奔向田野。如果她能說服風奔，部族裡必須有巫醫貓。風奔便能向其他族長解釋一切。他們或許不相信我，但一定會相信風族族長。

她聽見彌迦疾步跟在後面。「什麼是大集會？」

「每到月圓的時候，各部族就會集會交流分享。」蛾飛很快地解釋，目光緊視前方草地。「他們會彼此交換情報。譬如兩腳獸或狗，還有狩獵情況如何。這種集會有助於各部族之間的和平相處。」

「各部族會打起來嗎？」彌迦語氣驚訝。

「打過一次。」蛾飛告訴他。「現在我們定期集會，互相交流，這樣就再也不會有戰爭了。」

她加快腳步。高地看起來還好遠，幸運的話，他們可以在黃昏前趕到。

「如果吃飽的話，我們的腳程可以更快。」彌迦掃視四周，這時腳下的碎石地面已被草地取代。

蛾飛目不轉睛地看著前方。「如果這一路上，你有看到獵物，可以去抓牠，但我不會停下來。」

等他們快抵達通往高地的陡坡時，暮色已經降臨谷地。先前彌迦在躍過溝渠時，曾看到一隻地鼠，於是當場獵殺，以很快的速度與蛾飛分食。但這並未止住蛾飛的饑餓。等到轟雷路映入眼簾時，她的肚子又咕嚕咕嚕地叫，但她沒理會。她必須集中精神地橫越轟雷路。大片的黑岩橫亙在他們的必經之路上。蛾飛停在路邊，仔細聆聽遠方怪獸的怒吼聲，全神貫注到耳毛微微刺痛。她的舌頭嚐到酸臭陳腐的怪獸味。

「來吧！」彌迦快步走上平坦的岩面，停在路中央，朝仍待在路邊的她轉身。她記得上次她也站在那裡。恐懼在她肚子裡蠕動。當時她差點害死金雀毛。**要是他死了呢？我那時真的很兔腦袋！風奔原諒她了嗎？**

**你會危害到你的部族！**

蛾飛瞪視著轟雷路，嘴巴突然發乾。斑毛曾說，到了早上，一切都會煙消雲散。那已經是兩天前的事了。真的已經煙消雲散了嗎？

**一定得煙消雲散！我將成為巫醫。**她強迫自己記起晨鬚說過的話。如果她很嚴厲，那是因為她擔心你，不是因為認為你一無是處。貓靈的話一向是對的，不是嗎？

「蛾飛！」彌迦的呼喚聲害她嚇了一跳。她眨眨眼睛，注意力轉到他身上。怪獸的怒吼聲愈來愈大，地平線上森然出現怪獸的身影。發亮的眼睛射出強光，刺穿暮色，瞬間染白彌迦的黃色身影。

**我不能再拿另一隻貓兒的生命冒險！**

蛾飛衝了上去，疾奔而過彌迦旁邊。「快跑！」她回頭瞥看，慶幸他追在後面，緊跟著她跑到轟雷路的另一頭。她急剎腳步，腳爪裡盡是草屑。彌迦也跟著急剎腳步。這時一頭怪獸呼嘯而過，發出像鵝一樣的叫聲，捲起惡臭的旋風，灌進他們的毛髮。

「好險哦！」彌迦氣喘吁吁。

蛾飛緊張地對他眨眨眼睛。她看見他全身的毛髮豎得筆直。「我沒想到你竟然會停在路中央等我。」

「我也沒想到你會在路邊就發起呆來了。」

「下次，別再等我。」她告訴他。「我常分神。」

彌迦的耳朵不安地動了動。「高地上還有轟雷路嗎？」

「沒有了。」

「那就好。」

他們默默爬上山腰。等到抵達坡頂時，將蛾飛的背曬得暖暖的夕陽早躲到高岩山後面了。她停下腳步，瞇眼眺望眼前的暮色微光，聞到前方金雀花叢上有風族的氣味，還有夜裡浸潤在露珠裡的石楠所散發的香味。她快樂到腳爪微微刺癢。她回家了！

她瞥了彌迦一眼。她向來習慣和她的族貓橫越這片草原，這次改由他陪在身邊，感覺很奇怪。他會緊張嗎？畢竟他正要步入未知的領地。「你準備好了嗎？」

彌迦眺望眼前那一大片斜傾的高地。遠方盡頭有座森林，猶如紫紅色天空下的一抹黑影。他抬起尾巴。「我準備好了。」

「跟我來。」蛾飛往金雀花叢前進，穿梭在灌木叢間。自從她離開後，花苞已經成熟綻放，甜味充斥鼻腔。她加快腳步，來到開闊的草原。

「部族貓住在這裡多久了？」彌迦快步跟在她旁邊。

「沒有很久。我們以前曾經是一大群貓，」蛾飛解釋道，「好幾個月前開始分成幾個部族。有些貓喜歡住在松樹林裡，有些喜歡橡樹林，也有些想住在河邊。」她看了旁邊的彌迦一眼。「因為他們喜歡游泳。」

「他們喜歡游泳？」彌迦的耳朵動了動。「為什麼？」

「天知道。」蛾飛從來不懂為什麼有貓會喜歡弄溼自己的毛。「風奔和金雀毛一直住在高地，所以那裡是我們住的地方。」她用鼻口指出山腰一處陰暗的凹地，營地就在裡面。

彌迦瞇起眼睛。蛾飛真想知道他心裡在想什麼。

她拔腿開跑，只希望他別太緊張。「來吧。」圓潤的月亮正緩緩爬上清澈的夜空。「他們馬上要去四喬木了。我得趕在風奔離開前跟她說話。」

她低頭鑽進石楠叢，立刻聞到斑毛的味道。金棕色公貓稍早前曾循著這條路穿過灌木叢。從氣味來判斷，塵鼻也跟在旁邊。他們的味道正從地表上散發出來。**等我跟他們講我去過哪裡，他們一定會很訝異。**她亢奮不已。**風奔一定會相信我！**她突然很有把握自己一定能說服母親相信她曾跟半月談過話。**她也許覺得我老愛做白日夢，但她知道我不會撒謊。**她聽見身後的彌迦氣喘吁吁，她帶著他穿梭在石楠叢裡，枝葉不斷刷拂他們的身子。

「快到了嗎？」他上氣不接下氣地問道。

「快到了。」她衝進開闊的草地，營地前面的金雀花圍籬瞬間映入眼簾。她繞過它，帶著彌迦往入口走去。

天色漸暗，星子一個個出現。半月也在上面看著他們嗎？蛾飛緊張到腳爪微微刺癢。她決心證明她值得貓靈的信賴。

她低頭穿過營地入口。彌迦跟在後面。

暴皮坐在草叢裡，露鼻在他旁邊。他們一看到蛾飛，立刻跳了起來。

「你回來了！」暴皮的眼裡閃著喜悅，但隨即看見彌迦，頸毛頓時豎起。「他是誰？」

「他是我朋友。」蛾飛在斑灰色公貓面前停下來。「他昨天救了我，我才沒被狗咬到。」

露鼻一臉懷疑地嗅聞彌迦，後者愣了一下，但並未豎起頸毛。

「他來這裡做什麼？」露鼻質問道。

「我晚點再告訴你。」蛾飛掃視營地，心撲通撲通地跳。**風奔呢？**她覺得不安。灰板岩正在營地邊緣陪小貓玩，石頭佬躺在附近，一副懶洋洋的模樣。除此之外，營地裡沒有其他貓兒。

「蛾飛，你回來了！」銀紋瞄見她，穿過草地，跑了過來。黑耳興奮地追在他姊姊後面。白尾躺在地上，猛拍她媽媽的尾巴，正在陪她玩的灰板岩也在這時抬起頭來。「你平安無事！」她快樂地喊道。「這下風奔可以放心了。」

「風奔呢？」蛾飛心跳加快。

石頭佬緩緩撐起身子。「她跟其他貓兒出去了。」

露鼻還是緊張地盯著彌迦。「他們去參加月圓之夜的大集會了。」

「已經走了。」蛾飛瞪著他，一顆心像大石頭一樣沉了下去。「可是我想找她談一下。」

彌迦無視露鼻的好奇，走到蛾飛旁邊。「她什麼時候離開的？」

「才離開不久。」暴皮告訴他。

露鼻昂首闊步地繞過她哥哥，怒瞪著彌迦。「我們是留下來保衛小貓的。」

銀紋繞著彌迦和蛾飛轉。「你的味道好奇怪哦！」她尖聲說道。

「你去哪裡了?」黑耳瞪大眼睛看著她。「你身上好髒哦!」

彌迦看著小貓,帶著興味地抽動鬍鬚。「我們去了高岩山。」

「高岩山!」灰板岩正穿過草地朝他們走來。白尾跟在後面。「那裡離這裡很遠欸。」

「我知道。」蛾飛突然覺得她的腳好痠,但她還不能停下來。「我們得趕上風奔。我有重要的事要告訴她。」

灰板岩瞇起眼睛。「一切都還好嗎?」

蛾飛迎視她的目光。「很好。」蛾飛回答道。

「那為什麼那麼急呢?」石頭佬也蹣跚朝他們走來。沒有時間多談了。

「你們晚一點就會知道。」蛾飛轉身,往入口走。「我得追上風奔。」

「你不會要他也去參加大集會吧?」露鼻看見彌迦也跟在蛾飛後面,於是放聲喊道。「只有部族貓才能參加大集會。」

「他馬上就會成為部族貓了。」她回頭喊道。

她衝出營地,朝山腰走去,同時張開嘴巴,嗅聞空氣。風族的氣味立刻覆上舌頭,甚至新鮮到得設法辨識他們走的是哪條路。彌迦正在嗅聞地面,一路聞到幾條尾巴之外一處被嚴重踐踏過的草皮上,隨即用力甩著尾巴。「他們是從這裡走。」

蛾飛衝了過來,檢查氣味。他說得沒錯。這裡的草叢有新鮮的腳爪味,而且一路通向石楠叢。她循著氣味前進,低著頭,鑽進灌木叢,來到後方的草坡上。這裡曾是她常和塵鼻一起來狩獵的裸岩區。風奔一定是帶著族貓沿著那條可以穿過大片石楠叢的舊羊徑走,再直抵四喬木的上方。她看了彌迦一眼，確定他還跟著她，這才拔腿開跑。

他追了上來，跑在她旁邊。「你認為我們趕得上嗎？」

「應該可以。」蛾飛氣喘吁吁地說道。「這味道還很新鮮。」

他們一前一後地鑽進石楠叢，裡頭的羊徑蜿蜒曲折，最後通到山谷上方。

蛾飛停下腳步，掃視山脊，頓時緊張了起來。她沒有看到風奔或風族貓，但聞得到他們的氣味正從山谷裡漫上來。「太遲了。」她低聲道。「他們已經下去了。」

橡樹的樹冠在前方森然出現，冒出新芽的巨大枝葉看上去線條柔和了許多。蛾飛打量山谷，望見下方有許多身影正在移動。

她蠕動著腳爪。「我們等到大集會結束後，再告訴風奔有關巫醫貓的事吧。」

彌迦看著她。「今晚所有族長都會到下面去，對吧？」

蛾飛避開他的目光。她大概猜得出他在想什麼。「你想要我下去，直接告訴所有貓兒？」

「你必須讓他們知道啊。」他理智勸說。

「可是我想先告訴風奔。」蛾飛爭辯道。

「為什麼？」彌迦那雙綠色眼睛目不轉睛地看著她

蛾飛全身發燙。「因為這樣比較容易一點。」她承認道。

「蛾飛。」彌迦的鼻口貼近她，她感覺到那溫熱的鼻息正吐在她鼻子上。「你做得到。」

「你要我走到集會中央，當面告訴他們，貓靈指示我，說他們必須要有巫醫貓？」她緊張到肚子緊緊絞在一起。

「貓靈們相信你做得到。」彌迦語氣堅定。

蛾飛表情僵硬地點點頭。「他們告訴我要堅強面對。」她試圖不去理會心裡的惶恐。

「那就去面對吧。」彌迦輕輕把她推向山谷頂端。

蛾飛嚇得四腳發麻，任由彌迦帶著她鑽進山腰上濃密的蕨葉叢裡。他一路推她前進，在厚重的枝葉裡穿梭。她抽動耳朵，聽見下方貓兒的低語聲。**我做不到！**他們就快走到坡底，四周蕨葉窸窣作響。她緊張到反胃。「等一下。」她停下腳步，急著思索該說什麼。

彌迦在她身邊停下來，隔著蕨葉往外窺看。她也循著他的目光望出去。

「那隻灰貓是誰？」他低語道。

「是清天。」

彌迦點點頭。「我想也是。」

「他的樣子跟你在夢裡看到的一樣嗎？」

「一模一樣。」他掃視大集會裡的貓。「站在他旁邊的那些貓是誰？」

蛾飛瞇起眼睛，試著辨識。皎潔的月光從剛冒芽的橡樹枝椏間灑了下來，貓兒們被染成一片銀白。「那是鋸峰。」她朝正在清天旁邊踱步的一隻體型嬌小的灰色虎斑公貓點頭示意。

「他是清天的弟弟，但他現在住在風族。雷霆是他們旁邊那隻大公貓。」

「雷霆是雷族族長。」彌迦顯然正試著記住每隻貓兒的名字。

「他也是清天的兒子。」

彌迦看著她。「他們有血緣關係，卻住在不同部族？」

「部族比血緣關係還要重要。」蛾飛告訴他，然後又回頭看正在林間空地上移動的貓兒。**風奔呢？**她逐一掃視，終於看見她母親的身影。風奔正在金雀毛和塵鼻中間不安地走動。斑毛和柳尾坐在附近。

空地盡頭的草地上突然颼颼作響，河波帶著他的族貓走進空地。斑皮跟在旁邊，同行的還有碎冰、夜兒和松針。

河波向其他族長禮貌地點頭致意，然後就在其中一棵橡樹下的樹根安坐下來，他的族貓都圍著他。這時高影也帶著礫心、鴉皮、柏枝、泥掌和鼠耳走進空地。

「我們都到了。」清天的喵聲在夜裡寒冽的空氣裡響起。

風奔穿過空地，停在天族族長前面，向他垂頭致意，再向雷霆、風波和高影點頭招呼。

「你們有什麼消息要分享嗎？」

「新葉季已經將第一批獵物送進我們的林子裡。」清天告訴她。

「也送進我們的林子。」雷霆緊接著說。

河波從樹根上跳過來，加入其他族長的談話。「最近冰雪融化，河水跟著高漲，所以漁獲豐富。」

蛾飛感覺到彌迦在她身邊不安地蠕動。他正瞪大眼睛觀察部族貓。

風奔也向他們報告：「高地上不缺兔子，麥雞也開始築巢。到了綠葉季的時候，還會有更多獵物。」

這時一個嘶聲在風奔後面響起。「要是天族貓老愛在我們的領地上狩獵，獵物恐怕就不夠了。」柳尾一邊說，一邊昂首闊步地穿過空地。

風奔厲色看了她的族貓一眼。

清天愣了一下。「你是在指控我們偷盜獵物嗎？」

柳尾面對天族族長。「只有一隻貓。」說完目光掃向坐在清天後面的紅棕色身影。

蛾飛認出那身影是紅爪。她開始緊張。**柳尾是打算和天族那隻公貓宣戰嗎？**

紅爪站了起來，來者不善地甩打著尾巴。他緩步走向柳尾，露出尖牙。「我是森林裡的貓，幹嘛去高地上偷獵？我們有自己的兔子……比你們領地裡那些瘦巴巴的噁心動物要肥美多了。」

柳尾豎起頸毛。「最近出現在我們領地裡，唯一瘦巴巴的噁心動物就是你。」

紅爪貼平耳朵。

風奔趕緊擋在他們中間。她看著清天。「你最好叫你的族貓克制一點。」

清天瞇起眼睛。「是你的族貓試圖挑釁。」

「她只是在保衛我們的邊界。」風奔啐口道。「再說，不是只有柳尾注意到你們越界。灰板岩也發現有兔子的骨頭被丟棄在我們與天族比鄰的邊界這頭。那不是我們族貓吃的。所以不知道是貴部族的哪一隻貓幹的好事？」她怒瞪著紅爪。

蛾飛緊張地豎起毛髮。**灰板岩找到證據了嗎？**不過話說回來，根本不值得為了一隻兔子打起來。大集會的目的是要大家和平相處，不是為了爭吵。

彌迦在她身旁不安地蠕動。「他們會打起來嗎？」

「希望不會。」蛾飛緊張地看著清天將紅爪推到一旁，轉頭怒瞪風奔。「誰都可能殺了那隻兔子。你有什麼證據證明我的貓出現在你的領地上？」他吼道。

「柳尾幾天前看見紅爪出現在高地上。」風奔嘶聲道。

「她說的是真的嗎？」清天朝天族公貓轉身，氣惱地揮打尾巴。紅爪抬高下巴。「我是去了。我不需要說假話。但我沒有偷抓獵物。難道我們現在都不能到別的部族走一走嗎？」

柳尾怒目以對。「像你這種心似豺狼虎豹的背叛者就不行。」

「你憑什麼這樣說我？」微光中，紅爪眼帶怒光。柳尾也發出低沉的警告聲。

絕不可以讓他們打起來。蛾飛緊張到耳朵充血。貓靈們要她把消息帶給其他部族。如果開戰了，她怎麼達成任務？「你在這裡等我！」說完便留下彌迦，從蕨叢裡獨自跳出來。

貓兒們聞聲轉身，一臉驚訝地瞪著她看。她在空地上剎住腳步，這才意識到大家都看著她。

「蛾飛？」風奔在月影斑駁的空地盡頭瞪大眼睛，表情驚懼。「是你嗎？」

蛾飛對她眨眨眼。「當然是我。」她不懂她母親為何如此害怕？

風奔貼平耳朵。「你死了嗎？」她的喵聲帶著恐懼。

蛾飛皺起眉頭，試圖理解這話的意思。**死了？我為什麼死了？**她瞥了一下自己的腳爪，發現月光將她身上的白毛照得發亮。這才恍然大悟。原來她的樣子就像出現在大集會上的貓靈一樣。**莫非風奔以為我死在旅途中？**她頓時緊張。「我沒死！」趕忙跑向風奔。「我還活著。我回來了！」她的鼻口緊緊抵住她母親的面頰。

風奔渾身顫抖。

金雀毛從旁觀的貓群裡擠出來，眼帶怒光。「你去哪兒了？我們都擔心死了。」

蛾飛歉意地垂下頭。「對不起，」她喵聲道。「可是我必須離開，我必須找到某樣東西。」

「什麼東西？」風奔立刻抬起頭來，憂傷的情緒頓時化為烏有。

蛾飛退後。清天瞪著她。河波緩步趨近，頗有興味地瞪大眼睛。

高影若有所思地偏著頭。

蛾飛不知所措，但還是抬起下巴。「貓靈們託我帶消息給你們。」她開口道。

「真的假的？」清天倒抽口氣，顯然不相信。高影翻了白眼。

蛾飛望向族貓，希望得到他們的支持，但迅鯉只是一臉責難地望著她。「蛾飛，你又在做白日夢了嗎？」

鋸峰和冬青互看一眼。斑毛則是一臉同情地看著她。

**他們不相信我。**蛾飛暗自按壓下內心的惶恐。

紅爪低吼：「她只是想轉移話題。」同時將目光轉向柳尾。「我不准你們指控我偷竊。」

風奔嘶聲道：「誰都不准在風族的領地裡偷獵。」

蛾飛氣餒不已。難道他們真的認為打一場蠢架比祖靈的旨意來得重要？她甩打尾巴。「你們必須聽我說。」

紅爪瞪她一眼。「蛾飛，是不是風奔唆使你說的？」他低吼。「她是怕她的部族看起來像一群騙子嗎？」

風奔豎起頸毛。「清天，」她怒瞪著天族族長。「看來你似乎很習慣找麻煩製造者加入你的部族。我還以為自從一眼給你惹了麻煩之後，你就學乖了。沒想到你找來的還是一群小偷和惡棍。」

清天那雙藍色眼睛頓時如冰霜般冷酷。「我的族貓個個英勇誠實。」

星花從花開和橡毛中間擠過來，站在她的伴侶貓旁邊。「清天是位優秀的族長。他瞭解自己的族貓，他知道他們絕對不會說謊。」

風奔齜牙咧嘴。「那為什麼灰板岩會在邊界發現吃剩的兔子？」

紅爪冷哼一聲。「我們怎麼知道灰板岩有沒有撒謊。」

「灰板岩不會撒謊。」風奔嘶聲道。

「別再吵了！」蛾飛沮喪不已。「我想告訴你們一個很重要的消息。以後部族的未來都得靠它！」她愣了一下，不敢相信自己竟然這麼勇敢。

塵鼻驚愕地看著她。

她趕在其他貓兒打岔之前一次說完：「我和貓靈們談過。他們告訴我，每個部族都必須有一隻巫醫貓專門負責醫治病貓。斑皮會是河族的巫醫貓，礫心會是影族的。我是風族的，雲點是雷族的。」她停頓一下，現在還不是時候告訴他們彌迦的事。他們得先習慣巫醫貓這個觀念。她把爪子戳進地面，等著看各部族的反應。

高影上前一步。「為什麼貓靈要告訴你而不告訴我們？」她瞥了清天和河波一眼。「畢竟我們才是族長。」

「他們說從現在起，都會透過我來傳話。」蛾飛告訴她。

清天氣急敗壞。「透過你？你比小貓大不了多少。」

蛾飛不想理他，但腳爪忍不住發抖。「他們說他們會降下神諭，而我必須告訴風奔那些神諭所代表的意義。」她注意到斑皮正看著她，那雙眼睛有星光閃耀其中。「我相信每個巫醫貓都會看見神諭，並為他們的族長解釋涵意。」**這應該就是半月的意思吧。**

風奔緩步走了過來，背上的毛髮如波起伏。「蛾飛？」她的喵聲輕柔。「我知道你認為自己是在做對的事情，但你確定你不是在做夢？」

「是真的！」蛾飛將爪子用力戳進冰冷的地表。「我是從一條地道進入高岩山，結果發現有座岩石沐浴在月光下，然後我就看見貓靈了。」她知道她的話聽起來很瘋狂。而且她發現有些族貓竟以憐憫的眼神看著她。**我就知道，他們不會相信我。**

清天吸吸鼻子。「你忘了告訴我們，天族的巫醫貓是哪一位。」

蛾飛遲疑了一下，說不出話來。他是認真地在請教她嗎？

「既然貓靈們都告訴你這麼多事了，」花開挖苦地說道。「難道會忘了提到天族嗎？」

「這全是她掰出來的。」泥掌指控道。

「她只是想博取注意。」一隻影族的玳瑁色貓緩步走上前來。

礫心從她旁邊擠了過來。「柏枝，給她機會解釋好嗎？」他目光溫柔地看著蛾飛。「你知道天族的巫醫貓是誰嗎？」

蛾飛回頭看彌迦藏身所在的蕨葉叢。如果她告訴他們，貓靈們指派的是一隻完全陌生的貓，他們會做何反應？

蕨叢突然一陣窸窣作響，彌迦鑽了出來。「他們說我會是天族的巫醫貓。」他說道。

驚訝聲在貓群裡響起。

「他是誰？」

「他不是部族貓！」

「誰讓他來的？」

「他叫彌迦。」蛾飛的脅腹緊緊挨著剛走到她身旁的彌迦。「他救了我一命，我才沒讓狗咬死，後來他陪我去了高岩山。」

河波瞇起眼睛。「他也看到了貓靈？」

蛾飛搖搖頭。「是一隻大飛蛾帶我去的，不是他。」

風奔當場愣住。「就是你在夢裡看到的大飛蛾？」

「沒錯，」蛾飛看見貓兒們面面相覷。雷霆瞇起眼睛看著彌迦。清天不安到背上的毛髮聳了起來。高影正在旁觀，耳朵不停地抽動。蛾飛無助極了。她要怎麼說服他們呢？只有河波看起來異常冷靜。「我不是在做夢！」她絕望地喊道。「這是千真萬確的。」

「我也看見那隻大飛蛾了。」彌迦抬起下巴。

「你可能是為了想當我們部族的巫醫貓，才這麼說的吧。」清天低吼。

「真的有大飛蛾，是牠帶我們去高岩山。」他冷靜迎視清天的目光。「我是想成為你的巫醫貓，但我不會撒謊。」

「你懂怎麼行醫嗎？」清天質問道。

「還不懂，」彌迦冷靜回答。「但我會努力學習。」

「我們都會努力學習。」蛾飛補充道。「畢竟已經有貓兒知道如何使用藥草治病。如果我們能學會，這種知識便能不斷累積。總有一天，部族必須靠巫醫貓才能生存下去。這是半月告訴我的。」

「半月？」清天當場愣住。

高影走上前來。

斑皮眨眨眼睛。「你和尖石巫師談過話嗎？」

快水趕緊走到清天旁邊。「她一定見過尖石巫師。」老高山貓低聲道。「不然她怎麼可能知道她的名字？」

清天仍然瞪視著彌迦。「也許她聽過鋸峰或灰翅談論過她。」

蛾飛的心裡頓時燃起了希望。**他們知道半月是誰！**他們是不是相信她了？

斑皮的眼裡閃著興奮的光芒。「我的夢一定也是一種神諭！」

河波看著她的族貓。「什麼夢？」

「過去幾個月來，我一直夢到我在教貓兒有關藥草和行醫的知識。」

「你怎麼都不說？」河波輕聲問道。

「我以為那只是很平常的夢。」斑皮回答道。

清天緩步走向彌迦，張嘴嗅聞他的氣味。「你聞起來很怪。」

「我在農場長大，身上當然有農場的味道。」彌迦站立不動，任由清天繞著他轉。

雲點從貓群裡鑽出來，走到前面。「我也做了夢，」他承認道。「我看見被月光點亮的岩石。」他看著蛾飛。「它是在洞窟裡嗎？」

蛾飛點點頭，努力按壓下興奮的情緒。「就在高岩山裡。」

「穴頂有個洞？」

「你看到了？」蛾飛興奮地蠕動著腳爪。

「我夢見我跟你、斑皮、還有礫心在那裡，」雲點朝彌迦點點頭，「也包括他。」

高影轉向礫心。「你做過什麼夢嗎？」

「只有昨晚，」他的兩眼炯亮如星。「我夢到龜尾低頭對我說，她向來知道我很特別。」

蛾飛的尾巴微微顫抖。「她還告訴你要好好照顧你的族貓，對不對？」

「沒錯，」礫心眨眨眼睛。「她的確這麼說。」

柏枝看著高影。「我們真的要相信這個兔腦袋的風族貓嗎？」

金雀毛憤怒地彈打尾巴。「她不是兔腦袋！」

「那為什麼斑毛老愛開玩笑說，總有一天，她會找到彩虹的起點，然後想盡辦法爬上去？」

「我只是在開玩笑。」斑毛滿臉歉意地迎視蛾飛的目光。

迅鯉從他旁邊輕輕走了過來，看著蛾飛。「蛾飛，要是你錯了怎麼辦？也許你誤會了貓靈的意思。你甚至分不清楚獵物和植物的不同。」

風奔面對灰白色母貓。「她當然分得清楚。也許她老是帶植物回來，純粹是因為那是巫醫貓的本能。」

蛾飛心裡暗自感激。她瞥了彌迦一眼。「我想他們會相信我的。」她低聲道。

清天的尾巴仍然不耐地抽動著。「所以天族又多了一張嘴要餵。」他狠瞪彌迦一眼。

「我會狩獵。」彌迦告訴他。

「你照顧病貓都來不及了吧？」清天冷哼了一聲。

星花站在她伴侶貓旁邊。「在你決定做任何改變之前，也許應該先等貓靈來親自告訴我們。」

柏枝和迅鯉低聲附和。

「貓靈以前曾跟我們說過話，」高影推論道。「如果現在不跟我們說話，那是因為他們沒有話要告訴我們。」

「但他們有啊！」蛾飛開始緊張。**你們必須相信我！**但她還能說什麼呢？突然她想起半月臨別前的那番話。**我們會劈開天空，然後星星會升起。**貓靈們曾經承諾在她告知部族貓的時候，他們會降下神蹟。

**究竟是什麼神蹟呢？**她仰頭望著樹枝外的夜空。

「你在找什麼？」清天問道，沙啞的喵聲帶著鄙夷的語氣。「你以為你隨時可以召喚他們嗎？」

蛾飛對著他眨眨眼睛。「他們答應我，當我告訴你們的時候，他們會劈開天空。」

清天滿臉興味，鬍鬚動了動。空地上喵嗚聲四起。

「劈開天空？」柏枝搖搖頭。「你在胡說八道什麼？」

蛾飛挺起肩膀。「他們說他們會劈開天空，然後星星會升起。」

清天坐了下來。「好吧，」他抬頭看。「那我們就等著瞧吧。」

空地一片沉默。頂上天空萬里無雲，漆黑一片。

蛾飛覺得好羞愧，全身跟著發燙。**也許我真的在做夢！我以前也以為夢是真的。或許我從頭到尾都錯了！**

她感覺得到部族貓都盯著她看。「我做了什麼？」她對彌迦低聲道。「我真是兔腦袋！」她縮起身子。

突然間，空地倏地一亮，一道閃電劃破天空，部族貓全籠罩在耀眼奪目的白光裡。

蛾飛嚇得跌坐地上。

閃電擊中谷地盡頭的一棵樹，當場著火。樹幹劇烈抖動，被劈成兩半。其中一半烈燄衝天，橫倒在地。

蛾飛驚愕地瞪視著眼前景象。**他們辦到了！他們劈開了天空！**她好開心。現在他們總該相信我了吧。她環顧空地。

部族貓全都目瞪口呆地看著那棵著火的樹，然後一個個朝蛾飛轉身。

# 第十五章

火熄滅了，劈啪作響的烈燄聲終於止息。蛾飛覺察到獼迦在她身旁不安地蠕動，部族貓全都默默地看著她。

她愣在原地，大氣不敢喘。這時河波緩步上前，垂下頭。「蛾飛，你的表現很勇敢。你跟我來。」他朝地上一座巨大的岩石走去，那座岩石彷彿是從地心裡鑽出來，已經存在了無數個季節。

河波一躍而上那座巨岩，蛾飛緊張地看著獼迦。

「去啊！」他用鼻口推她向前。「最困難的部份你都辦到了。」

蛾飛忸怩地走到巨岩下方的陰影處，然後爬上突岩，跳進月光底下。她站在河波旁邊，後者正俯視著下面的部族貓。

她從邊緣往下窺看。感覺距離好遠！她的族貓似乎都變小了。蛾飛瞥了天空一眼。星群宛若銀帶橫越墨黑的夜空。**那裡是貓靈們居住**

**的地方嗎？是某種星族嗎？**她還記得他們那泛著星光的身影在黑暗的洞窟裡閃閃發亮。對貓靈們來說，部族貓看起來都很渺小吧？沒想到貓靈的力量居然大到可以擊出閃電！不過他們真的很在乎部族貓，總是守護著他們，為他們指引方向。

「現在應該沒有異議了吧。」河波的喵聲讓她突然回神。部族貓都滿心期待地望著她。

雷霆抬起尾巴，月光下，那身橘色毛髮顯得蒼白淺淡。「貓靈們已經開口了。每個部族都會有自己的巫醫貓。」

快水從天族貓那裡喊道：「要是我們早點有巫醫貓，就不會被疾病奪走那麼多條命了。」

蛾飛搖搖頭。「我們懂得醫術並不比以前多。」她直言道。「我們無法改變過去，但我們可以改變未來。我們一定會找到新的藥草和新的治療方法。」

「怎麼找？」礫心抬頭看她。「那得花好幾個月的時間試用每種植物。」

「沒錯，」蛾飛同意道。「但在此同時，我們可以互相學習。每個部族都有幾隻懂醫術的貓兒。」

迅鯉抬起鼻口。「蘆尾就懂很多。」她很是驕傲地看了她的伴侶貓一眼。

銀色虎斑貓謙遜地垂下頭。「我很樂意與蛾飛分享我的所學。」

「我會把你教我的，與其他巫醫貓分享。」蛾飛向礫心點頭說道：「你也會傾全力地向你的影族貓學習醫術嗎？」

礫心點點頭。

雲點揮著尾巴。「我也會在雷族裡盡量吸收所有醫藥知識。」

「巫醫貓每半個月都得到高岩山集會一次。」蛾飛這樣告訴他們。

斑皮眨眨眼睛。「那是一趟很遠的旅程。」

蛾飛迎視著她那雙斗大的眼睛。「只要你親眼見到那座被月光照亮的岩石，你就會覺得不虛此行。」她突然發現自己的語氣竟然像是族長在對部族說話。她趕緊從岩石邊緣退了回去，心裡有點忐忑。

「別害怕。」河波在她耳邊低語。「貓靈選擇了你，所以這是你的天命。」她看著向來神祕的河族族長，好奇星族是否曾與他分享過什麼。他似乎頗有智慧。

空地上傳出憤怒的喵聲。

蛾飛愣了一下，發現清天正怒瞪著她。「你說得好像一切都決定好了。」他抖鬆毛髮。「為什麼巫醫貓不能由我們自己挑選？部族的未來應該由我們自己決定。」

蛾飛勉強自己正視他的目光。「我們不能漠視貓靈的意見。」

「你一定是誤解了他們的話。」清天覷著彌迦。「他們為什麼幫天族找來陌生貓呢？」

「你是說她撒謊？」風奔豎起頸毛，語帶挑釁。

清天毫不退讓。「我只是說她可能誤解了。」

「如果她誤解，貓靈為什麼要降下神蹟給我們？」風奔厲聲道。「彌迦是你的巫醫貓，你別挑剔了。」

清天的目光有怒火閃現。「你說得倒容易。你又不必收容一隻惡棍貓。」

風奔憤怒地抖動尾巴。「你以前就收容不少惡棍貓。你只是不喜歡服從別人的命令。」

清天怒瞪著風族族長。「你還不是一樣。」

「至少如果我知道錯了，我會承認。」風奔回嗆。

「我從來不會錯！」清天抽動著耳朵。

蛾飛突然同情起彌迦。要是清天真的同意接納他，彌迦以後要怎麼跟他相處？天族族長從來聽不進任何一隻貓兒的話。但貓靈們要巫醫貓為族長提供建言，要是清天執意不聽，彌迦該怎麼辦？她瞥了彌迦一眼，後者默默地看著眼前一切，月光染銀了他的身影。他的眼神似乎很堅定。**他一定會想到辦法的。**

她再次走到巨岩最前面。「彌迦對部族貓也許很陌生，但是他和我們之間的關係是有淵源的。」

清天抬起鼻口，瞪視著她。「你這話什麼意思？」

貓群裡響起驚訝聲，他們好奇地望著彌迦。彌迦愣在原地，被他們看得不知所措。

「彌迦，你告訴他們。」蛾飛鼓勵道。

彌迦的尾巴止不住顫抖。「我曾夢到你。」他向清天點點頭。「我夢見我拿貓薄荷給你，治療一隻生病的小貓。」

星花豎起耳朵。「貓薄荷是什麼？」

「是一種長在農場上的藥草。」彌迦告訴她。「我們都用它來治療咳嗽。」

星花朝清天轉身，綠色眼睛炯炯發亮。「他可以幫忙醫治微枝！」

清天背上的毛豎了起來。他緊張地看看星花又看看彌迦。「你能給我們一些貓薄荷嗎？」

「當然可以。」彌迦偏著頭。「誰是微枝？」

清天瞇起眼睛。「他是我的孩子。」

彌迦抬起尾巴。蛾飛看得出來他很興奮，急著想立刻投入工作。

河波走到蛾飛旁邊。「所以我們都同意了？」他向下方的貓群喊道，目光盯住清天。

清天遲疑了一下。「你確定貓薄荷有效？」他問彌迦。

「我還是小貓時就吃過，蠻有效的。」

「我們必須試試看。」星花催促道。

「好吧，」清天垂下頭。「如果你能治好微枝，你就能留在天族。」

高影抬起鼻口。「從現在起，礫心就是影族的巫醫貓了。」

「雲點將是雷族的巫醫貓。」雷霆附和道。

「斑皮是河族的巫醫貓。」河波坐了下來，尾巴蓋住腳爪。

蛾飛望向風奔，迎視她的目光，意外發現她眼神溫暖。

「蛾飛是風族的巫醫貓。」

她母親一開口，她的心頓時充滿驕傲與喜悅，趕緊從岩石旁邊溜下來，跳到地面，朝風奔跑去。「對不起，我讓你擔心了。」她一來到她身邊，立刻脫口而出。

風奔用鼻頭輕觸蛾飛的面頰。「我終於明白你當初為什麼要離開了。」她抬起頭，迎視蛾飛的目光。「我很抱歉，以前對你太嚴厲。金雀毛說得沒錯，你很特別。我太兔腦袋了，才沒發覺。」

金雀毛也走了過來，塵鼻跟在後面。「我以你為榮。」他兩眼炯亮地看著蛾飛。

她開心喵嗚，這時小燼和晨鬚的影像突然在她腦海閃現，她遲疑了一下，這才開口說道：「我看見了我死去的妹妹和弟弟，」她告訴風奔。「他們和貓靈們住在一起，還跟我說過話。」

風奔的眼裡頓時閃現淚光。「他們還好嗎？」她的喵聲哽咽。

「他們還是小貓。」蛾飛告訴她。「但他們看起來很好很快樂，變得很有智慧。」

風奔鼻口轉向金雀毛。「他們很快樂。」她的聲音雖小，卻充滿喜悅。

金雀毛將面頰抵住他的伴侶貓。「他們都過得很好。」他低聲道。

影族貓開始爬上山腰，準備回松樹林。雷霆也帶著他的族貓穿林而去。

「我們也該走了。」風奔彈彈尾巴，示意她的族貓回高地。

清天和星花帶著天族貓走進荊棘叢，這時河族貓也消失在通往蘆葦灘的長草叢裡。

塵鼻推推蛾飛的肩膀。「一起走吧？」

蛾飛掃視空蕩蕩的空地，慶幸看見彌迦仍在山坡下。「我待會兒就來。」她告訴塵鼻。她的弟弟狐疑地看了彌迦一眼，隨即追在他的族貓後面離去。

蛾飛快步走向彌迦。「我們辦到了！」她興奮地說道。

他卻眼帶愁雲。

「怎麼了？」難道他不高興他們說服了所有部族？

「我會想念你的。」他輕聲說道。

她的心跳頓時加快。她忘了！他以後會住在天族營地裡。他們才短暫相處幾天而已，但他的離去令她不捨。「我也會想念你。」

他傾身向前，鼻口與她互觸。「半個月後再見囉。」

「我們可以結伴遠行到月亮石。」蛾飛低聲道。

山坡頂閃現一雙炯亮的眼睛。「彌迦，快上來。」清天的喵聲迴盪谷底。

「我得走了。」彌迦往矮木叢走去。「我不想一開始就跟他們把關係搞壞。」

蛾飛看著他消失在灌木叢，心裡覺得難過，但隨即又興奮起來。她改變了部族貓的未來！從今以後，一切都將改觀。她抬眼望著夜空，好奇半月是否以她為榮。

頭頂上有雙綠色翅膀在月光下飛掠而過。

**大飛蛾！**

牠朝她撲撲飛來，越飛越近，最後停在她的鼻口上，搔得她鼻頭好癢，鬍鬚不住抽動。她的鼻息輕吐在牠的翅膀上，這時牠突然又翩翩飛走，空中盤旋，越飛越高，消失在橡樹枝葉間。

**牠是來跟我告別的嗎？**

謝謝你！蛾飛聽見山坡頂的蕨葉窸窣作響。她的族貓正往高地前進。她加快腳步，追上去，鑽進濃密的灌木叢裡。她的生活將從此改觀。她心跳加快。**半月！**她對著寒冷的夜空輕聲呼喚。**請保佑我，請賜給我力量承擔未來的天命。**

# 第十六章

「蛾飛，你看我！」

銀紋的喵聲在她身後響起。她甩掉腳下的葉屑，不耐地轉身，望著淺灰色的小母貓。

她的窩穴牆上爬滿了多刺的金雀花叢，銀紋正鑽進去。黑耳拉扯著他姊姊的尾巴，白尾也在她身旁試著往上爬。

「拜託你們下來好不好！」蛾飛大步穿過巫醫窩裡剛挖鑿好的地面，用牙齒咬住銀紋的頸背。

這個窩穴是在風奔的交代下特別為蛾飛開挖出來的。暴皮、蘆尾、冬青和露鼻花了好幾天的時間才在這些金雀花叢的莖梗下方鑿出一個坑，並在枝葉最茂盛的中心位置拔除枝葉，挖出一個穴坑。這裡的空間足以容納三個臥鋪。其中一個給她自己，另外兩個給可能需要妥善照料的病貓。樹枝間的空隙提供了絕佳的空間儲藏她採集來的藥草。她可以把它們塞進多刺的莖梗間，不必再擔心日曬雨淋。

蛾飛把小貓丟在地上。「如果你想爬，就去外面爬。」

銀紋對她眨眨眼睛。「可是灰板岩要我們跟著你。」

蛾飛回頭瞥了她收集來的幾堆葉子，她打算先分類，趕在日正當中前，存放進窩穴後方的金雀花枝幹間。

黑耳循著她的目光，快步走向那些葉堆，開始嗅聞，結果突然聞到辛辣的味道，當場打了個噴嚏，噴得葉子四散飛舞。「對不起！」

蛾飛氣急敗壞，但只能耐下性子。**我得告訴灰板岩，現在我是巫醫了，她最好找別的貓兒幫她看管小孩。**蛾飛很愛這群小貓，但她現在有新的責任得扛。

自從那次月圓之夜的大集會後，族貓們對待她的態度有了很大的轉變，她也習慣了自己的新角色。現在如果她再突然分神，陷入自己的思緒，迅鯉不會再取笑她。而每當她叼著植物回到營地，風奔也總是第一個跑來問她是不是找到什麼有意思的植物。每回她經過鋸峰身旁，後者也都以尊敬的態度向她點頭致意。只有灰板岩似乎還沒注意到這其中的變化，仍沉溺在失去灰翅的哀傷情緒裡。

入口窸窣作響，蘆尾的頭伸了進來。「你需要幫忙嗎？」

「你可不可以幫我看著這三隻小貓？」蛾飛一把抓住黑耳尾巴，從藥草堆裡拉開。

「迅鯉剛狩獵回來，」蘆尾告訴她。「我去問問看她能不能幫忙看一下。」

白尾皺起眉頭。「可是我們想待在蛾飛的洞穴裡。」

「小貓需要新鮮空氣和陽光。」蘆尾鑽進窩裡，把灰白色小公貓推向洞口。

「等一下！」黑耳又在聞藥草堆。「這是什麼？」他對著一片翠綠的葉子皺起鼻子。

蛾飛的耳朵抽動了一下。我想是……「馬尾草吧。」。要記住所有名稱，對她來說有點難。

銀紋從她弟弟旁邊擠過去，聞一聞。「它的用途是什麼？」

蛾飛皺起眉頭。「可以治療尾巴扭到的問題吧。」她猜測道。

蘆尾很是同情地對著她眨眨眼。「那是香芹，可以治胃痛。」他緩步經過銀紋身邊，用爪子勾起一片葉子。「不過根會比葉子更有療效。葉子的藥效還不夠強。」

蛾飛頓時全身發燙。「對哦！」她總算想起來了。蘆尾昨天帶她去採集藥草時，就告訴過她了。但為什麼她老是記不住最簡單的藥草知識呢？

白尾瞪大眼睛看著她。「我還以為你是我們的巫醫貓呢。」

「也許應該讓蘆尾來當。」銀紋提議道。

蛾飛不安地蠕動著腳。小貓說得或許沒錯。她怎麼可能學得會所有藥草知識？一時間，她突然懷疑貓靈們是不是選錯了巫醫。她的腦袋真的太糟糕了。

蘆尾把白尾哄到洞口，也把銀紋和黑耳推出去。「去找迅鯉。告訴她是我要你們去找她的。」

「不公平。」銀紋抱怨道。

「我們只是想幫忙。」黑耳接著說道。

小貓們滿腹牢騷地消失在洞口，蛾飛感激地看著蘆尾。「你的藥草和行醫知識比我豐富。

也許他們說得沒錯。你才應該當風族的巫醫貓。」

蘆尾憐愛地看著她。「貓靈們選你一定有他們的理由。我認為他們要的是一個不光只會記藥草名稱的巫醫貓。」

「怎麼說呢？」蛾飛覺得不解。她光是採集植物和記住名稱就應付不來了，真不知道要是發生緊急狀況，她要如何立刻對症下藥。萬一因為她記不住這些藥草用途，而害貓兒死了，該怎麼辦？一想到此，她便驚慌不已。

「你才剛開始。」蘆尾輕聲告訴她。

外面空地傳來冬青的吼聲。「你們三個想跑去哪裡？」

「是小貓！」蘆尾往洞口走去。「他們八成又想溜出營地。」他鑽了出去，金雀花枝葉跟著颼颼作響。

蛾飛回頭看了她的藥草堆一眼，開始把四散的葉子掃回去。

外面傳來咳嗽聲。

**是石頭佬！**

老公貓已經咳了好幾天。蛾飛瞥了窩邊空蕩蕩的臥鋪一眼，那臥鋪是暴皮和鷹羽剛用石楠枝葉編好的，一定比石頭佬在長草堆裡的臥鋪舒服。雖然新葉季的高地慢慢溫暖起來，但夜裡還是很冷，野風從不停歇。或許石頭佬只需要在她的窩裡睡上幾晚，就會康復了。她希望如此。因為她昨夜給他的艾菊顯然沒有效。而她又不知道還有什麼其他藥草可以治好他的咳嗽。

「石頭佬！」蛾飛鑽出窩外，穿過空地。

石頭佬緩緩地走在長草叢間，正要前往獵物堆。她來到他身邊，石頭佬停下腳步。

「你覺得怎麼樣？」

「還好。如果能吃點東西，應該會舒服一點……」石頭佬突然打住，咳了起來，毛髮蓬亂的肩膀費力起伏。他好不容易可以喘口氣，這才看著她，眼裡盡是疲態。

蛾飛揮開自己的煩心事，決定先專心治療石頭佬。焦急煩躁是成不了事的。她的腦袋飛快地轉。他要去拿食物吃。會餓的貓才是健康的貓。有一次她母親幫她和塵鼻帶獵物回來時，就曾這樣說。蛾飛問石頭佬：「你餓了嗎？」

「還好。」石頭佬聳聳肩。「我只是想吃點地鼠或許有幫助。」他陰鬱地看著她。

「我覺得你最好搬進我的窩裡。」蛾飛俐落地說道。「那裡已經為你準備了乾淨舒適又溫暖的臥鋪。我也可以在旁邊照顧你。」他的沒胃口令她擔憂。**也許我應該給他更多艾菊**。她真希望斑皮在這裡，又或者礫心也好。他們或許知道該怎麼處理。**我敢打賭連彌迦都比我厲害**。

當她小心領著石頭佬回她的窩穴時，她想到那隻黃色公貓，心裡頓時泛起一股暖意。再過不久，她就能在高岩山半個月一次的聚會裡見到他了。她停下來，等石頭佬鑽進她的窩穴，她再跟進去，用鼻口示意石楠臥鋪在哪裡。「你去那兒躺一下，我去幫你拿艾菊。」

石頭佬爬了進去，開始東搓西揉臥鋪裡的石楠。蛾飛轉身去拿藥草。**也許我沒有對症下藥**。她聞了聞昨晚幫他撕碎的綠色捲葉。**應該是艾菊啊**。她很確定。她用嘴巴叼了一把，穿過窩穴，把它放在石頭佬臥鋪旁。她挨近他，感覺到他身體有熱度。**他發燒了**。「把這些吃下去。」她把艾菊挪近，又回去藥草那裡。她覺得好沮喪，她相信一定有什麼東西可以幫忙解熱。但究竟是什麼呢？

石頭佬舔著葉子，慢慢吞下去，但竟咳得更厲害了。

蛾飛焦急地看著他。**艾菊一點用也沒有！**

**貓薄荷！**這名稱在她腦海裡一閃而逝。**彌迦曾提過它！他說它可以治好微枝的咳嗽！**它看起來有點像蕁麻，但葉子比較小，而且沒有刺。只要看到它，你就認得出來那是貓薄荷。那味道很好聞。他說兩腳獸的穀倉旁邊就有貓薄荷。石頭佬開始喘。農場太遠了。她必須盡快找到。森林後面的那幾棟兩腳獸巢穴附近不知道有沒有貓薄荷？

「你盡量多休息。」她告訴石頭佬。「我去外頭找些藥草。」她看著老貓肢體僵硬地躺進臥鋪，毛髮糾結成團，目光呆滯。我真希望自己知道什麼方法可以讓他舒服一點。「要不要我走之前到獵物堆幫你拿隻獵物來？」

石頭佬咕噥說道：「我想我吞不下去。」

「你的喉嚨會痛？」

「感覺就像我喉嚨吞了很燙的蕁麻一樣。」石頭佬把鼻口擱在臥鋪邊，然後甩了甩，強忍住咳嗽。

「我很快就回來！」蛾飛從窩穴裡跑出來。幸運的話，日正當中前，便能抵達兩腳獸的地盤。她一路躍過長滿草叢的空地。

「蛾飛！」塵鼻在入口附近的亂石堆那裡喊道。他正在咀嚼田鼠肉。斑毛躺在旁邊洗臉。她的腳往前滑行，及時剎住。「什麼事？」

「你要去哪裡？」塵鼻快步朝她走來。

「我需要找到貓薄荷。」

「是為了石頭佬？」塵鼻往她的窩穴看。「我剛看你把他帶進你的窩穴。」

「貓薄荷可以緩解他的咳嗽。」蛾飛解釋道。

斑毛穿過草地，朝他們走來。「你要去哪裡找？」

「兩腳獸地盤。」蛾飛告訴他。

岩石後方傳來興奮的吱吱叫聲。黑耳爬上最高的岩石。「我們可以去嗎？」

蛾飛對著他眨眨眼。「不行，太遠了。」

「可是我好無聊。」小貓抱怨道。

蘆尾的頭從岩石後面伸出來，用鼻口推著小貓。「等灰板岩醒來，我帶你們去高地玩。」他承諾道。

蛾飛眨眨眼睛。「迅鯉在忙嗎？」

「她狩獵回來累了。」蘆尾告訴她。「她說公貓也可以……」

黑耳打斷道：「也許灰板岩可以跟我們一起去。」

「不行，她老是很累。」銀紋爬到她弟弟旁邊。「我們可以在高地上狩獵嗎？」

「教我們一些狩獵技巧吧。」白尾跳上岩石。「我想抓兔子。」

「兔子的個頭兒比你們還大！」蘆尾取笑道。

「蘆尾！」冬青從獵物堆那裡喊道。「這裡有三隻很肥的老鼠，有沒有誰想要吃一隻？」

「我要！」銀紋從岩石上跳下去，忙著爬過長草叢。

「我要最肥的那一隻！」黑耳追在他姊姊後面。

「你就是最肥的那一隻！」白尾也追在他們後面。

蘆尾瞥了蛾飛一眼。「我希望灰板岩不介意我帶他們去營地外面走走。他們的精力比一窩松鼠還充沛。」

蛾飛看著他拖著沉重的腳步跟在小貓後面，暗自感激他肯接手幫忙她照顧他們。她朝斑毛轉身，發現公貓的琥珀色眼睛布滿憂慮。

「兩腳獸地盤很遠。你得先經過清天的森林。」

「我不會有事的，」蛾飛向他保證道。「清天不會再介意有貓兒越過他的邊界。再說我現在是巫醫貓，我只是去採集藥草。」

塵鼻皺起眉頭。「要是你在兩腳獸地盤遇見惡棍貓怎麼辦？」

「那裡還有條轟雷路。」斑毛緊張地追加一句。

「我們最好跟你一起去。」塵鼻甩甩毛髮。

蛾飛眨眨眼睛。「你今天不是要去狩獵嗎？」

斑毛繞著她轉。「我們回程時也可以狩獵。」

蛾飛納悶若是只有自己去，能否更快回來，不過有幫手也不錯。「好吧。」她揮打尾巴。「謝了。」隨即往入口跑去。

她衝出營地，享受沁涼的野風流竄鬍鬚間以及石楠氣味充斥鼻腔的滋味。她往山腰下方奔去，全身舒暢快活。她一定找得到貓薄荷，治好石頭佬！她賣力奔馳於草原上。這時後方傳來響亮的腳步聲，斑毛和塵鼻追了上來。

「慢一點。」塵鼻喊道。「你不能全程都這樣跑。」

「到了林子那邊，我們就得用走的了。」蛾飛目光盯著前方。林地上的樹根和荊棘到時會拖慢他們的腳步。他們在這裡可以全速奔跑，因為他們很熟悉這塊區域。她低頭鑽進大片的石楠叢，循著一條已經走過無數回的兔徑前進。

等到從石楠叢的另一頭跑出來後，她才轉向林子的方向。塵鼻和斑毛跟在後面。

他們互看一眼，小心翼翼地穿過邊界。現在整個風族都在流傳以前清天只要發現有貓兒在他的林子裡，便會上前挑釁。**我們會平安通過的**。蛾飛抬起下巴。自從大戰役過後，貓兒已經可以自由進出各族的領地，不過那是基於絕對不在對方領地裡盜獵的默契下。**我們不是來狩獵的**。溫暖的陽光被林子裡茂密的枝葉擋下，蛾飛全身發抖。要是天族貓在路上攔截他們，像當初柳尾質疑紅爪那樣質疑他們，那該怎麼辦？她揮開這念頭。石頭佬需要貓薄荷。

塵鼻望著高大的樹幹，瞪大眼睛，試著適應幽暗的光線。「天族貓的眼睛一定跟貓頭鷹一樣吧。」

鳥叫聲在林蔭下詭異迴盪。陽光滲過葉叢的縫隙，斑駁灑在林地上。樹幹間有許多荊棘叢生，蕨葉叢裡蜷曲的嫩葉正要舒展綻放。

蛾飛嗅聞空氣。枯葉的腐味和潮溼木頭的氣味覆上舌頭。「難道天族和雷族都不會懷念陽光的溫暖嗎？」她低聲道。

「應該會吧。」斑毛蓬起毛髮。「不過聽不到風聲的感覺才奇怪呢。」

蛾飛突然明白原來耳裡那一直沒有停歇的嗡嗡聲響竟是風兒靜止的聲音。頭頂上方高處的樹葉正在擺動，但在這林子底下……在這些樹根之間，竟然一絲風也沒有。

「走這裡。」塵鼻快步向前，爬上斜坡，前往林子裡的一處小空地，這裡有陽光隔著樹冠灑進來。

葉叢裡有小爪子正在搔抓。斑毛扭頭張望。

「別理牠，」塵鼻警告道。「等我們回到高地，還有更大的獵物可以抓。」

斑毛呼了口氣，跟著塵鼻一躍而過地上的枯木。跟在後面的蛾飛蹣跚攀爬過去，結果被荊棘刺到，尖聲大叫。

塵鼻回頭看。「你還好嗎？」

「沒事，」蛾飛甩掉荊棘，皺著一張臉。「他們在這裡要怎麼狩獵啊？」

斑毛聳聳肩。「也許他們得等獵物不小心跌倒，再趁機抓住。」

蛾飛總算在坡頂曬到了陽光，但才沒一會兒功夫又被陰影吞沒。「你知道走哪一條路嗎？」她朝在前面帶路的塵鼻喊道。他正循著一條被兔子踏平的小徑走，但路上沒有兔子的氣味。

「我在找轟雷路。」他回答道。

斑毛走在她旁邊。「它就位在天族領地和影族領地之間。」

塵鼻回頭看。「它可以直通兩腳獸地盤。」

蛾飛渾身發抖。「我不想走轟雷路，那裡好臭。」

「難道你想在林子裡迷路？」塵鼻爭辯道。

「我們可以不要朝太陽的方向走嗎？」蛾飛試圖講道理。

「要是找得到轟雷路，當然可以。」塵鼻繞過有荊棘叢橫亙其中的小徑。

斑毛停下腳步。「那邊的林子是不是有個缺口？」他用鼻子示意林子裡一塊很亮的條狀地帶。

塵鼻朝那裡走去。

蛾飛快步走在斑毛旁邊，她的鼻子不停抽動，聞到了怪獸的酸臭味。她看見樹幹之間有光流洩。他們又翻越了地上另一根腐木，躍過了另一條水溝，再爬上土堆。前方林子出現一個很大的缺口，看起來就像被爪子狠狠劃過。切口處是平整的黑色岩面，散發出兩腳獸的臭味，盡頭的樹種也從橡樹變成了松樹。

四面八方襲來的味道令蛾飛頭暈目眩。松樹樹脂和怪獸的嗆鼻味害她反胃。「我們不要走出林子，好不好？」她懇求道。

「沿著轟雷路的邊緣走會比較快。」塵鼻往外頭的草地走去。

斑毛跟了上去。「這裡有陽光。」

蛾飛窺看黑色岩面，這時一頭怪獸呼嘯而過。塵鼻的身子連縮都沒縮，就連斑毛也只是瞇起眼睛，擋住惡臭的風。

蛾飛低頭退回林子。她到現在都還記得金雀毛上次差點命喪轟雷路的經驗。「我走這裡好了。」

「那你要走在我看得到你的地方。」塵鼻沿草地邊緣走，當她穿過蕨葉叢時，他也配合她的腳程。

「我可以幫忙看著她。」斑毛跳進林子裡，走在蛾飛旁邊。

「你跟塵鼻一起走。」她告訴他。「我可以自己走，沒關係。」

「我喜歡陪你一起走。」

她故意無視他那意味深長的目光，心想不知道彌迦是不是在附近。農場貓會到森林這塊地帶探險嗎？她垂著尾巴，繼續往前走，不停掃視前方林子，尋找兩腳獸巢穴的蹤跡。

太陽越爬越高，林子裡開始溫暖了起來。這時草地邊緣傳來塵鼻的呼喊聲：「我看到一棟兩腳獸巢穴了。」

蛾飛的心情頓時飛揚。「很遠嗎？」

「不遠。」

她加快腳步，斑毛也小跑步跟在旁邊。她小心翼翼地經過荊棘叢，掃視前方林子。終於看見樹幹後方有尖角形狀的牆面。

她一抵達林子邊緣，便拔腿奔跑。塵鼻也離開草地邊緣，快步追上正在矮木叢裡迂迴穿梭的她，最後終於來到陡直的木板牆前面。她站在牆下，打量高度。然後深吸一口氣，直接跳了上去，爪子勾住粗糙的木板，像松鼠一樣爬到頂端。她先在狹窄的牆脊上穩住身子，然後眺望眼前一棟接一棟的兩腳獸巢穴及一塊又一塊的草皮，它們就縱橫交錯在迷宮似的木板牆之間。

塵鼻和斑毛也跳了上來，站在旁邊，牆脊跟著搖晃不定。

「我們應該分頭去找。」蛾飛告訴他們。

塵鼻眯起眼睛，掃視眼前的巢穴。「我們又不知道我們要找什麼。」

「彌迦說貓薄荷外觀看起來像蕁麻。」蛾飛告訴他。「它的葉子比較小，而且不臭。他說它聞起來很香。只要看到它，你就認得出來那是貓薄荷。」

斑毛的毛髮豎了起來。「彌迦知道的還真不少。」語氣尖酸。

「只有貓薄荷啦。」蛾飛低頭看著下方綠草茵茵的空地，角落裡長滿不尋常的植物。她張開嘴巴，讓氣味覆上舌尖。沒有什麼很香的味道。她朝更遠處的木板牆那裡點頭示意。「你們去那裡找，我去另一頭。」她告訴塵鼻。

「我跟你去。」斑毛告訴她。

蛾飛把爪子戳進牆脊裡。「分開找的話，比較能快點找到。」斑毛是很好心，但她不想走到哪裡，都被他跟著。

塵鼻揮揮尾巴，在牆脊上轉身，牆面隨之搖晃。「如果需要幫手，就大聲叫我們。」他告訴她，同時小心翼翼地沿著牆脊走。「我們不會走太遠。」

斑毛捕捉蛾飛的目光。「你確定你不要我跟你去？」他抱著希望問道。

「塵鼻比較擅長獵兔子，他需要幫手幫他找藥草。」說完轉身朝另一個方向走。

木板牆在腳下不停搖晃，她必須很專心才能穩住身子。第二片空地的牆角處有大片毛狀的白色草葉聳立於草地之上，再過去，便是岩石鋪成的地面。她一到那片空地，便嗅聞空氣，欣喜發現牆角長滿無數種植物。她一躍而下，開始嗅聞那裡的葉叢。

**長得像蕁麻**，彌迦的話在她耳裡不斷迴響。要是她在林子裡遇到他就好了。他一定會幫她找到。她停下腳步，有股奇妙的味道充斥她鼻腔。她眨眨眼睛，環顧四周。

**在那裡面！一株多葉植物！**就像彌迦形容的一樣，就長在開花的灌木叢和又尖又長的草叢之間。她快步過去，那味道襲了上來，她毛髮豎得筆直，興奮不已。她在那株植物旁停下腳步，鼻口伸了過去，用力嗅聞那令她垂涎的氣味，頓時覺得頭暈目眩。它跟彌迦說的一模一樣。只要看到它，你就認得出來那是貓薄荷。

她張嘴咬住幾根，拉扯下來，將它放在腳下，又咬了幾根，使力扯下。然後開心地將折斷的莖梗踩實，這才彎腰全數叼起。**謝謝你，彌迦。**

她突然停下動作，想起那趟高岩山之旅。直到現在，那趟旅程仍鮮活地印在她腦海裡：太陽西沉在岩堆後方；彌迦趁她進洞前，抓了獵物給她吃。她當時好緊張，他卻那麼體貼。那是她一生中最美好的夜晚。她突然聞到潮溼的岩石氣味，忍不住想像是閃閃發亮的貓靈正圍在她四周。她想到他們曾親切招呼她，心底不免湧現一股溫暖與喜悅。**你很特別……**

突然一聲尖叫打斷她的思緒。她扭頭一看，一頭兩腳獸從巢穴裡出來，朝她奔來。一路吼叫，如同一條憤怒的狗。

蛾飛心上一驚，她連忙叼起貓薄荷，就往木板牆逃竄。兩腳獸伸爪想抓她，溼黏的肉掌拉住她的毛，她趕緊甩開，喉間發出呼嚕低吼，隨即一躍而上圍牆，攀住頂端。兩腳獸憤怒吼叫，那張漲紅的臉離她只有一條尾巴之近。

驚恐不已的蛾飛管不了三七二十一地伸長腳爪，沿著牆脊一路跳躍，腳下木板牆跟著搖搖晃晃。過了一會兒，總算逃出那頭兩腳獸的勢力範圍。這時又有一道牆擋在前面，顯然不太容易攀越。她慢下腳步，穩住身子，搖搖晃晃地朝塵鼻那裡走回去。

她弟弟已經快步朝她走來，毛髮根根倒豎，目光掃向那頭還在吼叫的兩腳獸。「牠有沒有傷到你。」

蛾飛滿嘴貓薄荷，無法開口說話，於是先跳進林子裡，吐掉嘴裡的貓薄荷，深吸一口氣。「只是被嚇到！」她氣喘吁吁。「我看到牠的時候，已經來不及了。」

斑毛從牆上爬下來。「發生什麼事了？」

塵鼻翻翻白眼。「我那愛發呆的姊姊差點被兩腳獸抓走。」

蛾飛怒目瞪他。「我就是會發呆嘛！」她嘶聲道。**做你自己**。半月的話在她心裡響起。「我就是這樣啊！」

「總有一天，你會因為這樣而惹禍上身。」塵鼻焦慮地說道。

「我不是逃出來了嗎？」蛾飛甩著尾巴。「別告訴風奔，免得她又擔心。」

斑毛低頭走進他們中間，嗅聞貓薄荷。「這味道聞起來真的很香！」他的喉間傳出喵嗚聲。「我可以嚼嚼看嗎？」他已經在用面頰搓揉貓薄荷的莖梗。

蛾飛趕緊將他推開。「這是石頭佬的藥草。」她厲聲道，心裡還在氣她弟弟。「別滴得到處都是口水。」她叼起藥草，轉身往森林走去。

回程的路上，蛾飛四隻腳痠痛不已，於是留下塵鼻和斑毛往高地狩獵，自己趕回營地。她抬高頭，以免被貓薄荷的莖梗絆倒，一路穿過長滿草叢的空地，往巫醫窩走去。

鋸峰在她經過時，抬起頭來。「那味道聞起來會讓我口水直流欸。」

她向他垂頭招呼，無法開口回答。

暴皮和鷹羽走在她旁邊，挨近嗅聞那些葉子的味道。

「這是什麼？」暴皮的喉嚨裡發出快樂的喵嗚聲。

「是給石頭佬的嗎？」鷹羽問道。

蛾飛把貓薄荷放在窩穴入口。貓薄荷的香味仍縈繞舌尖，她趕緊甩甩身子，揮卻它們。

「這是貓薄荷。」她告訴他們。

鷹羽蹲了下來，嗅聞葉子。「你在哪裡找到的？」

「兩腳獸地盤。」蛾飛聽到窩裡的石頭佬正在咳嗽。

「真可惜高地上沒有長這種植物。」暴皮的藍色眼睛閃閃發亮。「它聞起來好香。」

「這是用來治咳嗽的，」蛾飛揮著尾巴，趕走鷹羽。「很珍貴。」她朝大岩石旁的沙坑瞥了一眼，陽光遍灑坑底。若能把這些葉子曬乾，就不會腐爛了。她從葉堆裡勾了兩株貓薄荷出來，其它的則推向暴皮。「你幫我把這些拿到沙坑那裡去曬乾。」她環顧四周。迅鯉和蘆尾正在營地邊緣懶洋洋地曬著午後陽光。灰板岩坐在她的窩穴入口，不停地眨著眼睛，銀紋、黑耳和白尾在她四周奔來跑去，互相追逐尾巴。風奔在大岩石旁伸懶腰，肚皮朝上，閉目養神地曬著太陽。蛾飛對暴皮眨眨眼睛。「你要坐在那裡看好，等它們曬乾哦。」她命令道。「我不希望營地裡的每隻貓兒都過來聞一聞，那是給病貓吃的。」她不忍責怪她的族貓都想來嚐嚐這誘人的味道。就連她自己也很想嚐嚐看。可是她擔心要是他們還很健康的時候就服用它，以後萬一生病了，恐怕就沒效了。再說，她也不想每隔幾天就得遠行到兩腳獸地盤去採集貓薄荷。

暴皮點點頭，隨即叼起貓薄荷離開。他跳進坑裡，將藥草鋪在沙地上，鷹羽也熱心地過去幫忙。

蛾飛低頭鑽進巫醫窩，將貓薄荷放在石頭佬的臥鋪旁。他溼涔涔的身子仍在發燙。

「石頭佬？」她用腳爪輕輕碰他。他倏地睜開眼睛。「你現在感覺怎麼樣？」他以咳嗽回答。

「我帶來這個，對你可能有幫助。」蛾飛用爪子撕了一片葉子下來，放在石頭佬的鼻口旁。「你吃了它吧。」

石頭佬聞一聞，眼睛頓時一亮。「它好香哦。」他感激地眨眨眼，隨即將葉子舔進嘴裡。

她又撕了幾片下來，放在他旁邊。不管她撕多少片，他都很快吃進去，直到莖梗上再無任何葉子。**這樣夠了嗎？**她挨近石頭佬，心想這貓薄荷要多久才會發揮功效。

石頭佬發出快樂的喵嗚聲，不過呼吸還是很喘。

「蛾飛！」

她趕緊抬起頭。窩外傳來熟悉的聲音。

**彌迦！**她興奮到毛髮微微刺痛，趕緊鑽出窩穴。黃色公貓正穿過空地，傍晚的陽光將他的毛髮染成金黃。她忙不迭地過去找他，只希望自己剛從林子裡長途跋涉回來的樣子不會太邋遢。她見到他的時候，心跳得好快。

他一看她，便停下腳步，兩眼炯炯發亮。「巫醫貓的生活過得如何？」

「你應該很清楚啊！」蛾飛迎視他的目光，喜上心頭。「在天族過得習慣嗎？」

彌迦甩甩尾巴。「還好。」他的語氣不是很肯定。

「微枝怎麼樣了？你醫好他了嗎？」

「他現在是他那群玩伴裡的頭頭，健康的像隻雲雀一樣。」彌迦驕傲地挺起胸膛。

「清天和星花一定很開心。」蛾飛說道。

「星花是很開心，」彌迦告訴她。「不過我想清天可能很後悔當初答應我只要治好他的小貓，就讓我留在天族。」

她突然為他擔憂起來。「他故意刁難你？」

「放心，沒有我應付不了的事。」他大聲說道，收緊爪子。

「彌迦，」風奔的聲音打斷了他。「你在這裡做什麼？」

蛾飛轉身看見剛剛躺在地上的母親這時已經走了過來，雖然毛髮仍然扁塌，睡眼還在惺忪，但蛾飛聽得出來她語調的不悅。她愣在原地，心想不知道風族族長會不會找她或彌迦的碴。「他是來找我的，」她告訴風奔，隨即又打住，緊張地瞥了彌迦一眼。「你說對不對？」

彌迦喵嗚道：「是啊，因為我很想你啊。」

風奔的眼神一黯。「我認為你不應該來這裡。」她告訴黃色公貓。「清天現在對風族很不滿。自從我們指控紅爪偷捕獵物後，他就很不爽了。」

蛾飛心想：**或者應該說……自從我叫他接納一隻農場貓之後，他就很不爽了。**

風奔瞇起眼睛。「蛾飛，你身上有森林的味道。」她厲聲問道。「你去過哪裡？」

「我去兩腳獸地盤，幫石頭佬摘貓薄荷。」

風奔豎起毛髮。「你進到清天的領地？」

「那是最快的一條路。」

彌迦對她眨眨眼睛，神情熱切地對她說：「早知道你在那裡，我就去護送你了。」

「沒關係，」蛾飛要他別掛心。「塵鼻和斑毛陪我一起去的。」

風奔的尾巴抽了抽。「你們三個都進到清天的領地！」

蛾飛面對她。「那又怎樣？我們又沒狩獵。更何況石頭佬需要貓薄荷啊。」

「可是萬一……」

彌迦打斷風奔的話，目不轉睛地看著蛾飛。「你找到貓薄荷了嗎？」

蛾飛點點頭。「就像你說的，只要聞到味道，就知道它是貓薄荷。」

「它會讓你流口水，對不對？」彌迦喵嗚道。

「你們有完沒完？」風奔擋在彌迦前面。「你不能這樣想找蛾飛聊天就隨時跑進我們的營地。」她朝蛾飛轉身。「你也不能在沒知會我的情況下，擅自進入天族的領地。」

蛾飛驚愕地看著她。「可是我是在幫石頭佬欸！你總是說要為部族貓著想，這就是為部族貓著想啊。」

風奔的眼神一黯。「如果因此開戰，就不是為部族著想了。」

蛾飛的毛髮豎了起來。「只是越過彼此邊界就開戰，這未免太蠢了。」

「清天以前就為此開戰過。」風奔嘀咕道。

彌迦的耳朵不停抽動。「我想此刻清天比較感興趣的是如何當一個好爸爸，而不是開戰。」然後便趕在風奔回答之前對蛾飛說：「我得走了。」

「是啊，」風奔瞪著他。「你是得走了。」

蛾飛憤憤不平地說：「我陪你走到邊界。」

風奔瞪她一眼。「不要越過邊界。」

「我不會。」蛾飛甩著尾巴，朝入口走去，但又突然停下腳步。「在我走之前，最好先去看一下石頭佬。我想確定貓薄荷有沒有效。」

風奔怒氣沖沖地離開。「不要太久。我要彌迦在太陽下山之前回到他自己的領地。」

彌迦看了蛾飛一眼，眼裡閃著興味。「她比我想像得還難搞。」

「我早跟你說過了。」蛾飛忍住笑，朝自己的窩穴走去。

窩穴裡的石頭佬在臥鋪裡伸著懶腰，開心地亮出肚皮，胸口傳出陣陣喵嗚聲。他沒有咳嗽。蛾飛眨眨眼睛。「看起來貓薄荷挺有效的。」

「我覺得好極了！」石頭佬抬起頭，眼神朦朧地看著蛾飛。

彌迦從她身邊經過，上前聞了聞老公貓的鼻息。「你給他吃了多少貓薄荷？」他問蛾飛。

「兩株貓薄荷。」蛾飛緊張地走到臥鋪旁。「是不是太多了？」

彌迦還沒開口，石頭佬便伸出一隻腳爪，嬉鬧地推推她鼻口。「哪有太多，剛好而已。」

他的尾巴彈打自己的肚皮，從鼻子前面掃過，於是忙不迭地用前爪抓住。「抓到了！」他的眼裡閃著喜悅。「你看！我抓到我的尾巴了！」

蛾飛愣了一下。她從沒見過行徑像小貓一樣的他。「我是不是害他中毒了？」

「不會有事的。」彌迦向她保證道。「他可能會亢奮好一陣子。不過咳嗽應該會好很多。」

「已經好很多了。」石頭佬猛地側躺下來，頭懶洋洋地靠著臥鋪邊緣。

「走吧。」彌迦帶著蛾飛往入口走。「讓他睡一會兒。」

「我不想睡。」石頭佬在他們後面喊道。

「那就待在臥鋪裡，」彌迦語氣堅定地告訴他。「我們不希望你到處亂跑，在石楠叢裡迷了路。也許你覺得自己好多了，但還是需要多休息。」說完便跟著蛾飛走出窩穴。

蛾飛在陽光下對著彌迦眨眨眼睛。「我應該給他多少藥量呢？」她問道。

「兩到三片葉子就夠了。」彌迦朝入口走去。

蛾飛快步跟上。「你給微枝吃了貓薄荷之後，他也變得像石頭佬這樣嗎？」

「我只給他吃一片葉子。」彌迦在草叢間穿梭，走出營地。

蛾飛跟在他後面，慚愧到背上毛髮微微刺痛，全身發燙。石頭佬是她的第一個病患。「我真是蠢。」她生氣地說道。

彌迦驚訝地看著她。「為什麼？」

「我早該知道我給的藥量太多。」

「你怎麼可能知道？」彌迦走在她旁邊。「你以前又沒見過貓薄荷。你能找到它，我就很刮目相看了。」

「真的？」蛾飛眨眨眼睛，看著他。

「別對自己太嚴苛。」彌迦告訴她。「我們都還在學習。」

「你犯過錯嗎？」蛾飛問道。

「還沒有。」彌迦目光越過石楠叢。「但我不懂的事情還很多。清天似乎認定我應該每問必答，什麼事情都得懂。但大多時候，我只能用猜的。」

野風拉扯蛾飛的毛髮，太陽正在下山，高地變得好冷，但她幾乎感覺不到。聽到彌迦也覺得責任重大到難以負荷，她心情頓時好多了。「我還以為只有我呢。」她輕聲說道。

彌迦的脅腹輕刷過她身邊。「不是只有你。」他向她保證道。「我想斑皮、雲點和礫心也都在傷腦筋。」

「礫心不會。」蛾飛嘆口氣。「大家都說他是天生的治療者。」她看了自己的腳爪一眼。「我真希望我也是。」

「你怎麼知道你不是？」彌迦質疑道。「石頭佬現在不就開心得很。」

蛾飛喵嗚笑了，想起了那隻老公貓。「有點開心過頭了。」

「這世上沒有所謂『開心過頭』這回事。」彌迦突然拔腿前奔，繞過一大叢石楠，跳下驟降陡峭的山坡。

蛾飛追在後面，邊跑邊開心地笑。她追了上去，這時已經快到邊界。「等一下。」她不想他這麼早就回去。

他在林間的荊棘叢附近剎住腳步。「怎麼了？」

「你不必急著趕回去吧？」蛾飛看著他綠色的眼睛。

彌迦看了邊界一眼。「應該不必吧。」他的語氣不太肯定。

蛾飛垂下頭。「你有事要忙嗎？」

「沒有，」彌迦搖搖尾巴。「當然沒有。只是我答應過橡毛，會幫忙她混合一些藥草。」

「橡毛？」蛾飛皺起眉頭。「可是你才是天族的巫醫啊。」

「清天要我找個幫手。」彌迦避開她的目光。「我想他只是想找隻貓兒監視我。」

「清天向來疑心病很重。」蛾飛走近他。「我相信他很快就會習慣你是巫醫貓的這件事。」

「是啊，」彌迦聳聳肩。「不過橡毛也不錯啦。我們相處得很好。她很聰明，我很高興有她陪我。」

蛾飛忍住心裡的妒意。「橡毛是不錯。」她承認道。

「我們找到一種方法治療擦傷。」彌迦告訴她。「如果把酸模的葉子和馬尾草的莖嚼爛，就可以直接抹在傷口上。」

蛾飛豎起耳朵。「下次有小貓腳爪擦破皮，我會試試看。」

「抹上去會有點刺痛，」彌迦警告道。「他們都會哀哀叫，不過這方法可以防止傷口受到感染。」

荊棘叢突然一陣抖動。「彌迦！」橡毛走進向晚的陽光裡。「我一直在找你。」

彌迦向栗棕色母貓點點頭。「我正要回營地。」

「清天要你現在就回來。」橡毛小心地覷了蛾飛一眼。「他說微枝需要更多貓薄荷。」

彌迦皺起眉頭。「微枝現在好的很。」

「你就回來吧。」橡毛不悅地看著他。「清天心情不太好。」

「給我點時間跟蛾飛道別。」

他傾身過來，蛾飛感覺到他的鼻息輕輕吐在她的鼻口上。

「快一點！」橡毛越過邊界，走到彌迦旁邊。

彌迦目光攫住蛾飛，眼裡帶著歉意。「我得走了。」他低聲說道。

「月亮石的集會見囉。」蛾飛低聲回答。

「好。」彌迦跟著橡毛走進林子。

蛾飛看著他被黑影吞沒，心裡隱隱不安到毛髮豎了起來。橡毛根本沒把他當族貓看，而是囚犯。**彌迦在天族真的過得好嗎？**她移開目光，緩緩轉身走回營地，心裡渴望再見到他。

# 第十七章

蛾飛瞥了月亮一眼，它正在群星的簇擁下緩緩升起，這是一個完美的半月。自從月圓之後，日子過得飛快，蛾飛從來沒有這麼忙過。而如今的她正往高岩山的路上。

她暫時停下腳步，腳爪被多石的農場小徑磨傷了。

彌迦停在她旁邊。「你累了嗎？」

「有一點。」她承認道。平常這時候，她多半已經躺在臥鋪裡了。

他們是在太陽正西沉的時候才離開風族。蛾飛是在高地的最高處與彌迦、雲點會合，野風將她的毛髮吹得翻飛，她心跳加快，對於這趟月亮石之行充滿期待。

此刻她正打量著前方森然逼近的高岩山。

「我們來的時間剛剛好。」雲點早已衝到前面，她看得到他的黑影在山毛櫸樹下來回走動，似乎正尋找一條最好走的路穿過去。「要是貓靈沒來怎麼辦？」

彌迦用鼻口輕觸她肩膀。「你太擔心了。」

雲點回頭瞥看。「我聞到斑皮的味道了。」

「終於找到了。」蛾飛本來擔心河族巫醫會忘了這場集會。

「礫心跟她在一起。」雲點喊道。

蛾飛快步追上雷族巫醫貓。「他們留在這條路上的氣味還很新鮮嗎？」

「很新鮮！」雲點低頭鑽進樹叢，消失不見。

蛾飛也跟在後面鑽進去，山毛櫸的嫩枝擦過她身上。彌迦也蠕動身子鑽進去。樹叢後面是一片草原，直抵高岩山陰暗的山腳下。崖壁似乎吞沒了半個天空。雲點早就躍過長草叢，朝正在遠處移動的兩個身影走過去。

「礫心！」雲點的叫聲劃破寒冷的夜空。「斑皮！是你們嗎？」

「是我們！」礫心喊了回來。

彌迦拔腿開跑。「來吧，我們快到了！」

蛾飛追在他後面。等到她追上河族和影族的巫醫貓時，腳下柔軟的草地已被岩地取代。

「我還以為你們忘了呢。」她氣喘吁吁。

斑皮背上玳瑁色的毛髮如波起伏。「我們怎麼可能忘記這麼重要的事？」

「我等不及要跟貓靈說話！」礫心的眼裡閃著星光。

彌迦前後走動，尾巴不停抽動。「乳牛和老鼠一定不敢相信。」他望著高岩山，但只能勉強看見洞口，看上去宛若岩面上的一個暗影。

雲點循著他的目光。「那就是我們要去的地方嗎？」

「沒錯。」蛾飛緊張到胃揪緊。

「洞很深嗎？」礫心的喵聲顫抖。

「別怕。」蛾飛向他保證道。「等我們進去之後，你就會感覺到月亮石在召喚你。」她記得上次進去時，她竟出乎意料地心情平靜。

「來吧。」彌迦穿越多石的地面。

蛾飛跑在他旁邊，小石子在腳下嘎吱作響，通往崖底的坡度開始變陡。「我敢打賭你一個月前一定沒想到過有一天你竟然會跟死掉的貓兒說話。」她追上他的時候，做了這樣的揣測。

「我倒是從沒想過我會住在森林裡。」彌迦回答。

蛾飛緊張地朝他眨眨眼睛。他是不是氣她改變了他的生活？「你會後悔認識我嗎？」

彌迦停下腳步，嚴肅地看著她。「不會，那是我這輩子最快樂的事。」

蛾飛喜上心頭。「我也有同樣……」

「快一點！」雲點從他們旁邊衝過去，岩壁昏暗，他的黑色身影幾乎被暗影吞沒，只靠那雙白色耳朵和腳爪洩露行蹤。

斑皮快步跟在黑白色公貓後面。礫心也追在後面，所到之處，小石頭四處飛濺。

蛾飛被小石子打到腳，不禁皺起眉頭。她抬頭仰望幽暗的洞口。這群巫醫貓第一次看見月亮石的時候，不知道會作何反應。

「來吧。」彌迦推她前進。

礫心已經跳上那座陰暗的突岩。胸口的白色斑點宛若一顆耀眼的星子。雲點也跳了上去，站在他旁邊，眨著眼睛，探頭窺看地道。蛾飛跟在後面爬上去，這時彌迦也跟著斑皮爬了上來。

腳下岩地冰冷，但這感覺很熟悉，蛾飛嗅聞暗處，岩石和水的強烈氣味襲上鼻口。她渾身顫抖，亢奮到不能自已。「跟我來。」她跨步踏入幽暗，冷空氣迎面襲來。身後星光慢慢消失。「我們必須趕在月光照上那座岩石之前抵達洞窟。」她嘴裡吐出來的熱氣如雲煙裊裊縈繞鼻子四周。

她聽見後面的貓兒們腳爪正在岩地上摩擦。她瞪大眼睛，窺視黑暗，靠鬍鬚引導自己前進，心情逐漸放鬆。鬍鬚輕刷過地道岩壁，蜿蜒而下，深入高岩山。

「你還記得路嗎？」雲點焦急喵聲在身後迴盪。

「要是走錯了地道怎麼辦？」斑皮很焦躁。

「我知道方向。」蛾飛保證道。

彌迦的鼻息徐徐吐在她尾尖的毛上。「我真不敢相信當初你竟然敢獨自進來。」

「我當時其實並不孤單。」蛾飛的喵嗚聲微微顫抖，哽在喉間。「因為貓靈們一直在等我。」

「他們現在在那裡嗎？」礫心的喵聲從黑暗裡傳來。

「等月光照在岩石上，就會看見他們。」蛾飛加快腳步。她不想錯過。她的鼻子嗅到新鮮的空氣。「我們快到了。」她繞過一個彎，感覺地道突然開展。氣流在毛髮間流竄，她眨眨眼睛，看見前方穴壁映著如波起伏的微弱星光。她停下腳步，心撲通撲通地跳。礫心快步從她身邊走過，鼻子不停抽動。斑皮和雲點繞著那座岩石轉。

彌迦停在蛾飛旁邊，瞪視著穴頂上方的洞。「誰會想得到這裡有星光灑下來。」

蛾飛喵嗚道：「等月光出現了，你就知道了。」她快步走向岩石，在前面安坐下來。「我們的鼻子必須觸碰它。」她告訴其他貓兒。

「你怎麼知道？」雲點對她眨眨眼睛。

「我在夢裡看過別的貓兒這麼做，所以上次我來的時候……」

礫心突然打斷她。「你們看！」

蛾飛循著他的目光往上看，看見洞口外出現被切成一半的月亮。「快點！」

貓兒們的毛髮輕刷岩面，全都圍著月亮石坐下來。斑皮的眼睛興奮地發亮。礫心不安地蠕動著肚皮，毛髮豎得筆直。

雲點在他旁邊蹲伏下來，只離岩石一根鬍鬚之近。彌迦坐在蛾飛旁邊，傳遞溫暖的體溫給她，她安心地閉上眼睛。

她聽見礫心的喘氣聲，眨眨眼睛，睜開查探。

強光令她目眩，鼻口前面的岩石光華璀璨，比無數星子都來得晶亮。她用鼻子輕觸它，呼吸變得急促。

岩石似乎消失了，她被掃進空中，頭暈目眩，心臟幾乎要從耳朵裡跳出來。突然……她覺得腳下踩到柔軟的草地。

她倏地睜開眼睛。

**洞窟呢？**

她在一座丘頂上，四面八方綠草綿亙。遠處的森林在蔚藍的晴空下招展枝葉。曬在身上的陽光很溫暖，她還聞到新葉季的新鮮氣味。

彌迦在她旁邊蠕動著腳。

她捕捉到他的目光。「我們在哪裡？」

「你不知道？」他驚訝地眨眨眼。

「上一次我根本沒離開洞窟。」

雲點環顧四周，毛髮豎得筆直。斑皮趕緊跳起來站好。

「這是什麼地方？」礫心好奇地瞪大眼睛。

有個溫柔的聲音回答他：「這裡是我們的狩獵場。」

半月爬上坡，朝他們走來。接著更多身影映入眼簾，圍著丘頂，全身泛著星光。

蛾飛開心極了。**貓靈！他們來了！**

半月快步經過蛾飛身邊，停下腳步。

彌迦轉頭打量成排的星光貓。礫心伸長鼻口，嗅聞半月。

斑皮歪著頭，眼裡閃著好奇。「尖石巫師？」

「很高興見到你在新家裡安頓下來。」半月喵嗚道。

雲點細看半月那雙暗綠色的眼睛。「真的是你？」

「當然。」

雷族公貓的目光掃過其他星光貓。「寒鴉哭！亮川！」他先跑去找其中一隻貓，再跑去找另一隻貓，興奮地互觸鼻口。

「雨掃花！」斑皮衝向棕色母貓。她先跟她招呼，又扭頭去看另一隻橘色母貓。「鷹衝！」

彌迦不安地蠕動著腳，一臉茫然地看著貓靈們。

「龜尾！」礫心一看到他母親，眼睛立刻發亮。他穿過貓靈們，朝她走去。

龜尾快步過來找他。「礫心！」她的眼裡充滿喜悅，鼻口輕觸他的額頭。

他喵嗚出聲地不停磨蹭她。「我以為我再也見不到你。」

「我們一直都在你左右。」灰翅在貓群裡鑽出來。

礫心扭頭一看，開心喊道。「你們兩個都在這裡！而且相互為伴！」

灰翅大聲喵嗚，泛著星光的毛髮閃著微光。「礫心，真高興見到你。」

半月抬起下巴。「我們還是先集會，交流一下意見吧。」

星光貓聽到她的話，全都走過來，將半月、彌迦和蛾飛圍在中間。礫心、斑皮和雲點也暫別老朋友，快步過來集合。

「你做得很好。」半月看著蛾飛，綠色眼睛炯炯發亮。

「真的嗎？」蛾飛不安地眨眨眼睛。

「真的。」半月朝蛾飛垂下頭，貓靈們也紛紛發出讚嘆的低語聲。

蛾飛靦腆地掃視他們，暗自為自己感到驕傲。「我只是照你們的話告訴部族貓而已。」一想到當時清天態度的不屑、高影的存疑，她到現在都還會發抖。「謝謝你們擊出閃電。」要是沒有它，部族貓恐怕永遠也不會把她的話當真。「你說過你會劈開天空，那時我根本不懂這是什麼意思。」

半月目光溫柔地看著她。「以後你會愈來愈瞭解我們。」

蛾飛希望她是對的。「你說『然後星星會升起』，這句話又是什麼意思？」她偏著頭，等候白貓解釋。

「等它發生了，你就知道了。」

蛾飛有點沮喪。為什麼半月不直接告訴她呢？「什麼時候會發生？」

半月瞇起眼睛。「這是屬於你自己的路。我們不能時刻告訴你下一步該怎麼走。如果我們告訴了你，你就只會走我們安排的路。你必須自己找路出來。」

蛾飛垂下尾巴。「我想也是。」**但要是你現在就告訴我們該怎麼做，不是比較簡單嗎？**

半月似乎猜透她的心思。「是比較簡單，但結果不會比較好。」她朝彌迦轉身。「謝謝你願意離開家園，加入我們。」

「我們？」彌迦的耳朵不停抽動，不安地環顧四周貓靈。「我只是加入天族而已。」

「你加入的是所有部族。」半月喵嗚道。「我們也是另一個部族啊，不然我們是什麼？」

蛾飛屏息以待。原來貓靈們也把自己當成一個部族。「你們是**星族**。」她小聲說道，因為她想起有一次她抬頭仰望天上的星星時，突然福至心靈這個名稱。

半月兩眼發亮。「沒錯。」她抬高下巴，掃視她的星光同伴。「我們的部族名稱就是星族。」

「星族！」

「星族！」

歡呼聲在貓靈間響起，他們眼睛發亮地高喊著新的部族名。

半月甩著尾巴，暗綠色眼睛移向彌迦。「彌迦，你的加入，將為部族貓注入新的活力。」她喵嗚道。

蛾飛憤憤不平地說：「要是清天願意的話，他當然可以。可是清天找橡毛時刻監視他。」

「清天是一族之長，」半月提醒她。「他是為他的部族著想。不過他終將明白彌迦的價值。」她的眼神一黯。「只是希望他能盡早看到。」

「我也希望。」彌迦蓬起毛髮。

灰翅走上前來，停在半月旁邊。「我們很高興看到巫醫貓肯互相學習。」

亮川抬起尾巴。「我們希望你們能有更多的交流。」

「部族之間必須集思廣益。」雨掃花從貓群裡發聲，催促他們。

「可是我們的所知有限。」蛾飛脫口而出。

半月的目光在巫醫貓之間來回巡看。「如果能互相交流所學知識，就可以學到更多。」

蛾飛興奮不已，胸口彷若有火花流竄。沒錯，彌迦曾告訴她貓薄荷的療效，於是她利用它來治療石頭佬。要是她也能懂斑皮、雲點、礫心和彌迦的所學知識，就能充分幫助自己的部族。她對著半月眨眨眼睛。「我答應你，我們一定互相學習交流。」

星族貓的形體開始消散。四周貓靈的身影愈來愈蒼白。

蛾飛突然警覺到他們的離去。「別走！」

「我們半個月後會再回來。」灰翅喊道，他身上的微光漸漸消失在視線裡。

蛾飛的眼睛緊盯著他們，但就連綠色草原和遠方的林子也開始模糊，四周又在天旋地轉，她暈眩不已，黑暗將她襲捲，寒意掃過全身。

她眨眨眼睛睜開，發現自己又回到洞窟，月亮石再度變回普通的岩石。

彌迦在她身旁不住地發抖。

礫心撐起身子，站了起來。

斑皮抬起頭，眨眨眼睛。「你們都看到了嗎？」

「我們全都在一座山丘上！」雲點的眼睛在微弱的星光裡閃閃發亮。

「尖石巫師！」斑皮跳了起來，全身毛髮豎得筆直。「她要我們互相交流醫術。」

「誰是尖石巫師？」蛾飛偏著頭。**為什麼年紀大一點的貓兒老是這樣稱呼半月？**

「她是我們在山裡的治療者。」雲點解釋道。「我們尊她為尖石巫師。」

彌迦好奇地說：「如果她是一位治療者，為什麼她不跟我們分享她的醫術？」

斑皮繞著他走，毛髮因興奮過度的關係仍豎得筆直。「山裡的醫術和這裡不同。那兒沒有很多藥草，她一定是要我們學習新的知識。」

礫心的眼神木然，似乎若有所思。「我們有機會成為比她更優秀的治療者。她很清楚這一點。她要我們青出於藍。」

蛾飛興奮到腳爪微微刺癢。「我們一定要盡我們所能。我們一定要互相分享所知所學。」她希望半月能為他們感到驕傲。**她這麼相信我。**「幾天前，彌迦告訴我一種可以防止傷口感染的方法。」她滿心期待地望著他。

「我把酸模和馬尾草的葉子嚼爛，混在一起。」彌迦熱心分享。「花開的身上有個傷口，它有點惡化。我就把嚼爛的藥膏敷在傷口上，到了早上就好多了。」

雲點的鬍鬚興奮地抽動。「三葉草老是在舔她腳上的傷口，於是我敷了點老鼠膽汁在傷口上，她就不敢再舔了。」

「碎冰吃了一條臭掉的魚，結果鬧肚子痛，」斑皮插嘴道。「我給了一點水薄荷，他的肚子就舒服多了。」

「我一直在試著找出水晶蘭的療效。」礫心若有所思地說道。「目前為止只知道把葉子貼在傷口上，可以防止汙染。」

說完大家都滿臉期待地看著蛾飛，她頓時覺得羞愧。**我什麼發現也沒有，只知道服用太多貓薄荷，會害貓兒變得太亢奮。**「我想實驗看看石楠有什麼療效。」她小心翼翼地說道。「不過要是有毒怎麼辦？」

「不可能有毒。」雲點推理。「風族貓一天到晚都在石楠叢裡打轉，也沒中毒啊。」

**我怎麼沒想到這一點？**蛾飛頓時全身發燙。「也許我應該帶蘆尾一起來，」她咕噥道。「他懂得比我多。」

「奶草也是，」雲點喵聲道。「是她建議我用老鼠膽汁的。」

彌迦的尾巴不停抽動。「與其把那些懂醫術的貓兒帶到這兒來，倒不如直接去拜訪？」

蛾飛皺起眉頭。不確定這話是什麼意思。

「我們可以結伴拜訪，到各營地裡學習和交流知識。」彌迦走到月亮石前面。「譬如我跟蛾飛到你們的營地拜訪，盡可能地學習，再走訪別的營地，將所學到的分享出去，也吸收新的。」

「可是之前被你們拜訪過的營地呢？」雲點質疑道。「他們只學到你們的知識，別的沒有學到。」

「我們可以輪流拜訪啊。」彌迦提議道。「你也可以和斑皮或者礫心結伴拜訪別的營地。只要我們從不間斷地學習和交流，便無所謂誰去哪裡拜訪。」

礫心點點頭。「這主意聽起來不錯。」

「可是我們怎麼離得開部族？」斑皮爭辯道。「他們需要我們。」

蛾飛不安地蠕動著腳。「我的醫療知識真的很少，所以風族有蘆尾在就夠了。」

「就算我離開，奶草的知識也充裕到足以照顧好雷族貓。」雲點也說道。

「你知道嗎？」彌迦的眼睛在幽光中發亮。「我們越早開始越好。」

斑皮歪著頭。「你和蛾飛可以先從河族開始？河波一定很歡迎你們。他向來認為巫醫這制度是個很棒的點子。」

「我想高影恐怕不會讓陌生的貓兒進入她的營地吧。」礫心低聲道。

彌迦對他眨眨眼睛。「你覺得清天會二話不說地放我遠行嗎？」他甩著尾巴。「所以我們才必須說服我們的族長這種遠行對部族是有好處的。」

礫心緩緩點頭。「我們的知識越豐富，就越能幫助我們的族貓。」他同意道。

「那就這麼說定了。」彌迦轉身對斑皮說。「我和蛾飛後天去拜訪你。」

蛾飛的耳朵動了動。「要是風奔不讓我去怎麼辦？」

「你現在是風族的巫醫貓，」彌迦告訴她。「她必須聽你的。」

蛾飛眨眨眼睛。他說得沒錯。她不再是小貓，她甚至不再是普普通通的部族貓。「好。」她同意道。「那我們後天在河面上的踏腳石那裡會合。」她知道森林與河族蘆葦灘交界的那條河裡，零星座落著幾塊石頭。

彌迦喵嗚。「太好了。」

礫心甩甩毛髮。雲點伸個懶腰，抖抖全身。斑皮則忍住要打的哈欠。

蛾飛心想他們應該都又累又冷了吧。「我們走吧。」她往地道走去。「還有好長一段路得走呢。」

彌迦走在她旁邊，跟著她低身步入幽暗。「石頭佬的咳嗽怎麼樣了？貓薄荷有效嗎？」

「有效。」蛾飛喵嗚道。「石頭佬自從吞了那些葉子之後，就睡了一整天，醒來時神清氣爽，咳嗽完全好了。

礫心的喵聲從後方的黑暗傳來。「他是你族裡唯一咳嗽的貓嗎？陽影和鴉皮已經咳了好幾天。」

「露鼻今天早上也有點喘。」蛾飛告訴他。「不過我想是花粉害她喉嚨癢。」

「奶草和三葉草也在咳嗽。」雲點喵聲道。

「碎冰這幾天聲音啞得跟青蛙一樣。」斑皮的喵聲在地道岩壁迴盪。

蛾飛皺著眉頭，從彌迦旁邊擠過去。也許是新葉季的關係，很容易出現咳嗽的毛病。「微枝還好嗎？」

「他今天早上喉嚨裡又有點痰，」彌迦承認道。「我要橡毛看著他。」

蛾飛聽出他語氣的焦慮。「你給他吃貓薄荷，不就好了嗎？」

彌迦拖著腳走在岩地上。「以前農場有隻公貓一直在咳嗽，」他黯然地說道。「我們說那是紅咳症，因為咳到最後，都咳出血來了。」

**最後？**蛾飛渾身發抖。幽暗似乎猛力朝她撲來。

「我從沒見過部族貓咳出血來。」斑皮語氣沉重地低聲說道。

蛾飛緊張到腳爪微微刺痛。「貓薄荷沒有用嗎？」她問彌迦。「你不是說穀倉後面有長貓薄荷嗎？」

「乳牛給他吃了一些貓薄荷，但沒有效。」彌迦解釋道。

「我知道有比貓薄荷更有效的東西。」雲點的聲音在蛾飛尾巴後面響起。她感覺得到他的鼻息噴在她尾巴的毛髮上。「天族領地有一種樹，它的汁液會從樹皮縫隙流出來。不管是什麼咳嗽，都很有效。」

蛾飛滿懷期待地回頭瞥了一眼。「連紅咳症也有效？」

「我還沒試過。」雲點承認道。

蛾飛感覺到新鮮空氣迎面撲上鼻口。又走了幾步之後，甚至看得到幽暗中有星光閃現。沁涼的空氣在蛾飛毛髮間流竄，她頓時精神百倍，衝了出去，站上岩架，俯看山谷。遠方的高地浸潤在月光下。「我們黎明前就可以到家了。」她一躍而下，碎石跟著灑落山坡。她奔向草原。

腳爪痠痛的蛾飛低身鑽進營地圍籬的縫隙。黎明正在驅趕黑夜，營地上方的曙光將林子染成橘紅。她聽見族貓輕微的打呼聲，勉強看出草地上臥鋪裡一個個蜷伏的身影。能鑽進窩裡，睡在自己的臥鋪上，真是件幸福的事。

她經過族貓們時，突然聽見岩面有毛髮刷過的聲音。她趕緊轉身，在幽光裡眨著眼睛。「是誰？」

風奔的氣味迎面襲來，她的母親從岩堆上溜下來。

「你回來了。」風族族長睏倦地伸個懶腰，用鼻子輕碰蛾飛的面頰。

「你在等我？」蛾飛心頭一股暖意。

「我剛睡了一會兒。」風奔承認道。「我只是想確定你已經平安到家。畢竟去高岩山的這趟路很遠。」

「我有彌迦陪我。」蛾飛要她放心。

「我知道。」風奔一臉厭惡地皺起鼻子。「你身上都是他的味道。」

蛾飛突然有點難為情。「雲點、斑皮和礫心也在啊。」她直言道。

風奔移開目光。「你們和貓靈談過話了。」

「嗯。」蛾飛興奮地抬起尾巴。「星族告訴我們，我們必須分享和交流知識。」

「星族？」風奔扭頭過來。

「貓靈們現在都這樣稱呼自己，他們甚至也有狩獵場。」

風奔瞪大眼睛，但沒發表意見，反而偏頭問道：「誰必須分享交流知識？」

「巫醫貓。」蛾飛挺起肩膀。她想她最好現在就把彌迦的計畫告訴風奔。「我明天會在邊界跟彌迦碰面會合，一起去拜訪河族，學習斑皮的醫術。所有巫醫貓都會輪流到別族營地拜訪。」

風奔瞇起眼睛。「無論星族說什麼，清天都不可能讓彌迦去拜訪其他部族的。」

「為什麼不可能？」蛾飛迎視她母親的目光。「跟他有過節的是風族，這和彌迦無關。」

「清天不喜歡聽命行事。」

「彌迦會說服他的，畢竟這是為了他的部族好。」蛾飛堅稱道。「彌迦很有說服力。」

風奔的耳朵不安地動了動。「這一點我並不懷疑。」

「我累了。」蛾飛故意無視她母親那雙質疑的眼神，直接穿過空地。「我要回臥鋪了。」

「我在獵物堆裡留了一隻老鼠給你。」她的母親在後面輕聲喊道。

「謝謝你。」蛾飛回頭，感激地眨眨眼睛。「可是我太累了，吃不下。」

「那就去睡吧。」風奔垂頭致意。「我保證不會讓別的貓兒吵你睡覺。」

蛾飛悄悄鑽進窩裡。石頭佬睡得呼嚕作響，在夢裡抽動著鬍鬚。她爬進自己的臥鋪，驚訝發現竟已鋪上新鮮的石楠。她開心嗅聞石楠甜美的氣味，身子蜷伏臥下，下巴靠在臥鋪邊緣。她望著窩穴入口，外頭夜色漸褪，黎明取代，曙光慢慢滲進營地圍牆。她好奇星族在白天時是否也會看顧他們？還是會跟著星子一起隱沒？她想起星族狩獵場上那片草坡和遠處的林子，還想到灰翅和龜尾終於又能並肩散步，心裡不禁泛起暖意。她喵嗚出聲。明天，她就能跟彌迦相偕展開河族之旅。他是否也像她一樣滿心期待這次旅行？

# 第十八章

快日正當中時，蛾飛才從獵物堆裡拖了一隻老鼠出來。她不太餓，但她又不希望跟彌迦會合的時候，肚子咕嚕咕嚕叫。更何況誰知道他們在河族營地裡會吃到什麼東西。她一想到以前的那隻癩蛤蟆，便全身打個冷顫。只希望蘆葦河床裡有更多可以吃的食物，不光是水裡游的而已。

她快步經過迅鯉旁邊，後者正在長草堆裡梳洗自己，蘆尾在她身旁。鋸峰和冬青正在利用鷹羽和露鼻從高地撿回來的石楠修補窩穴牆上的縫隙，他們正緊密編織著石楠的莖梗。金雀毛和風奔坐在沙坑邊緣交談，頭靠得很近。灰板岩安坐在柳尾旁邊，陽光下的她正眨著眼睛，黑耳、白尾和銀紋在她身後的金雀花牆上攀爬。

蛾飛帶著獵物走進營地圍籬的暗處，溫熱的獵物氣味充斥著她的鼻腔，塵鼻和斑毛正懶洋洋地躺在茂密的草地上，一隻吃了一半的兔子還擱在他們中間。當她把老鼠放在他們旁邊，低頭咬了一口時，眼角瞄到斑毛的尾巴正不悅地抖動。她撕了一口鼠肉，然後看著他。「怎麼了？」她滿嘴鼠肉地問道。

他皺起眉頭。「塵鼻說你要跟彌迦一起去拜訪河族？」

蛾飛吞下鼠肉。「星族要巫醫貓互相學習交流。」

「你就不能自己去河族嗎？」斑毛問道。

「彌迦也需要學習啊。」蛾飛歪著頭咀嚼。**他幹嘛這麼生氣？**

「那你為什麼不跟礫心或雲點一起去？」斑毛責問。

塵鼻伸爪將兔子勾近點。「蛾飛愛跟誰去就跟誰去。」他心不在焉地說道。

斑毛站了起來，甩甩毛髮。「我覺得把時間花在別族身上，不是明智之舉。」他大聲說道。

腳爪上仍抓著一根樹枝的冬青，回頭看了一眼。

蛾飛愣了一下。金色公貓正在引起族貓們的注意。

迅鯉扭過頭來看。「所以是真的囉？你真的要去住在河族？」

「是啊。」蛾飛不安地蠕動著腳。

風奔抬起頭來，瞇起眼睛。

「這主意好嗎？」冬青丟下石楠，穿過空地，走了過來。「石頭佬還在生病。」

「蘆尾答應我會好好照顧他。」蛾飛為自己辯解。

迅鯉看了她的伴侶貓一眼。「你怎麼沒告訴我？」

「他的病又不嚴重。」蘆尾撐起身子站起來。「他現在在蛾飛的窩穴裡睡得舒服的很。」

灰板岩瞪大眼睛，一臉擔心。「要是我的小貓生病了，怎麼辦？」

爬在金雀花牆上的銀紋朝下面喊道：「我們才不會生病。」

「但要是你們生病了呢？」灰板岩煩躁地說道。

「蘆尾會知道該怎麼處理。」蛾飛向灰板岩保證道。**他懂得恐怕比我還多吧。**「再說，我只是去河族。如果你需要我，隨時可以把我找回來。」

柳尾的耳朵動了動。「這太麻煩了，還得越過別族的邊界。」

「是斑皮邀我去的！」蛾飛開始不耐。就因為紅爪那件事，柳尾又要在這裡小題大作。她很氣這隻淺色虎斑母貓，她老愛拿邊界的事做文章，簡直跟清天沒什麼兩樣，她受夠了。「更何況，我是巫醫貓。我去河族是為了學習，不是去狩獵。」

風奔快步走到空地中央。「星族已經告訴巫醫貓必須分享交流知識。」她的目光掃視族貓。

蛾飛鬆了口氣。至少風奔沒有反對。

金雀毛也慎重地點點頭。「未來蛾飛將發揮她的所學，幫助我們。」

身上仍沾著石楠屑的鋸峰從窩穴暗處走出來。「老跟別族打交道，不是明智之舉。」他低吼道。

蛾飛豎起毛髮。「為什麼？你以前不也和森林裡的貓住在一起？也住過高地，甚至曾和高影住在松樹林的溼地裡。」

「所以我才學會了教訓，知道長居一個地方才是正確的選擇。」鋸峰迎視她的目光。「你應該對我們忠誠。」

「我對你們的忠誠度不容懷疑！」蛾飛厲聲道。「拜訪河族並不會改變這一點。」

「可是你是因為星族命令你去，你才去。不是風奔命令你去。」冬青插嘴道。「你到底是風族貓還是星族貓？」

蛾飛一臉沮喪地看著族貓們。為什麼他們要懷疑她的忠誠度？她的母親是族長欸！

風奔甩著尾巴。「別再繼續討論這個愚蠢的話題！」她吼道。「我知道我們都還不習慣巫醫這種制度。所以覺得聽從貓靈的指示很奇怪。但蛾飛是打從心底為風族著想。她此行的目的是為了學習新知，以後才能更妥善地照顧我們大家。」她的目光盯住灰板岩。「如果你的小貓生病了，你難道不希望蛾飛有足夠的知識醫治你的小貓嗎？」她轉向鋸峰，目光不快。「永遠不准再質疑蛾飛的忠誠度。她在風族出生，所以不管發生什麼事，她的心也永遠屬於她的族貓。」

蛾飛很是感激她母親。不過斑毛那雙興師問罪的目光仍令她很不自在。她看著自己的腳爪。**他是在嫉妒彌迦。**她莫名內疚，她這麼喜歡天族的巫醫貓，難道就代表她不忠誠？

她丟下老鼠，穿過空地。「我答應彌迦日正當中時與他會合。」她避開族貓的目光。「我不知道我什麼時候回來。如果有緊急事件，立刻找我回來。」

她無視背後的竊竊私語，鑽出營地，感覺到冷風灌進毛髮，心裡頓時輕鬆許多。

蛾飛前往河族邊界。她步下陡峭的小路，朝河邊走，不一會兒看見彌迦坐在踏腳石上，波光粼粼的河面襯著他堅毅的輪廓。彌迦抬起頭，她迎上前去，波光蕩漾，刺眼到她得瞇起眼睛。

在他身後，河水被蘆葦灘一分為二，中間形成一座小島。族貓們告訴過她，河族貓就是在那島上建了營地。她很好奇住在水中央的滋味如何。

「這裡好平靜哦！」彌迦的喵聲蓋過潺潺水聲。

蛾飛小心翼翼地跳上第一座踏腳石，看著腳下流竄的河水。突然水花濺了上來，噴溼她的前腳，她嚇得縮了一下。

彌迦大聲喵嗚。「到了河族，你就習慣腳溼的這件事了。」

「希望不用。」她甩掉腳上的水。

能遠離營地，感覺自在多了。新葉季的陽光曬得她通身暖和。這條河流的一側有防風的森林，另一側是高聳的懸崖。辛辣氣味充斥她鼻腔，鳥兒的吱喳聲蓋過水聲潺潺。她眨眨眼睛，看著彌迦。與他單獨在一起，她就不必再想盡辦法要讓風奔對她刮目相看，也不必再煩心黑耳肚子痛或暴皮耳朵癢的問題。

她越過踏腳石，來到彌迦旁邊，朝太陽的方向抬起臉，半瞇著眼睛。野風拍打遠岸的蘆葦灘，燈芯草窸窣作響，如波起伏。

下游有隻黑色母貓緩步走在河岸上。一隻橘色母貓經過她身邊，涉水步入淺水灘，直到河水漫上腹毛，便低下頭去，撲通一聲跳進水裡。

蛾飛愣了一下。「她沉下去了！」

彌迦往前傾身，豎直耳朵。「等一下。」他看著水面，水花突然四濺，河族母貓在幾條尾巴外的河面破水而出，嘴裡叼著一條魚，回頭往岸邊游，然後爬出水面，消失在蘆葦叢裡。她的同伴發出稱許的喵聲，也跟著離開。

蛾飛渾身顫抖。「希望斑皮不會想教我們抓魚。」

彌迦喵嗚道。「要是她想教你抓魚，你就威脅她，你要教她在地道裡狩獵。」

「我討厭地道狩獵。」蛾飛承認道。「那是塵鼻的專長，不是我的。」

「你是巫醫貓。」彌迦提醒她。「你有你的專長。」

「希望有。」

「所以我們才要來這裡啊。」彌迦跳到下一塊踏腳石上，往對岸走去。他回頭看看蛾飛。「等我們離開這裡的時候，一定學到了很多知識。不過我們最好快一點。那兩隻貓可能已經告訴斑皮我們在路上了。」

蛾飛跟在後面，有點無奈。她本來希望能有一整個下午的時間陪彌迦一起欣賞河景。但他說得沒錯。斑皮一定在等他們了。她跳上沙岸，跟著彌迦沿著小徑穿梭蘆葦叢裡。地面泥濘，腳爪踩在上面噗噗作響。小徑漸寬，她追上彌迦。「你跟清天說你要拜訪河族時，他的反應是什麼？」

「他很不高興。」彌迦直視前方。

「他有沒有試著阻攔你？」蛾飛打量彌迦的身子，尋找傷痕。

「他想知道為什麼。」彌迦告訴他。「我花了很久時間才說服他相信這是為了天族好，最後他同意了。」

「風奔還以為你永遠說服不了他。」蛾飛有點得意，彌迦終究證明了風奔是錯的。

「我覺得清天不喜歡唯唯諾諾的貓兒，」彌迦告訴她。「不過星花也有在場幫我說情啦。自從我開始醫治微枝後，她就希望我的醫術更精進，以免有一天露瓣或花足也病了。」

「微枝的咳嗽好點了嗎？」

「時好時壞。」彌迦若有所思。「我懷疑是森林裡的某種東西害他咳嗽。」

「銀紋每次在石楠叢附近玩，就會打噴嚏。」蛾飛發表她的看法。「也許你應該找一天時間跟在微枝旁邊，看看他去過哪裡玩耍。」

「我也希望我有時間這麼做。」彌迦喵聲道。「但清天老支使我做事，害我忙得團團轉，一會兒要處理跳蚤的咬傷，一會兒要我採集藥草。」

「可是你有橡毛幫你啊。」蛾飛故意不去理會心裡那小小的妒意。「她就不能幫你分擔一點工作嗎？」

「清天堅持只要我們在天族領地裡，她就絕對不能離開我身邊。」

蛾飛眨眨眼睛。「絕對不能？」

彌迦還沒來得及回答，前方蘆葦叢便窸窣作響，一隻黑色母貓鑽了出來，擋住去路——就是那隻他們在下游岸邊看到的母貓。她一臉懷疑地打量著彌迦和蛾飛。「你們兩個在這裡做什麼？」

「嗨，」彌迦愉悅地招呼對方。「斑皮沒告訴你嗎？她邀我們來作客，學習醫術。」

「夜兒！」小徑遠處傳來喵聲。曙霧從燈芯草叢裡走出來，橘白相間的毛髮仍溼淋淋的，平貼在修長的骨架上。「斑皮說，如果是彌迦和蛾飛，就護送他們到她的窩穴。」

夜兒瞇起眼睛。「我還是覺得讓別族的貓兒進入我們的營地，不是個好主意。」

「河波說沒關係。」曙霧爭辯道。「他們只是巫醫貓，不礙事。」

夜兒哼了一聲，背過身去。「跟我來。」她氣呼呼地說道。

蛾飛緩步走在彌迦旁邊，跟著母貓沿著蜿蜒的小徑走。

跟在同伴旁邊的曙霧，回頭看了他們一眼。「真希望我也能有機會去拜訪別的部族。」她喵聲道，「我很好奇住在高地或森林裡是什麼感覺。」

蛾飛的腳爪踩在滑溜溜的泥地上。「至少那裡的地很乾。」她嘟囔道。

曙霧喵嗚笑了。他們一走出蘆葦叢，蛾飛就看見前方的空地。有兩隻小貓在沙地上追逐跑跳，撞上了曙霧，魚腥味瞬間竄進蛾飛鼻腔。

「曙霧！」灰色小母貓繞著橘色貓后轉。「松針吃的鱒魚比我多。不公平！」

黑色小公貓爪子戳進地裡。「我沒有。她太貪心了。」

「可憐的小雨！」曙霧舔舔灰色小母貓的頭。「我等下再去抓一條魚。」她承諾道。

「我們可以各吃一條嗎？」松針問道。

小雨緊張地眨眨眼睛。「我要最大的那一條。」

「你們兩個都比狐狸貪心。」曙霧喵嗚道，同時推開小貓。「自己去玩吧。我在幫忙夜兒帶訪客到斑皮的窩穴。」

小雨瞪大眼睛，打量蛾飛和彌迦。「他們來這裡做什麼？」

「侵略！」松針蓬起毛髮。「要不要我去警告河波？」

空地邊緣傳來低沉的喵嗚聲。「不用警告我。我早就在等他們來了。」

蛾飛扭頭一看，發現河族族長坐在蘆葦叢的暗處。

他站了起來，穿過空地，一走近他們，立刻垂頭致意。「真高興你們來了。斑皮在她窩穴裡。」他用鼻口指著一棵枯木底部。枯木樹根蜿蜒插進土裡，在樹墩下自然形成洞穴，那是樹根被風吹雨淋、日積月累下的結果。

夜兒瞄了蛾飛一眼。「我希望你們可以自己狩獵。」她低吼道。「我不想餵養風族貓或天族貓。」

河波冷靜地眨眨眼睛。「不管他們來自哪個部族，餓了就是餓了，跟你沒有兩樣。」

夜兒冷哼一聲，趾高氣昂地轉身離開。

曙霧揮揮尾巴。「別理她。」她低聲對蛾飛說道。「她脾氣一向不好。」

小雨豎起耳朵。「昨天她也說我跟河鼠一樣笨。可是我才不笨呢！」

「她說錯了。」松針調皮地抽動鬍鬚。「你是比河鼠還笨。」

「嘿！」小雨不以為然地蓬起毛髮，朝她哥哥撲了上去。松針低身躲開，在營地橫衝直撞。

「我一定要你好看！」小雨追在後面。

「他們不是在吃東西，就是在打架。」曙霧翻翻白眼。「我最好再去幫他們抓點獵物回來。」她朝蘆葦叢的縫隙走，那裡的水浪正輕舔著空地邊緣。她連腳步都沒停一下，便鑽進河裡，消失水面。

蛾飛瞥了彌迦一眼。河族貓不太像貓，反倒比較像水獺。彌迦正專心打量四周營地。碎冰躺在空地盡頭一塊曬得到太陽的地方。暗棕色公貓苔尾正在營地圍籬旁梳洗自己。

河波朝斑皮的窩穴彈彈尾巴。「她正在等你們。」

彌迦向河族族長垂頭致意，這才前往樹墩處。蛾飛快步跟在後面，魚腥味愈來愈濃，她不停地抽動鼻子。她看到斑皮窩穴外的樹根縫隙都以蘆葦填補起來。其中還夾雜了些羽毛在風中不停擺動。

斑皮從拱狀的樹根底下探出頭。「你們終於來了！」她喵嗚道。「進來吧。我才剛把藥草整理好。」

河族巫醫貓又把頭縮回去。蛾飛跟著她步下短坡，進入洞內，渾身打顫。蘆葦牆遮住了外面的陽光，陰暗的穴內感覺溼冷。地上鋪著蘆葦，蛾飛踩踏上去還會窸窣移動。她眨眨眼睛，適應眼前的幽暗。「這裡的空間好大！」她停在洞穴中央，環顧四周。洞裡有足夠空間放四張臥鋪，不過眼前只有兩張，都是用燈芯草編織而成。她抬頭仰望，上方一片漆黑，看不到屋頂。一隻蜘蛛正在角落裡吐絲結網。「我是考量到傷口的包紮問題，所以在洞裡備妥蜘蛛絲。」她開心地喵嗚道。蛾飛心想，**也許我也該抓幾隻蜘蛛，說服牠們在我窩裡吐絲結網。**

彌迦鑽進樹根裡，緩步走了過來。「這裡會淹水嗎？」他回頭看了一眼。

「不會，除非整座島都淹水。」斑皮告訴他。

蛾飛眨眨眼睛，有點緊張。「曾經淹過水嗎？」

「只有一次，那時候下了好幾天雨，暴風雨又接著來。」斑皮把一株掉在外頭的燈芯草塞回臥鋪裡。「河波說如果下次再像那樣雨下個不停，我們就先到林子裡避雨，等雨停了再回來。」

彌迦注視著斑皮後方的幽暗處，那是窩穴的盡頭，剛好是面土牆，「你都把藥草存放在那裡嗎？」

蛾飛循著他的目光，看見土牆上被挖了幾個小洞，綠色葉子塞在各處的洞裡。

「每個洞裝的葉子都不一樣。」斑皮滿臉驕傲。

「空氣這麼潮溼，葉子不會腐爛嗎？」蛾飛比較習慣高地上乾燥的野風。

「這裡的空氣夠流通，」斑皮告訴她，「河上吹來的風可以保持藥草涼爽，新鮮的葉子就不會枯萎。我發現新鮮藥草比曬乾的藥草來得有效。」

彌迦皺起眉頭。「真可惜。」他低聲道。「禿葉季生病的貓兒總是比較多，可是等到那時候，我們庫房裡就只剩下曬乾的藥草。」

「種籽和莓果可以幫忙維持貓兒的體力。」斑皮從其中一個洞裡挖出一把暗色莓果，放在蛾飛掌間。

斑皮又逐一抓出藥草，告訴他們在哪裡採集，療效是什麼，譬如杜松可以治胃痛，罌粟籽可以緩解疼痛。蛾飛努力記住，嗅聞著那些辛辣的味道，用腳爪翻搓種籽，將氣味強記在腦袋裡。她真想趕快回家，到高地上搜找這些藥草。

彌迦低頭經過斑皮旁邊，嗅聞一種毛絨絨的大葉子。「這是什麼？」

斑皮轉頭去看，窩穴外突然有喊叫聲劃破空氣。

「救命啊！」

蛾飛愣了一下，夜兒衝進窩穴裡，緊急剎住腳步，驚恐的眼睛瞪得斗大。「快點來！我剛剛才把小雨從河裡拖上來，她沒有呼吸了。」

# 第十九章

斑皮從她的族貓旁邊衝了出去，瀰迦也跟在後面。驚慌失措的蛾飛也跟著跑出去。

蛾飛抵達空地時，斑皮已經鑽進營地圍籬的缺口，瀰迦跟在後面，雙耳充血的蛾飛也追上去。她一躍而過缺口，又趕緊剎住，因為眼前就是河水。

曙霧站在水邊，一臉茫然驚懼。她的身上不斷滴水，宛若受驚的獵物，全身發抖，腳下躺著一坨溼淋淋的東西。

**小雨！**蛾飛的一顆心像被哽在喉嚨裡。

斑皮在一動也不動的小貓旁邊蹲下來。

瀰迦傾身向前。「她死了嗎？」

斑皮朝曙霧扭頭。「別讓她失溫，她驚嚇過度。」

瀰迦趕緊走到曙霧旁邊，緊挨著她。

蛾飛瞪視著小雨，四隻腳像結凍似地無法移動。小貓腹部沒有起伏。「她沒有呼吸！」她看著斑皮。為什麼河族巫醫如此鎮定？

斑皮的目光快速掃視小雨的身體，然後抬起前腳，放在小母貓胸前。

蛾飛瞪大眼睛，只見斑皮用腳掌快速按壓小貓。「你在做什麼？」這樣壓小貓有幫助嗎？

斑皮沒理她。她停下來，俯身嗅聞小雨的鼻口。然後又直起身子，繼續按壓小貓的胸口。

她每按壓一次，小雨的身子便抖動一次，四條腿無力擺動，就像一隻死兔子的腿一樣。

斑皮又停下來嗅聞小雨的鼻口。

曙霧低聲哀嗚。「她死了！」

「沒有，」斑皮厲聲低吼。「還沒有。」她又把腳掌放在小雨胸膛按壓。

突然噗地一聲，小雨開始抽搐，不斷咳水出來。斑皮趕緊讓小貓側躺，用力按摩小雨的胸部，讓她咳出更多的水。

「小雨？」曙霧的喵聲小到不能再小。

小雨終於停止嘔吐，對著她母親眨眨眼睛。「怎麼了？」她沙啞虛弱地問道。

松針的鼻子從蘆葦叢後方探出來。「她還好嗎？」晶亮的雙眼滿布驚恐。

曙霧示意他過來一點。「她沒事了，」她焦急地看著斑皮。「對不對？」

「沒事了，她已經把水咳出來，可以呼吸了。」斑皮語氣輕快地告訴她。

蛾飛看著河族巫醫，發現她從頭到尾都沒有發抖。**她怎能如此鎮定？**

松針快步走到她母親身邊，緊挨著她。「她只是想自己抓一條魚上來。可是一下子就消失在水裡了。」他全身發抖地喵聲道。「她一直沒上來，我就趕快去叫夜兒。」

「要抓魚之前，得先學會游泳。」河波的毛髮刷過蛾飛身邊。

她轉身，看到河族族長，嚇了一跳。她怎麼沒聽到他的腳步聲。

他用鼻口輕觸曙霧的面頰。「等到小雨復元，要盡快教他們游泳。」

曙霧迎視他的目光，眼裡泛著淚光。「我想等他們長大一點再教。」

「魚一出生就會游泳，」河波低聲道。「對河族的小貓來說，學游泳是絕對不嫌早的。」

小雨蹣跚撐起身子。

曙霧低下身，舔舔她的面頰。「你到我的臥鋪來，我先讓你暖和起來再說。」她護著小貓朝空地走去。

河波用尾巴輕撫松針那一身豎得筆直的毛髮。「你做得很好，及時去找救兵。」

「我只是去叫夜兒來。」

「你做得很對。」河波告訴他。

松針不太確定地看著他。「我不應該讓她去水裡。」

河波用鼻口輕觸小貓的額頭。「有時候我們無力阻止別的貓犯錯。不過當他們犯錯時，我們可以幫助他們。而這就是你剛剛做的事情。」他推著小貓，要他去找他母親，曙霧正叼起小雨，走進空地盡頭的臥鋪。

斑皮目送她的族長將松針帶開。「他向來疼愛小貓。」她低聲道。「只可惜他沒有自己的孩子。」

蛾飛幾乎沒聽見她說的話。「你怎麼知道怎麼救那隻小貓？」

「河波教我的。」她解釋道。「他在水邊住了一輩子，知道水很容易被吸進去，所以自然也可以把水從胸部裡擠出來。」

彌迦在空中揮打著尾巴。「你太厲害了！我還以為小雨死定了。」

斑皮看著汩汩河水。「這是每隻河族貓必備的救生技能。」

蛾飛頓時肅然起敬，好生欽佩。**我真希望有一天我也能像斑皮這樣態度鎮定和技術精湛。**她好奇半月是否正看著他們？她在心裡告訴自己，**我會努力學習，讓自己變得跟她一樣優秀。能救活一隻貓，這種經驗一定很棒。**

⚡⚡⚡

夕陽隱沒於雲層後方。河面上下著毛毛細雨，微風吹來，營地四周的蘆葦窸窣作響。潮溼的空氣沾上蛾飛的毛髮，她忍不住挨近彌迦，同時覷著另一頭小心翼翼盯看著他們的夜兒。曙霧仍蜷伏在臥鋪裡，整個身子埋在燈芯草當中。河波已經帶著曙霧的伴侶貓苔尾去蘆葦灘捕捉地鼠。「你確定我們應該在這裡過夜？」蛾飛低聲問道。

「當然應該。」正在梳洗肚皮的彌迦抬起頭來。「你看我們今天學到這麼多！明天一定會學到更多。」

蛾飛很高興有他陪在身邊。她喜歡河族貓，但是離高地這麼遠，感覺很奇怪。從山谷回來後，以為自己再也不會離開她的族貓。「你覺得河波會抓到地鼠嗎？」她滿心期盼地說道。

斑皮曾說她要抓隻肥美的鱒魚給他們吃，於是太陽才剛西沉，她就鑽進河裡了。

彌迦對著蛾飛眨眨眼睛。「莫非你不想吃魚？」

蛾飛皺起鼻子。她一個下午聞到的不是魚腥味，就是藥草味，現在最渴望的是味道甜美、有腿的獵物。可是她還沒來得及回答，後方便突然水花四濺，斑皮涉著水走出河裡。

蛾飛的心一沉，因為她看見玳瑁色母貓嘴裡叼著一條魚。她緩步走上岸時，那條魚仍不停扭動掙扎，鱗片在雨中熠熠閃爍。斑皮停在他們前面，將魚丟在地上。

魚身不停扭動，泥巴濺到蛾飛腳上，她嚇得往後跳。

斑皮眼帶興味地喵嗚出聲，用前爪按住牠，低頭致命一咬。「至少你可以確定這條魚很新鮮。」她抬頭喵聲道。

彌迦瞥了蛾飛一眼。「你要先嚐第一口嗎？」

她貼平耳朵，不安地嗅聞那條魚。「這是鱒魚嗎？」

斑皮的眼睛一亮。「這叫白鮭。」

蛾飛勉強自己不要發抖。「牠的味道會像癩蛤蟆嗎？」

「當然不會！」斑皮不屑地說道。「誰會吃癩蛤蟆？」

「癩蛤蟆吃起來像泥巴一樣難吃。」彌迦作嘔道。

蛾飛全身發燙。她才不要告訴彌迦和斑皮，她曾吃過癩蛤蟆。她伸出腳爪觸碰白鮭。

彌迦捕捉到她的目光。「你是想等河波帶地鼠回來？」

「沒有。」蛾飛抬起下巴。她才不是膽小鬼。再說，拒絕斑皮的好意，未免太沒禮貌。

「我想試吃看看這條魚。」她低下頭，利牙戳進白鮭柔軟的腹肉，欣喜發現肉質竟比橡皮般的癩蛤蟆好多了。她撕下一塊魚肉，香味立刻在她嘴裡漫開。她驚訝地對著斑皮眨眨眼睛。「味道很好！」她一邊咀嚼，一邊享受這柔軟的魚肉。牠嚐起來新鮮多汁。「很美味！」

「不要告訴風奔你喜歡河族的食物。」彌迦玩笑說道，然後也咬一口，才嚼了幾下，眼睛立刻發亮。「哇，你說得沒錯，真的很好吃。」

這時，河波低著頭從營地的蘆葦牆鑽出來，嘴裡叼著一隻河鼠。苔尾則叼著一隻地鼠跟在後面。他們一看見蛾飛和彌迦，立刻停下腳步。

河波丟下嘴裡的河鼠。「你們在吃魚！」

「是啊，很好吃！」彌迦又撕咬了一口。

河波點頭示意苔尾嘴裡的地鼠。「你拿去和小貓們一起吃吧。」

暗棕色公貓點頭同意，帶著獵物走向曙霧和小雨、松針蜷伏所在的臥鋪。他先把獵物放在用蘆葦緊密編織的圍籬旁，這才把鼻子塞進去，推推曙霧的身子。

曙霧猛地抬頭，眨眨眼睛。

「小雨怎麼樣了？」苔尾問道。

「我沒事！」小雨坐起來，耳朵動了動。

「我聞到河鼠的味道。」松針爬上他母親的背，往臥鋪外窺看。他抽動鼻子，眼睛發亮地望著河波的獵物，隨即爬出臥鋪，朝那隻獵物奔去。「我可以吃嗎？」他瞥了河族族長一眼。

「當然可以。」河族族長把河鼠推給松針，小雨也從臥鋪裡跳出來，跑到她哥哥旁邊。

「我也想吃。」

河波喵嗚笑了。「看見你精神這麼好，我放心多了。」

小雨不以為然地翹起尾巴。「我本來就沒生病，只是游個泳而已。」河波的鬍鬚動了動。雨愈來愈大，一串水珠掛在他鬍鬚上。他抬頭望著漸暗的天色。「我要回臥鋪了。」他朝蓋在樹墩根部旁的窩穴走去。

蛾飛感覺雨滴滲進毛髮。「我們今晚睡哪兒啊？」她在河族族長後面喊道。

他停下腳步，點頭示意斑皮的窩穴。「那裡還有足夠的空間嗎？」

斑皮點點頭。「他們可以睡在空的臥鋪裡。」

河族族長消失在窩穴裡。蛾飛靦腆地看了彌迦一眼。在這之前，她只跟她弟弟同鋪共眠過。塵鼻總是笑她，跟她睡就跟一頭獾睡覺似的。「我怕我會打呼。」

「那好，」他又咬了一口魚肉。「因為我也會打呼。」

斑皮翻翻白眼，嘴裡嘟囔：「這下我慘了。」

他們一吃完白鮭，斑皮便帶著他們到她窩裡。隨著夜色降臨，雨勢開始變大。蛾飛慶幸自己已及時鑽進樹墩旁的洞穴。她越過漆黑的窩穴，爬進遠處的蘆葦臥鋪，發現腳下的蘆葦竟然很柔軟。原本尖銳的葉尖都被小心地塞到最底下，所以躺上去的感覺就像睡在自家的石楠臥鋪裡。她把身子往裡邊挪，騰出空間給彌迦。

他擠了進來。「你的空間夠嗎？」

「夠。」蛾飛很開心，因為有彌迦偎在她旁邊，給她溫暖。

斑皮的金色眼睛在黑暗裡閃現。「你們的臥鋪舒服嗎？」

「很舒服。」彌迦喵嗚道。

「我的也很舒服。」蛾飛將身子塞進蘆葦裡，打了個呵欠，覺得好睏。「我希望我能記得住今天學到的所有知識。」

「會的。」彌迦在她身旁動了動。「我想我永遠也忘不了小雨起死回生過程。」

「她又沒死，」斑皮的喵聲在窩穴裡響起。「只是胸腔需要空氣，不是水。」

蛾飛突然想起那隻藍灰色母貓的夢，她也曾起死回生。所以也許她也沒死。蛾飛皺起眉頭。**但是沒有貓兒按壓她的胸口啊，而且她也沒咳出水來。**

她旁邊的彌迦呼吸漸沉，慢慢進入夢鄉。蛾飛把鼻口擱在腳上看著他，毛髮被他的鼻息吹得微微刺癢，眼皮也跟著愈來愈重，終於閉上，幽暗在她四周旋轉。

ϟϟϟ

似曾相識的岩石氣味竄進蛾飛鼻腔，她倏地睜開眼睛，月亮石的洞窟氣味立刻覆上她嘴裡。她趕緊跳起來站好，環顧四周。**我怎麼回到……**

她的思緒還沒理清，兩隻貓兒突然走進洞窟。一隻體型魁梧的暗色虎斑貓朝月亮石走去，在藍灰色母貓起死回生的那個夢裡，她也曾見過他。虎斑貓的目光緊盯著那座光滑的岩石，又瞥了頭頂上那個洞一眼，水色月光映照在他黃色眼睛裡。

蛾飛全身發抖。這隻公貓的目光冰冷，肩膀很寬，一副不好惹的模樣，她覺得很害怕。他似乎正在等月亮照亮那座岩石，但卻一臉不耐，背上的毛髮如波起伏。

灰色公貓跟著走進洞窟，停在暗色虎斑貓旁邊。虎斑貓扭過頭，對著正在開口說話的灰色公貓齜牙低吼。他們顯然不是朋友，那為什麼要結伴前來呢？

暗色虎斑貓身體僵硬地趴下來，鼻子輕觸岩石，過了一會兒，月光點亮了岩石。

蛾飛眯起眼睛，耀眼的強光嚇得她縮起身子。

腳下岩地瞬間變成會嘎吱作響的青苔地。她眨眨眼睛，睜了開來。難道她回到了星族的狩獵場？

黑暗從四面八方襲來。她連忙轉頭，四周林子陰森逼近。這裡不是星族的地盤。她聞到潮溼的腐木味，松樹樹液的味道更加重了這股氣味。這裡是影族領地。

林間有貓兒身影在移動，暗色身影閃著星光。**是貓靈！**她掃視這些星光貓，希望看到熟悉的臉孔，但都沒有她認識的星族貓。她趕緊退到樹木的後面。她恐懼到全身發抖。這些貓兒是有目的而來的，暗色虎斑貓似乎也在等他們。他的目光在黑暗裡像火燄一樣炙烈。

一隻全身發光的公貓朝他走近，虎斑貓眯起眼睛。蛾飛看見貓靈開始說話，但是她聽不到對方說什麼。等到公貓退開，一隻體型嬌小的母貓立刻取而代之。母貓又開口說話，暗色虎斑貓雖然在聽，但眼裡有不屑的神色。

**難道他不尊重自己的祖靈嗎？**蛾飛傾身向前，好奇到毛髮微微刺痛。

母貓伸出鼻口，輕觸暗色虎斑貓的額頭。

虎斑貓身子抽搐，彷彿全身承受極大的痛苦。

這跟洞窟裡藍灰色母貓的遭遇一樣。為什麼這些貓靈的碰觸會帶來這麼大的痛苦。

蛾飛眯起眼睛，呼吸急促地看著貓靈一個接一個地過來輕觸暗色虎斑貓。每一次，他都會痛到全身痙攣，毛髮豎得筆直，卻毫不退縮，勇於接受每一次的觸碰，眼裡燃著饑渴。

終於最後一隻貓靈離開了，暗色虎斑貓抬起鼻口。蛾飛盯著他的眼睛，搜尋貓靈與他分享經驗後的些許線索，但她只看見傲慢。

他四周的貓靈嘴巴一張一合，似乎正在呼喊什麼。蛾飛豎起耳朵，想聽他們說什麼，但是聽不見。一隻星族公貓突然住嘴，張口結舌地望著暗色虎斑貓。

蛾飛吞吞口水，因為她看見那隻貓靈的眼神黯然，充滿懼色。

蛾飛突然驚醒，全身發冷。

「蛾飛？」彌迦扭頭看她，她眨眨眼睛，環顧斑皮的窩穴。

「做惡夢了？」他問道。

他的喵聲令她放心不少，她轉頭迎視他的目光。

她點點頭，他隨即挨身過來，鼻口輕觸她的面頰。「再睡一會兒吧。」他輕聲說道。「這裡很安全。」

她聽話地將鼻子擱在腳爪上，再度閉上眼睛。她感覺到他的舌頭舔著她的耳朵，直到混亂的思緒漸漸平息。

「只是一個夢而已。」彌迦停止舔耳，將鼻口塞在她鼻口旁邊。

**那不是夢。是未來的畫面。**他的呼吸漸沉，又開始打呼，憂慮的情緒再度將蛾飛從睡眠邊緣拉了回來。**這些畫面到底代表什麼？為什麼讓我如此不安？**

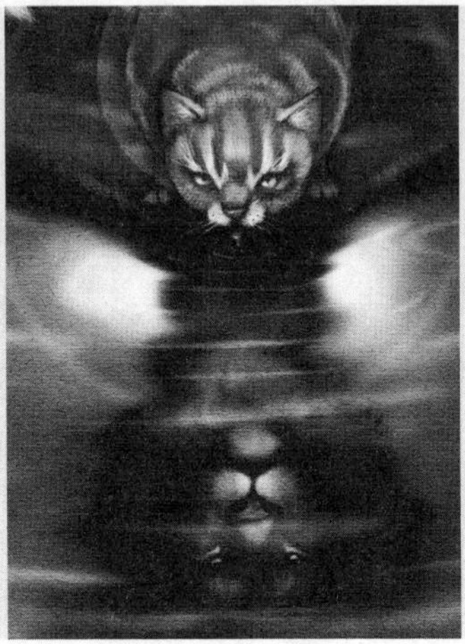

# 第二十章

清晨的陽光灑進蘆葦臥鋪。這雨下了兩天，現在總算停了，但營地裡早就到處溼答答的。陽光破雲而出。河波正在空地的另一頭伸懶腰。苔尾和曙霧睡眼惺忪地在臥鋪裡動了動，小雨和松針在營地裡衝來撞去，想抓住對方的尾巴。

斑皮對著蛾飛和彌迦親切地眨眨眼睛，喵聲說道。「我已經把我的所知所學全傳授給你們了。」

彌迦揮著尾巴。「你的知識好淵博。」

「我等不及想實際運用這些知識。」蛾飛興奮到毛髮微微刺痛。我真希望能在高地上找到山羊草。這是斑皮告訴他們的其中一種藥草，只要讓灰板岩每天服用幾片，便能慢慢改善她憂慮的情緒。

她急著想回家。但一想到要離開彌迦，又萬分不捨。

彌迦環顧河族營地。「我會想念這裡

的。」他喃喃說道。「我已經漸漸習慣讓潺潺的河水聲伴我入眠。」

**而我也已經漸漸習慣讓你的鼻息聲伴我入眠。**蛾飛羞怯地看了他一眼。她的臥鋪少了他，恐怕會變得很冰冷。

小雨在他們中間剎住腳步。「你們要走了嗎？」

松針瞪大眼睛看著彌迦。「你不能走！我還沒教你怎麼抓魚！」

彌迦用鼻子搓搓小貓的面頰。「那你得先學會游泳才行。」

松針抬起下巴。「我昨天游了一條尾巴這麼遠欸！」

小雨哼了一聲。「那是因為曙霧咬住你的頸背。」

「至少我沒把河裡的水吞一半到肚子裡。」

「噓！」斑皮使個眼色，要松針噤聲。「彌迦和蛾飛得回自己的部族。」

「為什麼他們不能留下來跟我們住在一起？」小雨喵聲道。

「我的部族需要我。」彌迦告訴她。

蛾飛的心微微刺痛。**我也需要你。**她甩開這個愚蠢的念頭。「我的部族也需要我。」

小雨垂下尾巴。「好吧。」

「你們會再回來看我們嗎？」松針問道。

「當然。」蛾飛揮著尾巴。「等我們學到新的醫術可以分享時，就會回來。」

斑皮的眼睛亮了起來。「希望不會太久。」她的目光從他們身上移開。

蛾飛轉頭循著她的目光，看見河波朝他們走來。他一走近，她立刻垂頭致意。「謝謝你的招待。」

「這是我的榮幸。」

河族族長很是尊敬地朝她眨眨眼睛，彌迦趁機推了蛾飛一下。「你看，你被星族選中之後，身價就不可同日而語了。」他揶揄道。

「我得回去整理藥草了。」斑皮朝她的窩穴轉身。「它們是不會自動分類的。」

「謝謝你！」蛾飛對著消失在洞口的斑皮大聲喊道。

彌迦若有所思地看著蘆葦灘。「我們得立刻回去嗎？」

蛾飛看了他一眼。「你不想回天族？」

「終究還是要回去。」彌迦貼近她的耳朵。「但我喜歡跟你在一起。」他低聲道。

蛾飛趕緊別開目光，全身頓時發燙。「我也喜歡跟你在一起。」她含糊說道。

河波刻意移開目光，鬍鬚動了動。蛾飛好奇他有沒有聽見。

「也許雲點可以傳授你們有關林地裡的藥草知識。」河波遠望森林，含糊說道。「雷族營地離這裡不遠。」

彌迦驚愕地看著他。「這主意不錯！一定很有趣。我們也可以順道告訴雲點我們從斑皮這裡學到了什麼。」

「我相信他一定會很感激你們。」河波的目光仍不離那片林子。

蛾飛有點不安地蠕動著腳。「也許吧。」離開高地這麼久，她總覺得有點內疚。「可是風族怎麼辦？他們可能需要我。」

河波對她眨眨眼睛。「你有一輩子的時間可以好好照顧你的族貓，現在何不趁還有空的時候，多玩一玩。」

彌迦喵嗚道：「太好了！」

河波的尾巴動了動。「要我帶你們去嗎？」

那不就少了跟彌迦單獨相處的機會？「不用了。」蛾飛趕緊拒絕他。「我們可以自己找到路。」彌迦向他保證道。

「我早猜到你們會這麼說。」河波調侃道，眼裡帶著笑意。蛾飛尷尬到腳爪微微刺癢。他早就知道他們想獨處。

河波把鼻口轉向森林。「營地就在峽谷裡面。」他告訴他們。「從上面不容易看到，得靠嗅覺找。」

彌迦垂頭致意，緩步朝營地入口走去。「謝了。」

「是啊，謝謝你，河波。」蛾飛追在彌迦後面，同時回頭喊道。

他們沿著小徑穿過蘆葦叢，直抵開闊的河岸。蛾飛看到河裡有踏腳石可以直接通到綠樹成蔭的河對岸，於是開心地快步踩上去。過去這幾天，斑皮已經帶她從這裡走過多次，所以她根本不擔心腳會弄溼。她對這條河還有沿岸的藥草全都瞭若指掌。她搶在彌迦前面先跳上踏腳石，一路跳躍，登上對岸，心裡好生得意，情緒高漲。

彌迦也跟著落地登岸。蛾飛開心地喵嗚出聲。「現在走哪條路？」

彌迦望著林子，瞇起眼睛，掃視幽暗的林地。「我不是很熟這邊的林子。」

「那我們就一起去探險吧。」蛾飛從岸邊出發，一躍而過地面突起的橡樹根，刷地一聲經過蕨葉叢。陽光隔著樹冠，斑駁地灑在地上，葉子鮮綠晶亮。霉味覆上她的鼻口，離開高地後，這是她首度聞到老鼠的氣味。她的肚子咕嚕咕嚕叫。他們自從昨晚吃了苔尾送來的鱒魚之後，便沒再進食。她好想吃毛絨絨的獵物，於是掃視灌木叢，希望看見葉子底下出現動靜。

「我們不能在這裡狩獵。」彌迦提醒她。他的鼻子動了動。「你沒聞到邊界的氣味記號嗎？」

蛾飛一直忙著嗅聞獵物的味道，她抬起鼻口，聞到雷族貓的氣味。「也許我們可以捕條魚，我相信河波不會介意的。」她的肚子又在叫了。

「你會游泳嗎？」彌迦瞪視著她。

「不會。」蛾飛回頭看了那條河一眼。「可是有時候魚會游到離岸很近的水面上，到時我們就可以涉水過去抓一隻。」

「還是我們在這裡等鳥飛下來，直接掉進我們的爪子裡算了。」

蛾飛抬起尾巴，朝彌迦橫掃過去，氣呼呼地說：「我只是提議而已。」

他喵嗚一笑，追在她後面。「我喜歡你的提議。」

蛾飛忍住笑。彌迦就是這麼貼心。

他走在她旁邊。「我們先去找營地。希望到時雷族願意分點獵物給我們吃。」

蛾飛跟在彌迦後面，心裡不安到毛髮都豎了起來，雲點有沒有告訴雷族，星族希望巫醫貓能互相分享交流知識？她知道雷族族長是清天的兒子，這是不是代表他跟天族族長一樣多疑？

他們循著荊棘叢和蕨葉叢中間的一條兔徑走，這時腳下林地開始往上斜傾，林相愈來愈茂密，路也愈來愈陡，四周黑影愈來愈深。

「你知道這條路會走到哪裡去嗎？」她滿懷期待地問彌迦。

「不知道。」地上有根腐木，彌迦爬過去，停在另一頭。

蛾飛跳到他旁邊，看著林子。這座林子似乎沒有盡頭。陽光穿透枝葉，成束灑在林地上。她用鼻子指著前面一大叢荊棘。「你覺得那是營地的圍籬嗎？」

「我們去看看。」彌迦往前走，卻被樹根絆了一跤。

蛾飛趕緊伸出鼻口扶住他。「我還以為你習慣林子裡的生活了。」她揶揄道。

「我習慣的是農場生活。」彌迦提醒她。「不知道什麼時候我才不會被樹根絆倒。」

「以後就習慣了，只要你……」蛾飛突然尖叫一聲，原來她踩到一小叢蕁麻，腳爪一陣劇痛，趕緊跳開，腳抬得老高。

「等我一下。」彌迦看了蕁麻一眼，隨即掃視林地，眼睛突然一亮，衝到白蠟樹旁邊的葉叢那裡，用牙齒摘下幾片才回來。

她看著葉子。「這是什麼？」

「酸模。」彌迦把葉子反過來放在她前面的地上。「你用腳搓搓它。」

蛾飛把被刺到的腳墊放在柔軟的葉子上搓揉。

「用力一點。」彌迦催促道。

蛾飛的腳爪死命擠壓葉子，直到被擠出汁液，沾上傷口。令她驚訝的是，竟然就不痛了。

「這好神奇哦。」她瞪大眼睛看著彌迦。

「我是從乳牛那裡學來的。」彌迦告訴她

「高地上不知道有沒有酸模？」蛾飛低聲道。

林子裡突然傳來低沉的喵聲。「會長蕁麻的地方，通常酸模也長在不遠處。」

蛾飛扭頭張望，緊張到心臟猛地抽動了一下。

彌迦貼平耳朵。

「別擔心，是我啦。」一隻黑白色公貓從暗處走出來。

「雲點！」蛾飛鬆了口氣。

「你們兩個迷路了嗎？」雷族巫醫貓停在他們旁邊。

「我們是來拜訪你的。」彌迦解釋道。

雲點嗅聞他們，鼻子皺了起來。「你們在河族學得怎麼樣？」

「斑皮教了我們很多！」蛾飛急切地告訴他。「我們是來分享我們的所學。」

彌迦抬起尾巴。「也希望能從你這裡學到更多。」

蛾飛朝雲點眨眨眼睛。「雷霆會讓我們留下來嗎？」

「當然會。」雲點玩笑地看了彌迦一眼。「他才不希望天族的巫醫貓懂得比雷族的巫醫貓多呢。」

彌迦喵嗚笑道：「聽起來跟清天個性很像。」

「或許吧。」雲點承認道。「不過他也不想得罪星族。」

彌迦的鬍鬚動了動。「我不知道清天有沒有那麼在乎星族的想法。不過他真的很為自己的部族著想。」

雲點垂下頭。「所以他是一個值得尊敬的族長。」

蛾飛望著荊棘叢。「我們離營地很近嗎？」

「不遠。」雲點告訴她。「等我摘完琉璃苣，就要回去了。」

蛾飛一臉茫然地看著他。「什麼是琉璃苣？」

「我找給你看。」雲點帶著他們沿著曲折的小徑穿過蕨葉叢，這裡林木漸稀，他停下腳步。就在遠處林地一塊陽光曬得到的地方，有綠色植物叢生，柔軟的葉子看上去毛絨絨的，每根莖的頂端都長出花苞。「到了綠葉季的時候，這條路會開滿紫色的花。」

蛾飛緩步走在那叢植物裡，嗅聞它那嗆鼻的味道。她停下腳步，用鼻子碰觸其中一片葉子，很訝異它竟然如此柔軟。「它的用途是什麼？」

「葉子可以緩解肚子的不舒服。」雲點告訴她。「減輕胸悶的問題。此外也能幫助正在哺乳的貓后分泌出更多乳汁。」

彌迦穿梭於植物間。「有誰病了嗎？」

「奶草剛生了小貓。」雲點告訴他。

蛾飛眨眨眼睛。新葉季似乎常有小貓誕生，就像嫩葉會長出來一樣。她好奇風族是不是也有小貓快誕生了。

彌迦用腳爪摸一下琉璃苣的葉子。「她的奶水不夠嗎？」

「我只是預作準備。」雲點告訴他。「奶草年紀不輕了。她的第一胎已經是好幾個月前的事，而且還是在她加入部族之前。」

「葉青是孩子的父親嗎？」蛾飛偏著頭，好奇問道。她在大集會裡看過葉青和奶草，他們總是形影不離，深情看著彼此，這種目光她也常在她母親和金雀毛他們的眼裡看到。

「是啊。」雲點喵嗚道。

蛾飛伸出一隻腳爪，摘了片葉子下來。

「長在莖梗中間位置的葉子最理想。」雲點告訴她。「不會太老，但也成熟到含有足夠汁液。」

蛾飛從中間處摘了另一片葉子。「像這片嗎？」

「選得很好。」雲點也從旁邊摘了一片，然後放在地上。

他們一起採集，直到地上出現小小的葉堆，雲點才將它們捲成一捆，用下顎含住。

他走回林子。蛾飛跟在後面，彌迦則走在她後面。他們穿過荊棘叢，越過空地，這時林地變成了上坡路，雲點慢下腳步。

他突然彈彈尾巴，抽動耳朵發出警告，隨即止住腳步，往下看，蛾飛也跟著停下來，循著他的目光，驚見前方的路突然陡降，直通下方峽谷。

谷底長滿細長的樹木和灌木叢。「營地在那裡嗎？」

「是啊。」雲點把藥草放在地上。「你們跟著我走下去，小心看我的腳踏在哪裡，因為有些突岩真的很窄。」說完又拾起藥草，往下先走到一座很寬的岩架上，再跳到更下面一座很窄的突岩上。

蛾飛緊張地看著彌迦。

「你要信任自己的腳。」彌迦告訴她。「它們曾帶你去找月亮石。」他跟著雲點的腳步，往下滑到第一座岩架。蛾飛雖然緊張到心臟撲通撲通跳，也只能跟著他一躍而下。

她笨拙地落在岩架上，砂石跟著灑落，掉在雲點和彌迦身上。「對不起！」她喊道。

彌迦甩甩身上的砂石。「沒關係。」

蛾飛小心翼翼地再往下跳到另一塊岩架，同時伸出爪子，增加抓地力。就這樣慢慢往下跳，恐懼始終都在，還好最後終於跳到平坦的地面，彌迦等在旁邊。她鬆了口氣，身子幾乎癱軟。不過到了地面還是沒看到營地的蹤影。一大叢金雀花擋住了去路。她掃視灌木叢，尋找入口，直到看見雲點鑽進暗綠色的枝葉，才終於知道在哪裡。她跟著彌迦鑽進去，發現四周盡是高聳的崖壁和濃密的灌木叢，和河族那座通風的營地很不一樣。

她一走出金雀花叢，眼睛隨即眨了眨，驚見眼前是片綠油油的空地，四周環繞著矮木叢，其中一側是大叢的荊棘，還有一大塊岩石疊在岩堆上。遠處盡頭是座崖壁，上頭布滿正在抽枝發芽的蕨葉叢，另一側有根腐木橫倒在地，樹皮散落一地。

雲點往荊棘叢走去，彌迦停在空地上。

蛾飛站在彌迦旁邊。她聞到雷族貓的氣味。那味道不僅附著在草地上，也從每株灌木那裡飄送過來，但卻沒有見到任何一隻貓兒的蹤影。「大家都到哪兒去了？」

「去狩獵了！」雲點回頭喊道，隨即消失在荊棘叢裡。

「我沒去啊。」沙啞的聲音從腐木的枝葉底下傳來。一隻瘦骨嶙峋的白色公貓爬了出來。

蛾飛認出那是粉紅眼，她第一次參加大集會時就見過他。陽光穿過濃密的樹冠，成束灑下，他在陽光下眨著眼睛。**他瞎了嗎？**公貓緊瞇著眼，似乎想辨識來者是誰。

「是我，蛾飛。」她緩步靠近。「我是風族的巫醫貓……」

粉紅眼突然打斷她。「你不用自我介紹，打從你從高岩山回來，高談闊論貓靈的事，大家就成天把你掛在嘴上了。」

蛾飛頓了一下。部族貓都在談論她？她不安地蠕動著腳，這時粉紅眼繼續說道。

「你要雲點當我們的巫醫，結果現在他老是叫我吃藥草。」他沒好氣地咕噥道。「他以為他可以治好我痠痛的毛病，但也不可能讓我回春啊。」

雲點從荊棘叢裡鑽出來。「要不要讓我試試看？」他朝粉紅眼喊道。

「我倒情願你每天送隻新鮮的田鼠給我吃。」粉紅眼氣呼呼地說道。

雲點瞥了蛾飛一眼，那眼神有點被老公貓激怒。「我的工作就是照顧你。」

一隻看起來大約三個月大的橘白相間母貓從荊棘叢裡出來，朝老公貓跑過去。「粉紅眼！要不要我幫你的臥鋪換新鮮的青苔？」

一隻身上有灰斑的小公貓追在她後面。「我也來幫你，蘋果花。」他一看見蛾飛和彌迦，立刻一臉詫色地停下腳步。「你跟奶草說的訪客，就是他們嗎？」他問雲點。

「沒錯，就是蛾飛和彌迦。」

「嗨，」蘋果花垂頭致意。然後看著雲點。「我們可以去幫粉紅眼的臥鋪收集青苔嗎？」

粉紅眼哼了一聲。「我才不要我的臥鋪塞滿溼淋淋的青苔。」

蘋果花抬起尾巴。「我們會先放在太陽底下曬乾。」她朝灰斑色的小公貓扭頭示意。「蝸殼說他找到一大片有史以來最軟的青苔。」

公貓點點頭。「我們現在就去摘。」

雲點皺起眉頭。「離營地很遠嗎？」

蝸殼搖搖頭。「就在峽谷頂附近。」

蘋果花滿心期待地看著雷族巫醫貓，對著他眨眨眼睛。「不會去太久。」

雲點垂頭表示同意。「但是爬下來的時候要小心。嘴裡咬著青苔時，不容易看到腳下的路。」

蘋果花一馬當先地衝向金雀花屏障。「我們不會跌倒的。」

蝸殼也追在後面，隨即消失在暗綠色枝椏的縫隙間。

粉紅眼翻了個大白眼。「又要吞藥草，又要清我的臥鋪。我還真是一刻不得閒。」

雲點喵嗚道：「別忘了你還得幫忙看顧小貓呢。」他揶揄道。

「看顧小貓！」粉紅眼咕噥道。「我覺得在幫忙鵝莓和紫杉尾照顧小貓的這件事情上，我還算管用。至少能讓那些剛長大的孩子感受到自己是受到歡迎的。但是蘋果花和蝸殼……根本不勞我費心。」

「顫薔、榛洞和晨火以後也會需要你。等他們大到可以離開窩穴時，就需要你調教了。」

蛾飛抽動著耳朵。如果蘋果花和蝸殼是剛長大的孩子，那麼雲點剛提到的那些小貓應該就是……「他們是奶草的小貓？」

雲點點點頭，朝荊棘叢那裡瞥了一眼。「你們想去看看嗎？」

「好啊。」不過蛾飛更有興趣知道的是，不曉得奶草有沒有服用雲點摘來的琉璃苣。她跟著雷族巫醫貓走向在空地邊緣蔓生的荊棘叢。一走近才發現枝葉間有個很小的入口。

雲點把鼻子塞進去。「奶草！蛾飛來了。她可以進來看你的小貓嗎？」

「當然可以。」裡面傳來溫柔的喵聲。

蛾飛瞥了空地上的彌迦一眼。「彌迦也可以進來嗎？」

彌迦聳聳肩。「乳牛常告訴我別去煩貓后和小貓。所以我還是在這裡陪粉紅眼好了。」他喵聲道。「他一定有很多故事可以告訴我。」

粉紅眼抽動著尾巴。「你這麼年輕的公貓，不會有興趣聽故事。不過我不介意啦。」

雲點蠕動身子，鑽進荊棘叢，蛾飛跟了進去。她很驚訝裡頭的空間很大，四周圍著帶刺的荊棘，陽光隔著枝葉滲進來。「這窩穴怎麼挖的？」她問道，同時打量四周。

「小心點。」雲點喵嗚說道。

乾燥的泥地上擺了三張很大的臥鋪，都是用嫩枝編織成的，上頭墊著青苔。其中一張臥鋪躺著一隻身上有斑點的黃黑色母貓，正用那雙琥珀色的眼睛覷著她。三隻小貓擠在她的肚子旁，緊閉雙眼。

溫暖的奶香味襲上蛾飛的鼻子。其中一隻小貓開始喵喵叫，因為另一隻把他從貓媽媽柔軟的肚皮旁邊擠開。奶草趕緊伸出腳爪將他拉回來。「那是榛洞，」她喵聲道。「顫薔和晨火老愛跟他搶奶喝。不過他很快就會長大，變成一隻英俊的貓，跟他父親一樣。」

「他們都好漂亮。」蛾飛看著黑白色的小公貓，他現在可開心的很，因為又擠到奶草的肚子旁邊。顫薔在他旁邊鑽進來，黑色毛髮蓬得像小貓頭鷹一樣。晨火也扭動身子鑽進來，暗棕色的毛髮完全被幽暗吞沒。

蛾飛朝窩穴另一頭的空臥鋪看，聞起來猶有餘溫。「那是蘋果花和蝸殼的臥鋪嗎？」

「他們跟他們的母親鵝莓一起睡在那張臥鋪。」雲點告訴她。

「這裡的空間已經快容納不下他們。」奶草說道。「不過就快要騰出更多空間了。第三張臥鋪是紫曙的，她可能會搬到雷霆的窩穴裡。」

紫曙是一隻毛色光滑的暗灰色母貓，幾個月前才加入雷族。雷霆已經與她結為伴侶貓。

雲點瞇起眼睛，若有所思。「也許那兩個小貓應該去準備新的臥鋪，而不是幫粉紅眼收集青苔。」

沙啞的聲音突然從窩穴外傳來。「你的意思是我自己去清理臥鋪囉？」

雲點喵嗚笑道：「粉紅眼的視力或許變差，但聽力倒是厲害的很。」他朝窩穴入口點頭示意。「我們先離開，讓奶草休息。」

「你給她琉璃苣了嗎？」蛾飛問道。

雲點朝她臥鋪旁的一坨葉子點頭示意。「她才剛吃了一片，我把其他的都擱在那裡，她想吃的時候，隨時都拿得到。」

「你帶一些回去吧。」奶草拒絕他。「我根本不需要。」

雲點瞥了小貓一眼，他們全都開心地擠在她肚子旁吸奶，於是點點頭。「好吧。」他從葉堆裡抓了一把葉子，隨即低頭鑽出窩外。

「謝謝你讓我進來看你的小貓。」蛾飛對貓后感激地說道。

奶草喵嗚道：「當媽媽是天底下最幸福的事了。」

「是啊。」蛾飛聳聳肩，心裡卻想，還有什麼事比獨自漫步高地，尋找新的植物更快活呢？她實在無法想像時時刻刻都得小心照顧無助的小貓這種生活。但這不就是巫醫貓的工作嗎？她縮起肚子，跟在雲點後面鑽進空地。她一出來就看到彌迦。**他看上去真帥。**他躺在粉紅眼旁邊，大片陽光漫上他的脅腹，全神貫注地聽老公貓說話。

「那隻松鼠就在樹頂，」粉紅眼咕噥道。「可是我不想放棄，於是爬了上去。但就在我爬到最上面的那根枝椏時，突然有……」老公貓的話突然斷掉，目光霍地轉向金雀花叢。

過了一會兒，屏障微微顫動，雷霆走進空地。閃電尾快步跟在後面。雷族族長的橘色毛髮在斑駁的陽光下閃閃發亮，他嘴裡叼著一隻兔子，梟眼和葉青也叼著獵物跟在後面。

「成績不錯嘛。」雲點朝那隻兔子點個頭。

雷霆放下獵物。「等綠葉季來的時候，成果會更豐碩。」他的目光掃向蛾飛。

彌迦爬了起來，甩甩沾了灰塵的身子。「希望你不介意……」

雷霆向蛾飛垂頭致意。「你能來拜訪我們，是我們的榮幸。」他轉身對彌迦說：「清天好嗎？」

「他很好。」

閃電尾咕噥道：「他還是認為自己是森林裡最厲害的貓嗎？」

「他知道自己擅長什麼。」彌迦圓滑地回答他。

雷霆哼了一聲。「我想他應該很喜歡你。」

「他會的。」彌迦回答道。「終究會的。」

葉青往育兒室走去。「奶草還好嗎？」他朝雲點喊道。

「她很好。」

梟眼朝金雀花屏障瞥了一眼。「紫曙問我你有沒有香芹，她肚子痛了一個早上。」

「她在哪裡？」雲點眼神一黯，表情擔憂。

「她半途停下來幫忙蘋果花和蝸殼收集青苔。」梟眼告訴他。

「我去幫她採集一點香芹回來。」雲點喵聲道。「森林裡有很多。」

彌迦瞇起眼睛。「你沒有存一點起來嗎？」

雲點聳聳肩。「這種季節最好採用新鮮的葉子。」他解釋道。「等綠葉季快結束，香芹快乾枯前，我會再摘一些回來曬乾，方便儲存。」

腳步聲在金雀花叢後方響起。薊花和三葉草鑽進空地，拖了一隻肥胖的斑鳩回來。

雷霆甩打著尾巴。「你們真的想到辦法把牠從懸崖上弄下來了。」

三葉草抽著鼻子。「薊花把牠從懸崖邊丟下來，我們再從崖底一路拖回來。」

蛾飛瞥了遍體鱗傷的死鳥一眼，張開的翅膀扭曲變形，羽毛散落一地。「還好崖底下沒有貓。」

薊花吸吸鼻子。「只要是貓，應該都會聽見有斑鳩掉下來的聲音吧，要是沒聽見，八成是耳朵聾了。」

彌迦眼裡閃過笑意。「看來牠好像是一路撞著崖壁掉下來的。」

粉紅眼走到斑鳩那裡，聞了聞。「至少肉會很軟。」

雲點朝蕨葉叢點頭示意。「在我去採集香芹之前，你要先來參觀我的窩穴嗎？」

蛾飛熱切地點點頭。雲點隨即穿過空地，鑽進蕨葉通道，她跟著過去。

彌迦走到她旁邊，她瞥了他一眼。「你先進去。」

黃色公貓垂頭同意，跟在雲點後面鑽進去。蛾飛也跟著穿過蕨葉通道，興奮到肚子裡像有蝴蝶撲撲拍打。她已經聞到雲點窩裡的藥草味。一進到裡面，眼前霍然出現一個小空地，邊緣全是直聳的崖壁。岩間有水涓滴流下，在崖壁旁形成一池小水塘。岩壁上有個縫。蛾飛走過去聞了聞，嗆鼻的藥草味迎面撲來，她忍不住抽動鼻子。「你把藥草存放在那裡？」她窺看幽暗的岩石縫。

雲點從她旁邊擠過去，朝縫裡伸爪，抓出一坨用草捆緊的葉子。他把它打開，將藥草鋪在窩穴地上。

蛾飛看著藥草，希望能認出什麼，但全都是森林裡的藥草，看上去顏色很暗，很多汁，而且帶著霉味。

「這是紫草，」雲點把一片最大的葉子拿近點。「我留了一些在庫房裡，粉紅眼半夜痛醒時可以應急。不過森林裡到處都是紫草。我喜歡每天採集新鮮的葉子，拿來鋪臥鋪。」

「它的功效是什麼？」彌迦聞聞毛絨絨的葉子。

「可以緩解關節疼痛。」雲點告訴他。

「可以吃嗎？」蛾飛問道。

「可以，不過把葉子包覆在痠痛的四肢上，也很有效。」雲點告訴她。「我聽說它還可以癒合斷掉的骨頭，不過到目前為止還沒用過。」

蕨葉窸窣作響，葉青走進窩裡。「奶草很渴。」他喵聲道。

雲點扭頭過去。「對不起，我忘了，我本來要拿新鮮的青苔給她的。」

蛾飛皺起眉頭，一臉困惑。**青苔怎麼止渴啊？**

「我來拿。」葉青走到岩石旁的水塘處，從旁邊的一坨青苔裡頭拾起其中一塊，浸到水裡，等它完全浸溼了，才用嘴叼起來，一路滴著水走向通道。

他消失後，蛾飛這才眨眨眼睛恍然大悟：「她可以舔青苔裡的水！」她在高地上有見過蘆尾把青苔浸在水裡嗎？等她回去，一定要問問他。這方法太實用了。畢竟生病的貓兒只能躺在臥鋪裡休息，無法到高地上找水喝。

雲點收起藥草。「我得去幫紫曙採集香芹了。跟我一起去吧。我會在路上告訴你們還有哪些其他有用的藥草。」

「太好了！」彌迦抬起尾巴。

蛾飛開心極了，到時她就可以帶著好多知識回到風族！她欣喜跟著彌迦和雲點走出窩穴。

山谷上方有隻貓頭鷹正在盤旋。蛾飛緊靠著彌迦，眼睛搜尋著樹冠上方的月影。雷霆幫他們準備了一個臥鋪，就安置在地上那棵腐木的旁邊。她聽到一條尾巴距離外的粉紅眼正在打呼，也聞到他臥鋪上傳來的紫草味。

森林裡黑影幢幢。她習慣睡在被月光染銀的高地上。此刻她的鼻子聞到無數種氣味，厚重的露水更強化了這些氣味。為了忘卻這片漆黑所造成的壓迫感，她試著回想雲點曾經教過的植物，嘴裡喃喃複誦它們的名稱：「款冬、金菊黃、野甘菊、豬殃殃……」

「你還不睡？」彌迦在黑暗裡低聲問道。

「我怕忘了它們的名字。」蛾飛告訴他。

彌迦搓搓她的耳朵。「他明天會再告訴我們一次。你一定會記得的，別擔心。」

**但願如此。**

「快睡吧。」彌迦低聲道。「今天忙了一整天，明天還會更忙呢。」

蛾飛閉上眼睛，偎著他濃密的毛髮。這裡很舒服。蝸殼和蘋果花採集了好多青苔，多到甚至有剩下的可以鋪在他們的臥鋪上。彌迦的溫熱氣味滲入她思緒，她慢慢滑入夢鄉，滿足地發出喵嗚聲。她已經習慣了每晚有他睡在身邊的日子。

# 第二十一章

蛾飛睡著了。彌迦輕柔的鼻息吐在她的鼻口上，她開始做夢。

和煦的陽光下，臥鋪裡有四隻小貓在他們中間蠕動。她快樂地搓搓那隻正爬上她肚皮的小公貓。「你看，彌迦，他長得跟你一樣帥欸。」她轉頭迎視彌迦那雙憐愛的目光，但他不見了。她嚇得毛髮倒豎。「彌迦？你在哪裡？」突然間臥鋪裡只剩下她一個，寒冷的空氣在四周流竄。「小貓呢？」她驚慌失措，趕緊跳起來。臥鋪周遭一片漆黑，她瞪大眼睛，尋找彌迦和她的小貓。「你們去哪裡了？」

「蛾飛！」

有聲音在叫她。

「彌迦，是你嗎？」她努力想要醒來。

「蛾飛！」

她睡眼惺忪地掙脫夢境，這才發現彌迦還溫暖地偎在她身邊。她甩甩頭，清理思緒。她是在雷族營地裡。溫柔的曙光從樹幹上的枝椏間滲進臥鋪。

「蛾飛！」不知道誰在空地上呼喚她。

「我來了！」她爬了起來，趕忙出去。

斑毛站在空地中央，緊張地四處張望。當他看見她時，立刻豎起耳朵。「找到你了！」

「發生了什麼事？」恐懼像利刃戳進她心裡。究竟是什麼事讓他一大早跑來找她？

「你說你在河族那裡，」他的喵聲裡帶著指責。「河波卻告訴我你在這裡！」樹幹旁的枝椏底下出現身影，他的目光立刻射了過去。「彌迦！」黃色公貓跟在蛾飛後面出來，斑毛的頸毛瞬間豎起。

蛾飛不耐地彈動尾巴。「到底怎麼回事？」

風族公貓把目光從彌迦身上移開。「石頭佬病了。」

蛾飛皺起眉頭。「他又咳嗽了？」

「不是，」斑毛告訴她。「他全身發燙，開始胡言亂語。」

「他一直在吃貓薄荷嗎？」

「蘆尾說他只有艾菊。」斑毛告訴她。

雷霆撥開他窩穴洞口前垂生的地衣，走了出來。「怎麼了？」他瞪著斑毛。

「我們需要蛾飛。」斑毛告訴他。

營地裡的貓兒紛紛醒來。蘋果花從荊棘窩裡窺看。閃電尾從紫杉叢裡鑽了出來，葉青跟在後面。

閃電尾一看到斑毛，就瞇起眼睛。「你怎麼找到營地的？」

「你說呢？」斑毛哼了一聲。「我自己有鼻子啊。難道你以為雷族貓留下的足跡一點味道也沒有嗎？」

雷霆上前一步，不悅地抽動耳朵。「你吵醒了我的部族。」

「我只是來這裡接蛾飛回去。」斑毛瞪著雷族族長。「我們有個族貓生病了，需要她回去。」

蛾飛頓時全身發熱。斑毛一定要這麼沒禮貌嗎？雷霆和他的族貓待她向來很好。

雲點從蕨葉叢裡鑽出來，嘴裡叼著一捆藥草。他穿過空地，將藥草放在蛾飛腳下。「把這帶走，」他告訴她。「這是我們採集到的一些藥草。或許有幫助。」

蛾飛感激地眨眨眼睛，然後向雷霆垂頭致意。「謝謝你的招待。」

雷霆的眼神溫暖。「請代我向風奔和金雀毛問好。」

「我會的。」她拾起藥草，朝金雀花屏障走去。斑毛跟在後面。

「等等我。」彌迦追了上去。

斑毛瞥了黃色公貓一眼。「我們不需要你。」

**我需要！**蛾飛氣惱地咕噥出聲，但嘴裡的藥草蒙住了她的聲音。

「兩隻巫醫貓連手合作，總比一隻巫醫貓單打獨鬥來得好。」彌迦堅稱道

斑毛看了蛾飛一眼。他八成是見到了蛾飛眼裡的怒氣，只好讓步。「好吧。」他厲聲回答，低頭鑽進金雀花屏障。「你一起來吧。」

「太好了。雲點，希望不久能再見到你。」彌迦回頭喊道。「好好照顧粉紅眼。」

蛾飛跟著斑毛走出營地，停在崖底。斑毛掃視著岩壁。「跟我走。」他在前面帶路，跳上最矮的岩架，一路蜿蜒爬上崖壁。

等到他們抵達風族營地時，蛾飛已經氣喘吁吁。她叼著那捆藥草一路回來，汁液多少滲出，害她的舌頭像火燒一樣難受。他們穿過草地，衝進凹地裡，這時太陽才剛爬上遠方的林子，陽光漫向空地。

蛾飛衝向她的窩穴。她聽見彌迦跟在後面的腳步聲。

金雀毛看著他們從眼前經過，滿是訝色。塵鼻和柳尾跳了起來。鋸峰從他的窩穴裡頭瞪視，冬青在暗處來回踱步，目光全盯在彌迦身上。蛾飛不安到毛髮都豎了起來。**為什麼他們的眼神都這麼古怪？**

「等一下！」風奔的吼聲從營地對面傳來。「他來這裡做什麼？」她的母親穿過長草叢，昂首闊步地走過來，虎瞪著彌迦。

蛾飛放下藥草。「他是來幫忙的。」

「我不是告訴過你，我不希望他到營地裡來嗎？」風奔停下腳步。

蛾飛面對她。「石頭佬生病了，彌迦也是巫醫啊。」

風奔眼睛眨都不眨。「你就不能自己醫治他嗎？」

「我沒有把握。」蛾飛不肯讓步。風奔依舊瞪著她，可是蛾飛不願低頭。石頭佬需要幫助。

風奔抽動著尾巴，看來事情沒那麼簡單落幕。「你不在的時候，發生了一件事。」

蛾飛頓時緊張起來。「什麼事？」

「有隻高地的兔子陳屍在天族領地裡。」風奔告訴她。

彌迦豎直耳朵。

風奔一臉責難地看著彌迦。「顯然，你的族貓從我們的領地裡偷走獵物。」

彌迦聳聳肩。「你怎麼知道不是那隻兔子自己跑過去的？」

風奔甩著尾巴。「柳尾說她先前看見天族貓出現在高地上。」

彌迦看了那隻淺色虎斑母貓一眼，後者站在塵鼻旁邊，眯起眼睛盯著他們看。「這無法證明什麼。」

「這證明天族不值得信賴。」風奔低吼道。

蛾飛擋在她母親和彌迦中間。「我信任彌迦。」她低吼道。「我需要他幫我。」

風奔的耳朵不停抽動。「總有一天，你得完全靠自己。」

「總有一天我會的，但不是現在。」蛾飛叼起那捆藥草，大步朝她的窩穴走去，彌迦跟在後面。

窩裡的石頭佬全身發抖地躺在臥鋪裡，毛髮打結，黏在身上。他看起來又老又虛弱。蛾飛緊張到心跳加快。

蘆尾和迅鯉蹲在他旁邊。

「他這樣多久了？」蛾飛問蘆尾。

「昨晚才突然惡化。」

老貓在石楠臥鋪裡不停蠕動，眼珠轉來轉去。「禿葉季什麼時候才結束啊？」他氣喘吁吁。「好冷哦。」

**他怎麼會病得這麼重？他快死了嗎？**蛾飛腦筋飛快地轉，她丟下嘴裡的藥草，將鼻口探了過去。熱氣從他的鼻子裡不斷噴出。蛾飛驚恐不已。**我應該先做什麼呢？**這時她想起斑皮曾警告過她，發燒也可能致命，於是她脫口而出：「我們必須先幫他降溫。」她轉身對迅鯉說：「你去多找點青苔，浸在水池裡，再拿過來。」

「我好冷哦！」石頭佬的牙齒不停打顫，迅鯉趕緊衝出窩外。

「我能做什麼？」蘆尾問道。

「你跟她一起去。」

「你不需要我在這裡嗎？」蘆尾一臉不安地皺起眉頭。

「彌迦在這裡。」蛾飛告訴他。「我們離開後，在外頭學到不少醫術知識。」

蘆尾點點頭，也離開了窩穴。

蛾飛伸爪勾住藥包，將它解開，葉子頓時散落一地，藥草味充斥鼻腔。她看著這些藥草，緊張到腳爪微微刺痛，到底這裡頭有什麼藥草？用途各是什麼？她急著想記起雲點教過的事，思緒極度紊亂。「冷靜點，」她對自己喃喃說道。「好好想一想。」

彌迦的身子從她旁邊刷拂而過。「野甘菊也許有幫助。」他低聲道。

**野甘菊！對，沒錯！但哪一個才是野甘菊呢？**她掃視這些葉子，思緒反覆起落，最後終於認出雲點昨天才幫她採集到的那種扇形葉子。

「石頭佬！」她希望老公貓能聽懂她說的話，於是很嚴肅地對他說：「我要你把一些葉子吞下去，可以嗎？」

他眼神朦朧地看著她，全身發抖。

「你覺得你可以辦到嗎？」要是石頭佬嚼一嚼，又呸出來，那就浪費藥材了。到時她還得回森林重新採集，但現在沒有那麼多時間了。

石頭佬茫然地看著她。

彌迦傾身向前，將鼻口擱在石頭佬的額前。「這就像吃獵物一樣。」他輕柔說道。

石頭佬還是動也不動。「像吃獵物一樣。」他跟著複誦。

蛾飛拿起野甘菊，放進石頭佬的舌尖。「吞下去，你會舒服很多。」

彌迦舔著老公貓的頭。「只是幾片葉子而已。」他安撫道。

石頭佬順從地從蛾飛的爪間舔走藥草。

「吃下去吧，」彌迦輕聲催促他。「很容易吞的。」

石頭佬將葉子吞了進去，蛾飛這才鬆了口氣。她很是感激地看著彌迦。「謝謝你。」

「生病的貓兒就像小貓一樣。」他告訴她。「需要溫柔地哄騙。」

蛾飛看見石頭佬倒回臥鋪。「他是怎麼回事？他沒有再咳嗽啦。」

「你聽他的胸口。」彌迦建議道。「微枝雖然不再咳嗽，但我還是聽得到裡面有哮喘聲。」

蛾飛挨近臥鋪，慶幸發現石頭佬的體溫已經不再那麼燙。至少野甘菊發揮了功效。她把耳朵貼緊他的肋骨處，仔細聆聽。結果聽到裡面有水泡聲。她坐了起來。「他裡面都是水，像小雨溺水時一樣！」

彌迦瞪大眼睛。「不可能。他又沒把水吞進去。」

「可是他胸膛裡面明明都是水。」蛾飛倒抽口氣。「我聽得到。」

彌迦也低下身子去聽。他神情黯然地直起身子，滿臉憂色。「裡面一定有感染。」

蛾飛心情一沉。「我們該怎麼辦？」她絕望地看著彌迦，這時突然想起雲點在他們從月亮石回來的途中曾經說過的那種樹。「那種樹！」她瞪著彌迦。「就是會分泌汁液的那種樹！長在你們的領地上！」

「對哦！」彌迦抬起尾巴。「雲點說它可以治療任何咳嗽，肯定也能治療石頭佬胸部感染的問題。」

「你知道它長在哪裡嗎？」

「我知道！」

「太好了！」蛾飛的鼻口貼著彌迦的面頰喵嗚說道，隨即抽開身子。「在哪裡？」

他點點頭。「我帶橡毛去找過，並不難找。它的汁液聞起來像松樹一樣濃烈，但比較甜。」

「我們現在就去！」蛾飛急到腳爪微微刺癢。

「我們？」彌迦猶豫了一下。「也許我單獨去會比較好。風奔不希望你踏進天族領地。」

「我跟你一起去。」她必須親眼見到那種樹長在哪裡。也許有一天她的族貓得靠它才能活下去，而石頭佬現在就需要它。她抬起下巴。風奔不能阻止她的巫醫的學習之路。「我們不必告訴風奔我們去哪裡。我們快走吧。」她瞥了石頭佬一眼，後者仍動也不動，脅腹也鮮少起伏。

彌迦循著她的目光望向石頭佬，於是點點頭。「來吧。」他跑出窩外，蛾飛追在後面。他們一路跳躍，穿過空地。

「你們要去哪裡？」他們正要穿過入口時，塵鼻的喵聲在後面響起。

「不會去太久！」蛾飛含糊回答。

他們跑下山腰。蛾飛帶頭，奔馳在石楠叢裡的小徑上。當她抵達天族邊界時，已經喘到胸口像著了火。「走哪一條路？」

彌迦從她旁邊跑過去。「跟我來。」

蛾飛追在後面，穿過蕨葉叢，繞過一叢荊棘。彌迦縱身躍過地上腐木。她也攀爬過去，繼續追在後面。她看見他消失在一座坡頂後方，趕緊加快腳步追上去。她一路跟在後面，地面這時突然出現缺口，眼前竟有一條溝渠，她嚇了一跳，前爪滑過溝渠邊，後腿用力一蹬，一躍而過，笨拙落在對面，地上腐葉被她蹬得漫天飛灑。彌迦繼續往前跑，她趕忙追上去，不讓他離開視線。她繞過古老的橡樹，沿著一條直穿林地的溝壑前進。這裡林木漸稀，陽光直射而入。地上長滿風鈴草，林地被染成一片嫣紫。

「就是它！」彌迦慢下腳步，繞著林地盡頭一棵很高的樹轉，「它底部的樹皮太老了，」

他喵聲道。「我得爬到樹頂，那裡的樹皮比較嫩。」

蛾飛蹣跚停下腳步，心撲通撲通跳得厲害。「這麼高！你會爬樹嗎？」

「我不知道，我沒試過。」彌迦仰頭隔著枝葉窺看。「應該不比穀倉裡的梯子難爬吧？」

「這比梯子還高欸。」蛾飛不免擔心。她從沒爬過樹。在高地，獵物都住在金雀花叢和石楠叢裡。

「只要我能爬上第一根樹枝，應該就沒問題了。」彌迦伸出前爪，勾住樹皮，碎屑立刻灑落四周。

「我跟你一起上去。」蛾飛不想讓他獨自嘗試。

「不，我需要全神貫注。如果你爬上來，我沒辦法專心，因為我會擔心你。」彌迦看著她。「你待在這裡，我會把樹皮扔下來給你。」

蛾飛很沒把握地眨眨眼睛。「你確定我們不能只刮下面的樹皮嗎？」她朝那些正在剝落的樹皮點頭示意。

「那已經乾得像柴一樣。」他跳了上去，後爪戳進樹幹，朝離頭上幾條尾巴之距的一根樹枝爬上去。

「小心點！」蛾飛喊道。她看著他越爬越高，呼吸也跟著變得急促。

他咕噥一聲，用力撐起身子，爬上樹枝。「不是很難！」他朝下面喊道。

樹皮的細屑如雪花般灑落，蛾飛得瞇起眼睛才行。「別忘了，你不是松鼠！」

「我會小心的。」彌迦伸長脖子，查看第二根樹枝。他伸出前爪，巴著樹幹，撐起身子。

蛾飛在樹底下不安地踱步。**小心點！**

身後的蕨葉霍地被打開，她趕緊回頭看。

「你在這裡做什麼？」清天昂首闊步地走進林地，寬肩上的毛髮如波起伏，一臉憤怒，齜牙咧嘴。

「我們在幫石頭佬採集藥材。」蛾飛解釋道。「他病得很重。」

「你們高地沒有藥草嗎？」清天停下腳步，離她的鼻子只有一根鬍鬚這麼近。

她被他威嚇的聲音嚇得倒退了好幾步。

「我們需要這棵樹的樹皮汁液。」她看了彌迦一眼。上方的葉叢不停抖動。

清天抬頭仰望。「那是我的巫醫貓嗎？」

彌迦繼續往上爬，葉叢間隱約可見黃色身影。

「他在幫我忙。」蛾飛解釋道。

「離開我的領地。」清天對她嘶聲吼道。

蛾飛愣住。「我又沒狩獵！」

「看來風族似乎認為邊界只有他們能進出。」

「我不是這意思。」蛾飛頸毛聳起。「更何況是天族貓到高地偷盜獵物。」

清天的藍色眼睛頓時變得像冰霜一樣寒冷，背上毛髮豎得筆直。

蛾飛當場愣住，後悔剛剛不該脫口而出。她往後退了幾步，害怕自己遭到攻擊。「我只是巫醫貓。」她喵聲道。「我只是想取一點樹皮的汁液來醫治石頭佬！只要彌迦找到了，我一拿到，立刻離開。」

「我不准你從天族的領地裡帶走任何東西。」清天吼道。

「可是沒有它，石頭佬會死掉！」

「那不關我的事！」

蛾飛不敢相信她的耳朵。**怎麼有貓兒如此殘酷？**

「蛾飛？」彌迦的喵聲從高處的枝椏間響起。「你沒事吧？」

清天往上看。「只要她回去，就不會有事。」

枝椏間的樹葉一陣抖動，彌迦探出頭來。「清天？你來做什麼？」

「這是我的領地！」清天吼道。「你難道忘了嗎？」

彌迦對他眨眨眼睛。「當然沒忘，可是我們得幫石頭佬……」

清天打斷他。「別又在你的風族朋友面前當英雄。你只能對我忠誠。所以我命令你立刻下來！」

「我是巫醫貓。」彌迦大聲回答。「我的職責就是救治貓兒。」

「你的職責是救治你的族貓。」清天嘶聲道。「不是你遇到的每一隻貓。」

蛾飛怒火中燒。「我們不能因為生病的不是自家部族的貓就見死不救！」

清天瞇起眼睛。「你是在教我怎麼領導我的部族嗎？」

「你的確需要我教教你！」蛾飛厲聲說道。「你的心腸跟狐狸一樣壞！」

清天雙眼射出怒火，爪子一揮，劃過她的鼻口。

她嚇得縮起身子。

「不准你欺負她！」彌迦開始往下爬。

「如果她離開這裡，我就手下留情。」清天吼道。

「彌迦，你別下來。」蛾飛爪子戳進地裡，強迫自己的聲音不要發抖。「石頭佬需要樹液，我不能眼睜睜看著他死。」

林地上方出現棕色身影。**紅爪！**蛾飛瞄見他時，不禁鬆了口氣。心想或許他可以幫忙勸說他的族長。

天族公貓走下坡，停在清天旁邊。「風族又想挑釁了嗎？」他那雙冷酷的目光掃過蛾飛，表情很是不屑。蛾飛對他的寄望頓時化為烏有。

頭頂上方的枝葉不斷抖動。「我要下來了。」彌迦喊道。

「不要！」蛾飛無視心裡的恐懼。「石頭佬需要樹皮。」她瞇起眼睛，頑強地瞪著清天。「你要怎麼處置我，我都無所謂，反正我不會離開。」

紅爪不安地瞥了清天一眼。「她比小貓大不了多少。」

「沒必要傷害她。」清天抬眼望了樹上的彌迦。「你上去阻止他剝樹皮。她可以滾回她的營地，但什麼東西都不准帶走。」

紅爪點點頭，立刻往那棵樹奔過去，一躍而上，攀住樹皮，慢慢爬上第一根樹枝。

「小心點，彌迦！」蛾飛喊道。「紅爪上去了！」

清天喉嚨裡發出懊惱的低吼聲。「早知道我就不讓他加入天族。」

蛾飛對他眨眨眼睛。「可是他醫好了你的小貓。」

「橡毛也醫得好。」

「不，她沒那本事。」蛾飛呸口道。「她一點醫藥知識也沒有，是彌迦來了之後才教會她。」

清天的目光始終不離那棵樹。他看著攀爬在枝椏間的紅爪。彌迦還在繼續往上爬，就快爬到樹頂。

蛾飛難忍怒火。「你很幸運有彌迦當你的巫醫！」她吼道。「他是我見過最英勇又最聰明的貓。」

「我看是你比較聰明吧。」清天齜牙咧嘴。「你腳踏在地上，安然無恙地站在這裡，而他卻以為自己身上有翅膀。」

蛾飛抬高下巴。「你從來不給他一個公平的機會。」她吼道。「他離開他從小長大的朋友來幫忙你的部族。你卻待他如囚犯，你找橡毛監視他。我真希望他能離開你，加入風族！」

清天轉頭看她。「沒有我的允許，誰都不准脫離天族。」

坡頂的荊棘叢窸窣作響，柳尾蓬著全身毛髮，衝了出來。「這裡發生了什麼事？」她跳下坡，擋在蛾飛和清天中間。

清天瞪著她。「又是風族貓！你沒聞到邊界在哪裡嗎？」

柳尾推開蛾飛，面對天族族長。「我就是因為聞到她越過邊界，擔心她出了事，才跟過來確認。」

「我沒事。」蛾飛告訴她。「彌迦有麻煩了。」她朝只離彌迦幾條尾巴距離的紅爪點頭示意。「他要阻擋彌迦，不讓他取下我們要用來救石頭佬的樹皮。」

柳尾的眼裡燃起怒火。「紅爪！我早該料到！我們還是惡棍貓的時候，他就愛惹事生非，現在還是一樣狗改不了吃屎。」她蓬起毛髮，立刻朝那棵樹衝過去，像松鼠一樣敏捷地跳上去。她才一爬上去，葉子便紛紛掉落。

她消失在葉叢裡，低矮處的樹枝開始窸窣作響。彌迦探出頭，嘴裡叼著一長片樹皮。他往下爬到另一根樹枝，再朝樹幹跳了過去，頭上腳下地倒著往下爬，最後輕巧落地，朝蛾飛跑來，將樹皮放在她腳下。樹皮在陽光下閃閃發亮，汁液泌泌流出。「我拿到了！」

她開心極了，用鼻子貼著他的面頰：「謝謝你。」

清天嘶聲道：「你們好大膽！」他的尾巴一甩，踢掉那片樹皮。

「不！」蛾飛趕緊跳起來，搶救那片樹皮，以免腐葉弄髒寶貴的樹液。

清天貼平耳朵，面對彌迦。「我以前還以為你真的可以成為天族貓。」他啐口道。「原來你根本不值得信賴。」他的目光掃向蛾飛。「你怎麼可以為了風族而偷取自家的東西。」

「這不是偷！」彌迦面對他。「藥草是屬於所有貓兒的。」

尖叫嘶吼聲突然從上方傳來。

「兇手！」柳尾的嚎叫聲響徹森林。

「小偷！」紅爪嘶吼回去。

在高高的樹上，兩隻正在嘶殺的貓兒將樹葉翻攪得漫天飛舞。

彌迦抬起鼻口看。「他們會宰了彼此！」他後腳用力一蹬，揚起塵土，又跳回樹上，撐起身子爬上樹枝。「快把樹皮拿回去給石頭佬！」他回頭對蛾飛喊道。

蛾飛愣在原地。**我不能離開！除非彌迦安然無恙。**「快回來！」她喊道。**他們要打就讓他們打吧！**她滿心內疚。她的目的是要保護貓兒，不是要他們喪命！她的腳爪像在地上生了根，彌迦的黃色身影在葉叢間閃現，紅爪和柳尾打鬥所在的那根樹枝正搖搖晃晃，彌迦繼續朝那裡攀爬。

棕色身影掉出葉叢。紅爪掛在樹枝上好一會兒，才又費力爬回去。站在樹枝另一頭的柳尾穩住自己，揮出前爪，一拳接著一拳，撐在枝幹上的後腳不停顫抖。紅爪節節敗退，再一條尾巴的距離就是枝幹末端。他招架不住柳尾的攻擊，樹枝跟著往下彎垂，情況十分危急。

「住手！」彌迦的喵聲在他們身後響起。

蛾飛緊張地遠望著他，努力辨識出他在綠色葉叢裡的黃色身影。他也在同一根樹枝上緩緩移動身子。「住手！」他又喊了一次。

柳尾瞥了他一眼。「你別管！」她吼道。「你不用來淌渾水。」

「這也不是任何貓兒該淌的渾水！」彌迦喊道。「我已經取得樹皮，蛾飛要拿回去給石頭佬了。沒必要再打下去。」

紅爪停在樹枝末端，試圖保持平衡，尾巴大力地甩來甩去。「至少讓我們正大光明地打一架。我們又不是烏鴉，應該到地面上去打。」

柳尾瞇起眼睛。「你向來像老鼠一樣詭計多端！」她步步進逼天族公貓。

「停下來！」彌迦也跟著她過去，抬起腳爪想抓住她尾巴。結果突然一個搖晃，他的眼裡閃過驚恐。

蛾飛倒抽口氣。「小心！」

彌迦趕緊將爪子戳進去，像藤蔓一樣緊緊巴住樹枝。

但他身下的枝幹嘎吱作響，樹皮像塵屑似地漫天灑落。

蛾飛驚恐不已。她注意到紅爪四周的樹葉都已枯萎焦黃。突然又是一陣晃動。蛾飛驚覺他們是站在一根枯枝上。「快下來！」她喊道。又是一陣嘎吱聲響。「那根木頭已經腐朽了！」

她旁邊的清天警覺地往後退。

突然一個清脆的聲響劃破空氣。眼前一切就像慢動作似的……枝幹慢慢彎曲，啪地應聲折斷，脫離樹幹，直墜而下。

她看見紅爪掉下來，四肢在空中胡亂揮打。旁邊的柳尾也往下墜，四條腿慌亂揮舞。紅爪及時抓住一根樹枝，盪在半空，柳尾撞到下面的大樹枝，尖叫一聲，倉皇巴住。

腐朽的木頭繼續下墜，重重撞上地面，木屑四散飛濺，朝蛾飛的脅腹噴來。眼前一切像被炸開了一樣，她瞇起眼睛，踉蹌後退好幾步。

接著歸於寂靜。

過了一會兒，頭上的樹葉窸窣作響，高處的柳尾還在氣喘吁吁。

「彌迦？」蛾飛眨眨眼睛，擠掉眼裡的木渣，打量頂上的枝葉。紅爪已經撐起身子，爬回樹枝上站穩，全身發抖。柳尾動也不動地趴著，緊緊抱住那根救了她一命的枝幹。蛾飛掃視他們四周的葉叢，試圖找到彌迦的蹤影。

低沉的呻吟從樹下傳來。

蛾飛拉回視線，望著掉在地上的那根枯枝。

就在枯黃的葉叢和斷裂的木頭之間，她看見了黃色的毛髮。

一時間，恐懼完全掏空她。「彌迦？」她的喉嚨一緊，渾身發抖地爬近去看。**拜託不要是他。**她又抬頭望，暗自希望彌迦還在樹上一派輕鬆，兩眼炯亮地往下探看。

那呻吟聲又起。

蛾飛只覺得反胃。她強迫自己再靠近點，終於看見彌迦扭曲的身體。他的後腿被壓在斷裂的木頭底下。

他的頭動了動。

**他還活著！**她的心裡又燃起希望。

那雙痛苦的眼睛一看見她，便目不轉睛地盯著她。她似乎感受到他的無助與痛苦。她在旁邊蹲下來，悲傷狠狠撕扯著她的心。「我能幫你做什麼嗎？」她沙啞地低聲問道。

「把你的臉貼過來。」他的喵聲虛弱到她必須貼近才能聽到。她的鼻口輕觸他的，這時他嘆了口氣。「蛾飛，我不想離開你。」

「那就別離開！」她語氣絕望地懇求道。「我們可以把你拉出來。」

「不要，蛾飛，我的脊椎斷了。」

「誰說的？」

「我只覺得痛。」他又看著她，但眼神漸漸渙散。

她的聲音被嗚咽哽住。「我可以用紫草包紮你的傷口，雲點說它可以修復……」

「蛾飛，」彌迦打斷她，不停喘氣。「謝謝你讓我陪你去高岩山，還帶我來到部族。」

蛾飛隱約覺得不祥，驚恐失措。「不要說這個！」他這樣說好像在跟她訣別。

「我很開心我們曾有過一段美好的時光。」

「不！」**他不可以死！絕對不能死！**

「是你讓我的生命變得有意義！」他沙啞地說道。「讓我知道了自己的天命！」

「你的天命不是這樣！」蛾飛快要無法呼吸，思緒像陀螺不停打轉，她手足無措。「這不公平！」

「我愛你。」

「那就別離開我！」

「我會再見到你的。」他的眼睛眨了眨。「也許在下一次的半月集會吧。」

蛾飛鬆了口氣，以前真的會再相見，卻又突然明白他真正的意思：下一次的半月集會。**他意思是他會從星族那裡見到我。**「不！」蛾飛覺得天旋地轉，鼻口緊緊偎著彌迦，渴望再度感受他那溫熱的鼻息。但什麼也沒有。她扭頭一看，只見他的眼眸裡的光一閃而逝，隨即漸漸呆滯，宛若暮色掃過森林，吞沒了陽光。

「彌迦，」蛾飛癱了下來，面頰緊偎住他。「不要走，我愛你！」

# 第二十二章

蛾飛意識模糊地抬起頭來，不確定自己到底睡了沒。黎明曙光從上方林子滲了進來。「我忘了石頭佬，」她說道，但聲音粗嘎沙啞。「我忘了把樹皮拿給他。」

「蘆尾拿給他了。」風奔回答了她。「石頭佬好多了，別擔心了，蛾飛。」

她聞到風奔的氣味，才知道她躺在她母親溫暖的懷裡。迅鯉在另一邊陪著她。蛾飛好奇她們待在這裡多久。寒涼的霧氣瀰漫林地。

她的思緒裡有某種驚恐正在擴大，她想不透原因何在，過了一會兒，突然記起來了。

痛苦宛若大浪捲來，她掙扎著想要呼吸。

彌迦的鼻口離她只有一根鬍鬚之近，但已然冰冷僵硬。

她麻木地眨眨眼睛。整個漫長的夜，憂傷一直纏著她不放。狐狸在林子深處尖嚎；好奇的貓頭鷹張著無聲的翅膀揚風掠過。貓兒來來去去，拖著腳走在林地裡，魚貫對彌迦的屍首垂頭表示敬意，低聲表達同情。

「該埋葬他了。」風奔的喵聲像利爪劃破蛾飛的思緒，她驚慌失措。「不。」他們不能把他埋進地底下，讓他永不見天日。「我需要看見他。」

風奔站了起來，用鼻口輕觸蛾飛的頭。「如果不埋起來，狐狸會把他吃了。」

蛾飛對她眨眨眼睛。為什麼她的母親這麼殘忍？

她身邊的迅鯉動了一下。「埋了他，是代表我們對他的尊重。」

風奔點點頭。「他埋在土裡才安全。」

痛苦朝蛾飛迎面襲來。「可是我怎麼辦？」**我需要他。**

「你還有我們。」風奔低聲道。

「以及你的族貓。」迅鯉又補了一句。

蛾飛跳了起來，怒目瞪視他們。「我不要你們，」她嘶聲道。「我只要他！」

她們互看一眼，風奔隨即用尾巴示意其他貓兒。金雀毛緩步過來，蕁麻、花開和橡毛緊跟在後。斷裂的木頭已經清理掉，只留下彌迦的屍首裸躺在漸亮的天光下。

蕁麻將灰色鼻口塞進彌迦腰腹底下，將他扛上後背，金雀毛和花開緊挨著他兩旁，幫忙分擔彌迦的重量。橡毛也鑽進他們之間，用肩膀扛起他的後腿。四隻貓兒合力將屍首抬出林地。

蛾飛看著他們穿過風鈴草叢，成簇的嫣紫花朵輕輕掃過彌迦蓬亂的毛髮。

風奔輕推她前進。「去跟他道別吧。」

蛾飛跟著貓兒走出空地，腳步宛若石頭沉重。太陽越爬越高，上方的樹葉熠熠閃爍。她看見丘頂有塊光禿的地被挖出一個很深的坑。清天佇立在坑洞前面，旁邊站著星花。當蕁麻和金雀毛停在坑口邊緣時，天族的貓兒們也上前會合。

蛾飛眨眨眼睛，望著清天那雙肅穆的眼睛。難道他不知道這一切都是他造成的？就因為他滿腦子只在乎邊界這種無聊的東西。

橡毛眼裡滿布憂傷，緊偎著白樺。快水、赤楊和荊棘則表情陰鬱地注視著彌迦的屍體。紅爪躲在清天後面躊躇不前，一逕看著自己的腳。蛾飛憤怒到連憂傷都暫時忘卻。**是你殺了他！你和你那場愚蠢的架！**她環顧四周，好奇柳尾是否有膽子敢來這裡？

淺色虎斑母貓躲在塵鼻後面偷看。蛾飛瞪著她，氣到無法自己。「不要躲在我弟弟後面！」她呸口道。「過來看看你幹了什麼好事。」她扭頭望向正僵硬趴在蕁麻背上的彌迦屍首一眼。

蛾飛覺察到風奔的毛髮從她身旁輕刷而過。「這是場意外。」她低聲道。

「不，本來不會發生！他們不打架就不會發生！」蛾飛瞪著紅爪。「彌迦就還會活著。」

清天捕捉到她的目光，冷靜地回答她：「彌迦會死，是因為他夠勇敢。他死得其所。」

「他不是因為勇敢才死的。」蛾飛驚愕地看著他。「是因為你派紅爪上去抓他下來，他才死的。」

清天眼睛眨都不眨。「是他決定爬回樹上。」他簡單回答。「他本來可以待在地面。」

蛾飛的心緒混亂。**清天是在怪彌迦自己嗎？**

星花走上前來，一臉同情地瞪大綠色眼睛。「我知道你很憤怒，」她喵聲道。「你所愛的貓兒死了。可是怪清天有什麼用？怪紅爪或柳尾又有什麼用？那棵樹本來就枯朽了，難道你也要怪那棵樹嗎？」

「對！」蛾飛豎直毛髮。「我還要怪石頭佬，都怪他咳嗽，我們才去了那裡！還有清天！再加上紅爪和柳尾！」她的思緒被滿腔怒火翻攪到亂了序。「也怪彌迦為什麼那麼笨！」

星花對著她眨眨眼睛。「那彌迦要怪誰呢？」

**我很開心我們曾有過一段美好的時光。**他臨死前的那番話在她腦海裡迴響。她羞愧不已。**他應該恨我帶他回部族……但是他卻感激我。**她覺察到其他貓兒都盯著她看，一個一個地往後退。她感覺到她的憤怒正在消失，憂傷卻不斷膨脹。

風奔用面頰輕撫她的鼻口。「我們去跟彌迦道別吧。」

蕁麻蹲下來，讓彌迦的屍體從他肩膀滑下去，砰地一聲跌進坑裡。清天上前一步，看著幽暗的坑。

**不！**蛾飛閉上眼睛，想到彌迦站在河裡的踏腳石上，河面波光粼粼。那天夜裡，他們蜷伏在斑皮窩裡的臥鋪，他要她當他的伴侶貓。他們趁斑皮睡著時，小聲規畫未來的生活。他們告訴彼此，星族一定會想辦法讓他們倆廝守一起。他們可以同時服務和輪流駐守兩個部族，也永遠守在彼此身邊。

蛾飛感覺到她母親在旁邊撐住她。她看見清天用腳爪挖了一勺土，灑進坑裡。要是他還活著。兩族的族長會答應讓他們在一起嗎？星族會答應嗎？

這答案她永遠不會知道了。

她的喉頭一緊，被悲傷完全淹漫，腳下地面開始旋轉。風奔趕緊扶住她。金雀毛也走到另一邊，用肩膀撐住她。

清天抬起鼻口。「我曾經懷疑天族是否該接納彌迦，」他喵聲道。「當初他治好微枝時，我甚至後悔不該答應讓他留下來。他是農場貓，養尊處優慣了，對自己太有自信。所以我當時並不認為他能受得了部族裡的生活。」

蕁麻點點頭。快水也低聲附和。

清天繼續說道：「但我錯了。」他悲傷地看著墳墓。「他將自己的所知所學及所有時間都貢獻給了族貓。」他看了一眼蕁麻和快水。「原本抱持懷疑態度的我們開始對他的智慧感到佩服，也欽佩他的仁慈與善良。」天族貓兒們神情莊嚴地點點頭。

星花悄悄挨近正在說話的天族族長。「我敬佩彌迦。因為他敢挑戰我，做他自認對的事情，而不是一味地取悅我。」他看著蛾飛。「他爬回那棵樹，是因為忠於自己。他死得其所……他在乎每一隻貓兒，他英勇，他不推諉。我們何其有幸能與他相識一場，即便時間短暫。」

森林似乎正在蛾飛四周旋轉。她感覺到風奔和金雀毛為了撐住她而挨得更近，深怕她腳軟癱在地上。

清天的目光仍在她身上。「你有話要對他說嗎？」

「我沒辦法……」蛾飛全身顫抖。憂傷將她的心撕成兩半。貓兒們看著她。她往坑裡看，冉冉上升的太陽將金色陽光射入坑底，她瞥見彌迦的屍首。「願星族點亮你的道路。」

她眨眨眼睛，對自己說出來的話感到驚訝，彷彿她已複誦過無數遍，自動從她嘴裡吐出。

「願你在天上的狩獵場奔馳如風，永得安息。」

四周貓兒紛紛低語稱許。

蛾飛退後幾步。

風奔望著她，明亮的眼眸布滿憂慮。

「我沒事。」蛾飛深吸一口氣。「我只是需要獨處。」她轉身，拔腿跑回林地，直到看見地上那根斷裂的樹枝，才緊急剎住腳步。她轉過身，慌亂地掃看林子，不知該往哪裡去。

「蛾飛！」一個溫柔的喵聲在樹林後面響起。

礫心緩步爬過斜坡。「我是來致敬的。」

蛾飛目光掃過他旁邊，望向丘頂後面的墳墓。「他們已經在埋了嗎？」她想像砂土正灑向彌迦那漂亮卻又不幸殘破的身軀。

「他已經得到安息，」礫心停在她旁邊。「你應該回家悼念他。」

「不！」她突然警覺。她才不要像灰板岩那樣成天像影子似地在山谷裡遊蕩，讓族貓們可憐她。她也不想見到自己的窩。因為彌迦曾經去過那裡……他們曾經在那裡興奮地想起樹皮的療效。她呼吸急促。石頭佬也一定還在她窩裡。她現在哪有能力照顧他？她哪有能力照顧任何一隻貓？她的思緒亂到極點。她再也想不起任何一種藥草名。但每隻貓兒的健康都仰賴她。她呼吸困難，喘不過氣來。

「蛾飛。」礫心溫柔的喵聲在她充血的耳裡響起。「把這吃下去。」一股香味漫進她鼻子。影族貓放了一小株長著嫩葉的植物在她腳下。「這是百里香，可以安定你的情緒。」

蛾飛不假思索地低下頭，舔起那株植物，便往嘴裡塞，她嚼著嚼著，整個世界似乎都在旋轉。辛辣的味道覆滿她的舌頭，將她的思緒從天崩地裂似的驚恐裡拉了回來。漸漸的，她感覺到她的心神安定了下來。她眨眨眼睛，原本迷濛的風鈴草在她四周變得鮮亮。

「跟我回我的營地吧。」礫心低聲道。「風族就交給蘆尾照顧。你先休養一陣子，等你覺得自己已經堅強到可以照顧族貓時再回去。」

蛾飛眨眨眼睛。礫心那雙琥珀色的目光撫慰了她的心。「高影會讓我留下來嗎？」

「如果我要求，她會答應的。」礫心告訴她。

風奔的喵聲在林地上方響起。「高影會答應什麼？」她匆忙走下坡，耳朵不停抽動。

「我邀請蛾飛到影族住一陣子。」礫心態度冷靜地告訴她。

「為什麼？」風奔豎起毛髮。「她應該跟我們在一起。」

礫心迎視她的目光。「她需要暫時放下肩上重擔，克服心裡的憂傷。」

蛾飛望著風奔，以為她母親會反對，卻看見那雙黃色目光黯了下來，充滿憂慮。

「你也這麼想嗎？」她問蛾飛。

蛾飛異常冷靜地點點頭。她猜一定是百里香發揮了作用。她滿心感激地靠在礫心身上。

礫心向風奔垂頭致意。「我帶她回我營地。」

風奔不安地蠕動著腳。「我會派塵鼻盡快過去看她。」

「別那麼急。」礫心告訴她。「她不會有事的。我會好好照顧她，直到她復元到可以照顧自己為止。」

金雀毛從坡頂喊道：「風奔，該回高地了，部族還有很多事要處理，需要你回去。」

風奔的鼻子輕觸蛾飛面頰。「好好照顧自己。」

蛾飛木然地點點頭，看著她母親跑回山坡，礫心這才帶著她穿過林地，輕輕地推著她往遠處的坡地走去，再領著她走進一條貫穿荊棘叢的兔徑。

蛾飛總覺得每走一步，憂傷就戳進她的心裡一次。她正在遠走他鄉。從此以後她在森林裡或高地上將再也見不到彌迦。她正在把他拋到腦後，留他獨自躺在冰冷的地底。

礫心帶著她走進影族營地，低身鑽進一大片荊棘叢的縫隙，進入鋪滿松葉的空地。本來在啃咬老鼠的柏枝這時抬起頭來，滿臉同情地望著蛾飛。玳瑁色貓后挺著大肚子，看起來很豐滿。她的伴侶貓鴉皮朝蛾飛望了一眼，捕捉她的目光，隨即尷尬地別開。鼠耳坐在空地邊緣一處陽光斑駁的草地上，這時朝泥掌傾身，在他耳邊輕聲說道：「我聽說她愛上了那隻農場貓。」

蛾飛抬高頭。**你們懂什麼？**她突然毫無來由地憤憤不平。彌迦死了，他們再也沒有機會認識他了。**這不公平。**

「蛾飛。」高影從空地前面走過來，眼裡滿是同情。

蛾飛停下來，看著自己的腳。「礫心說我可以住在這裡。」她咕噥說道。

礫心從她旁邊經過，走向影族族長。「我覺得讓她待在這裡比較不會觸景傷情，也比較容易療傷。」

**我看到什麼都會觸景傷情！天空！野風！太陽！**蛾飛等著承受另一波來勢洶洶的傷痛。

高影垂下頭。「你當然可以住在這裡。」

一隻黑色公貓從營地圍籬旁的窩穴那裡緩步走過來。「蛾飛？」越走越近的他緊張地抽動著耳朵。「你還好吧？麻雀毛告訴我們了。我很遺憾。要是能早點認識彌迦就好了。礫心說他兼具了部落貓的仁心和部族貓的勇氣。」

「謝謝你，陽影。」蛾飛迎視他的琥珀色目光。聽見他提起彌迦的名字，心裡多少感到寬慰。「彌迦死得很冤枉。」她瞄了高影一眼，好奇她是不是也像清天和風奔一樣重視邊界甚過於貓兒的性命？

高影看著陽影，表情莫測高深。「蛾飛可以睡在你的窩裡嗎？」

「當然可以。」陽影回頭看了荊棘叢一眼。「要不要我再去拿點新鮮的青苔過來？」

「不用麻煩了。」蛾飛從他旁邊走過。她不在乎自己睡哪裡，只有能避開其他貓兒們好奇的目光就行了。她低頭鑽進幽暗處，找到舒適的臥鋪，這才鬆了口氣。這張臥鋪是以松樹嫩枝編織而成，四周圍著荊棘。她爬了進去，驚訝發現腳下的針葉竟如絲柔軟，她蜷伏臥下，盡量往裡面擠，將外頭貓兒的低語聲全擋在松樹和荊棘外。

「她會久住嗎？」

「她為什麼來這裡？」

最後聲音都不見了，應該是高影用眼神喝止了他們議論紛紛。「她是來這裡調養的。」

過了一會兒，礫心進入蛾飛的窩穴，嘴裡叼著用葉子包起來的一坨東西，丟在蛾飛的臥鋪旁，一散開，裡頭的罌粟籽掉了出來。「斑皮送這個來給你。可以幫助你好好休息。」

「她來了？」蛾飛探看窩穴入口。

「她沒有久留。」礫心告訴她。「她說你現在需要的是安靜甚過於同情。」

「她怎麼知道我在這裡？」

「她帶著這包東西去高地找你，結果遇見風奔和金雀毛。」

蛾飛很是感激這群巫醫朋友。只可惜彌迦已經不是其中一員。她閉上眼睛，不敢去想。因為每個思緒似乎都會害她想起彌迦。她只想阻斷所有記憶，假裝他還活著，還住在森林裡，還在照顧他的族貓，還在思念她。她把頭伸出臥鋪，低頭舔食罌粟籽。

礫心愣了一下。「她說只要吃兩、三顆就夠了。」

「我想睡到心不痛了，再醒來。」蛾飛疲倦地看著他。

「我坐在這裡陪你。」

「不用了，我想獨處。」

「那我過一會兒再來看你。」

蛾飛把鼻子塞進腳爪間，閉上眼睛。大片的黑朝她襲來，她心安了下來，貼平耳朵，不去理會頭上小鳥的鳴唱聲和窩外的腳步聲。她希望被黑暗完全吞沒。內心的痛苦如火燄般炙熱，在體內深處燒烤她，她希望黑暗能澆熄這一切。

罌粟籽開始發揮作用，她的思緒漸漸和緩。她聽見礫心離開時，毛髮刷過窩穴入口的聲音，然後便渾渾噩噩地進入夢鄉。

她睜開眼睛，發現自己回到了月亮石。**哦，不！別又回到這裡。**疲倦緊緊攫住她。憂傷像沉重的石頭壓在心裡。**我不想做夢。**

岩地上有腳步聲響起，兩隻貓兒走進洞窟。一隻是嬌小的暗灰色母貓，美麗的藍色眼睛在幽暗中閃閃發亮。另一隻是燄色公貓。

蛾飛茫然地看著他們。她不想開口說話。反正他們也聽不見。這只是另一個夢，就像藍灰色母貓以及不屑祖靈的暗色公貓所出現的那些夢一樣。她抬頭望著頂上的洞，一點也不訝異月亮正慢慢現身。再過一會兒，月亮石便會瞬間亮起，貓靈們會一個個出現。燄色公貓蹲伏在月亮石前面，鼻子與它碰觸。灰色母貓退到一旁。蛾飛瞇起眼睛，等著月光上場。

等到月光真的射進洞裡時，儘管璀璨到令她目眩，她卻沒有縮起身子。光華褪去，她環顧四周，發現自己竟來到四喬木的空地上。燄色公貓就站在古老的橡樹底下，他的灰色同伴躊躇不前，而這時星群正在他們頭上盤旋飛舞。

蛾飛看著夜空盤旋的星群正朝空地緩降。

燄色公貓後退幾步，緊張地豎直毛髮。難道他不知道這些貓靈是來跟他說話的嗎？星群不停旋轉，就在快觸及地面時，突然合體交融，發出如白色火光般的烈燄。

蛾飛眨眨眼睛，看著貓兒從銀色烈燄裡一個個走出來，身後火光漸漸消散。燄色公貓兩眼炯亮看著他們。他認出他們，開心地抬起尾巴，喜悅在他眼裡跳躍。

一隻金色公貓走上前來，頸部一圈毛髮宛若厚重的鬃毛。

燄色公貓跟他招呼。他們互相交談，但蛾飛什麼也聽不到。接著金色公貓伸出泛著星光的鼻口，輕觸公貓的頭。

公貓身子猛然抽搐，就像被火炙烤。

接下來的情況都大同小異。

蛾飛皺起眉頭。為什麼她老是夢到類似情景？而且每次出現的貓不一樣？

接著一隻尾毛蓬鬆的紅色公貓朝燄色公貓趨近，當他把鼻子抵住公貓的頭時，後者全身又是一陣痙攣。然後又來了一隻漂亮的銀色母貓，接著是一隻體型很小的虎斑公貓。他的觸碰使燄色公貓的毛髮倏地如浪起伏，彷彿正在野風裡奔竄。

**為什麼一再讓我看到這種情景？**蛾飛沮喪到腳爪微微刺癢。**這到底有什麼意義？**

接著又有四隻貓兒出現，每隻貓的觸碰都像閃電擊中公貓。但只要痙攣結束，公貓就變得更強壯，頭也抬得更高。

燄色公貓迎視著最後一隻貓兒的目光，他的眼裡突然泛出淚光，情緒激動。

一隻美麗的玳瑁色母貓朝公貓走近。蛾飛愣了一下。彌迦也曾用那種目光看著我。她在那隻公貓炯亮的綠色眼睛裡看見了很濃的愛意。玳瑁色母貓的琥珀色眼睛也深情款款地回望他，他們之間的愛強烈到連蛾飛都屏住了呼吸。

憂傷淹沒了她。**原來他深愛著一隻死去的貓！**她震驚不已，趕緊轉頭尋找那一排泛著星光的貓兒。**彌迦在裡面嗎？**她也可以這樣與他深情地凝眸對望嗎？

她找不到他。

**求求你到這裡來！**為什麼夢裡的她不能隨心所欲？只能旁觀，沒有貓兒看得到或聽得見她的存在，她只能從旁見證她無從明白的事情。

**這不公平！**

她看見玳瑁色母貓朝媣色公貓伸出鼻口。

他凝視著她，眼裡有喜悅也有憂傷。

在她的觸碰下，他全身發光發亮，宛若沐浴月光下。他偎近她……一無所懼。

**快停止！**蛾飛退後。她受不了了。這一切都毫無意義！她根本不認識這些貓！到底關她什麼事？她只想看見彌迦，卻事與願違。

她發出嘶吼，揮出前爪，狠劃玳瑁色母貓，但卻像劃在泛著星光的水面上一樣，光影破碎成無數的漣漪，消失在視線裡。

她的喉嚨裡發出哭號，死命地想要醒過來。她失落惆悵，心頭像著了火，她用力眨著眼睛，倏地睜開，終於又回到陽影空洞的窩穴裡。

# 第二十三章

蛾飛感覺到有隻腳爪正在推她的肩膀。她好不容易醒過來，嘴巴發乾，眼皮仍帶睡意。

「蛾飛？」礫心的語氣聽起來很擔憂。「你還好嗎？」

她腦袋搖搖晃晃地抬起來，眨眨眼睛，看著滲入窩內的陽光。「我……」

礫心的肩膀這才鬆了下來。「我不習慣給貓兒吃罌粟籽，」他承認道。「我擔心你會昏睡好幾天。」

蛾飛環顧四周，訝異臥鋪旁都是幽暗的荊棘，金雀花到哪兒去了？

她像吃了腐敗的食物似地突然一陣反胃。「彌迦死了。」她看著礫心，心裡隱約燃起一線希望……也許這一切只是夢。

但是巫醫貓的琥珀色眼睛充滿同情。他低下身子，拾起一坨正在滴水的青苔，放在她的臥鋪邊。「我想你可能很渴。」

她突然想起雲點窩穴裡的那池水塘，頓時一陣傷感。那時彌迦還跟她在一起。她舔著青苔，舌頭久逢甘霖。

「我也帶食物過來了。」礫心把一隻老鼠掛在臥鋪邊，屍體還熱呼呼的，很新鮮。

蛾飛皺起鼻子。「我不餓。」

「可是你一定要吃點東西。」礫心勸她。

「為什麼？」蛾飛不以為然地哼了一聲。「如果我餓死了，就可以到星族去找彌迦了。」

「你不可以這麼說。」礫心瞪大眼睛。

「為什麼不可以？」蛾飛一肚子怨氣。

「你的族貓怎麼辦？還有其他部族怎麼辦？」礫心眼神犀利地看著她。「星族把月亮石的祕密告訴了你，這表示你很重要。」

「彌迦就不重要了嗎？」蛾飛吼道。

礫心悲傷地看著她。「也許他本來就屬於星族。」

「他的天命。」她苦澀地喃喃說道。她想像星族狩獵場上那如浪翻飛的草原。彌迦從此以後都會在那裡追逐兔子嗎？她卻只能疲於奔命地照顧族貓？「那我呢？難道星族是要我孤老一生？這就是我的天命嗎？我在這世上的功能就是執行他們的命令嗎？甚至連讓我睡場好覺都不行，一直在我夢裡出沒！他們就不能讓我有片刻安寧嗎？」

礫心的眼裡閃著好奇。「他們在你夢裡出沒？」他重覆道。「這話怎麼說？」

「我老是夢到貓靈們在從事一些愚蠢的儀式。」蛾飛沒好氣地說。「同樣情景一再重覆，只是出現不同的貓。」

礫心靠得更近。「他們是誰？」

「我管他們是誰！」蛾飛一肚子氣。

礫心用腳將滴水的青苔推過去。「再多喝一點。」

「別再想盡辦法要讓我好過一點好嗎？因為這是不可能的事。」

「我知道。」他出聲安慰。「但是我想多瞭解一點你做的夢，因為這可能很重要。」

「當然很重要！」蛾飛厲聲道。「但是星族不肯告訴我原因。只是讓我老做同樣的夢。」

她憤憤不平地舔著青苔。

「如果你把夢說得更詳細一點，也許我們能找出頭緒。」礫心勸她道。

蛾飛吞下自己的不滿。「我在月亮石那裡醒來。有兩隻貓走進洞窟。」

「你認得他們嗎？」

「不認得。」蛾飛瞇起眼睛，那夢在她腦海裡更鮮活了。「其中一隻貓坐在月亮石旁邊。當月光照在岩石上時，貓靈們就會來。」

「星族貓？」

「我想是吧。」蛾飛告訴他。「他們的身上都泛著星光，可是我一個也不認識。」

「你再繼續說。」礫心的背部微微抽動。

「星光貓會接近那隻貓，一次一個，輪流用鼻口輕觸他的頭。」她渾身顫抖。「那隻貓看起來好像很痛苦，全身扭動，就像被閃電擊到一樣，可是他不會退縮，也不會害怕。他只是讓貓靈碰觸他，一個接一個。最後他看起來變得更強壯。有某種驕傲寫在臉上，彷彿得到了什麼很特別的禮物。」

「受贈者都是公貓嗎？」

蛾飛搖搖頭。「第一次是一隻母貓。我在別的夢裡也見過她。她死了，但又復活了。」

礫心不安地蠕動著腳，一臉若有所思。「星族會送什麼禮物給一隻仍活在世上的貓呢？」

蛾飛聳聳肩。「我覺得那過程看起來很痛苦，我才不想要呢。」

「真的嗎？」礫心抽動著耳朵。「但是上高岩山找到月亮石的貓兒是你，你是我見過最勇敢的貓兒。我還以為你可以忍受星族對你做出的任何要求。」

蛾飛看著他，一顆心揪在一起。她喵聲沙啞地說道：「但是我無法忍受失去彌迦。」

礫心站了起來。「你要不要跟我一起去看柏枝？她懷了鴉皮的小貓，快要生了。我答應要幫她檢查。她一直覺得有點痛。」

「預產期是什麼時候？」

「再過不到半個月就是預產期。」礫心彈彈尾巴。「來幫幫我吧。這是我第一次接生小貓。我們兩個都可以從這次經驗裡學到很多。」

蛾飛皺起眉頭。礫心顯然想要轉移她的注意，不讓她沉溺於傷痛中。「不，」她把爪子深戳進臥鋪裡。「我還是待在這裡好了。」

「呼吸點新鮮空氣會讓你好過一點。」

「我不想好過一點。」她在臥鋪裡蹲伏下來，一臉固執地瞪著他。

礫心很是同情垂下頭。「好吧，你多休息，反正也不急。」

蛾飛看著他低頭鑽出窩外，但又不確定自己是否真的想獨處。**可是像我現在這樣，又能幫上什麼忙呢？**她把鼻子塞進爪間，閉上眼睛。悲傷淹沒了她，一波又一波，直到她推開所有思緒，在睡夢裡尋找庇護所。

ϟϟϟ

她睜開眼睛，進入另一個夢。她站在廣陌的草原上。這裡的草正在枯萎，花正在凋零。雲霧彌漫大地，吞沒天空。她環顧四周，瞪大眼睛想看穿這片陰暗的雲霧，緊張到毛髮底下像有蟲正在爬。霧的後面到底隱藏著什麼？她突然瞄見一個身影，心跳頓時加快。對方肩膀很寬，耳朵豎得筆直，尾巴很長。那是一隻公貓。

「哈囉？」蛾飛小心地嗅聞空氣。

彌迦的味道刷過她舌尖。

「彌迦！」她朝霧中那個暗影衝過去。她越靠近，味道便越強烈。「是我，蛾飛！」公貓沒有轉身，繼續前進，他的頭不時左右擺動，似乎正在尋找什麼。

「彌迦！」她離他只有一條尾巴的距離。他應該聽得到她的聲音！她追了上去，擋在前面，試圖捕捉他的目光。

他卻直穿而過她的身體，彷彿她只是裊裊雲煙。

她的心宛若石頭墜落。「不！」她憤憤不平。為什麼她在夢中一點力量也沒有。她無助地看著彌迦穿霧而去，一會兒走這邊，一會兒走那邊，豎直耳朵，張著嘴巴。他在找我嗎？她的心好痛。**彌迦，我在這裡！**

她倏地醒來，渾身顫抖，扭頭仰望。

陽影坐在她臥鋪旁邊。「你在做夢。」

蛾飛眨眨眼睛看著他，夢裡的雲霧仍在她腦海裡揮之不去。「你來這裡做什麼？」她撐起身子。「你想要回你的臥鋪嗎？」

「不是的，」他的鬍子動了動。「我想你可能需要吃點東西。」

「礫心稍早前有帶東西過來。」她掃視臥鋪邊緣，但那隻老鼠已經不見了。

「我把牠給了鼠耳。」陽影告訴她。「他最喜歡吃老鼠。」

蛾飛的肚子咕嚕咕嚕叫，自從彌迦死後，她就不曾進食。「你有幫我帶東西來嗎？」她滿心期待地看著臥鋪旁邊，發覺自己竟然很餓。她覺得愧疚，氣惱自己的胃竟然像平常一樣會餓，彷彿什麼事都沒發生過似的。

「跟我一起去狩獵吧。」陽影朝窩穴入口點頭示意，外頭的午後陽光將荊棘染成一片金黃。「你可以幫自己抓獵物。」

蛾飛在臥鋪裡蠕動著身子，發現四隻腳有點僵硬。也許她應該聽從肢體的需求。「我想我可以試試看。」她站起來，伸個懶腰。「我從來沒在松樹林裡狩獵過。」

「我知道有處空地幾乎沒有任何灌木叢。」陽影告訴她。

「那地方有獵物嗎？」蛾飛納悶獵物要躲哪裡呢？

「那兒有很多水溝，所以也許我們可以在那裡找到一兩隻青蛙。」

「不，謝了。」蛾飛皺起鼻子。「我吃過癩蛤蟆。」

陽影哼一聲。「青蛙的味道好吃多了。」他傾身過去，瞇起眼睛。「你幹嘛吃癩蛤蟆？」

蛾飛覺得有點丟臉，毛髮微微刺痛，趕緊跳出臥鋪，朝洞口走。「我只試吃過一次。」她鑽出窩外，深吸一口氣。

高影正和鼠耳、泥掌交談。影族族長一看見蛾飛，立刻開心地喊道：「你還好嗎？」

蛾飛在陽光下眨眨眼睛，突然覺得自己好像沒長毛似地全身光溜溜。難道大家都希望她表現正常嗎？

陽影從她旁邊走過去，朝高影點頭致意。「蛾飛答應跟我一起去狩獵。我們不會出去太久。」他把蛾飛往營地入口推，高影點頭同意，沒有說話。

蛾飛鑽出營地，慶幸終於離開影族貓那一雙雙好奇的眼睛。柏枝當時正在一塊柔軟的草地上伸懶腰，目送她離去。鴉皮則在獵物堆那裡翻找獵物，也抬起頭來望著她鑽出入口。

「走這裡。」陽影經過一片青苔地，跳上橫倒在地的腐木。她跟在後面跳，卻不小心被樹幹上突起的小樹枝刮到肚子，皺了一下眉頭。

「你受傷了？」陽影停下來。

「只是一點擦傷。」蛾飛不在意。皮肉傷痛跟失去彌迦的痛比起來根本是小巫見大巫。

「等我們回去之後，叫礫心幫你看一下。」陽影再度往前走。

「也許我可以在外面找到一些馬尾草和酸模，那可以防止感染。」彌迦的話突然閃現，她愣了一下。**如果你把酸模的葉子和馬尾草的莖咬爛，就可以塗在傷口上。**憂傷又朝她襲來。

陽影在鋪滿針葉的坡頂停下腳步，回頭看她。「你要不要來？」

蛾飛甩甩毛髮。「我想回臥鋪了。」

「好啊，」他消失在坡頂的後面。「等我們抓了青蛙就回去。」

蛾飛快步跟在他後面。

高聳筆直的松樹圍繞四周，完全遮住天空。陽光在枝葉間閃爍不定，但林地卻陰冷潮溼。她跳下坡頂，追上陽影，這時他們已經來到一處有很多水溝的陰暗林地。

「我懂失去至愛是什麼滋味。」他的目光一逕看著前方。

她扭頭看他。「你懂？」

「我從高山區那裡來找我父親。」陽影似乎在搜尋水溝，瞇起眼睛尋找可能的動靜。「等我抵達這裡時，我父親已經死了，而和我結伴旅行的靜雨也在我們抵達不久之後死了。」

**不過你失去的不是你的伴侶貓。**蛾飛不安地蠕動著腳。

他繼續說道。「突然之間，只剩我孤零零一個，遠離了家園，也永別了我從小一塊兒長大的同伴。」

「高影是你的親戚，不是嗎？」**他並不完全孤單。**

「她是我的親戚，」陽影承認道。「但不像我在山裡的那些親戚，她已經是道地的森林貓。而這裡和我所知的完全不同。大部份的貓兒都無法想像高山上要怎麼狩獵，也無法想像那裡的一年四季有多寒冷。」他轉身，迎視蛾飛的目光。「我覺得對他們來說，我很陌生，好像他們都不懂我。我就像被困在冰層底下，說的話他們都聽不見。」

蛾飛朝他緩緩眨了眨眼睛。他真的懂她心裡的苦嗎？「你現在還有這種感覺嗎？」

「沒有了。」陽影原本嚴肅的表情頓時亮了起來。「隨著時間過去，就慢慢好了。我開始喜歡這裡。我的族貓現在給我的感覺也像我真正的親友一樣。我們有時候難免爭吵，但無論如何，我們還是很關心彼此。而且狩獵是件愉快的事。當新葉季來臨時，橡樹慢慢變綠，來自高地的風會吹來石楠花的香味。我很高興我來到這裡。我覺得我得到的比失去的多。」

蛾飛垂下肩膀。「我永遠不可能再感覺到自己得到的比失去的多。」

「也許不能。」陽影越過水溝，緩步向前。「但你可以珍惜現在仍擁有的，還有你未來可能擁有的東西。」

**真的是這樣嗎？**蛾飛跟著他走，腳下林地上的針葉漸被青苔取代，踩起來很有彈性，水從腳爪間微微滲出。

「等一下！」陽影壓低聲音，彈彈尾巴，示意她停下來。

她看到幾條尾巴距離之外有個綠色的小東西正沿著水溝邊緣往前跳。**青蛙！**

「你想抓嗎？」陽影低聲道。

「我狩獵不是很厲害。」她自承道。

「就算抓不到，還是有下次機會啊。」

蛾飛看著他，突然覺得他的陪伴讓她如沐春風。「要是彌迦還在，一定和你很投緣。」她低聲道。

「我相信。」他回視著她，兩眼發亮。

她朝青蛙轉身，蹲伏下來。**抬起你的尾巴。**金雀毛的話言猶在耳。她匍匐前進，欣喜發現質地柔軟的青苔掩飾了她的腳步聲。她在離青蛙一條尾巴之距的地方停下來，緊盯著那發亮的綠色身軀。她強迫自己不要發抖。青蛙又往前跳了一個鼻口的距離，才停下來。**牠們比兔子笨多了，**蛾飛心想道。**牠聞不到我嗎？**她又想是不是松樹的氣味幫她掩蓋身上的味道。

「快一點！」陽影斷聲道。「牠們的動作可不像外表那麼遲緩。」

蛾飛用後腿蹭著青苔，準備撲上去。她往前一躍，結果還差了一根鬍鬚之距，腳爪只撲到青蛙後面的青苔。青蛙機警跳開，躍過水溝，在空中劃出很高的弧線。蛾飛驚愕地看著牠一路彈跳，也趕忙躍過水溝，想亡羊補牢，啪噠一聲撲上青蛙後方半條尾巴處的地面，水花四濺。牠又彈開，這次改變方向。蛾飛旋身一轉，妄想從空中直接將牠打下來，牠卻又轉個方向，害她整個身子趺趴地上。

一個黑色身影從她旁邊一閃而過，陽影縱身一跳，躍過水溝，身手俐落地直接撲上青蛙，壓制在地，青蛙不停扭動，腳蹼死命拍打。「你來咬死牠？」

蛾飛皺起鼻子。「不，謝了。」

陽影低頭自行解決，嘎吱咬斷牠的背脊。他直起身子，一臉興味地抽動鬍鬚。

「怎麼了？」她蓬起毛髮。

「沒什麼，只是你看起來有點好笑。」他喵嗚道。「我敢說你以前沒有抓過青蛙。」

蛾飛不屑地說：「我敢說你以前一定也沒抓過兔子。」

「可能沒有。」他熱情地說道。「不過你看起來很好笑，像小貓在追自己的尾巴。」

蛾飛也喵嗚笑了，快樂在她沒有警覺的情況下悄悄回來了。**我的樣子一定很蠢。**然後她突然愣住，喉間的喵嗚聲被硬生吞了回去。

陽影看著她，眼神跟著黯了下來。「走吧，」他趕緊說道。「我們把青蛙帶回去，你可以嚐嚐看。」

「我不餓。」蛾飛朝營地轉身。

「嚐一口也好。」陽影叼起青蛙，緩步跟在她後面。

他們一路走回營地。**我怎麼可以開心起來？**罪惡感撕扯著她。**這種感覺就像我已經忘記他似的。**她只想巴住那股憂傷不放，因為彌迦留給她僅剩的回憶。她低頭先鑽進荊棘叢的入口。

「你們抓到一隻了！」高影招呼他們，開心地抬起尾巴，穿過空地朝他們走來。

陽影丟下青蛙。「蛾飛說她不想吃。」

高影繞著蛾飛轉。「沒嚐過青蛙之前，我們是不會把你送回風族的，」她喵聲道。「不然你拿什麼去跟你的族貓誇口啊？」

蛾飛抬眼疲憊看著影族族長。「我沒胃口。」她緩步穿過空地，鑽進陽影的窩裡。她蜷伏在臥鋪深處，閉上眼睛，任憂傷淹漫她。就算陽影習慣了他的新家，那又如何？她怎能習慣沒有彌迦的日子，她怎能背叛他？

# 第二十四章

她在雲霧瀰漫的草原中醒來，她知道她又做夢了。「瀰迦？」她掃視裊裊雲霧，睜大眼睛，想看見他的身影。

「蛾飛！」他的聲音從黑暗中傳來。

她的心猛地一跳，喜悅頓時淹漫了她。「瀰迦！你聽得到我的聲音嗎？」

「蛾飛，你在嗎？」

蛾飛衝上前去找他，但沒有他的蹤影。「你聽得到我嗎？」她反覆道，開始慌張。

「蛾飛？」他的聲音再度響起，聽起來有點不知所措。「我必須告訴你一些事情。」

**他不知道我在這裡！**

「都會雨過天晴的。」喵聲充滿憂慮。「我知道你很難過。我很想你，我很愛你。我永遠愛你，別讓憂傷改變你。你必須往前走。」

「瀰迦！」她的哭喊變成了沮喪的哭嚎。「我想見你！」**為什麼他不能像其他貓靈一樣現身呢？**

她在裊裊雲霧中瞄見彌迦的眼睛閃現在草地盡頭，那雙目光似乎直穿她的身子，焦慮地四處張望。她朝那雙眼睛跑過去。距離越拉越近，他的味道迎面撲來。

「你必須繼續往前走！」他又喊道。

「我來了！」她越跑越快，腳爪用力蹬在滿是露水的草地上。

「別放棄！你要堅強。不只為了你自己，也為了……」這時一隻腳突然一軟，她絆了一跤，整個身子跌翻草地上，痛得她立刻醒來。「我的腿！」她的前爪歪扭地壓在胸口下方。她抽了出來，踏在臥鋪上，舒緩抽筋的感覺。「該死的腿！」

臥鋪四周一片漆黑。現在還是夜晚。她氣得大吼。**彌迦正要告訴我一件很重要的事！**

隨著疼痛的緩解，蛾飛又把腳爪塞進鼻口底下。也許她可以把那個夢做完。她緊閉雙眼，試圖無視因心煩意躁而加快的心跳聲。但怎麼樣也睡不著，她的夢正在消散，彌迦就在裡頭。

**要堅強！不只為了你自己，也為了……他究竟想說什麼？**

窩外貓頭鷹的啼叫聲迴盪松樹林間。一隻影族貓正在營地某處打呼。野風掃著她頭頂上的枝葉。

**我就是睡不着。**心情盪到谷底的她，索性抬起頭來，讓眼睛逐漸適應那探進荊棘叢裡的幽暗月光。她好奇黎明是否近了。她張開嘴巴，讓黑夜的氣味淹漫她舌尖。這帶著露水的氣味嚐起來竟像是暮色，而非黎明。**對不起，彌迦。**她覺得好愧疚。她讓他失望了。他嘗試跟她說話，她卻醒了。

為什麼他還在幽暗的草原上遊蕩？為什麼他還沒到星族的狩獵場？狩獵場那裡有半月和

其他貓靈陪著，會很安全的。農場貓能加入星族嗎？她背上的毛全豎了起來。要是她再也見不到他，怎麼辦？她愣在那裡，兩眼茫然。四周的荊棘似乎正朝她逼近。**我再也不能跟他在一起……再也不能了。**

她迷失於時間軸裡，思緒不斷盤旋，在惶惶不安裡進進出出。**我應該去散個步。**反正現在也睡不著了。可是她的腳爪像生了根，身體也被恐懼盤據，沉重到無法動彈。

她告訴自己，到了黎明，一切都會好轉。可是要多久才會黎明破曉呢？她凝神望著這無盡的夜，胸口撲通撲通地跳。

她最後八成是睡著了，因為礫心喚醒了她。

「蛾飛！」

她連忙抬起頭來。他的喵聲裡帶著恐懼。

「我需要你幫我。」

她跳了起來，心跟著揪緊。窩穴入口外曙光乍現。「發生什麼事了？」

「柏枝夜裡開始分娩了。」

「可是她的預產期不是還沒……」

「我知道！」礫心瞪大眼睛。「小貓卡住了。她用力擠，但怎麼都生不出來。我擔心可能胎死腹中。那麼可能就連她也……」

蛾飛打斷他。「我們不會讓這種事發生。」她跳出臥鋪，低身鑽出窩外。她掃視營地，嗅聞空氣。長草叢後方的荊棘叢裡，有恐懼的味道從洞口滲出。她趕緊往那裡走，礫心跟在後面。她低頭鑽進荊棘叢的縫隙，被裡頭的空間嚇了一跳，厚厚的荊棘叢裡竟全然中空。

柏枝躺在臥鋪裡，痛苦地瞪大眼睛。鴉皮蹲在她旁邊，害怕到毛髮豎得筆直。他瞥了鑽進窩裡的蛾飛一眼，豎起頸毛：「你來這裡做什麼？」

「我來幫忙。」

「沒關係。」礫心快步走到她旁邊。「她也是巫醫。」

「她很年輕欸。」鴉皮小心翼翼地覷著她。「她懂接生嗎？」

「那你懂嗎？」礫心厲聲回嗆他。

蛾飛用面頰貼住柏枝的肚皮。「他們還在動。」她感覺得到小貓們正在裡頭蠕動。「他們很想出來。」

柏枝呻吟道：「我正在用力。」她的身體抽搐。陣痛襲來，她放聲大叫。

蛾飛跑到她後面，檢查小貓出來了沒，但地上什麼也沒有。「應該被什麼擋住了。」她瞥了礫心一眼。窩穴雖然很暗，但滲進荊棘叢裡的光線足以讓她看見礫心臉上的表情。他神情嚴肅。

「鴉皮，」她轉頭對暗色公貓說：「我要你去拿青苔浸在水裡。柏枝一定很渴。」

鴉皮狐疑地看了礫心一眼。

「快去拿。」礫心告訴他。

公貓離開窩穴。

柏枝瞪著蛾飛，眼神帶著驚恐。「可是我需要他陪我。」

「他馬上就回來。」蛾飛蹲在鴉皮原先的位置，伸出一隻腳爪，放在貓后肚子上。蠕動的強度更大了。「礫心和我會幫你。」她和礫心互看一眼。但願幫得上忙。

「為什麼生不出來？」柏枝哭號道。

蛾飛瞇起眼睛，思緒飛快地轉。如果不是被什麼東西擋住，就是他們還沒打算被生出來。

「還有半個月才是預產期。」她自言自語道。**會不會是柏枝的身體太急著把他們生出來？**

陣痛又來了，貓后的肚子強烈抽搐。

「不要用力擠！」蛾飛突然下令道。

「可是不用力不行啊。」柏枝喘氣說道。

蛾飛挨身過去。「用力呼吸，只要專心呼吸，你的肚子必須停止用力，讓小貓們在想出來的時候自己找路出來。」

礫心驚愕地看著她。「她不可能這樣耗半個月啊。」

「不需要耗那麼久。」蛾飛告訴他，異常冷靜。她想起她第一次走進高岩山的地道時，也是這麼冷靜，彷彿很清楚自己在做什麼。「當你的腳爪撞到時，會發生什麼事？」她問礫心。

「會痛，不是嗎？」他一臉疑惑地看著她。

「還有呢？」

「會腫。」

「沒錯。」蛾飛把腳爪擱在柏枝的下腹部，她感覺得到有熱氣正從貓后的毛髮滲出，所以一定有個地方在發炎。「她的身體還沒準備好，我感覺得到一定有什麼地方腫起來，她一用力，就腫得更厲害。所以是那個腫大的部位擋住了小貓們的去路。她不可以再用力，得等到消腫了再說。」

「然後才有空間擠出來。」礫心瞪大眼睛，一臉恍然大悟。

柏枝低吼：「又陣痛了。」

「用力呼吸！」蛾飛衝出窩穴，掃視空地，發現空地邊緣有一小根還算粗的松樹枝，心微微雀躍，趕緊張嘴拾起，跑回窩裡，將小樹枝塞進柏枝嘴裡。「陣痛來的時候，就緊緊咬住。用你全身的力量咬這根樹枝，但肚子不要用力。」

柏枝緊瞇眼睛，喉嚨發出低吟。她很用力地咬，樹枝在她嘴裡應聲而斷。

「我們得去找更多小樹枝來。」蛾飛告訴礫心。

他點點頭，鑽出窩外。

蛾飛用舌頭舔舔柏枝的肚子，慶幸抽搐的情形沒有影響到小貓。「小貓，別擔心。」她一邊舔一邊說：「我們很快就讓你們出來。」

柏枝癱軟在地。

蛾飛扭頭看著貓后。她的眼神木然，神情疲憊，陣痛顯然剛過。斷掉的松樹枝就掉在她旁邊。「做得好。」她喵聲道：「你肚子沒有用力。」

柏枝深吸一口氣，閉上眼睛。

「我知道這很難。」蛾飛告訴她。「你得忍耐一陣子，肚子先不要用力，等到有足夠空間讓小貓出來的時候再用力。」

「好難哦。」柏枝呻吟道。

「我知道。」蛾飛很同情貓后。「但這是沒有辦法的事，得為小貓著想。」也為了你著想。她注視著柏枝那雙驚恐的眼睛。「我們會幫你。」

這時礫心鑽進窩穴，把小樹枝丟在地上。「鼠耳和泥掌會去森林撿更多樹枝回來。」

「你還有罌粟籽嗎？」蛾飛有點內疚，因為她不確定她來的第一晚是不是就把所有罌粟籽都吃光了。

「斑皮當初用葉子送了兩包過來。」他告訴她。

「快去把它拿來。」蛾飛下令道。「我們需要緩解她的疼痛。」

「我也拿點百里香過來，可以幫忙她放鬆心情。」

「好主意。」蛾飛迎視他的目光，慶幸這件事情還好是他們倆共同面對。

礫心又離開了，柏枝再度呻吟。「陣痛又來了。」

蛾飛拾起樹枝，塞進柏枝嘴裡。「記住，專心呼吸，陣痛很快就過了。」

她把腳爪輕輕放在柏枝肚子上，貓后繃緊全身，就是不讓肚子用力。**天啊！肚子裡小貓們的蠕動愈來愈微弱。小貓，撐著點。再過不久，就可以出來了。**她希望她是對的。

蛾飛陪著貓后撐過一波又一波的陣痛。礫心帶著罌粟籽和百里香回來。柏枝吞嚥下兩種藥草，這時鴉皮也帶著浸過水的青苔回來，貓后饑渴地大口舔飲。

「她不會有事吧？」鴉皮一臉驚慌地看著他的伴侶貓。

礫心把他推向窩穴入口。「我們會盡力的。」他承諾道。

黑色公貓被趕了出去，這時泥掌探頭進來，丟下一捆松樹枝。

「謝謝你。」蛾飛朝公貓點頭表示感激，馬上塞了一根小樹枝到柏枝嘴裡。陣痛又來了。她將腳爪放在貓后的肚子下面。裡頭的小貓幾乎動也不動，但貓后身上已不再發燙。**是不是已經消腫了？**礫心這時走了回來，她看了他一眼。「你過來摸摸看。」

她挪開位置，讓他把腳爪放在她剛剛擱放的地方。「比較不腫了，對不對？」

他緩緩點頭，緊張地瞇起眼睛，壓低音量對她說：「可是我幾乎感覺不到小貓的蠕動。」

「我知道，」蛾飛貼近他的耳朵。「所以現在她得開始用力了，不然恐怕會失去小貓。」

「萬一用力得太早怎麼辦？」

「可是再等下去，怕太遲了。」

礫心神色黯然地看著她。「我同意。」他移開腳爪，低身對柏枝說：「下次陣痛來的時候，你可以開始用力。」

「真的嗎？」柏枝鬆了口氣。這時她突然倒抽口氣，身子繃緊。

蛾飛和礫心互看一眼。星族千萬要保佑啊。

新的陣痛漫過柏枝全身，貓后呻吟一聲，開始用力。蛾飛把腳爪放在貓后肚子上，感覺到她正在用力。

礫心蹲在貓后尾巴那裡。「我看到了。」他的喵聲興奮。

「繼續用力。」蛾飛催促她。

柏枝的呻吟轉為咬牙切齒的吼叫。

礫心倒抽口氣。「出來了。」

蛾飛衝到他旁邊，看見貓后尾巴旁邊有一小坨東西。它包著一層膜，蛾飛直覺伸爪劃破那層膜，液體噴了一地，小貓全身溼淋淋地掙脫出來。喵喵叫地第一次大口呼吸。

柏枝抬起頭，緊張地查看。蛾飛叼起小貓頸背，把它放在她的鼻口旁。她忙不迭地舔它，眼裡滿是喜悅，但這時陣痛又來了。

「用力！」蛾飛下令道。她再次把腳爪擱在柏枝肚皮上，感覺到那部位正在抽搐。

「又一個出來了！」礫心喵聲充滿喜悅。蛾飛衝過去看。那時礫心已經劃開那層膜。她看見小貓蠕動著身子喵喵叫，開心到說不出話來。她輕輕叼起小貓，放在第一隻小貓的旁邊。

「還有幾隻？」柏枝問道。

蛾飛用腳爪摸摸貓后的肚皮，覺得裡頭仍有蠕動。「起碼還有一隻。」她話剛說完，柏枝又開始陣痛，她渾身顫抖，一邊用力，一邊喘氣。

「快生出來了。」礫心催促道。

柏枝大吼一聲，用盡力氣。兩隻小貓吱吱尖叫，閉著眼睛在她面頰旁不停蠕動。

「我想是最後一隻了。」蛾飛瞥了礫心一眼，這時柏枝已經癱軟，肚皮不再有任何動靜。

「我們成功了。」

影族巫醫貓卻看著地上，眼神黯然。

「怎麼了？」蛾飛衝到他旁邊。

「本來是一隻小母貓。」他輕聲說道。

小貓動也不動躺在被劃開的膜裡頭。

蛾飛看到那副軟綿綿的軀體，心頭一震。她突然想到小燼，他也是甫出生就死了。**星族，救救她！**她伸出腳爪，撫摸那毫無生命跡象的軀體。小母貓的體型比兩個哥哥來得小。淺灰色毛髮十分光滑。她低下身子，嗅聞她的鼻口。「她沒有呼吸，」她低聲道。「跟小雨一樣！」

礫心眨眨眼看著她。「這話什麼意思？」

蛾飛用腳爪輕觸小貓的肋骨。「她的胸腔可能積水。」

礫心一臉困惑。「你知道怎麼救她嗎？」

蛾飛把小貓翻過來，將腳爪按住胸口。「應該知道。但是她好小！」小母貓感覺就跟麻雀一樣脆弱。她按壓的力道要怎麼拿捏呢？

她開始按壓，起先力道很輕，但後來感覺到腳掌下的小貓頗有回彈力，於是再加重力道。

「出了什麼事？」柏枝轉頭過來，瞪大眼睛四處張望。

「你好好照顧那兩隻小貓。」礫心告訴她。「我們會處理另外一隻。」

「她死了嗎？」貓后的喵聲充滿恐懼。

「還不確定。」礫心移動身子，擋住貓后視線，不讓她看見蛾飛正全力救治那隻小貓。

「你們在對她做什麼？」柏枝的喵聲緊張。她試著站起來，但虛弱無力又跌坐回去。

鴉皮衝進窩裡。「怎麼了？」

蛾飛沒空理黑色公貓，繼續忙著按壓小貓的胸口。**我的方法正確嗎？半月在看著我嗎？快呼吸！求你快呼吸！**她心裡好害怕。

鴉皮從礫心旁間擠過來。「你在做什麼？」他驚恐地瞪大眼睛，看著蛾飛。

就在他問話的同時，小母貓突然動了一下，水從嘴裡流了出來。蛾飛趕緊將她翻過去，按摩她的背，小貓吐出更多液體，接著用力地喵了一聲。

蛾飛後腿坐了下來，喜悅猶如陽光灑滿她全身。她渾身顫抖地迎視礫心的目光。

「你救活了她。」礫心兩眼炯亮。

小貓胡亂揮打四肢，不停喵喵叫。

「我想她在找媽媽。」蛾飛退後幾步，讓鴉皮叼住她的頸背。

他把她放在其他小貓旁邊，一臉驕傲地看著柏枝。「他們好漂亮。」

蛾飛這才發覺自己累壞了，想必柏枝更是筋疲力竭。「我們該讓她休息了。」她對礫心低聲說道。

「我來處理就好。」礫心告訴她。「你看起來也很累。」

蛾飛感激地眨眨眼睛。「是啊。」她的目光移向柏枝和鴉皮，兩隻貓兒看著小貓們，也深情款款地看著彼此。蛾飛的心頓時痛了起來，哀傷像把利刃突然戳進心窩裡，讓她喘不過氣。她和彌迦再也無法擁有那種喜悅。她全身虛弱，傷心地撐起身子站起來，慢慢走出窩穴。

她身後的小貓們正在喵喵叫，鴉皮和柏枝快樂地喵嗚出聲。剛剛徒手救回小貓一命的那股喜悅已然消失。**哦，彌迦，我好想你。**她覺得失落，心裡像有個很大的窟窿。她不想再憂傷，可是她控制不了。她再也沒機會實現她和彌迦曾經共同規畫的未來……一切都已成空，只剩漫漫歲月踽踽獨行。她覺得她所有的夢想全都隨著他死去了。

# 第二十五章

蛾飛掃視蕁麻叢，她特別喜歡松樹林裡的這塊地方。陽光透過樹冠上的縫隙成束灑下，照在布滿青苔的林地和性喜陰暗的蕁麻叢上。礫心正在丘頂後方等她，那裡水溝縱橫。她已經在影族待了快一個月，最近都在幫忙他採集藥草，以利日後存放。雖然松樹汁液的嗆鼻味常令她反胃，但已多少習慣這裡的幽暗。

不過她還沒打算回家。

她伸長鼻口，輕輕咬斷蕁麻底部肥厚的莖梗，拖著它爬過丘頂，小心不碰傷那些微微顫抖的葉子。

「我想應該採集夠了。」她快走到水溝那裡的時候，礫心趕緊讓出空間，讓她把蕁麻從水溝邊緣丟下去。

它掉在其它蕁麻上頭，慢慢往下沉入泥水裡。

「昨天浸在水裡的那些蕁麻，可以拿起來了嗎？」她問道。

礫心躍過下一條水溝，把腳爪伸進去。「可以了。」他回頭喊道。「沒有刺了。」

蛾飛甩甩身上毛髮。「我在想如果把蕁麻曬乾，也能把刺除掉吧？」

「在高地比較容易風乾或曬乾藥草，」礫心拉起溼淋淋的莖梗，平放地上。「那裡的風大，陽光也充足。但這裡潮溼，很難曬乾藥草。」

「沒有乾藥草可以儲存，你要怎麼撐過禿葉季？」

「斑皮昨晚問過我同樣的問題。」礫心看了她一眼，同時又從水溝裡勾出另一株蕁麻。

蛾飛有點內疚，因為她沒去參加月亮石的半月集會。「你怎麼跟她說？」

「我問她能不能幫影族曬乾一些藥草。」她發現他也滿懷期待地看著她。「你可不可以也幫我曬乾或風乾一些藥草？我是說等你回高地之後。」他的眼裡帶著問號。

**你想要我回家嗎？**

礫心八成看到她眼神的黯然和臉上的憂色。「我意思是等你心情好了以後，想回去了，再幫我這個忙。」

**我會有心情好的一天嗎？**影族貓兒們從不過問她的事，每天如常送獵物過來給她吃，看見她便垂頭表示敬意，偶爾陪她聊聊家常，比如獵物最近好不好抓，或者今年綠葉季來得有多快。和他們在一起，總覺很輕鬆自在。

若是和她的族貓住在一起，恐怕會被問東問西。他們一定會問彌迦的事，而且一定會希望她盡快回到巫醫的工作崗位上。蛾飛的胃揪了起來。她還沒做好重回工作崗位的準備，她還沒辦法照顧病貓。

礫心眼看她沒有回答他的問題，於是低頭看著蕁麻。「昨晚我們在月亮石那裡，大家都說很想念你。」

「我本來要跟你去的。」真的，她本來要去的。她打從心底知道巫醫這份工作是她的天命所在。她每天都在協助影族貓，也慢慢重新建立自信，再次感覺到生活有了目標。她對自己的工作成果很滿意，這多少沖淡了她的憂傷。自從柏枝生了小貓之後，她一直很關心小貓們，曾帶著礫心到橡樹林邊緣採集玻璃苣給柏枝吃，好讓她有足夠的奶水餵飽小貓們。但過去這一個月來，她總覺得好疲倦，每天晚上都是拖著身子，筋疲力竭地爬進臥鋪。所以一想到要長途跋涉到高岩山，便令她怯步。不過如果她肯誠實面對自己的話，應該是說她根本還沒準備好去見已經加入星族的彌迦。因為這表示他真的死了。「我當時很累。」

「我瞭解。」礫心瞄了她的肚子一眼。他是不是注意到她休養的這段期間……老是茶來伸手，飯來張口……結果胖到肚子愈來愈大？也許她該振作起來，回到自己的部族。她的憂傷不再像以前那樣讓她一連幾天鬱鬱寡歡，不過她還是會在夜裡渾身發抖地醒來，對彌迦的思念強烈到耳朵都聽得到撲通撲通的心跳聲。

「我沒有說我不當巫醫。」她向他保證道。

「我知道你不會。」他試著把蕁麻的莖梗拉直。

「其他巫醫貓也知道這一點吧？」

「當然。」他從水溝邊緣拔出一條乾枯粗糙的草莖，塞在他剛弄成一捆的蕁麻底下。「他們要我告訴你，別擔心這次沒來聚會。他們可以理解。」

「星族有來嗎？」自礫心清晨回來之後，蛾飛就一直迴避不去問這個問題。她其實想問的是，彌迦有出現嗎？她不想知道答案。因為要是他出現了，就表示自己錯過了這次機會，她一定會再度心碎。但要是沒出現，她又會擔心他是不是永遠無法成為星族的一員。但無論如何，她還是必須知道星族有沒有什麼話要對她說。

「只有半月來。」礫心告訴她。「她只待了一會兒，告訴我們要好好照顧你就走了。」

蛾飛眨眨眼睛。她都沒提到彌迦嗎？「就這樣？」

「是啊。」礫心用長長的草莖繞了蕁麻一圈。「橡毛很失望。她一直以為她可以見到自己的祖靈。」

蛾飛愣住，突然惱怒，毛髮豎了起來。「橡毛也去了？」

礫心又用草莖再繞了蕁麻一圈，然後捆緊。「她現在是天族的巫醫貓啊。」

「她是奸細！」蛾飛厲聲道。「清天要她監視彌迦，因為他不信任他。」

「也許吧。」礫心抬頭看。「可是彌迦傳授了她很多醫藥知識，她現在是天族裡頭最懂醫術的貓兒。更何況她也喜歡吸收這些知識。再說……」他停頓一下，避開她的目光。「我曾夢到她在醫治她的族貓。」

「你早就知道她會當上巫醫？」蛾飛怒火中燒。「你為什麼不早告訴我？」

「我怎麼會知道。」礫心糾正她。「我做過很多夢，也不是每個夢都會成真。」他冷靜地迎視她的目光。「看見橡毛拿藥草給病貓吃，並不等同於知道彌迦一定會死掉。就算我揣測彌迦可能會死，你難道會想預知這件事嗎？」

「可是我就可以……」

他打斷她。「就可以什麼？改變他的命運？更愛他一點？」

蛾飛瞪著他，說不出話來。如果她早點知道，又能改變什麼呢？她曾和彌迦有過美好的時光。難道她真的要讓彌迦的死亡陰影抹煞掉那些美好的日子嗎？

礫心放柔語調。「我比較擔心的是，你不去月亮石是因為你怪星族眼睜睜看著彌迦死掉。」

她眨眨眼睛。「我曾經怪他們，」她承認道。「但那不是我不去的原因。」

「你現在還在怪他們嗎？」

蛾飛搖搖頭。「就算他們早就知道那是他的命，也無力回天啊。你說得對，就算我知道了，又能如何？」

就在她說話的同時，礫心的目光一直往她身後看。她愣了一下，發現他頸毛豎了起來。她張開嘴巴，嗅聞空氣。有貓兒的氣味從她身後飄來。

她貼平耳朵，轉過身去。

兩隻貓從林間緩步走出。

「蛾飛！」一隻肥胖的黑白色農場貓朝她喊道。

她旁邊的棕色公貓甩打著尾巴。「我們還以為再也見不到你了。」

「乳牛！」蛾飛朝他們衝過去，雀躍不已。「老鼠！」

乳牛的目光染著淡淡的憂傷。「我們聽說彌迦的事了。」

老鼠的尾巴垂了下來。「他死前有受苦嗎？」

蛾飛止住腳步，突然想起彌迦死前那一刻，喵聲哽在喉嚨裡。「他走得很快。」她好不容易才出聲回答。

乳牛繞著她轉，柔軟的毛髮刷在蛾飛身上，感覺溫暖。

老鼠點頭向礫心致意。「我希望你別介意我們過來打擾。」他喵聲道。「我們去高地找彌迦，結果一隻叫金雀毛的貓告訴了我們那場意外。」

乳牛紅著眼眶，看著蛾飛。「他說彌迦死前你一直陪在他身邊。」

蛾飛本來以為他們會怪她把彌迦帶走。但乳牛用尾巴圈住她的背，目光溫暖，語帶同情地說道：「你一定很難受。」

「至少我有陪在他身邊。」她又想起他死前那一刻，喉嚨一緊。但她注意到他們一路風塵僕僕，勉強按壓下自己的憂傷情緒。「你們一定累壞了。從農場來到這裡，路途遙遠。」

礫心走上前來。「回營地休息一下吧。」他看了那捆蕁麻一眼。「我得趕在這些東西腐爛之前拖回去。」

乳牛瞪視著溼淋淋的蕁麻。「你收集溼掉的蕁麻做什麼？」

老鼠一臉困惑地環顧四周陰暗的松樹林。「這裡有獵物嗎？」

「有很多獵物。」礫心喵嗚道。「要是有貓兒生病，這些收集來的蕁麻就能派上用場。」

乳牛眨眨眼睛。「拿蕁麻刺他們，能治病嗎？」

蛾飛鬍鬚抽了一下，暗自覺得好笑。「不會被刺扎到啦，都已經泡過水了，它可以用來緩解傷口的疼痛，如果吃下去，還可以緩和骨頭的痠痛。」

「你好像比我們第一次碰面的時候來得聰明多了。」乳牛對礫心使個眼色。「以前她想直接穿過田野，那時候牧羊犬正在那裡趕羊呢。」

蛾飛想起當時情景，喵嗚笑了。「是彌迦救了我。」

乳牛捕捉她的目光。「你一定很想他。」

「我是很想他。」她聲音沙啞地說道。「我們是伴侶貓。」

乳牛的鼻口貼著蛾飛的面頰。

礫心朝松樹林間的荊棘叢彈著尾巴。「營地不遠。」他用牙齒咬住綁在蕁麻上的草莖，然後抬起來，拖著它穿過林地。老鼠趕忙過去幫忙扛起拖在後面的蕁麻。

乳牛走在蛾飛旁邊。「彌迦走了多久？」

「一個月了。」蛾飛輕聲說道。

他們繼續往前走，默默無語地分攤心裡的傷痛。

就在快到營地時，鴉皮從入口走出來嗅聞空氣。他的目光掃向他們，當他看見老鼠和乳牛時，立刻瞇起眼睛。

蛾飛趕緊過去找他。「他們是朋友，」她解釋道。「他們和彌迦以前都住在農場。」

高影從營地裡鑽出來，鼻子不停抽動。「我們有訪客嗎？」

乳牛向影族族長垂頭致意。「我們是來看蛾飛的。」

「進來吃點東西吧。」高影告訴她。「今天運氣不錯，食物多到吃不完。」

她帶著乳牛鑽進營地，空氣充斥著生鮮獵物的氣味。蛾飛和鴉皮跟在後面，老鼠和礫心拖著蕁麻走在最後頭。

三隻小貓從長草叢裡抬起頭來，柏枝正在草叢裡休息。

小貓裡頭個子最大的是一隻橘色尾巴的黑色公貓，他眨眨眼睛看著他們。「暮鼻，快看！」他推推旁邊的小母貓。「有訪客！」他一馬當先地跑過空地。

叫暮鼻的黑橘相間玳瑁色小母貓也跟著跑過來。「你是誰啊？」她朝乳牛喊道。

「你是部族貓嗎？」另一隻小公貓也匆忙追在後面。林地陰暗，他身上的棕色斑點堪稱最完美的偽裝。

蛾飛喵嗚出聲。「這是乳牛，」她解釋道。「她和老鼠是彌迦的朋友。」

「我叫懸葉。」橘色尾巴的小公貓在乳牛面前笨拙地剎住腳步。

「我叫暮鼻。」他的妹妹喵聲道。

棕斑色小公貓在他們旁邊停下腳步。「我叫影皮。」

懸葉歪著頭。「你知道彌迦死了嗎？」他問乳牛。

蛾飛心頭一驚，縮起身子。乳牛卻是一臉鎮定地看著小貓好奇的眼睛。「我知道。」

暮鼻推推她哥哥。「懸葉，你不可以這樣問。很沒禮貌欸。」

「鴉皮說我們什麼都可以問。」懸葉嗆回去。

影皮吸了吸鼻子。「他也說我們必須知道什麼時候該閉上嘴巴，不然我們永遠無法成為出色的獵者。」他朝蛾飛眨眨眼睛。「你介意我們聊點彌迦的事嗎？」

蛾飛無視心裡隱約的傷痛。「不介意。」就算假裝彌迦從不存在，也無法改變任何事情，傷痛不會因此減輕。

懸葉仍看著乳牛。「彌迦已經死了，你們為什麼還要來呢？」

「我們是來看蛾飛的。」乳牛告訴他。

暮鼻抬起下巴。「你們也是她的朋友嗎？」

「是啊。」乳牛環顧營地。「這環境看起來很舒適。」

老鼠正在後面幫忙礫心抬起蕁麻，放到荊棘圍籬上讓它滴水。它就掛在扎人的枝葉間，泥水不斷滴落地上。

「我有自己的窩。」蛾飛告訴她。

「你的窩是陽影的。」影皮糾正她。

蛾飛不安地蠕動著腳。「是啊。陽影讓我借住他的窩，直到我回家為止。」

乳牛對她眨眨眼睛。「這裡不是你的家嗎？」

高影代她回答。「她住在高地。」

乳牛瞥了蛾飛的肚子一眼。「你不回家去生小貓嗎？」

蛾飛瞪著她。「我沒有要生小貓啊。」

「親愛的，你確定？」乳牛一臉同情地歪著頭。

蛾飛愣住了。**我懷孕了嗎？乳牛為什麼這麼篤定？**然後她才突然想到這陣子以來的疲累、反胃……她瞥了高影一眼，驚愕不已。

影族族長垂下目光。

礫心緩步走近，耳朵不停地抽動。「我們以為你知道。」

蛾飛的腳似乎在地上生了根，營地在她四周旋轉。「我沒有想到。」她的心亂成一團。「我從沒有生過小孩。」她還以為是她在影族太養尊處優，才會變胖。

高影眨眨眼睛。「我們以為你很高興彌迦在你身上留了種。」

**彌迦的小貓**！蛾飛覺得天旋地轉。她懷了彌迦的小貓。

乳牛大聲喵嗚。「他們一定像他們的父親一樣英勇帥氣。」

小貓！正在她肚子裡長大！「不行！」她退後幾步，一臉震驚。她連自己都照顧不好了，哪有本事照顧新生命？她想到灰板岩的小貓，她曾經害他們在高地上迷路。然後又想起柏枝生產時的痛不欲生！她腳下的地面似乎正在搖晃！

乳牛扶著她。「懷孕是這世上最自然不過的事了。」

蛾飛的思緒紊亂。「我得回家去。」她對家的需要頓時高漲。「我必須見風奔。」她突然好想有親友陪在身邊，享受家庭的溫暖。

高影垂下頭。「你需要有貓兒護送你回去。」她語氣堅定地說道。「你不能獨自遠行。」

「我不會有事的。」蛾飛回答道，但仍驚魂未定。

礫心上前一步。「我送她回去好了。」

蛾飛茫然地看著他。「那我們現在可以走了嗎？」她心亂如麻地望著乳牛和老鼠。「對不起，我得離開了，你們才剛到，可是我……」

乳牛瞪大眼睛，一臉同情。「我們能理解。」

高影彈彈尾巴。「我保證會讓他們回家之前，先得到充分的休息和足夠的食物。」

蛾飛幾乎聽不到影族族長在說什麼。她的思緒已經飛回高地，她的族貓都在那裡等她回去。她怎能離家這麼久？「我太自私了。」她一邊喃喃自語，一邊朝營地入口走去。

礫心追上她，走在她旁邊。「也許你應該先吃點百里香再上路。」他輕聲提議。「這件事似乎讓你受到不小驚嚇。」

「我沒事。」蛾飛一逕看著前方。有沒有受到驚嚇對她來說不再重要。從此刻起，她必須堅強面對一切。她懷了彌迦的小貓，這比什麼都重要。

# 第二十六章

蛾飛走在礫心旁邊，一路上氣喘吁吁。

「我們走慢點。」他提議道。

她搖搖頭。「我想趕快回家。」她走出松樹林，在轟雷路旁停下來。岩石路面冷冷清清，但仍殘留著怪獸的惡臭味，嗆得蛾飛直想吐。「我現在的身體變得弱不禁風。」

「我想是因為你懷孕的關係。」礫心停在草地邊緣。「當初柏枝光是穿越空地，就走得氣喘吁吁。」

「可是我還有一個月才生。」蛾飛快步走上平滑的岩地，不願想起那位貓后痛苦又冗長的生產過程。

礫心跟在她後面，機警地改變話題。「你的族貓應該都很想念你。」

「你真的這麼認為嗎？」她一抵達轟雷路的另一頭就轉過身來。他們會不會覺得她不夠忠誠，所以才離家這麼久？

「他們一定很高興你回來。」礫心跳上陡

峭的短坡，步上高地邊坡。

蛾飛費力地跟在後面，一到坡頂便停下來喘氣。她放眼山上怒放的石楠花，高地邊坡被染成一片嫣紫。野風四起，毛髮翻飛。她閉上眼睛，享受曠野的滋味。她待在陰冷的松樹林裡太久了。「我應該早點回來的。」

「你是在等自己準備好了才回來。」礫心爬上坡。

蛾飛跟在後面，很驚訝腳下草地竟如此柔軟。以後她的小貓們會在這裡奔跑追逐。她亢奮不已。她真的快要當貓媽媽了嗎？她就快要有彌迦的小貓了嗎？喜悅淹漫了她。如今悲傷不再是她與他之間的唯一聯繫。她快要有他的小貓了，她會看著他們長大。她會告訴他們，他們的爸爸有多英勇多帥氣。他將永遠活在他們心中。

**可是我得獨自撫養他們長大。**這念頭令她驚駭。但離家越近，她的信心就越大，相信自己絕對可以辦得到。風奔一向清楚該怎麼做。她瞥了礫心一眼，後者的灰色毛髮在風中翻飛。

「謝謝你對我這麼好。」

他慢下腳步，等她趕上來。「我其實也沒做什麼。」

「有，你有。」她記得他常常送獵物給她吃，有好幾次她醒來，都發現臥鋪旁已經放了浸過水的青苔；他還常常邀她幫忙採集藥草，混和藥泥。多虧了他，她的醫術才沒生疏。事實上，他傳授了她很多知識。他是一隻極有智慧的貓，工作認真……用自己的方法追求夢想，不像她經常分心。她很欣賞他，也愈來愈喜歡他。感覺上他就像自己的族貓一樣。

就在她的思緒游移不定時，突然瞄見前方的動靜。她俯看草坡，發現有貓兒正沿著天族邊界潛行，毛髮在林間隱約閃現，蕨叢穿梭。她停下腳步，瞇起眼睛細看，認出那是荊棘、白樺和蕁麻。「他們在做什麼？」她朝礫心喊道。

礫心循著她的目光望過去。三隻貓兒已經停下來。白樺正在一棵樹旁留下他的氣味記號。「他們在巡邏邊界。」

蛾飛眨眨眼睛。「什麼？」

「天族族長下令他的邊界每天都要巡邏，還要留下新鮮的氣味記號。」

蛾飛滿肚子火。「他還是執迷不悟，那麼在意邊界？」她不敢相信有貓兒這麼兔腦袋。「他說貓兒只能在自己的領地裡活動。」礫心低聲道。

「所以彌迦根本是白白犧牲了。」蛾飛貼平耳朵。「他難道不明白要不是他那麼在意邊界，彌迦根本不會死？」

礫心避開她的目光。「他說如果你沒有越過邊界，彌迦就不會死。」

蛾飛氣到全身發抖。「他竟然敢這樣說？」

「別理他，」礫心懇求她。「如果清天那麼在意邊界，就隨他吧。」他的目光越過她。她扭頭循著他的目光看，望見柳尾和鷹羽正從遠處的突岩上監視著天族巡邏隊。「他們難道沒有別的事好做嗎？」她不以為然地說道。「他們應該去餵飽自己的部族，而不是老盯著邊界看。」她突然拔腿前奔，衝向山谷。

礫心趕緊追上去。「這事就讓風奔去操心吧，」他告訴她。「你是巫醫貓，不是狩獵者。邊界的事不用你煩心。」

他說話的同時，石楠叢的上坡出現一個灰白相間的身影。

蛾飛立刻認了出來。「迅鯉！」她一看見她的族貓，隨即忘了剛剛的氣憤難平。

迅鯉瞇起眼睛望著他們，一會兒突然抬起尾巴，奔了過來。「蛾飛，是你嗎？」她一路朝他們衝來，快樂地喵聲大叫，在離他們約一條尾巴的距離剎住腳步。她看著蛾飛，目光落在那圓滾滾的肚子上，頓時瞪大眼睛。「你懷孕了！」她欣喜問道：「是彌迦的？」

「是啊。」蛾飛喵嗚道。

「我們還在想，你會不會再也不回來了。」迅鯉不安地看了凹地一眼。

後方的石楠叢窸窣作響，灰板岩走了出來。她一看見蛾飛，耳朵立刻豎得筆直。「你回來了！」

蛾飛被喜悅淹漫。那位原本終日哀傷的貓后現在看起來好多了，眼神比幾個月前炯亮有神。「白尾好嗎？」她喊道。「銀紋和黑耳乖不乖？」

「他們都很好。」灰板岩快步朝他們走來。「你都快要認不出他們了！他們長大了好多。」她慢下腳步，豎直耳朵。「你懷孕了！」

迅鯉興奮地不斷踩踏草地。「是彌迦的孩子！」她告訴她的朋友。

灰板岩開心地繞著蛾飛轉。「你回到家以後，就不會走了吧？」

「我要我的小貓在高地上長大。」蛾飛告訴她。

「快！」迅鯉開心地喵嗚道。「我們回營地去！」

蛾飛注意到礫心有些怯步。

「既然你已經平安抵達，那我就回去了。」他靦腆地說道。

「你確定？」蛾飛溫柔地看著他。

「我確定。」他彈彈尾巴，開始往下坡走。「好好照顧自己。快臨盆時，記得通知我來接生。」

「再會了，礫心！」灰板岩把蛾飛往石楠叢的方向推。「等金雀毛看到你，不知道多開心，他一直好擔心你。」

蛾飛跟著迅鯉走，蜿蜒穿梭灌木叢間，來到營地入口外面的草地上。家園的味道迎面撲來，她開心到全身打著哆嗦，毛髮如波起伏。迅鯉已經鑽進入口，蛾飛跟在後面，胸口那顆心撲通撲通地跳。

「蛾飛！」塵鼻穿過布滿草叢的空地，率先衝了過來。斑毛追在後面，兩眼發亮。他們在她面前踉蹌刹住腳步，一逕瞪著她的肚子看。

「我懷了彌迦的小貓。」她不安地看了斑毛一眼。**他還會嫉妒嗎？**

斑毛對著她眨眨眼睛，喵嗚一聲：「恭喜你！」

塵鼻用鼻子貼住她面頰。「好開心你回來了。」

金雀毛正穿過空地朝他們走來。石頭佬蹣跚跟在後面。

蛾飛看見老貓時，不免為擔心。「你好一點了沒？」她喊道。當初她應該留下來照顧他。

「我健康的跟狐狸一樣。」他咕噥道。

金雀毛停在她旁邊。「我就知道你不會一輩子待在那座陰暗的森林裡。」他繞著她轉，石頭佬則是滿臉得意地看著她。

「我真高興你回來了。」老貓咕噥道。「蘆尾都不給我貓薄荷吃。」

蛾飛愣了一下。石頭佬也太誇張了吧。他還在生病嗎？「你現在還需要貓薄荷嗎？」石頭佬看著自己的腳。「現在是不需要啦，不過有時候我會喉嚨痛啊，吃點貓薄荷會讓我舒服一點。」

蘆尾昂首闊步地朝他們走來，耳朵豎得筆直。「你會喉嚨痛，還不是因為你打呼太大聲。」他經過老公貓旁邊，點頭招呼蛾飛。「感謝星族老天，你總算回來了。我忙到都沒時間找藥草。還有那個銀紋每天不是這裡刮到，就是那裡撞到，我都快被搞瘋了。」

蛾飛忍住笑意，鬍鬚抽了抽。「小貓們呢？」她話才說完就看見小貓們朝她衝過來，她倒抽口氣，立刻從毛色認出了他們。他們都長得好大了！「銀紋！黑耳！」他們已經大到可以出外狩獵了。「白尾，你變得好帥哦！」灰白毛色的小貓跟他父親一樣有著很寬的肩膀，琥珀色眼睛跟他母親一樣溫柔。

「黑耳也很帥啊！」銀紋驕傲地告訴她。

「當然囉！」蛾飛一臉讚賞地看著黑耳，然後才對銀紋喵嗚說道：「你也跟你母親一樣漂亮。」

「我才不在乎我漂不漂亮。」銀紋抬高鼻子。「漂亮又不能當飯吃。我要成為風族最厲害的獵者。」

「我相信你可以。」蛾飛從她的族貓們當中擠過去，穿過空地。「我的窩穴還在嗎？希望雨水沒有滲進去。藥草應該都還很乾吧。不過我也需要採集一些新鮮的回來。雲點說新鮮藥草的療效更好。」

蘆尾來到她旁邊。「我一直住在你窩穴裡，」他自承道。「這樣比較方便，因為你不在，我得暫代你的工作。」

蛾飛充滿感激地看著他。「真的很謝謝你。」她熱切地說道。「我很抱歉，把工作都丟給你。我只是不能面對……」她越說越小聲，憂傷宛若冰冷的水再度迎面灑來。熟悉的面孔和氣味在在令她想起彌迦在世的那段時光。她勉強吞下悲傷。

蘆尾看了她一眼。「你很快就會覺得自己又回到家了。」他承諾道。

「是啊。」她聲音沙啞地說道。她停在窩穴外面，族貓們都在草叢那頭望著她，看起來都很開心她回來了。她心裡滿是感恩，但在這時卻瞄見有兩雙眼睛正從鋸峰的窩穴暗處朝她打量。她緊張地豎起毛髮。當初冬青和鋸峰就認為她不該離開，結果她離開了整整一個月。她深吸口氣，朝他們走過去。

鋸峰先低頭走出窩穴，耳朵不停抽動。

冬青跟在後面，眼神冰冷。「再怎麼難過，也應該待在自己的部族裡。」她咕噥道。

鋸峰看著蛾飛的肚子。「你懷了他的小貓？」

「你說彌迦嗎？」蛾飛瞇起眼睛。「是啊，我覺得很欣慰。」

「他是天族貓。」鋸峰嘟囔道。

蛾飛怒瞪著他：「他也是農場貓。這樣說有比較好嗎？還是更自取其辱？」

「鋸峰，」暴皮穿過空地，衝了過來，停在他父母前面，眨眨眼睛。「你們應該高興她回來才對。」

冬青吸吸鼻子。「她幹嘛回來？她離開風族這麼久，身上都沒有風族的氣味了。」

露鼻從窩裡出來，停在她哥哥旁邊。「蛾飛是在風族出生的，永遠都是風族貓。」

暴皮抬起下巴。「月亮石是她找到的，你們難道不以她為榮嗎？」

「她生下的小貓也算是風族貓嗎？」冬青咕噥道。「他們身上也流著天族的血。」

「還有農場貓的血。」鋸峰補了一句。

暴皮看著他母親，毛髮豎得筆直。「你還不是不在風族出生。」他的目光掃向他父親。「你以前是山區裡的貓，離開了自己的部落。」

蛾飛不安地蠕動著腳。她不希望這一家子為了她吵架失和。

冬青一臉懷疑地覷著她兒子。「我們怎麼知道她會不會又離開？」

「我不會。」蛾飛承諾道。

「蛾飛！」母親的喵聲從空地另一頭傳來。她一轉身便看見風族族長朝她跑來。風奔緊急剎住腳步，鼻口緊貼蛾飛的下巴。「你終於回家了！」她深嘆一口氣，隨即抽開身子，目光突然黯了下來。「你是自己回來的嗎？我希望你走在天族邊界附近時，要小心一點。他們又偷盜高地上的兔子了。當然，清天還是死不認帳，不過……」她突然止住，瞪著蛾飛看：「你懷孕了！」

蛾飛坐了下來，更顯得大腹便便。「再一個月就要生了。」

「是彌迦的？」風奔偏著頭。

「當然是啊。」蛾飛喵嗚道。難道她母親以為是別隻貓的？

「希望他們是像你。」風奔壓低音量。「彌迦就是太過自信了。」

蛾飛冷靜地迎視她母親的目光。「我想你們兩個半斤八兩吧。」

風奔驚訝地瞪大眼睛，喵嗚一笑。「我的小貓也變得伶牙俐齒了。」

蛾飛低頭看自己的肚子。「這是沒辦法的事，」她喵聲道。「我得保護我的小貓。」

風奔甩著尾巴，眼裡滿是驕傲。「你走了這麼久一定累了。先去你的臥鋪躺一下吧。」

蛾飛站了起來，這才發現自己好累。她又看了鋸峰和冬青一眼，希望他們聽到她要留下來的消息，態度可以軟化一點。但他們避開她的目光，蓬起毛髮。

風奔把她往窩穴推。「我真高興你回來了。」

蛾飛喵嗚笑了。回到家的感覺真好，風奔很開心她回來。她母親帶來的溫暖讓她相信，從現在起，一切都會雨過天晴。

蛾飛將一小坨琉璃苣的葉子捲成一捆，塞進窩穴後方金雀花叢的縫隙裡。她喜歡這裡的涼爽。綠葉季乍到，太陽正在外頭炙烤著整座營地。

藥草的氣味沾染了她全身。她感恩星族庇佑，不再像以前那麼反胃。預產期已到，小貓隨時可能出生。她肚子大到連她都覺得行動笨拙得像隻癩蛤蟆。她用後腿坐下來，滿意地看著被塞在枝椏間的藥草。「我們的成績不錯。」她朝蘆尾眨眨眼。

銀色虎斑公貓坐了下來，拿尾巴蓋住被藥草弄髒的腳爪。「你傳授了我好多新的知識。」

自從回到風族，這一個月來蛾飛陸續將她從別族巫醫貓那裡學習到的知識全傳授給蘆尾。因為她想等她生了小貓之後，恐怕會忙到沒時間照顧族貓，所以希望他能做好準備，暫代她的工作。因此她幾乎每天都花時間陪他搜尋高地上的藥草，再趁採集和分類儲存的時候，告訴他藥草的名稱是什麼。

她看了她的臥鋪一眼，好奇小貓們什麼時候會報到。她已經多織了一些石楠進來加大臥鋪，而且還用青苔鋪厚。這時肚子突然一陣劇痛，她皺起臉。

蘆尾當場愣住。「你還好嗎？」

「我沒事。」蛾飛告訴他。「肚子裡的小貓今天有點煩躁。」

她說話的同時，金雀花叢的入口傳來毛髮刷過的聲響。

石頭佬走進窩裡，邊走邊眨眼睛適應這裡的幽暗。「我的胸口有點悶，」他滿懷希望地看著她。「可不可以給我一點貓薄荷？」

蛾飛撐起身子，走了過來，把耳朵貼在他的脅腹，仔細聽胸腔裡面有沒有水泡聲。他的呼吸很清澈。於是她厲色地瞪他一眼。「你健康的很。我不能把貓薄荷浪費在一隻健康的貓兒身上。省得我又得遠行到兩腳獸的地盤去採集。」

「我可以幫你採集。」石頭佬提議道。「我很熟兩腳獸的地盤。別忘了，我以前住那。」

「你心真好。」但她不可能把這任務交給老公貓。「還是讓年輕的貓兒去吧。你的行動不便，沒辦法爬那幾面木板牆。」

石頭佬的眼睛一亮。「那麼吃貓薄荷可不可以也讓我的行動變得靈活點？」

蛾飛覺得好笑，鬍鬚動了動。「不能欸。不過我倒是可以給你一點紫草吃。我和蘆尾今天早上才摘了一些新鮮的回來。」

石頭佬皺起鼻子。「不，謝了。其實行動不便也沒那麼礙事啦，我……」

蛾飛沒聽到他後面說的話，因為她的肚子突然一陣痙攣，劇痛不已。她倒抽口氣，身子搖搖晃晃。

「你要生了嗎？」蘆尾趕緊跑到她旁邊。

「應該吧。」她把爪子戳進地裡，忍著痛。「去找礫心來。」她上氣不接下氣。「他知道怎麼接生。」

蘆尾趕緊衝出窩穴，只剩石頭佬緊張地看著她。

「你要不要躺進臥鋪裡？」他遲疑地問道。

「不要！」蛾飛瞪著他，這時另一波陣痛又起。她開始踱步，喉嚨發出低吼。**專注在你的呼吸上。**她記得她曾經這樣建議柏枝，於是試著專注每個呼吸和吐納。要是她的身體還沒準備好呢？要是小貓被什麼擋住了，生不出來，怎麼辦？要是他們也像小燼一樣死了呢？她的思緒紊亂，於是停下腳步，瞪著石頭佬，心裡惶恐不已。

石頭佬對著她眨眨眼睛。「我去找風奔來。」說完趕緊鑽出窩穴。

蛾飛又發出呻吟，突如其來的陣痛令她惶惶不安。她又開始踱步，不確定自己該怎麼辦。

她沒辦法坐著不動。只能這樣走來走去才能分心不去想疼痛這件事。但她又痛到全身無力。陣痛又來了，這次她痛到倒在地上，又蹣跚爬起，不知所措。

「蛾飛！」風奔的喵聲在窩穴入口響起。她的母親衝進窩裡，鼻口緊緊貼住蛾飛的面頰。「別怕，」她低聲道。「不會有事的。塵鼻去找礫心了。灰板岩也馬上過來。我們會照顧你，直到礫心趕來為止。」

蛾飛緊挨著她母親，頓時安心不少。「我不知道該怎麼辦。」她嗚咽啜泣。

「你要不停走動，直到覺得自己得躺下來為止。」風奔抽開身子，直視蛾飛的眼睛。「生小貓這種事很平常，你不會有事的。」

「可是好痛哦。」蛾飛被這陣痛的強度嚇到。

風奔眼神流露同情。「保證你生完之後就忘了有多痛了。」

「現在說這些都沒用啦！」蛾飛沒好氣地說。陣痛又來了。她閉上眼睛。劇痛瞬間襲來。等它好不容易過了，她才眼神疲憊地問她母親：「這要持續多久啊？」

「不會太久。」風奔安慰她。「真的不會太久。」

窩穴入口傳來腳步聲，灰板岩衝了進來。「她怎麼樣了？」她問風奔。

風奔緊張地看了她一眼。「小貓應該會在礫心趕到之前落地。」她低聲說道。

蛾飛聽見她母親這麼說，當場愣住。「你怎麼知道？」

灰板岩沒給風奔回答的機會。「陣痛已經這麼密集啦？」她朝蛾飛轉身。「躺下來，讓我摸摸你的肚子。」

陣痛再次襲來，她痛到臉皺成一團，最後只好躺下。她痛到低吼，感覺到灰板岩的腳爪正擱在她肚皮上。

灰板岩點點頭。「你的小貓們活動力很強。我想他們都急著出來見你。」疼痛在蛾飛全身蔓延，而且是前所未有的痛。「風奔！」她朝她母親伸出一隻腳爪。

「馬上就要生出來了。」風奔蹲在她旁邊。

「我需要一根棍子塞進嘴裡讓我咬。」蛾飛痛到氣喘吁吁，強忍住吼叫的衝動。

「我去幫你拿一根來。」她衝出窩外。

過了一會兒，她叼了一根紮實的石楠樹枝回來。

蛾飛接了過來，等陣痛又來時，她用力狠咬，多少分散了疼痛。嘴裡的棍子已經被她咬得嘎吱作響，她呻吟哀號，痛到覺得自己隨時會死掉。**彌迦！**她專注地想著他，決心不被這場磨難擊垮。她的腦海裡閃現彌迦那雙冷靜的眼睛。他似乎正默默鞭策著她。她低吼一聲，用盡全身力氣。

「第一隻小貓出來了！」灰板岩在她後方低下身子，叼起一小坨正在蠕動的東西。

蛾飛眨眨眼睛看著它，滿臉驚訝，趕緊呸掉嘴裡的棍子。「它還好嗎？」

「是隻小公貓，他很好。」灰板岩把小公貓擱在蛾飛的鼻口旁，溫熱的體味立刻竄進蛾飛鼻腔，她用鼻頭搓揉他，小東西貼著她的面頰不停蠕動，蛾飛的心漲得好滿。

她又開始陣痛。

「另一隻也出來了！」灰板岩的聲音聽起來好開心。

陣痛又起，蛾飛只覺得眼前世界變得模糊。她痛到只隱約感覺到風奔和灰板岩正在無聲地交談。她想起彌迦那雙堅定的綠色眼睛。新生小貓身上濃烈的香味仍在她鼻口間瀰漫，突然陣痛停了。

「四隻小貓。」風奔得意的喵聲劃破模糊的空間。

蛾飛轉過頭來，眨眨眼睛，看見身旁擠著四坨小東西。她直覺將他們拉近，低頭逐一舔乾。其中兩隻的白色毛髮帶著黃色斑點。還有一隻全身是黃色條紋，跟他父親一樣。「他的毛！」她抬頭看著她母親。「跟彌迦一模一樣。」第四隻小貓跟蛾飛一樣全身雪白。「我真好奇他們的眼睛是什麼顏色。」小貓們緊挨著她，不停蠕動，眼睛都還沒睜開。

「這得過幾天之後才知道。」風奔小聲回答，同時低下身子，舔舔蛾飛的面頰。「你好棒，我為你感到驕傲。」

「她還好嗎？」礫心焦急的喵聲從洞口傳來。他鑽進窩裡，氣喘吁吁，全身發熱。灰板岩覷著他看。「你一路跑過來的？」

礫心詫異地看著小貓們。「我來晚了一步？」

「我想是吧。」風奔一臉歉意地看著他。「不過我很高興你來了。你可以幫我們檢查一下蛾飛和小貓們，確定他們是否都無恙。」

「他們看起來好極了。」礫心眼睛發亮。

塵鼻的頭伸進洞口。「他跑得比我快。」

蛾飛開心地對影族巫醫貓眨眨眼睛。「我生下來了！」她好驕傲，覺得自己變得無比強韌。「他們是不是很漂亮？」她緊緊擁住小貓們，感受他們的體溫。彌迦的綠色眼眸在她腦海裡再次閃現。**謝謝你，彌迦。**

「他們好可愛。」礫心同意道。他低下身子嗅聞他們。「看起來都很健康。」風奔垂下頭，眼裡閃著憂色。「如果可以的話，你今晚能留下來嗎？」

「當然可以。」礫心欣然答應。「我已經跟斑皮和雲點說過，而他們也都同意在蛾飛休養期間，會定期過來風族這邊走走，看看有沒有誰受傷或生病，需要他們幫忙醫治。」

蛾飛抬起頭。「你真好，不過不必麻煩了。我已經把我的所學都傳授給蘆尾。他應付得來。」

礫心眨眨眼睛。「你還真是忙。」

「我只是想做好萬全準備。」蛾飛這才明白，過去一個月來，她想的都是未來。彌迦的死所帶給她的憂傷和絕望終於被釋放，她一直忙著規畫小貓們的未來。如今他們誕生了，每一隻都如此完美，她的心漲滿了愛，一如彌迦在世時的她。她大聲喵嗚，喜悅灌滿胸膛，小貓們也跟著她喵喵叫。她突然想起她和陽影的那段對話。

**我永遠不可能再感覺得到自己得到的比失去的多。**

**也許不能，但你可以珍惜現在仍擁有的，還有你未來可能擁有的東西。**

她看著礫心。「你回去以後，幫我告訴陽影，他說得很對。」

# 第二十七章

蛾飛在做夢。

她跑上山坡，溫暖的風拉扯著她的毛髮，高地頂端愈來愈近，腳下粗糙的草地變得柔軟。她停下來，終於抵達山頂。翠綠的草原朝森林綿亙而下，遠處有條河波光粼粼，流進林子裡。

**我在哪裡？這裡不是高地。**

獵物的氣味迎面撲來。幾條尾巴距離之外有隻兔子正啃著青草。蛾飛想把牠抓回去給她的小貓們吃。他們已經大到可以試嚐生鮮獵物了。她想到泡溪一看到生鮮獵物就兩眼發亮的模樣，忍不住想笑。蛛掌一定會搶先嚐一口。藍鬚則會靦腆地躲在後面。蜂蜜皮在吃之前，一定會先幫藍鬚留一份。

她一想到他們，便覺得好愛這些孩子們，愛到心都疼了起來。他們太完美了。雖然蛛掌是因為多了一隻腳趾才被這樣命名，但也一樣可愛。

她蹲伏成狩獵姿勢，在草地裡潛行，向前趨近，但兔子動也不動。這也未免太好抓了。

這時眼角閃現黃色身影。蛾飛扭頭一看，竟瞧見彌迦朝她走來，她驚訝到大氣不敢喘。那隻幸運的兔子毫無察覺，最後懶洋洋地跳開。蛾飛沒去追兔子，只是一逕看著彌迦。

「你看得到我嗎？」她差點不敢開口。在她夢裡，從來沒有貓兒聽得到她的話。她最後一次夢見彌迦時，只看見他在霧裡遊蕩，根本看不見她。但這一次，彌迦的眼睛一逕注視著她，綠色眼眸在陽光下閃閃發亮，滿是愛意。

他越走越近，步伐也愈來愈快，直到氣味迎面撲來。她閉上眼睛，心跳加速。她真的可以跟他說話嗎？他終於來到她身邊，鬍鬚輕輕掠過她的面頰。

「我好想你。」他的聲音在她耳邊輕柔響起。

她喵嗚出聲，用力摩搓他的面頰。「你走了之後，我以為我再也活不下去。」

「我很高興你活下來了。」他抽開身子，雙眼炯亮地看著她。「我見過小貓了，我跟星族貓一直都看著你們。你是很稱職的母親。」

喜悅在她身上流竄。「他們很漂亮，是不是？只要看見他們，我就想起你。蜂蜜皮舔腳爪的樣子跟你一模一樣。」

「幫我好好照顧藍鬚。」他煩躁地說道。「她太害羞了。別讓其他貓兒欺負她。」

「不會的，」蛾飛承諾道。「他們很保護她。尤其是蛛掌。他不准灰板岩的小貓靠近她，因為她很怕他們。」

彌迦皺起眉頭。「他們沒對她怎麼樣吧？」

蛾飛喵嗚一笑。「當然沒有。她只是不懂為什麼那些貓個頭兒那麼大了，行為舉止還像小貓一樣。我總是告訴她，他們本來就還是小貓啊。我想她是不敢相信自己在幾個月後也會長得那麼大。」

彌迦的眼神黯了下來。「我真希望我也能陪在他們身邊。」他的喵聲帶著憂傷。

這句話令蛾飛的喉嚨一緊，心跟著揪起來。「我也希望你能在啊。」自從離開影族營地後，她就不再心懷怨氣。但此刻那股怨氣又回來了。「這不公平！為什麼是你死在那場愚蠢的意外裡？」

彌迦嘆口氣，鼻口貼住她。「那是我的命。」

她抽開身子，眨眨眼睛看著他。「你早就知道了？」

「我不知道。但我曉得我們在世的緣份很短。」他的眼裡充滿愛意。「不過我們很幸運，不是嗎？你有了我們的小貓。」

「可是我也想擁有你。」蛾飛仍在自怨自哀。

彌迦嚴肅地看著她。「從現在起，你一切都得靠自己。這是你未來的路。但我會永遠陪著你。」

她的眼裡布滿憂傷。「這話怎麼說？」

「我會出現在你的思緒裡、你的心裡、你的夢裡。」他低聲道。「你也會在孩子身上看到我。如果需要我，只要閉上眼睛。」

蛾飛的喉頭一緊。**這樣夠嗎？**她用鼻子輕觸他的鼻子。可是她沒有選擇。

她四周的草地開始模糊，彌迦的身影漸漸蒼白，近乎透明。

「別走！」她懇求道。

「你會再見到我的。」他承諾道，喵聲愈來愈飄渺。

「彌迦！」

「有貓兒會去拜訪你。」她只隱約聽見他的迴聲。「你一定要幫她，我只能靠你了。」

「誰？」她朝幽暗喊道，夢境漸漸消失。

她突然驚醒，抬起頭來。小貓們在她肚子旁邊不安地蠕動，星光隔著金雀花叢的枝葉滲進來，照在睡著的小貓身上。

蛾飛的心好痛，但也被溫暖緊緊包覆。**我會永遠陪著你。**她想起夢裡他說的那句話。他的味道仍在她舌尖殘留。她突然倒抽口氣，想起了夢裡的那片草原……**星族的狩獵場！他在星族！**喵嗚聲哽在她喉間。**我終於知道我們永遠不會再分開了。**

⚡⚡⚡

「跑快點！」泡溪攀住暴皮的肩膀，興奮地蓬起毛髮。

暴皮在草叢裡跳來跳去，泡溪開心地喵喵叫。

「小心點！」蛾飛在窩外那片灑滿陽光的草地上瞪大眼睛看著他們。

灰板岩在她旁邊喵嗚笑：「她不會有事的。」她向蛾飛保證道。

「她只有一個月大！」蛾飛很緊張。「騎獾打仗的遊戲太危險了。」

藍鬚緊靠著她肚皮。「我才不要玩騎獾打仗呢。」她小聲說道，神情緊張地瞪著在暴皮背上蹬上蹬下的姊姊。

蛾飛拿尾巴蓋住藍鬚，慶幸至少還有隻小貓乖乖待在身邊。

蛛掌正蹲在沙坑裡，銀紋蹲在他旁邊，黑耳在前面踱步，指導他的蹲姿。

「後腿壓低一點，」黑白色小公貓告訴他。「尾巴別動，不然獵物會聽見你的聲音。」

銀紋不耐煩地動來動去。「我們可以跳了嗎？」她懇求道。

「還不行。你們的蹲姿還不夠標準。」黑耳厲聲告訴她。

「這樣對嗎？」蛛掌壓低下巴，貼緊地面，直視前方。

「還不錯，」黑耳終於承認。「把你的後腿收緊點，不然你的跳躍動作會很難看。」

**蜂蜜皮呢？**蛾飛突然緊張起來。她掃視營地，瞄見營地盡頭的石楠圍籬底下有個黃色身影正在挖洞，這才寬下心來。

白尾在他旁邊，也擠在圍籬底下。

蛾飛皺起眉頭。要一次看好四隻小貓真的比想像中得累。「他們兩個在幹嘛？」

「白尾答應告訴他有哪些祕密通道可以偷溜出營地。」灰板岩告訴她。

「我希望他不是想偷溜出去。」蛾飛還記得幾個月前從兔子洞裡救出銀紋的那件事。當時她怎能如此冷靜？她一想到自己的小貓被困在高地上的某處動彈不得，哭號求助，便瞬間被恐懼攫住。她趕緊將這念頭推開。她絕不會讓她的孩子們離開視線。

她其實很感激她的族貓們，他們總是幫忙看著泡溪、蜂蜜皮、蛛掌和藍鬚。就連冬青，此刻也正小心盯著泡溪，眼睛瞇成一條細縫，表情不以為然，但她總是很清楚他們跑去哪裡，打算做什麼。

蘆尾低頭從窩裡出來，那是鷹羽和露鼻在營地石楠圍籬底下挖鑿出來的窩。因為他們已經大到無法與鋸峰和冬青同住一個窩穴，於是搬進自己挖的洞裡，和暴皮住在一起。

蘆尾快步穿過空地，在蛾飛前面停下腳步：「露鼻扭傷了腳爪，她在狩獵時不小心滑進兔子洞裡。你要我用你存放的紫草，還是去摘新鮮的給她？」

「先用我們存放的，晚一點再去摘點新鮮的回來。」蛾飛告訴他。

他點點頭，鑽進她身後的金雀花叢窩穴裡。過去這個月來，蘆尾一直忙著處理族裡貓兒的各種割傷和扭傷毛病。蛾飛也曾試著照顧族裡貓兒們的健康，可是只要她離開窩穴查看貓兒的傷勢，或者確認服用蘆尾給的香芹之後是否有改善腹痛情況，就一定會有隻小貓喵喵叫吵說自己肚子餓，或爬上窩穴的牆或卡在某處的枝椏上，然後吱吱叫向她求救。就好像只要她前腳一走進空地，後腳一定會有小貓的哭號聲喊她回去。

「你需要狠心一點。」灰板岩多次告訴她。「就讓他們哭吧。他們在營地裡安全的很。就算你去診治自己的族貓，他們也不會有事的。」

可是蛾飛還是不放心。他們已經失去了父親！她不能忍受他們也少了母親的陪伴。

「有整個部族在照顧他們。」灰板岩堅稱道。

蛾飛暗自想：**我才不要像你呢**。可是卻忘了銀紋、黑耳和白尾雖然有個終日哀傷的母親，但仍然快樂健康地長大。灰板岩的小貓的確是部族撫養長大的，他們擁有別的小貓也能擁有的東西，包括溫情、友善、食物和保護。但蛾飛告訴自己：**我的小貓很特別，我給他們的愛是別的貓兒無法取代的。**

因此她放手讓蘆尾照顧族貓，並告訴自己再過半個月，就可以重回巫醫的工作崗位。

灰板岩用腳爪推推她，打斷了她剛剛的思緒。「你看！」

風奔和鋸峰走進營地裡，斑皮和橡毛滿臉不解地被押解在兩隻貓兒中間。風奔表情嚴肅。鋸峰的耳朵不安地抽動著。

蛾飛緊張地坐了起來。

她將藍鬚輕輕地移到旁邊，然後站起身來。**斑皮和橡毛來這裡做什麼？**為什麼風奔把他們當囚犯一樣押解？她穿過空地，走向草叢處，詢問風奔：「出了什麼事？」

她的母親眼神一黯。

「我發現他們在高地游蕩。」她低吼道。

「我們不是在游蕩。」斑皮反駁道。

「我們是來看蛾飛的。」橡毛插嘴。

蛾飛看了天族巫醫貓一眼。一股怨恨油然而生。**你取代了彌迦的位置。**她按壓下那股憤憤不平的情緒，迎視她母親的目光。「他們為什麼不能來高地？」

鋸峰甩甩尾巴。「在目睹過清天最近的作為之後，你怎麼還問出這種問題？」

蛾飛面對那隻公貓。「什麼作為？」

「他派狩獵隊入侵我們的領地。」鋸峰豎起毛髮。

風奔吼道。「柳尾和鋸峰今早在邊界處找到更多的兔子殘骸。」

「柳尾花太多時間監看邊界。」蛾飛厲聲道。「她應該去幫部族狩獵，而不是忙著說長道短。」

風奔貼平耳朵。「盜獵的行為比說長道短更不可取。」

橡毛憤怒地甩著尾巴。「你們怎麼知道那是天族留下的兔子殘骸？」

蛾飛氣到腳爪微微刺痛。**這有什麼好吵的？**綠葉季才剛開始。沒有貓兒會餓到。再說誰在乎獵物的殘骸被丟在邊界的哪一邊？她怒瞪著風奔：「這跟斑皮和橡毛又有什麼關係？」她厲聲道。「他們是巫醫，不是獵者。」藍鬚蹣跚爬過空地。「蛾飛！」她喵喵叫地來找她母親。「為什麼風奔看起來這麼兇？」

鋸峰怒瞪著橡毛。「因為天族貓都是小偷和騙子。」

藍鬚瞪大圓圓的眼睛，緊張地看著鋸峰。「彌迦也是天族貓，所以他也是騙子嗎？」

鋸峰看著小貓，不安地抖著毛髮。「我又不認識他。」他喃喃說道。

風奔蠕動著腳。「也許我們改天再來討論這件事。」

「也許我們根本不必討論。」蛾飛厲聲道。她向橡毛和斑皮垂頭致意。「我替我的族貓向你們致歉。他們覺得邊界比什麼都重要。」她瞥了藍鬚一眼。「親愛的，回灰板岩那裡，我得跟我們的訪客聊一聊。」

藍鬚朝她母親眨眨眼睛。「會很久嗎？」

「不會。」蛾飛承諾道。她帶著斑皮和橡毛走到入口旁邊的岩堆，感覺到鋸峰的目光仍緊盯著她。「有什麼事嗎？」他們一走到那裡，她便低聲問道。

「沒什麼事。」斑皮要她放心。玳瑁色母貓的目光一路尾隨藍鬚，看著她爬下沙坑，去找她哥哥。「你的小貓都好漂亮。」

蛾飛循著她的目光，一顆心漲得好滿。泡溪還在沙坑旁催促暴皮跑快一點。「看著他們，就讓我想起彌迦。」

「他們有彌迦的氣質。」

橡毛的話令她吃驚。「你又知道彌迦的氣質是什麼了？」蛾飛不客氣地質問。

橡毛垂下目光，彷彿剛被蛾飛用爪子劃過鼻口，身子縮了起來。「我們一起工作過。」她小聲回答。「他是我的朋友，我很想念他。」

「我們都很想念他。」蛾飛意有所指地說道。嫉妒在她毛髮裡流竄。

「他常提到你。」橡毛小心翼翼地抬眼看她。「他很愛你。我很遺憾你失去了他。」

蛾飛眨眨眼睛。橡毛喵聲溫暖，這令她很驚訝。不過不管她再怎麼示好，都為時已晚。她不打算輕易原諒天族。「你監視過他！」

斑皮的尾巴不安地彈動。「蛾飛，我覺得你這樣說不太公平……」

橡毛打斷她：「你說得對。清天的確命令我監視他。可是過了第一天之後，我就知道他是可以信賴的，他打從心底關心他的族貓，我很喜歡和他一起工作，也樂於幫助大家。有一次花開的腳爪被刺扎到，而且扎得很深。彌迦花了好久時間才拔出來。他一邊治療一邊跟她聊天，說笑話和農場的故事給她聽，分散她的注意。他教會我巫醫貓不是只認識藥草就夠了。你不能只關心傷口，也要關心傷者。」她瞪大眼睛。「他說這也是星族為什麼挑上你的原因，因為你比其他貓兒都懂這個道理。」

蛾飛看著她，突然明白何以彌迦很欣賞橡毛。她個性溫善、坦率又不做作。蛾飛垂下目光，羞愧到毛髮微微刺痛。她有什麼資格批判橡毛？她又不瞭解她。「謝謝你。」她低聲道。

斑皮看了風奔和鋸峰一眼，他們正蹲在營地圍籬旁，瞇著眼睛監看他們。「我們來這裡是有原因的。」她喵聲道。「橡毛已經向我、雲點和礫心那裡討教過很多，現在輪到你來訓練她，就像我們以前訓練你一樣。」

蛾飛緊張地抽動耳朵。「可是我現在有小貓了。」

「你終究還是巫醫。」斑皮提醒她。她瞥了小貓們一眼，他們正開心地與族貓們玩耍，旁邊有灰板岩守著他們。「看來你忙的時候，還是有很多貓兒可以幫你照顧他們。」

蛾飛仍不免擔憂。「我需要親自照顧他們，他們已經沒有父親了。」

橡毛不安地蠕動著腳，然後才說道：「彌迦要你訓練我。」

蛾飛驚訝到背上的毛都豎了起來。**有貓兒會去拜訪你。**彌迦的話在她腦海裡響起。**你一定要幫她，我只能靠你了。**原來他指的是橡毛！「你怎麼知道？」她質問道。

「我夢到他了。」橡毛告訴她。「他告訴我必須來找你，你會教我所有該學的知識。」

蛾飛朝她眨眨眼睛。如果星族曾進入橡毛的夢裡，那表示她一定就是天族命定的巫醫。「但這要怎麼跟風奔和清天解釋？他們願意讓風族貓訓練天族貓嗎？」

橡毛聳聳肩：「沒必要告訴他們。」

斑皮點點頭。「他們不會懂我們之間的情誼。他們是獵者，不是治療者。他們只懂獵物。」

蛾飛垂下頭。彌迦希望她訓練橡毛。他現在是星族的一員了，她不能違逆星族的意願。而且她也不想讓彌迦失望。「好吧。」她依戀地看了她的小貓一眼。藍鬚已經回到灰板岩身邊，蜷起身子偎近她。泡溪從暴皮背上滑下來，正在幫忙沙坑裡的蛛掌捕捉假想的獵物。蜂蜜皮追著白尾，朝石楠圍籬下的另一個縫隙跑去。就算暫時沒有她，他們也都調適得很好。「那我們現在就開始吧。」

⚡⚡⚡

「你去哪兒了？」

緩步走進營地裡的蛾飛，被風奔語帶指責的喵聲嚇了一跳。太陽正朝地平線西沉，在空地上投下長長的黑影。

蛾飛放下剛採集到的一捆紫草。「去幫橡毛上課。」**這件事我不打算撒謊。**

「為什麼？」風奔頸毛豎了起來。「你應該知道清天不再是我們的朋友。」

「為什麼不是？」蛾飛質問道。

「他們一直在偷我們的獵物。」風奔瞇起眼睛。「所以現在我也會派狩獵隊越過他們的邊界去抓獵物。」

「什麼？」蛾飛瞪著她。她母親是想開戰嗎？

風奔頑固地抬起下巴。「我們要讓他們知道，這就是偷我們獵物的下場。」

「到底有誰親眼見到天族貓偷抓我們的獵物？」蛾飛質問道。

「柳尾說她看到紅爪昨天在我們邊界這頭抓了一隻兔子回去。」

「你相信她？」她母親怎麼這麼好騙？「柳尾本來就很討厭紅爪。」

「就算討厭，也不代表她會騙我。」風奔甩著尾巴。「而且不只柳尾親眼看到。灰板岩和鋸峰也看到地上的兔子殘骸。他們也是騙子嗎？」

**當然不是。但就算天族從風族這裡抓了一兩隻兔子回去……那又如何？**不過蛾飛還是吞下心裡的不滿。她不想捲入她母親和清天之間的紛爭。她的責任是醫治貓兒，不是和他們吵架。

「我還是會幫橡毛上課。」她固執地說道。

風奔的毛豎得筆直。「蛾飛，我只是擔心你。要是清天逮到你和他的族貓廝混，天知道他會怎麼對付你？我認識他很久了。他比你想像中的還要殘暴。」

「所以他的巫醫貓更需要接受訓練，」蛾飛爭辯。「要是她能贏得他的尊重，或許還能導正他。」

「從來沒有誰能夠導正清天。」風奔直言道。

「橡毛有星族當靠山，星族要我訓練她。」

「是星族貓跟你說的？」

「彌迦說的，」蛾飛告訴她。「他也告訴橡毛了。」

「彌迦不是星族貓。」

蛾飛的喉頭一緊。「他現在是了。」

風奔一臉絕望地看著她。「所以你要繼續訓練她？」

「沒錯。」蛾飛拾起紫草，朝窩穴走去。要是彌迦要求她訓練橡毛，什麼也阻止不了她。

ϟϟϟ

時間一天天過去，蛾飛信守承諾。每天下午把小貓託付給灰板岩，自己溜出營地。她知道風奔老用那雙憂心忡忡的目光跟著她。但她不理會，逕自跑到高地邊緣的草原上與橡毛碰面。

這天下午，太陽躲到雲層後面，天空下起毛毛雨，高地霧濛濛一片。蛾飛蓬起毛髮，心裡掛念灰板岩應該會叫她的小貓們待在窩裡。空氣雖然溫暖，但溼掉的毛髮很容易受寒。如今的她已經漸漸習慣離開小貓，但也很享受每次回家時被他們熱絡歡迎的滋味。他們會爬到她身上，喵喵叫地求她陪他們玩騎獾打仗或追尾巴的遊戲。

她眨眨眼睛，擠掉眼裡的雨滴，掃視高地邊緣。沒有橡毛的蹤影，也沒有她的氣味。她瞥了逐漸陰暗的天色一眼，心想是不是因為太陽不見了，所以天族巫醫貓就弄錯了時間。

橡毛如同彌迦所說的學習力很強，也很能體會病患的痛苦，渴望找到解方。能教到這樣一位積極向學的見習生，是件很有成就感的事，她也剛好可以趁機溫故知新，因此這陣子以來她的醫術跟著精進不少。也許該是時候接手蘆尾的部份工作了？她皺起眉頭。但她又覺得自己最近陪孩子的時間太少。

她望著森林，開始不耐。**你在哪裡？**這不像橡毛的作風。每次蛾飛來的時候，她多半已在山腰處等候。

她突然感到不安。

也許橡毛不能來了。

她擔心是不是清天發現了他們的事？

**他沒有權利阻止她學習！**雨越下越大，她往山腰下方的天族邊界走去。**難道他以為他可以隨心所欲，無視星族的旨意嗎？**她氣呼呼地跺著腳，穿過溼淋淋的草地。

天族嗆鼻的氣味記號在她走近林子邊緣的蕨葉叢時迎面撲來。她穿過滴著水的蕨叢，快步進入林子裡，環顧四周，納悶天族營地在哪裡。她必須知道橡毛的下落。倘若是清天不准她來，至少也得有誰去告訴這個兔腦袋的族長，讓他的巫醫吸收新知是件多麼重要的事。

她嗅聞地面，發現腳印，於是開始追蹤。因為這些腳印最後一定會回到營地。她繞過一叢刺藤，走在兩根橫倒在地的腐木中間，從枝椏底下鑽過去，又找到了腳印。她一定離營地很近了。這時她看見林間有塊空地，雨水隔著樹冠灑了下來。

**希望他沒有傷害橡毛。**她突然想起她母親的警告。他比你想像中得殘酷多了。蛾飛甩開這念頭。**她不會被欺負，她有星族當她靠山。**

她鑽進一叢蕨葉時，突然傳來一個嘶聲，嚇得她愣在原地。

玳瑁色身影在她眼角一閃而逝，猛地衝撞她的腰腹，將她撞趴在地。

蛾飛一陣劇痛，好不容易爬了起來。天族母貓的氣味充斥空氣。她扭頭一看，發現麻雀毛正瞪著她，頸毛聳得筆直。

「你在天族領地裡做什麼？」玳瑁色母貓的眼裡閃著疑色。

「我是蛾飛！」她低吼道。

「我知道你是誰？」玳瑁色母貓回答道。

「那你應該知道我是巫醫，我要去哪裡，就能去哪裡。」

「沒有清天的允許，誰都不准走進這片林子。」麻雀毛低吼道。

「這誰規定的？」

「他說了算。」

蛾飛沮喪不已。「我是來找橡毛的。」若她跟麻雀毛解釋她很擔心橡毛，或許她會理解。

「橡毛在營地裡，做她該做的事。」

「什麼事？」她追問道。

「照顧族貓。」

「可是我還沒幫她上完課。」

麻雀毛的尾巴很不友善地甩了甩。「她已經上完該上的課。」

蛾飛不懂她的意思。「難道你不想要她成為最優秀的巫醫嗎？」就因為清天是兔腦袋，不代表他底下的貓兒全是笨蛋。

「我想要什麼不重要，」麻雀毛吼道。「清天是我的族長，我只聽他的命令。而他的命令就是任何貓兒都不准跨越我們的邊界。尤其是風族貓。」

蛾飛怒火中燒。「我來這裡不是為了狩獵！星族命令我要好好訓練橡毛，這就是我此行的目的。」她從麻雀毛旁邊走過。

天族母貓又上前攔下。

她憤怒地瞪著玳瑁色母貓。「不要擋我的路！我必須……」她突然止住，因為她看見麻雀毛的眼裡竟有憂色。

「你必須離開！」麻雀毛壓低音量，緊張地回頭瞥看。

「為什麼？」

「如果你進入營地，清天一定會把你撕爛，」她警告道。「也會把我撕爛，因為是我讓你進去的。」

蛾飛停下腳步。「他沒有傷害橡毛吧？」

「沒有！」麻雀毛表情憤怒。「不過他很氣她竟然偷偷溜進風族領地接受你的訓練。如果她老是在風族領地留下她的天族氣味，他要拿什麼來證明我們根本不曾越界進入風族領地？」

「但是你們的確有啊！」蛾飛指控道。「柳尾看到你們越界。」

「她沒有看過我越界。」麻雀毛厲聲道。「天族貓不會到別族的領地狩獵。我們才不像風族貓。今天早上我們發現一撮鋸峰的毛被勾在荊棘上，而且不到一條尾巴距離的地方還有生鮮獵物的血跡。」

蛾飛發出低吼。一定是風奔派他進入天族以牙還牙，但這只會讓雙方關係更惡化。

「可是我是巫醫貓！」她堅稱道。「我們必須遠行到彼此的領地，不然我怎麼到兩腳獸地盤摘貓薄荷？橡毛若不穿過高地，又怎麼去得了月亮石？」

「那不是我的問題。」麻雀毛帶著蛾飛回頭往邊界走。

「萬一橡毛出事了，需要我幫忙怎麼辦？」蛾飛心不甘情不願地讓麻雀毛帶著她往回走。玳瑁色母貓顯然不會讓她進去，除非跟她打上一架，可是她又不想跟天族有衝突。

「只要橡毛不再找你上課，她就不會有事。」

蛾飛驚愕地看著玳瑁色母貓，這時她們已經抵達邊界。「我從沒見過這麼愚蠢的決定。」

麻雀毛朝高地彈彈尾巴。「回去吧。」

蛾飛看見她眼裡的疑色。「你也認為他是錯的，對不對？」

麻雀毛別開目光。「他是我的族長。」她低吼，隨即轉身，昂首闊步地走回林子。

蛾飛雙耳充血。要是每個部族都這樣死守自己的領地，巫醫貓要如何交流知識？半月的話在她腦海裡響起：**各部族的未來命運只能仰賴你，雖然他們還不知道**。為什麼清天不明白呢？只要哪裡需要他的巫醫貓，她就得去。**總有一天他們會聽你的，而且只聽你的。我只能告訴你這些，但得靠你自己去爭取他們對你的尊重。**

**怎麼爭取呢？**蛾飛只覺得無助。她必須說服風奔和清天，貓兒的性命比邊界還重要。**星族，我該怎麼做呢？**

# 第二十八章

蛾飛在窸窣作響的蕨葉叢間穿梭，跟著族貓來到四喬木，盈盈圓月將空地染成銀白。河族和雷族的氣味隨著溫暖的夜風飄送過來。她掃視下方貓兒，看到雷霆和河波正在貓群裡走動，不時點頭招呼，而他們的族貓們也都三兩成群，交頭接耳。

銀紋和黑耳從蛾飛旁邊擠了過去，跟在白尾後面，他們的尾巴全都興奮地拍來打去。這是他們第一次參加月圓之夜的大集會，早就坐立不安了一整天。因為他們一想到要見到很多新面孔，聞到各種新氣味，便亢奮不已。

「慢一點！」灰板岩匆匆跟在他們後面，焦急到背上的毛髮起伏如波，這時她的小貓們已經衝進空地。

別族貓兒們顯然是聽到了騷動聲，全都同時轉頭，晶亮的眼睛在月光下閃爍不定。

灰板岩衝到白尾前面，厲聲喝斥：「給我冷靜點，我可不希望河族和雷族以為我養的是一群狐狸。」

四周蕨叢漸稀，蛾飛想到她那幾個被留在營地裡的小貓。石頭佬答應會好好照顧他們，保證在她回來之前，都會讓他們乖乖地睡在自己的臥鋪裡。斑毛和冬青也和鷹羽、蘆尾、暴皮一起留守營地。目前邊界局勢緊張，風奔不希望營地裡毫無防備能力。蛾飛為此倒是十分感謝她母親的縝密心思。

不過她也不是就這麼篤定天族可能發動攻擊。而是萬一有流浪狗或饑腸轆轆的狐狸闖進營地，至少她的小貓們會受到嚴密的保護。

這是她好幾個月來首度參加大集會。也是上次與彌迦遠行到月亮石之後，首度與其他巫醫貓碰面。她加快腳步，走在塵鼻旁邊。族貓們則走在兩側，個個不發一語地穿過蕨葉叢。當他們快走到山腳時，全都縮起肩膀，彈著尾巴，顯然有點緊張。風奔帶頭走進空地，眼睛瞇成一條細縫。蛾飛知道她母親是準備來算總帳的，她心裡滿是焦慮。只希望風奔別忘了月圓之夜的協定。

她瞥看空地的另一頭，在長滿荊棘的邊坡尋找天族的蹤跡。可是清天他們還沒到，遠處的林子靜得有點詭異。

「蛾飛！」她跟著塵鼻走出蕨叢，立刻聽到斑皮的喵聲。河族巫醫貓朝她匆匆走來，雲點跟在後面。

塵鼻跟著風奔走進貓群裡，斑皮則停在蛾飛前面，雙眼炯亮地問道：「小貓們好嗎？」

蛾飛告訴她：「他們都很好。」他們已經一個月大了，變得愈來愈好動。就連藍鬚也開始在哥哥姊姊的陪同下探索營地。今天早上，這隻黃白相間的小母貓才爬上營地入口的岩堆，朝蛾飛大聲喊叫，開心地蓬起毛髮。

心情愉快的雲點彈著尾巴，把蛾飛的思緒拉回。「斑皮說他們的毛色都很像彌迦。」

「蜂蜜皮長得跟他一模一樣。」蛾飛驕傲地告訴他。

雲點喵嗚道：「我相信彌迦此刻一定正從星族望著他們。」

**沒錯。**蛾飛想起了那個夢，整顆心被快樂的感覺漲滿。

銀紋興奮的喵聲在她身後響起。「我們可不可以去找別的貓兒講話？」她轉身看見淺虎斑貓正繞著她的弟弟們轉。黑耳則瞪大眼睛看著貓群。白尾若有所思地環顧四周，鼻子不停抽動。

「河族貓的味道好怪哦。」他自行下了註解。

「噓！」灰板岩壓低聲音。「他們只是聞起來有魚腥味而已。」

「我想去問他們是不是真的會游泳？」銀紋低聲道。

蛾飛朝一對河族貓點頭示意。「去那裡找小雨吧。」她瞄到那隻灰白相間的小母貓……現在都長大了就站在她哥哥旁邊。

松針也長大了，肩膀很寬，黑色毛髮光滑如水獺。他掃視空地，瞪大眼睛。蛾飛好奇他是否也是第一次參加大集會。

銀紋不耐煩地繞著灰板岩轉。「可不可以啦？」她懇求道。

倒是黑耳早就穿過空地，朝年輕的河族貓走去。

灰板岩抽動著耳朵。「當然可以。」

銀紋趕緊追上她弟弟，白尾也跟在後面。

「別忘了要有禮貌！」灰板岩在後頭喊道。

斑皮看著年輕貓兒跑開。「灰翅一定很以他們為榮。」

灰板岩傷感地眨眨眼睛。「他一直想要有自己的孩子。」她低聲道。「要是他有機會能看著他們長大就好了。」

蛾飛的尾巴輕輕撫過灰板岩的背。「他現在可能就正看著他們。」**就像彌迦從天上看著我們的小貓一樣。**

風奔憤怒的喵聲在空地裡響起。月光下的她面對雷霆，眼神帶著指控。「我就知道你會為他辯解。」

河波擋在他們中間。「我們應該等清天來自己說清楚。」

風奔吼道：「我們已經聽夠了他的謊言。」

就在她說話的同時，山頂上的草葉颼颼作響，一群貓兒敏捷地從對面山坡蜂擁而下。

**那是清天嗎？**蛾飛愣了一下。**風奔有辦法克制住自己的脾氣嗎？她會公開指責天族族長派狩獵隊侵入他們領地嗎？要是清天也反控她，會有什麼結果？**

影族氣味迎面撲來，她認出了高影的身影，只不過那身影幾乎跟長草堆裡的黑影沒什麼兩樣。

斑皮緊張地覷著蛾飛。「風族和天族之間還在吵偷獵的事嗎？」

「是啊，」蛾飛毛髮豎了起來。「清天禁止任何貓兒越界進入他們的領地。」

雲點眨眨眼睛。「那你要怎麼去兩腳獸的地盤採集貓薄荷？」

斑皮沒給她機會回答。「橡毛怎麼辦？你幫她上完課了嗎？」

蛾飛內疚地低下頭。「我試過，但清天不讓她離開營地，我又不能越界去見她。」她看著影族貓走進貓群，不時彈動尾巴互相招呼。夜裡的空氣充斥嗡嗡低語聲。

碎冰嚴肅地看著泥掌：「清天又在巡邏他的邊界了。」

「礫心想去採集琉璃苣，結果被拒絕。」柏枝告訴奶草。

蛾飛看見大夥兒不安地渾身哆嗦。奶草緊張地望著覆滿荊棘的山坡，天族向來從那裡進來。曙霧則忍不住緊挨著小雨和松針。

礫心來找巫醫貓們，他瞪大眼睛，滿是憂慮。「我還以為偷獵的爭議早就解決了，沒想到更嚴重。」

蛾飛的耳朵不安地抽動。「清天不准我訓練橡毛，」她告訴他。「也不准任何貓兒越過邊界。他還派狩獵隊進入我們的領地。」

礫心眼神黯了下來。

「麻雀毛和橡毛都說清天沒有派狩獵隊侵入我們的領地，可是柳尾發誓她看到紅爪在我們邊界這頭偷抓獵物。」蛾飛瞥了柳尾一眼。淺色虎斑貓站在雷族貓和河族貓的圈子裡閒聊，一臉不懷好意。蛾飛的胃揪在一起。她為什麼老是愛興風作浪？她壓低聲音：「風奔為了教訓天族，也開始派狩獵隊進入天族領地。」

礫心的尾巴不停抽動。「這事得快點解決，免得一發不可收拾。」他眼帶期盼地望了山坡處一眼。「也許等清天來了之後，我們可以勸勸他和風奔。」

蛾飛的心揪了起來。「你覺得他們會聽我們的嗎？」她看了雲點和斑皮一眼。他們對自家部族族長的影響力到底有多少？

雲點甩著尾巴。「我們代表的是星族。」

斑皮皺起眉頭。「就我所知，清天根本不甩星族。」

礫心看了頭頂上方兀自閃爍的星群一眼。「他們也是他的祖靈啊。」

「我們不用等他開會了！」風奔憤怒的喵聲再度在空地響起。蛾飛轉身看見風族族長從貓群裡擠了過去，跳上巨岩。

風奔怒瞪著雷霆、河波和高影。「我們為什麼要等他？我們尊重他，所以在這裡癡癡等候，可是他尊重我們嗎？都已經這麼晚了，還不出現？」她甩著尾巴，棕色毛髮在月光下變得極為淺淡。「他可能根本不打算來。他完全不把我們放在眼裡。」

高影從柏枝和奶草旁邊擠過去，看了陽影一眼，隨即一躍而上，站在風奔旁邊。河波蓬起毛髮，也不疾不徐地跟上。雷霆還在遲疑，他又望了天族平常現身的那處山坡一眼，這才勉強跳上巨岩。

風奔的目光掃過正往前聚攏的貓兒們，他們都抬起鼻口仰望著自己的族長。

「對於清天，我們是以其人之道還治其人之身！」她怒聲一吼。「如果他不准別族貓兒進入他的領地，我們也可以反制回去。」

雷霆瞪著她，耳朵不停抽搐。「你這話什麼意思？」

「從現在起，我們與天族劃清界線，」風奔齜牙咧嘴。「他們對我們來說是不存在的，從今以後他們只能靠自己了。」

「不，」雷霆毛髮倒豎。「清天會關閉邊界，一定有他正當的理由。你說他故意跟我們作對，可是就我們目前所知，他只是為了捍衛自己的領地。你聲稱天族貓從你的領地裡偷盜獵物，可是你有什麼證據？天族根本沒來，又如何幫自己辯解？」

河波點點頭。「至少應該給清天一個公平的解釋機會。」

「為什麼？」高影瞇起眼睛。「他根本就不出現啊。顯然，他早就不把我們放在眼裡。雷霆，你當然會幫他說話，畢竟他是你父親。但是我們沒有理由懷疑風奔，她從來不撒謊。反觀清天，他自小撒謊成性。你忘了他是怎麼對待灰翅嗎？大戰役便是因他而起！我們已經忍了他很久！少了天族，我們反而可以更壯大。」

**少了天族，我們反而更壯大？**蛾飛頓時怒火上身。難道這些貓兒不懂嗎？驅逐一個部族就像從一張臥鋪裡抽掉一根小樹枝？臥鋪之所以紮實，是因為每根樹枝被緊密地編織在一起，只要拆了其中一根，整張臥鋪便可能瓦解散開。「我們不能放棄任何一個部族！」她聽見自己的聲音在空地裡響起，也被自己嚇了一跳。

所有目光都朝她射來。

斑皮抬起下巴。「我們從高山區一起來到這裡，我們有共同的血脈和共同的記憶。」

「不團結就滅亡！」雲點吼道。「難道你們不記得大戰役了嗎？貓靈們告誡我們，我們不能沒有彼此。」

「不團結就滅亡！」雷霆走到巨岩邊緣。「如果我們想生存下去，一定要合作。這次的爭端必須靠大家共同坐下來討論解決，而不是片面擅自行動。」

「討論？」風奔呸口道。「有哪一次清天是願意坐下來跟我們好好討論，解決問題？他只知道如何利用他的利爪。要想避開與他交戰，這是唯一的方法。我們必須在他發動另一起戰爭之前，先與他一刀兩斷。」

蛾飛瞪著她母親。「那其他天族貓怎麼辦？如果我們棄天族於不顧，受害的會是他們。」

柳尾從貓群裡喊道：「他們有什麼好受害的？他們又不會餓著，他們的森林裡食物多得很。」

碎冰抬起鼻口。「清天老是惹麻煩，少了他，我們反而清靜點。」

「可是他們的巫醫還沒完成訓練！」蛾飛憤怒地揮動尾巴。「他們生病了，誰去照顧他們？要是他們需要河邊或高地的藥草，怎麼辦？我們真的要對他們完全置之不理，不顧天族貓的死活嗎？」

柏枝開口道：「部族貓必須團結。我能順利生下小貓，全是靠蛾飛和礫心的連手幫忙，所以現在才有三隻健康的小貓。」

貓群低語附和聲如漣漪起伏。

柳尾要他們安靜，開口說道：「幾個月前，我們根本沒有巫醫貓，可是我們還不是活得好好的。以後我們也可以活得很好。」

蛾飛目光射向那隻母貓。「星族命令我們好好照顧部族，你想違逆星族的旨意嗎？」

「為什麼不行？」柳尾厲聲道。「他們都死了！根本不懂得凡間的事？」

「你錯了！」蛾飛甩著尾巴。「他們一直守護著我們。」

河波從雷霆旁邊擠過來，眼裡有星光閃爍。「星族曾經帶來和平，他們能看見我們所看不到的未來。」他瞪著柳尾。「難道你覺得你懂得比他們多？」

柳尾別開目光，全身打了個哆嗦。

雷霆感激地看了河族族長一眼。「在沒和清天談過之前，我們不能冒然作出任何決定。」

風奔低吼。「清天越過的不是你的邊界，也不是偷盜你的獵物。顯然他是想把我們推入戰爭的火坑。我只是提出一種可以避開戰爭的方法。只要切斷跟他的關係，便等於釋出強烈的訊息告訴他：我們不想捲入戰爭。我們會巡視自己的邊界，保護自己的領地，但我們不會發動戰爭。從今以後，他一切都得靠自己。」說完，她怒目瞪著蛾飛。「這表示巫醫也不必再跟他們交往，無須幫橡毛上課。她也不用再跟你們去月亮石，不准再參加你們的集會。」

蛾飛的頸毛豎起。**你沒有權利決定這件事！**她張嘴想反對，但風奔還沒說完。

「這是遏阻清天的最好方法。你們以前就見識過他是如何把我們拖入戰爭。所以這次就幫忙我阻止他再鑄下大錯吧。」

她以懇求的目光掃向所有族貓，附和聲充斥靜謐的夜空。

「跟他斷絕關係！」

「別管天族了！」

蛾飛驚愕地看著她母親。她真的要跟天族一刀兩斷？星族會怎麼說？她掃視族貓，卻只是更加失望，因為就連露鼻和迅鯉也加入歡呼的行伍。

金雀毛抬起鼻口高喊：「這是避開戰爭的唯一方法！」

蛾飛不敢相信地瞪視著她父親。風奔向來性急，但金雀毛總是能用理智拉她回來。為什麼這次也跟著她起哄？

山頂突然傳來吼叫聲。族貓們立刻肅靜，轉頭去看誰在呼喊。

麻雀毛衝下邊坡。「救命啊！」

貓群自動讓出一條路，她直接跑到空地中央。

玳瑁色母貓環顧四周，瞪大驚恐的眼睛。「蛾飛呢？礫心呢？」她絕望地掃視族貓。

蛾飛趕緊擠過來，礫心跟在後面。「出了什麼事？」

麻雀毛瞪著她看。「微枝受傷了！他被困住！有隻狐狸。我們把牠打跑了，可是微枝……」

斑皮從貓群裡衝出來。「他被咬傷了？」

麻雀毛點點頭，眼神慌亂。「情況很糟。我們把他送回營地裡，可是他昏迷不醒。」

「被狐狸咬到會感染。」雲點從斑皮旁邊擠過來。「必須馬上接受治療。」

麻雀毛渾身發抖。「橡毛沒辦法幫他止血。」

蛾飛的心揪在一起。微枝還不到六個月大。就算不會因為失血過多而亡，也會被這場意外嚇死。「來吧。」她往山坡跑去。

風奔大吼一聲，喝令她停下來。「你要去哪裡？」

「我要去救微枝！」她剎住腳步，怒瞪風奔。

「我告訴過你！從現在起，天族一切得靠自己。」風奔的利眼射出憤怒。

「這是你片面的決定。」蛾飛嘶聲道。「我是巫醫，我沒辦法袖手旁觀，眼睜睜看著貓兒死去。」

驚詫的喵聲在四周響起。

「她不能去！」

「她一定要去！」

「那小貓怎麼辦？」

「那是清天自己的問題！」

碎冰擋住她的去路。「清天必須學會不再擺布我們。」

蛾飛伸出爪子。「別擋我的路！」

有低吼聲從她身後傳來。塵鼻昂首闊步地走過來面對碎冰。「讓她過去。微枝的父親所犯的錯，不該由他來償還。」他意有所指地看著雷霆。

雷霆垂下目光。「碎冰，讓她過去。」

碎冰瞪了雷霆一眼，豎起頸毛。「你不是我的族長。」

「但我是。」河波上前一步，「讓她過去。」

碎冰低吼一聲，退了開來。

蛾飛看了塵鼻一眼。「謝謝你。」她加快腳步衝上山坡。麻雀毛跟在後面，雲點、斑皮和礫心也緊跟在後。

一抵達山頂，麻雀毛就跑到隊伍前面。「你們跟我來！」

她蜿蜒穿梭於刺藤叢間，躍過腐木，一馬當先地跑進林地裡的一條曲折小徑。蛾飛死命追著麻雀毛，胸口像著了火似地喘個不停，耳裡聽見身後傳來雲點、斑皮和礫心疾奔的腳步聲。

林地往下緩傾。蛾飛認出這裡正是麻雀毛幾天前擋她去路，送她回邊界的地方。玳瑁色母貓穿過其中，往茂密的荊棘叢走去，她鑽進狹小的縫隙，消失在裡頭。擔心被刺扎到的蛾飛趕緊瞇起眼睛，跟著鑽進去，結果發現裡面是一座凹地，四周都是樹木和蔥綠的蕨葉。

清天站在凹地中央，旁邊的星花全身發抖。天族貓圍著他們，驚恐地看著清天腳下一隻渾身是血的小貓。

**是微枝！**

蛾飛踉蹌剎住腳步，蹲在小貓旁邊。她快速掃視小貓身體，緊張到不時聽見自己的心跳聲。小貓的脅腹被咬得很深，後腿扭成奇怪的形狀，還在流血，可能是從刺藤叢裡被硬扯出來所造成。他雙眼緊閉，微微顫動，鼻口處有乾掉的血跡。

她聞到微枝的傷口上有很濃的馬尾草和金盞菊的味道。血跡斑斑的毛髮上有乾掉的綠色藥糊，顯然橡毛已經花了一段時間試著治療他。蛾飛看了清天一眼。「橡毛呢？」

「她去外面找蜘蛛絲。」清天的聲音很緊張。

蛾飛想像得出來清天的巫醫貓當時獨力救治微枝的慌亂情景。她不免同情。橡毛沒有受過完善訓練，不會懂得怎麼救治這麼嚴重的傷患。她一定嚇壞了。「她應該早點來求助。」

清天抽動著尾巴。「天族除非萬不得已，否則不會對外求助。」

**你曾試圖阻止她，對吧？**蛾飛憤怒地吞回這句話。現在找他吵架，無助於微枝的傷勢。

星花眼睛不曾離開她的孩子。「他會好吧？」

蛾飛沒有回答。「橡毛的藥草存放在哪裡？」

清天茫然地看著她。「我想她沒有儲存任何藥草吧。」

紅爪上前一步。「她收集藥草好一陣子了。」他告訴他的族長。

蛾飛朝暗紅色公貓轉身：「藥草放在哪裡？」

紅爪帶路，前往一處很短的陡坡，橡樹的樹根在那裡蜿蜒伸入地底。

蛾飛直起身子跟上去，這時突然察覺斑皮的鼻子碰了碰她的肩膀。

「我跟他去吧。」

「把她有的藥草都拿過來。」蛾飛告訴她。她看了礫心一眼。「接下來我們該怎麼做？」

她不確定該先處理哪個傷口。

礫心蹲在微枝旁邊，雲點吆喝天族貓往後退，挪出更多空間給地上的小貓。

礫心用腳爪按壓那處還在流血的傷口。「我們必須先止血，這裡的傷勢最嚴重。」

蛾飛把腳爪按上去。「我來壓住傷口，你再檢查看看還有沒有其他地方也受傷。」她感覺得到腳墊下有溫熱的血正汩汩流出。雖然驚恐，也只能刻意不理會。

雲點正在嗅聞微枝慘不忍睹的後腳。「我們需要有溼的蕁麻來幫忙消腫。」

蛾飛望向陡坡，慶幸看見斑皮正叼著一坨藥草快步回來。

「裡面有蕁麻嗎？」蛾飛問道，斑皮將藥草丟在腳下。

「沒有。」斑皮開始在藥草堆裡翻找。「大多是香芹和琉璃苣。」

蛾飛愣了一下，很是沮喪。要是橡毛曾受過完整訓練，庫房裡一定會存足各種藥草。她避開清天的目光，吞下怒氣。**微枝是他的孩子，現在不是跟他爭論邊界這種事的時候。**

「這裡有些百里香。」斑皮滿懷希望地說道。

蛾飛皺著眉頭看著昏迷不醒的小貓。「他又不能自己嚼。」

「我們可以放一點在他的舌頭底下。」礫心提議道。

「總比沒服用要好。」蛾飛壓緊傷口，讓礫心伸爪輕輕撬開微枝的嘴巴。

蛾飛突然警覺到這小貓的氣息微弱到幾乎感覺不到腹部的起伏。他全身癱軟，就像已經喪命的獵物。

蛾飛嘴巴發乾，只能看著礫心強塞一株百里香在小貓的舌頭底下。

橡毛這時突然衝進營地。「你們來了！」蛾飛望見天族巫醫貓一副鬆了口氣的模樣。她的前爪纏著蜘蛛絲，連忙走過來，將它剝掉。

礫心從她手上接過蜘蛛絲，敷在血流不止的傷口上，然後向橡毛點頭示意：「把腳爪壓在這裡。」

橡毛將蜘蛛絲按壓進正在流血的傷口時，礫心又剝了一半的蜘蛛絲出來交給雲點，然後從兩頭分別搜找其他傷口，敷上蜘蛛絲。

蛾飛低頭仔細聽微枝胸口的聲音。裡面沒有水泡聲，倒是那顆心臟像撲撲拍打翅膀的受困小鳥，顯然已經力竭，心跳聲幾近微弱。

她看了星花一眼。

金色虎斑母貓八成是注意到她眼神的絕望，身子不禁縮了起來，鼻口緊緊貼住清天的胸膛。

清天那雙暗色的目光掃向巫醫貓們，最後定在蛾飛身上。「他救得活嗎？」

微枝突然嗚咽一聲，眼睛倏地瞪大，身子猛抽，然後便動也不動了。

清天張目結舌。

蛾飛又把耳朵壓上微枝的胸口。

一點聲音也沒有。

這時她的思緒突然飛到她的小貓身上。他們是不是安然無恙地偎在石頭佬身邊？要是有狐狸跑進營地怎麼辦？要是其中一隻小貓獨自溜進高地遊蕩，那該怎麼辦？她突然慌了起來，胃揪在一起。她必須看見他們。她必須知道他們現在平安無恙。但她得先告訴清天，他的兒子死了。

她看著天族族長，心裡滿是同情。「我很抱歉。」

清天眼神一黯，藍色的眼眸裡布滿悲傷。蛾飛驚見向來強悍的天族族長竟然也腳步踉蹌。他旁邊的星花身子更是搖搖晃晃地快要癱軟，鼻子埋進清天的毛髮裡。

他們的族貓圍了上來。花開從樹根間摘了一坨溼青苔，拿過來開始幫微枝輕輕擦拭掉毛髮上的血跡。荊棘和快水忙著扶住星花，讓清天可以抽開身，蹲伏在他死去的小貓身旁。清天將鼻子輕擱在小貓頭上。「孩子，要是我當時在你身邊，就一定能把你救出來。」

蛾飛瞥了橡毛一眼。

天族巫醫貓眼神陰鬱地看了她的族長一眼。蛾飛站起來，鼻子貼住棕色母貓的面頰。「我們都救不了他。」她低聲道。

「要是我窩穴裡有更多蜘蛛絲就好了。」她沙啞說道。

礫心直起身子。「這不是光靠蜘蛛絲就能解決的問題。」

「他現在回星族天家了。」斑皮一臉同情地看了橡毛一眼。「你盡力了。」

蛾飛覺得自己的胃越揪越緊。「我必須回去看我的小貓。」清天轉頭抬起鼻口看著她，她頓時感到愧疚。「對不起……」她正想道歉，卻被他打斷。

「你回去吧。」他沙啞地低吼。

她退到入口，突然悲從中來。「要是我們能馬上過來就好了。」

清天的眼神一凜。「你們為什麼不能馬上過來？」

蛾飛愣了一下，感覺到其他巫醫貓都緊張地看她一眼。

麻雀毛上前一步。「風奔不准她來。」她咕噥道。「她說天族必須靠自己。」

清天直起身子，肩上肌肉微微抖動。

星花渾身發抖地走上前來。「她是打算眼睜睜看著小貓死掉嗎？」

「不是你們想的那樣。」蛾飛頓時驚慌起來。她希望大家和平相處。「你最好跟風奔好好談一談。」

星花的綠色眼睛溢滿痛苦，轉過身去。

清天對著蛾飛眨眨眼睛。「你該走了。」他低吼道。「你的小貓需要你。」

蛾飛的心止不住地狂跳，轉身跑出營地。微枝身上的血腥味仍殘留她舌尖！**我的小貓們！**她必須確定他們是安全的。她衝進林子，繞過荊棘叢和蕨叢，腳爪在地上的落葉打滑，又奔出林子，衝向高地。她必須聞到她小貓的氣味，感覺他們偎在身邊。她的目光一逕望著遠方凹地，在粗糙的草原上賣力前奔，氣喘吁吁地跑上坡。她衝進營地，躍過月光下的長草叢，鑽進自己的窩裡。

石頭佬睡眼惺忪地抬起頭，對她眨眨眼睛。小貓們正偎在他肚子旁睡覺。「我不是告訴過你，等你回來的時候，我一定早把他們哄睡了。」

蛾飛看著那群漂亮的小貓，心頓時安了下來。蛛掌在睡夢中動了一下，伸出一隻腳擱在泡溪的鼻口上。泡溪推開腳，翻身過去，緊偎著藍鬚的身子，發出很小的嗚咽聲。

蛾飛朝他們走近，聞著他們的奶香味，閉上眼睛，抬起鼻口。**感謝星族，保他們平安無事。**

# 第二十九章

「灰板岩！」蛾飛朝空地另一頭喊道。「我去看一下石頭佬，你可不可以幫我照顧一下小貓們？」

蜂蜜皮鑽進她肚子底下。「我們不需要照顧！我們已經快兩個月大了。」

蛾飛順順他凌亂的毛髮，用尾巴掃過他的背脊。「我只是怕你們出事。」

蛛掌哼了一聲。「我們在營地裡能出什麼事啊？」

泡溪正在曬得到太陽的沙坑裡翻滾，活像一隻正在洗沙浴的小麻雀。藍鬚站在沙坑邊緣看著她，毛髮豎得筆直，彷彿覺得渾身沾滿泥沙是件很恐怖的事。

灰板岩本來在清晨的陽光下打盹兒，這會兒睡眼惺忪地抬起頭來。「我來了。」她四肢僵硬地站起來。

蛾飛心想八成是昨晚的大集會讓這隻母貓到現在都還精神不濟，那身厚重的灰色毛髮都打結了，沒時間梳理。蛾飛覺得很不好意思。也許她該讓灰板岩多休息。可是石頭佬在斑毛和蘆尾黎明要去巡邏時，便已來到她的窩穴。他的關節痛了一整晚，她一定得幫他看一下。

她瞥了蜂蜜皮一眼，突然想起微枝，心不免痛了一下。她好想把小貓們都帶在身邊——就像剛出生時那樣——緊緊圈住他們。可是他們正在長大，喜歡四處奔跑和探索世界。

**此刻最需要我的是石頭佬。**

全力救治微枝的那次經驗讓她體會到自己責任重大。族長們在乎的是邊界巡邏和戰爭。巫醫貓負責醫治傷者。她心底隱約不安。**要是清天肯讓橡毛早點求助，微枝是不是就能被救活？又或者風奔不在四喬木那邊攔阻她，抑或我的醫術再精進一點，是不是微枝就不會喪命？**有太多東西需要學習。她決定此生都要奉獻給巫醫這份工作，幫助所有貓兒。

「蛾飛？」她好像聽見蛛掌的聲音，抬頭去看，這時又聽到他喊了一聲。

「蛾飛！」蛛掌站在他們的窩穴外，爪子耙抓著草地。「我們為什麼不能去高地？」

蛾飛對他眨眨眼睛，仍有點陷在自己的思緒裡。「親愛的，你剛說什麼？」

「我們為什麼不能去高地？」蛛掌不悅地重覆道。

「外面可能會有禿鷹把你抓走。」蛾飛提醒他。「還有狐狸和兩腳獸養的狗。除非你已經大到可以逃跑或上場作戰，否則很危險。」

蜂蜜皮蹲下來做出攻擊姿勢，他扭動後腿，撲上他弟弟。「我們會作戰啊！」蛛掌在他底下試圖掙脫，他也跟著吱吱尖叫。兩隻小貓不停翻滾，在草地上扭打成團。

「小心點！」蛾飛突然瞄見蛛掌的利爪伸了出來，嚇得她身子縮了一下。「學打鬥時，記得要收起爪子。」

灰板岩垂著肩膀，緩步穿過空地。

**她看起來好累。**蛾飛皺起眉頭。**希望我不在的時候，她不會睡著了。**

她環顧營地，想找到另一隻貓幫她看小貓。可是空地沒有半個貓影。風奔已經指派了當天的值勤隊伍。所以金雀毛早就帶著暴皮、露鼻和迅鯉去高地的兔子洞抓兔子。塵鼻也帶著一支隊伍前往峽谷捕捉麥雞。連鋸峰和冬青也都出外收集石楠，打算製作新的臥鋪。至於柳尾，只有星族知道她在哪裡。那隻淺色虎斑母貓這幾天好像都不在營地。

斑毛和蘆尾正在空地另一頭分食獵物。蛾飛朝他們眨眨眼睛，想找他們幫忙，可是剛從黎明巡邏隊下任務的兩隻公貓，正懶洋洋地躺在長草堆裡聊得起勁兒。

風奔伸個懶腰，躺在營地入口的岩堆上。蛾飛瞇起眼睛，她才不想拜託她母親幫忙呢。自從前晚的大集會後，她們便開始冷戰，所以也只能靠灰板岩幫忙看小貓了。

蛾飛看見灰色母貓肢體僵硬地坐在沙坑旁。「需要我的話，再叫我。」蛾飛告訴她，心裡暗自希望不會出什麼事。她低頭鑽進窩穴，從藥草的庫房裡拉出一坨昨天才採集的紫草，目前乾枯的程度剛剛好，很方便她裹在石頭佬僵硬的關節上。她等下還會再取出一些，打算鋪在石頭佬的臥鋪裡。

她正要用下顎叼住藥草時，突然遲疑了一下，回頭看了庫房一眼，順道又多抓了幾片葉子，這才跟紫草捆在一起。她緩步走進陽光下，越過長草叢，朝石頭佬的窩穴走去。

她很開心她的族貓幫老公貓蓋了一座可以遮風蔽雨的居所。冬青是築窩專家，最擅長利用金雀花和荊棘製作屋頂和牆面。蛾飛在哺育小貓的那陣子便多少見識到她的功力。她還記得她曾聽到冬青指揮貓去採集更多莖梗和小樹枝回來，她甚至細心到會用青苔和樹葉填補窩裡的縫隙，因此當蛾飛走進老貓的窩穴時，原本被陽光曬熱的身子立刻感受到窩內的陰涼。

石頭佬在幽暗中朝她眨眨眼睛。「蛾飛嗎？」他的喵聲沙啞，關節應該還在痛。

「對不起，耽擱了這麼久。」蛾飛一臉內疚，隨即將紫草放在他的臥鋪旁。「我得先找到幫手看小貓。」

石頭佬嘟囔道：「我真希望我可以幫你的忙。」

「可以啊，等藥草發揮功效，你覺得舒服一點了，就可以幫我看小貓了。」她打開藥包，勾出她剛額外塞進去的幾片葉子。「吃了吧。」她把葉子放在他臥鋪旁。

石頭佬的眼睛一亮。「貓薄荷。」

「我想它應該會有點幫助。」

石頭佬喵嗚一聲，舔進嘴裡。

他滿足地閉上眼睛，蛾飛挨近臥鋪，用紫草裹住他的後腿。「等汁液滲進去，就不會痛了。」她承諾道。「以後我們要用紫草來鋪你的床。白尾、銀紋和黑耳現在都已經大到可以去高地了，我想他們應該很樂意幫忙你採集新鮮藥草。」蛾飛心想，再過不久，他們就會當上見習生，不免好奇到時會找哪些資深的貓兒來教導這幾隻剛成年的小貓，讓他們學會狩獵技巧還有如何照顧族貓。總覺得她把銀紋從地道裡救出來，好像還是昨天的事。結果他們一下子就長這麼大了，這一切實在很奇妙。

「嗯……」石頭佬還在喵嗚地叫。

蛾飛心上一陣歡喜。昨晚，她在全力搶救微枝時，只覺得自己好無能。但此刻緩解了石頭佬的疼痛，她又覺得好開心。

「蛾飛！」外面突然傳來驚叫聲。

她連忙丟下紫草，衝出窩外，結果在長草堆旁的沙坑上看見灰板岩蹲在藍鬚旁邊。

小貓動也不動地躺在那裡。

蛛掌和蜂蜜皮緊挨著灰板岩，泡溪嚇得躲在後面，瞪大眼睛。

「出了什麼事？」蛾飛衝到藍鬚旁邊。小貓昏了過去。

灰板岩眨眨眼睛，滿面愁容。「我也不知道。我眼睛才瞇了一下就……」

蜂蜜皮打斷道：「她想爬到最上面。」他望著那塊最高的岩石。「她想站在每次風奔對族貓說話的那塊岩石上。」

蛾飛嗅聞藍鬚的身子，尋找正在發熱腫脹的部位。

這時藍鬚突然睜開眼睛。「蛾飛？」

蛾飛喉頭一緊。「有沒有哪裡痛？」她緊張問道。

「沒有。」藍鬚的呼吸很急很淺。

「你確定？」蛾飛的腳爪輕輕撫過小貓黃白相間的身軀，尋找傷口。

藍鬚費力爬了起來，搖搖晃晃。「我沒事。」她低聲道。

灰板岩注視著小貓。「她只是受到驚嚇。」

「你確定你沒事？」蛾飛的心臟都快跳出來了。

藍鬚迎視她的目光。「我確定。」

蛾飛終於鬆口氣。她朝灰板岩轉頭：「你為什麼沒有看好她？」

灰板岩這時突然咳起嗽來。「對不起，我身體不太舒服。」

「為什麼不早告訴我你不舒服？」蛾飛覺得沮喪。難道什麼事情都得靠她嗎？既要照顧石頭佬？又要看顧自己的小貓？她忍住脾氣。也許她剛剛應該找蘆尾去治療石頭佬。又或者她應該吞下自己的驕傲，回去拜託風奔幫她看小貓。

她一臉怒氣地斥責藍鬚：「你為什麼要爬上去？你不知道那很危險嗎？」

蜂蜜皮擋在他妹妹前面。「她是看我昨天爬上去，才會跟著做。」他告訴她。

蛾飛驚愕地看著她。「你昨天爬上去？」

「我也上去了。」蛛掌抬起下巴。

「我也有。」泡溪告訴她。

蛾飛瞪著他們。為什麼她不知道？

「你那時在參加大集會。」蜂蜜皮彷彿讀透她的心思，於是告訴她。

「石頭佬讓你們去爬？」

「他說我們太膽小了。要是彌迦在，早就帶我們去高地狩獵了。」蛛掌一臉內疚地望著石頭佬的窩穴。「他保證萬一我們掉下來，他會接住我們。」

泡溪走過來說：「他不讓藍鬚爬，他說她還沒準備好。」

「所以她就決定今天試試看?」蛾飛怒瞪著藍鬚。

藍鬚眼泛淚光。「對不起。」她嗚咽道。

蜂蜜皮挺起胸膛。「我沒看到她在爬，不然我一定會阻止她。」

**可是你沒有看到!**蛾飛不安地蠕動著腳。**為什麼是你來阻止她?**他也只是一隻小貓。**藍鬚的安危不該由他負責，該負責的是我!**

「她沒事吧?」蛾飛被她母親的聲音嚇了一跳，回頭一看，風奔正穿過沙坑，昂首闊步地走過來。蘆尾和斑毛快步跟在後面。

「她沒事。」蛾飛告訴他們。「只是受到驚嚇。」她話語剛落，便察覺到灰板岩身上發燙，她嗅聞母貓，聞到發燒的酸味。「你應該回窩裡休息。」她輕聲告訴她，心裡難免內疚。

灰板岩沒有爭辯，緩步走了回去。

蛾飛朝藍鬚轉頭。「去跟你的哥哥姊姊玩。」她目送小貓們垂著尾巴離開。

斑毛快步跟在後面。「要不要玩青苔球的遊戲?」他喊道。

蜂蜜皮轉過身來，兩眼發亮。「我可以跟你一隊嗎?」

「我想跟斑毛一隊!」泡溪跑向金棕色公貓，爬上他的肩。

蛛掌看了藍鬚一眼。「你跟我一隊，」他喵嗚道。「我們可以輕鬆打敗他們。」

蛾飛移開目光，暗自感激在心，情緒不再那麼緊繃。**斑毛，謝謝你。**

蘆尾的喵聲打斷她的思緒。「她怎麼了?」他正目送消失在窩穴裡的灰板岩。

「我想她受了風寒。」蛾飛揣測道，但心裡仍掛念著自己的小貓。

「我去看看她。」蘆尾提議道。

蛾飛朝石頭佬的窩穴彈彈尾巴。「你先去幫石頭佬的關節裹上紫草。我已經給了他一點貓薄荷提振精神，可是他還在痛。」

「沒問題。」蘆尾快步走開。

蛾飛看著風奔。

她的母親坐了下來，眼睛盯著她。「不容易，對吧？」

「你說什麼？」蛾飛愣了一下，她聽出風奔的喵聲裡帶了絲怒氣。

她的母親冷冷地看著她。「我是說要保護每隻貓兒的安全和健康是很不容易的。」

蛾飛豎起毛髮。「你到底想說什麼？」

「你認為我不該排斥天族，但我這麼做是因為我認為這對我們來說是最好的辦法。」

「但對微枝來說並不好。」蛾飛抬起下巴。「他死了。」

她看見風奔身子縮了一下，但目光並未軟化。「我想你一定曾試圖救他。」

「當然。」

「可是你沒有成功。」

「要是清天早點派橡毛來求助，或許就能救活，」蛾飛貼平耳朵。「又或者如果你沒試圖阻攔我們去救他，也許就能救活。」

「是嗎？」風奔瞇起眼睛。

「我不知道！」蛾飛厲聲道。「我也永遠不會知道，清天也一樣。」

「這就是當族長常有的感受。」風奔吼道。「你盡其所能地做出最好的決策，但你又不確定結果是什麼。我知道清天的本領。我參加過大戰役，不是因為我想上場作戰，而是因為如果不上場，部族就會滅亡。」

「怎麼說？」蛾飛不懂。和平怎麼可能帶來傷害？

「清天的權力欲望太強，如果我們不抵抗，便得像獵物一樣苟活。」風奔抽動著尾巴。「貓兒不應該像獵物那樣苟活。」

「清天變了。」

「你怎麼知道？」

「他小貓的死讓他很悲痛。」

風奔的喉嚨傳出低吼。「我也會悲痛我小貓的死。但你覺得我的心因此變軟了嗎？」

蛾飛怒瞪著她母親：「我真希望你有！」

風奔伸長鼻口，黃色眼睛射出怒火。「我做的每個決定都是為了部族好。你也許認為我錯了，但絕對不准再質疑我！」

風族族長尾巴一甩，轉身大步離開，蛾飛及時低身閃開才沒被那條尾巴掃到。蛾飛目送她離開，覺得身子像被掏空了一樣。**風奔為什麼這麼堅持己見，就是要跟天族劃清界線？都已經死了一隻小貓了！**她彎曲著爪子，戳進地裡。**我就是要質疑你！族長或許可以不在乎貓兒的死活，但我不是族長，我是巫醫！**

她掃視空地，心想蘆尾應該還在幫石頭佬的關節敷藥。她得親自去看一下灰板岩。她走向母貓的窩穴，低身鑽了進去。

灰板岩緊閉雙眼，獨自躺在臥鋪裡。蛾飛挨近她，驚覺母貓的體溫很高。

灰板岩倏地睜開眼睛，開始咳嗽。她蠕動身子，費力地想站起來，但咳嗽不止，渾身顫抖。蛾飛伸出一隻腳爪穩住搖搖晃晃的母貓。灰板岩怎麼會突然病得這麼重？蛾飛睜大眼睛，想適應窩裡幽暗的光線，結果竟看見灰板岩下巴下方的青苔上有暗色血漬。

**血！**

蛾飛踉蹌後退，心立時揪緊。

入口傳來毛髮輕刷金雀花叢的聲響，她轉身看見蘆尾鑽了進來。

「聽起來咳得很嚴重。」公貓朝她眨眨眼睛，但一看見她那雙驚恐的眼神，當場愣住。

「怎麼了？」

「紅咳症。」蛾飛低聲道。

蘆尾看了蛾飛一眼，愣在原地。「你還有上次石頭佬吃剩的樹皮嗎……」

蛾飛沒等他說完。「汁液早就乾了，一個月前就化成碎片了。她需要新鮮的樹皮。」她的思緒正飛快地轉。

「可是我們要怎麼取得呢？」

「我去拿。」

「可是那在天族領地。」

「那又怎樣？」蛾飛看著他。「昨晚我全力搶救微枝的性命。」

「但是他死了。」

「我知道他死了！」蛾飛厲聲道。「不過清天曾看到我們很努力地救治他的小貓。就算他是族長，也該感恩在心吧。」一股憤憤不平哽在喉嚨裡。她從蘆尾旁邊擠過去。「好好照顧灰板岩。我盡快回來。」

她跑出窩穴，穿過長草叢。

「蛾飛！」斑毛在她窩外喊道。

她剎住腳步，耐著性子。「什麼事？」

蜂蜜皮和泡溪正在草地上玩摔角，藍鬚和蛛掌在生鮮獵物堆那裡翻找食物。金雀毛、暴皮、露鼻和迅鯉已經回到營地，正懶洋洋地躺在空地邊緣分食一隻兔子。

斑毛朝她走來。「你要去哪裡？」

蛾飛先掃視營地，尋找風奔，卻不見風族族長的蹤影，這才開口回答他。

斑毛在她面前停下腳步：「你看起來很擔心。」

「灰板岩得了紅咳症。」蛾飛告訴他。「我要去找石頭佬以前服用過的那種樹皮，就是……」她突然打住，喘不過氣來，身子搖搖晃晃……就是彌迦死前採集的那種樹皮。她剛剛太擔心灰板岩，結果完全忘了那件往事。憂傷瞬間攫住她的心。

「我陪你一起去。」斑毛連忙跑過來扶住她。

蛾飛看著他，只覺得胃揪得死緊。**我沒辦法回去那裡。**「我們要是越過邊界，風奔會生氣。」她神情呆滯地喃喃說道。

「萬一被清天逮到，他一定會火冒三丈。」斑毛神情堅定。「但是不被逮到就行了。」

蛾飛專注看著他琥珀色眼睛，慢慢沉澱思緒，呼吸漸緩。一定要拿到樹皮。灰板岩需要它。

她抬起下巴。「你準備好了嗎？」

斑毛說道：「準備好了。」隨即轉身朝迅鯉喊道：「我們需要採集藥草！可不可以幫忙看一下小貓？」

迅鯉懶洋洋地直起身子。「沒問題。」

金雀毛爬了起來，把吃剩的兔子踢給暴皮。「我來看小貓好了。」他提議道。「還可以順便教他們一些狩獵技巧。」

泡溪從生鮮獵物堆那裡興奮地抬起頭來：「你會帶我們去兔子洞嗎？」

「今天不行。」金雀毛喵嗚道。

蛾飛心止不住狂跳。**彌迦**！她怎能回到那個地方？她心亂如麻，惶惶不安。「走吧。」她得跑一跑，才不會被恐懼攫住。她衝向營地入口，奔上山腰。

她跑下坡，鑽進石楠叢裡，斑毛的腳步聲在她身後響起。

「蛾飛！」斑毛喊道。「走小路！」她不加思索地朝他聲音的方向跑去，衝進紫色枝葉裡，一看到他的蹤影，立刻低下頭，跟在後面穿梭於枝葉間。

她衝進草地，後腿用力蹬著地面往前急奔，目光鎖定前方森林，那裡是與高地比鄰的天族邊界。等到他們抵達時，蛾飛早已氣喘吁吁，毛髮被風吹得蓬亂。

「慢一點。」斑毛停下來。

蛾飛在平滑的草地上一個急轉身，剎住腳步。

「我們得小心點。」斑毛警告道。

「誰也阻止不了我去取樹皮。」蛾飛瞪著他看。只有彌迦懂她的感受！上次出任務時，是彌迦陪她來的。她心裡有股哀愁。

斑毛沿著邊界掃視，抽動鼻子，嗅聞巡邏隊的氣味。

他愣了一下，目光掃向蕨叢裡一個虎斑條紋身影。「等一下。」他斷聲道，隨即蹲下來，朝虎斑身影慢慢接近。

蛾飛看著他，有點不耐被他耽擱。

突然間，斑毛的肩膀放鬆下來，直起身子。「是柳尾。」

他說話的同時。風族母貓緩步從蕨葉叢裡出來。

「你在這裡做什麼？」斑毛問她。

柳尾不屑地說：「我只是要確定那些小偷不會再越過邊界。」她瞇起眼睛。「你們在這裡做什麼？」

「我們是來幫灰板岩取樹皮。」蛾飛從她旁邊走過去。「她得了紅咳症。」

「我跟你們一起去。」柳尾語氣興奮。

「等一下。」斑毛在蛾飛前面低下身子，擋住去路。「我們不能全衝進天族領地裡，他們會認為這是入侵行動。」他偏著頭，目光落在柳尾身上。「你待在這裡，如果我們沒有回來，你再回去討救兵。」

柳尾神情激動地瞪大眼睛。「這主意不錯。」

蛾飛帶頭鑽進蕨葉叢。**斑毛，真有你的。**她現在最不需要的就是再多隻貓兒礙手礙腳。丟給柳尾一個沒多大意義的任務，應該夠她忙了。

她走進森林裡，努力回想彌迦上次帶她走過的路。她認得地上那根腐木，於是攀爬過去，但那顆心還是揪在一起，她還記得當時彌迦曾輕鬆地一躍而過。

「我們沒走錯路吧？」斑毛小聲問道。金棕色公貓的耳朵豎得筆直，張開嘴巴，嗅聞可疑的氣味。

「沒錯。」蛾飛繼續前進，感覺腳步越發沉重，林木漸稀，她終於看到彌迦喪命所在的那座凹地。

她的腳頓時成了化石，停了下來，看著地面，憂傷正在淹沒她。地上仍殘留斷裂的木材。斑毛的身子從她身邊刷過。「灰板岩需要樹皮。」他低聲道。

蛾飛將目光移到空地中央的那棵樹身上，望著頭上的樹枝。「就在上面。」她沙啞說道。

「我們必須從頂部取，那裡的樹皮最嫩。」

「你在這裡等。」斑毛跳下坡，朝樹幹一躍而上，撐起身子，爬進枝葉裡，消失在葉叢中。

蛾飛看著樹葉被搖晃得窸窣作響。她提心吊膽，而哀傷又緊緊壓迫著她的胸口，宛如彌迦死的那天一樣悶得她透不過氣來。她站在那裡，動也不動，彷彿生了根，被固定在地表。

她甩甩身子。**哀悼彌迦並無法改變什麼，他一定很驕傲我能回到這裡。**她總覺得這棵樹就像是他的化身。

樹葉沙沙作響，斑毛身影出現在葉叢下方。過了一會兒，他匆匆爬下樹，嘴裡叼著一片樹皮，快步朝她走來，樹液氣味像刺扎痛她的心。那是彌迦死前她曾聞到的味道。

被刺鼻氣味嗆得眼淚直流的斑毛半瞇起眼睛，推著她離開空地。蛾飛領著他穿過林子，不離左右，小心帶他避開荊棘和凹凸不平的地面。

快到邊界時，她聞到了石楠的氣味，趕緊加快腳步。

這時身後傳來腳步拖曳的聲響，蛾飛當場愣住。

「你們要去哪裡？」

充滿敵意的聲音迫使她轉身。蕁麻正在藍莓叢的後面瞪著她，白樺和赤楊站在兩旁，挑釁地瞇起眼睛。

斑毛呸掉樹皮，頸毛豎得筆直。他擋在蛾飛前面，面對天族貓。「她只是來幫生病的族貓取藥材。」

「我還以為風奔不再承認天族的存在。」蕁麻的喵聲輕蔑。「沒想到你們竟然還敢來偷我們的東西。」

蛾飛上前一步。「我們不是偷！我們是取樹皮，這又不是獵物！讓我們走吧。沒有它，灰板岩可能會喪命。」

赤楊齜牙咧嘴。「要你們幫助天族就不行，為什麼天族就非得幫你們？」

「我們必須互相幫忙！」蛾飛怒火隱約燃起。

白樺歪著頭，眼裡閃過好奇。「難道你不認同風奔的做法？」

**我當然不認同！**但蛾飛閉緊嘴巴。她不能背叛她的母親或她的部族。

「只要假裝沒看到我們就行了。」斑毛勸說道。「反正我們有沒有拿走樹皮，對你們也沒差。」

白樺瞇起眼睛。「我受夠風族了，老是愛指揮我們該怎麼做。」

赤楊走上前。「你們跟我們回營地，別想落跑，免得清天派更大批的隊伍來抓你們。他一定會想知道你們在我們領地裡做什麼。」

「可是我的族貓病了。」蛾飛巴不得用利爪狠劃灰白色母貓的鼻子，卻只能強忍住。

「我們跟他們去吧。」斑毛低聲在她耳邊說道。「別忘了你曾經努力搶救清天的小貓。或許他比這幾隻心腸如蠍的天族貓來得通情達理。」

蕁麻怒目瞪他。「別再交頭接耳，快走吧。」

天族貓走在他們兩側，一路押解他們走進林子深處。

蛾飛看了林地上那片樹皮一眼。珍貴的汁液會滲進地裡。要是她能盡快跟清天解釋清楚，或許還來得及拿回去給灰板岩服用。

她加快腳步。

「你好像很急。」赤楊咆哮道。

「我只是想趕快處理完這件事，快點回家。」她反嗆回去。她瞄見前面山坡有荊棘屏障。

這時白樺跑上前來，趕在她前面鑽進縫隙。

她才一走進凹地，所有貓兒都轉過頭來瞪著她看。

麻雀毛站了起來。花開在紫杉底下眨眨眼睛。

蛾飛的目光掃向微枝昨晚喪命的那塊地方。那裡散落著很多樹葉，仍依稀可見暗色血跡。她突然覺得好疲累，腳爪宛如石頭沉重。她只想幫助身邊的貓兒，但每一步都似乎帶她走向崎嶇之路。

「清天在他窩裡。」赤楊在空地對面扭頭說道。「你去跟他談話的時候，斑毛可以在這裡等。」她帶著蛾飛爬上陡峭的短坡，進入後方林子。「清天？」她停下腳步，朝暗處呼喊。

天族族長緩步走出。

蛾飛眨眨眼睛。清天眼窩凹陷，毛髮糾結凌亂地黏在魁梧的骨架上。他看上去像剛從河裡撈起來似的。

星花跟在後面，神情依舊哀傷。她茫然地看著蛾飛。「她來這裡做什麼？」

「我們在我們的領地上發現她。」赤楊告訴母貓。「她還有個同伴。」

清天走近一點，那雙飽受折磨的眼睛裡充滿不解。「天族領地不准貓兒進入。」他咕噥道。

「我必須進入。」蛾飛告訴他。「因為我需要那棵樹的樹皮，就是彌迦死前爬的那棵樹。它可以治好一隻生病的族貓。她患了紅咳症，可能會死。」她希望清天能理解，於是等他答應。但他只是看著她。

「天族領地不准貓兒進入。」他重覆道。

「我需要樹皮！」蛾飛怒瞪他。「我知道你在難過，我也不想打擾你。我們只是想拿樹皮，拿了就走。」

「不行。」清天緩緩抬起頭來，目光漸漸清澈。「昨晚，你努力想救活微枝，這一點我永遠感激在心。但要不是風奔試圖攔阻你前來，我的小貓也許到現在還活著。風奔必須承擔她的決策所帶來的後果。她得承認自己犯下的錯。」

蛾飛背脊發涼。天族族長的這番話陰沉得可怕。他比你想像中還要殘暴。「你打算做什麼？」

「我不會對你做什麼。」他的耳朵不停抽動。

蛾飛聽見腳步聲，眼角有身影移動。她聞到赤楊和紅爪的氣味，他們正從後面接近她。

清天繼續說道：「只是留你在這裡當我們的客人，直到風奔親自前來接你為止。」

「她不會來這裡！」蛾飛驚惶失措。**她不能來這裡，太危險了！**

「她必須來。」清天重重地跌坐下來。「她指控我們偷盜獵物，但她自己也在偷盜獵物。這到底算什麼？」

蛾飛瞪著他。難道他要她給個答案嗎？

他繼續說道：「她只聽那隻惡棍貓的話，卻不肯相信我這隻高山貓說的話。」他瞥了星花一眼。「不過也難怪，畢竟風奔以前也曾是惡棍貓。」

「你在胡說什麼？」蛾飛搞迷糊了。「什麼惡棍貓？」

「柳尾啊。」

蛾飛不安地蠕動著腳。「你這話什麼意思?」

「我跟紅爪談過。」清天告訴她。「他跟柳尾從以前就認識。柳尾這幾個月來一直在說謊。她搬弄是非,只是為了挾怨報復,翻算以前的舊帳,但其實這根本不關兩個部族的事。」

蛾飛緊張地蠕動著腳。她不知道清天說的話是真是假,但她想到了一個辦法。「你讓我回去告訴風奔,好不好?」**我就可以順便帶樹皮回去。**

「不行!」清天咆哮道。「你留在這裡,等風奔來找我,承認她所犯的錯,並驅逐柳尾。」

「她不會來的!」蛾飛脫口而出。**風奔太驕傲了,她不可能來這裡對清天卑躬屈膝。**若要風奔驅逐柳尾,那不等於要她承認自己犯了錯,不該讓柳尾加入風族。這根本不是風奔的作風。

「她會的。」清天只這樣說。「我們只需要等候。」

「你要留置我多久?」蛾飛咆哮道。她的思緒突然從灰板岩跳到她的小貓身上。他怎麼可以不讓她回去?小貓們需要她!

「看她什麼時候來囉。」

蛾飛怒瞪著天族族長:「你不能這麼做!」

他威嚇地甩甩尾巴。「這是我的領地。」他低吼道。「我愛怎麼做,就怎麼做。」

# 第三十章

「我們該怎麼辦？」斑毛在窩穴裡來回踱步。

「我們不能留在這裡！」蛾飛在窩穴入口處氣呼呼地瞪視。這個洞穴是從荊棘叢裡挖鑿出來，緊鄰清天的窩穴，仍有星花的氣味殘留。清天的伴侶貓一定曾在這裡睡過。那張破爛的臥鋪看上去幾個月沒有使用，要是爬進去，恐怕會瞬間化成灰。

蛾飛想起她自己的臥鋪，彷彿還聞得到石楠香還有小貓們起床後青苔墊上的餘溫。焦慮不安翻攪著她的心。**灰板岩怎麼辦？她需要樹皮。**「我們必須逃出去。」

「怎麼逃？」斑毛扭頭望向赤楊，後者像石頭一樣動也不動地坐在離入口處幾條尾巴距離的地方。

「我們可以從後面挖個洞。」蛾飛提議道。

斑毛嘟囔出聲，看了那些多刺的莖幹一

眼，它們緊密交纏，連光都透不進來。「如果我們的爪子是木頭做的，或許還辦得到。」

蛾飛憤憤不平地甩著尾巴。「為什麼這些族長老愛把事情弄得那麼複雜？」

斑毛眨眨眼看著她。「天知道？」

蛾飛歪著頭。「你覺得柳尾是故意搬弄是非嗎？」她問道。「可是灰板岩和鋸峰也都看到吃剩的兔子骨頭啊。」

斑毛聳聳肩。「但第一個提出指控的總是她。」他皺起眉頭。「而且只有她親眼看到天族貓偷盜獵物。要是她真的像清天說的那樣故意栽贓……的確是有可能把吃剩的兔子骨頭故意放在那裡。」

**故意放的？**這聽在蛾飛耳裡覺得很不可思議。她蹲了下來，腳爪緊緊塞在身子底下。「難道她不知道這麼做可能引爆戰爭嗎？」

「也許這就是她想要看到的結果。」斑毛嚴肅地看著她。

「不可能！」蛾飛拒絕相信這件事。「怎麼會有貓兒喜歡把痛苦建立在別的貓兒身上？」

斑毛沒有回答，目光轉向赤楊。灰白色母貓仍然動也不動。「就算是天族貓也得吃東西，對吧？」

「但就算她離開，也會有其他貓兒來站崗。」蛾飛不知道他們在這裡待了多久。窩穴入口可隱約望見遠處枝葉後方的太陽，想必已近黃昏。小貓們應該都在納悶她上哪兒去了。她心急如焚。「你覺得柳尾應該知道我們回不去了吧？」

「她可能在回營地的路上了。」

蛾飛愣了一下。「希望她沒回營地。」要是風奔知道她女兒在天族領地裡失蹤了，不知道會作何反應？「萬一風奔派出隊伍來找我們，那怎麼辦？」

「這不就是清天想要的結果？」

「他要她低頭認錯。」蛾飛瞪著他看，感覺恐懼像小蟲一樣爬滿她全身。「難道他不知道風奔的個性嗎？」她記得她母親曾出言警告她。**你也許認為我是錯的，但絕對不准再質疑我！**她那麼固執，根本不可能跟清天低頭道歉。

斑毛的耳朵不停抽動。「你覺得她會不惜一戰嗎？」

「她絕對會的。」

「可是她說她希望部族之間和平相處。」

「但要她低頭認錯，門兒都沒有。」

「看來我們得趕在柳尾回去找她告狀之前，先找風奔談一談。我們可以跟她解釋何以清天如此憤怒。」斑毛又開始踱步。「要不我來引赤楊的注意，你趁機逃出去。又或者你去引赤楊的注意，我趁機逃出去……」

腳步聲打斷他。他聞聲朝窩穴入口看。

蛾飛循著他的目光看見橡毛走近赤楊，心跳不禁加速。天族巫醫嘴裡叼著滴水的青苔，向赤楊垂頭招呼，後者朝窩穴點頭示意。

「感謝星族老天，你總算來了！」橡毛一走進來，蛾飛立刻快步迎上去。

栗棕色母貓將溼青苔放在地上，緊張地朝蛾飛眨眨眼睛。「你們還好嗎？」

「我們沒事，」蛾飛要她放心。「可是我們得趕在柳尾回營地之前回去。」

斑毛蹲下來饑渴地舔飲青苔裡的水。「要是她告訴風奔我們在天族領地失蹤，」他邊舔邊說。「恐怕會引爆戰爭。」

「我們必須離開這裡。」蛾飛緊張地看著她。

橡毛往後退。「我不能助你們脫逃。」她看了赤楊一眼，壓低音量。「他們是我的族貓，我不能背叛他們。」

斑毛瞇起眼睛。「我們只需要甩掉赤楊。」

蛾飛點點頭。「我可以假裝我病了，然後你去叫赤楊來，斑毛再趁機逃出去……」

「不行，」橡毛一臉驚駭。「我是想幫忙，但如果赤楊發現你沒事，而斑毛脫逃了……」

「她會以為是我騙了你啊！」蛾飛打斷道。

橡毛愣了一下。「她知道你以前幫我上過課，所以一定會懷疑我。每隻天族貓都會開始懷疑我！若是他們不再信任我，我以後怎麼幫他們治病療傷？」

斑毛看了蛾飛一眼。「她說得沒錯。我們不能要求她背叛自己的部族。」

蛾飛突然想到她的小貓。要是柳尾跑進營地裡告訴大家，她和斑毛在天族領地裡失蹤了，他們一定會嚇壞。她的心臟止不住狂跳。「那你去通知其他貓兒！」她對橡毛眨眨眼睛。

「其他貓兒？」橡毛偏著頭。

「其他巫醫貓，」蛾飛解釋道。「你去帶他們來這裡，讓他們合力勸說清天。」

橡毛歪著頭。「這或許可行。」

斑毛聳聳肩。「值得一試。」

「現在就去！」蛾飛把橡毛往入口推。「跑快一點。」蛾飛壓低音量對她說。橡毛豎直耳朵，轉過身去。

「小心囉。」斑毛也在橡毛快步經過赤楊身邊，消失在下坡處時，這樣低聲說道。

蛾飛對他眨眨眼睛。「你覺得她能及時帶他們趕到嗎？」

斑毛抽動尾巴。「就算及時趕到，我也不確定清天能不能聽進巫醫貓的話。」

「他必須聽進去！」蛾飛又在踱步。這中間的賭注太大。灰板岩命在旦夕，需要樹皮；還有她得讓她的小貓知道她平安無事；而風奔……

一個突如其來的念頭嚇得她突然縮起身子。要是風族族長選擇不惜一戰呢？**貓兒不該像獵物那樣苟活。**

「蛾飛。」斑毛的喵聲在她耳邊輕輕響起。她轉頭看，發現他眼裡盡是柔情。

「我只是想表達我對你的歉意。」

「怎麼了？」

「歉意？」她不懂。

「我是說彌迦，」他低聲道。「還有他的過世。當初你從高岩山帶他回來時，我很嫉妒。我一直以為我會是你的伴侶貓。」

蛾飛不安地蠕動著腳。

「也許現在不適合說這些。」斑毛趕緊告訴她。「但這陣子真的很難找到機會跟你獨處。

你不是忙著照顧小貓，就是忙著巫醫的工作。我只是想讓你知道，我瞭解你很愛彌迦，也很欣慰在他死前你曾和他度過一段快樂的時光。而小貓們……」他越說越小聲。

蛾飛看見他眼裡的悲傷。「謝謝你，」她靦腆地低聲說道。「我很抱歉我傷了你，但我必須聽從我的心。」

「而我也必須聽從我的心。」他那雙炯亮的目光始終不曾離開她的臉。

**他還愛著我。**蛾飛別開臉。「斑毛，你是我的好朋友。小貓們很愛你，可是……」

尖銳的嘶叫聲從林子裡傳來。

蛾飛衝向窩穴入口。

赤楊跳進凹地，全身毛髮豎得筆直，森林裡傳來嘶殺怒吼聲。

「風族！」蛾飛的心頓時揪緊。「他們在攻擊營地！」

# 第三十一章

斑毛搶在她前面，衝出窩穴。蛾飛也追了出來，在凹地上方剎住腳步。大批貓兒從荊棘屏障裡蜂擁而入。風奔一馬當先，柳尾和金雀毛緊跟在後。後面還有塵鼻、迅鯉、冬青和暴皮。鋸峰殿後，被那隻有點跛的後腿拖慢了速度。

星花大叫一聲，瞠大驚恐的眼睛，趕緊將她的小貓露瓣和花足全拉進空地邊緣的紫杉底下。她蹲在他們前面，眼睛瞇成一條細縫，喉間發出低吼。

天族貓紛紛從窩裡殺出來，伸出利爪迎戰入侵者。風奔撞上蕁麻，雙雙跌倒在地，像蛇一樣扭動身子。迅鯉的灰白色毛髮在麻雀毛身下閃現，玳瑁色母貓從下方撞擊她的腳，再跳上她的背。花開從橡樹根那裡一躍而下，撲向塵鼻的背，張嘴咬住他的頸子。

蛾飛嚇得身子一縮。「塵鼻！」戰場上的嘶殺聲淹沒了她的哭喊聲。

暴皮殺出重圍，揮爪猛攻白樺，這時他身後的快水撲上正跑過凹地的冬青。蛾飛聽見後面傳來怒吼聲，轉身一看，清天正朝空地衝過去。他眼裡燃著怒火，耳朵貼平，從陡峭的短坡一躍而下，撲上斑毛。

蛾飛驚慌失措。「住手！」她的哭喊聲淹沒在打鬥嘶殺聲中。「你們不要再打了！」一個淺色虎斑身影引起她的注意。柳尾停在荊棘屏障旁，瞇著眼睛盯看紅爪。毛色光滑的紅色公貓正不斷狠揮前爪，擋住金雀毛的攻勢。

「小心！」蛾飛看見赤楊衝向柳尾，連忙喊道。淺色虎斑貓霍地轉身，直覺抬起前爪。天族母貓猛力撞上去。柳尾腳步踉蹌，及時穩住，伸爪戳進赤楊的毛皮裡，大聲怒吼，使力一拖，赤楊四腳朝天。

嗆鼻的血腥味迎面撲來，蛾飛嚇得心臟快跳出胸口。「風奔！住手！清天只是想跟你好好談一談。」

風奔將蕁麻壓制在地，後爪劃過他的肚皮。她根本沒抬眼。蛾飛覺得自己好像又回到夢裡，不管說什麼，貓兒都聽不見。

荊棘從凹地盡頭的蕨叢裡鑽出來，藍色眼睛瞇成一條細縫，盯著暴皮看。風族公貓被白樺箝制在地，死命揮打後腿，試圖掙脫。荊棘蹲伏成攻擊的姿勢，咧嘴露出尖牙。

**這不公平！**蛾飛從坡頂一躍而下，砰地一聲落在柔軟的凹地上。她必須出手救暴皮！迅鯉和麻雀毛雙雙朝她滾了過來，她趕緊閃開。「暴皮！」眼前身影扭打成團，她撐起後腿，亟目遠望另一頭的動靜。

**太遲了。**荊棘站在暴皮的背上，用後腿從年輕公貓身上狠刮一坨皮肉下來，白樺則對準她的鼻口猛力狠擊。

她愣在原地。**我在做什麼？**巫醫的工作是救治貓兒，不是傷害貓兒，可是她不能眼睜睜看著她的族貓被攻擊。

突然間，荊棘身旁閃現一個灰色身影。**是塵鼻！**蛾飛看著她弟弟撲向荊棘，把她從暴皮身上拖開。暴皮眼睛一亮，趁機掙脫，用後腿撐住身子，猛砍白樺的鼻子。

鮮血噴在地上，血腥味愈來愈濃，覆滿蛾飛的舌尖。

**我需要藥草！**她環顧營地。**橡毛的窩穴在哪裡？**她剛才幹嘛差遣天族巫醫貓離開營地？這麼多傷患，光靠她一個根本應付不來。

**蜘蛛絲！**她心裡突然閃過這念頭。要是她能收集到夠多的蜘蛛絲，就能先幫忙他們止血，這樣一來便有時間妥善處理傷口。她從花開和紅爪中間穿過去，爬出凹地，快步穿梭林間，掃視樹幹，尋找蜘蛛網。她看見一棵榆樹的樹根處結滿灰色的蜘蛛網，心雀躍了一下，趕緊上前扯下來，裹在腳爪上，奔回凹地。

「你在做什麼？」花開面對她，眼裡閃著怒火。

蛾飛豎起毛髮。「我想幫忙！」

「幫哪一邊的忙？」花開朝她逼近。

「誰受傷就幫誰。」蛾飛抬起前爪，給她看裹在上頭的蜘蛛絲。「這可以幫忙止血。」

「你在浪費時間。」花開吼道。「我們一定會痛宰風族貓，就算挖來森林裡的所有蜘蛛絲，也不夠用。」

蛾飛對她眨眨眼睛說道：「你們能不能不要打，坐下來好好談一談？」

「是你們侵入我們的營地。」花開逐步進逼，眼裡閃過威嚇的光。

「我不會跟你打。」蛾飛抬起下巴。「我是巫醫貓。我的工作是救治生命，別擋我的路，讓我好好工作。」

花開咧嘴露出尖牙。「你必須上場作戰。」

蛾飛堅持立場。「不，我不要。」

花開用後腿撐起身子，朝蛾飛的鼻口揮掌。

蛾飛一陣劇痛。**我的星族老天！我在做什麼？**她怒火頓生，很想抓爛花開的背。她瞇起眼睛，這時花開又舉起前爪。

一個灰色身影在天族母貓後方閃現。**是鋸峰！**跛著腳的公貓撲上花開，兇狠咆哮。

鋸峰的利爪狠戳花開的背，再從下面用力一踢，勾住她的後腿，痛得她倒抽口氣。

蛾飛感激地眨眨眼睛，看著她的族貓將花開壓制在地。她朝凹地走去。「別傷了她。」她經過時，不忘嘶聲交代。

鋸峰眼裡閃過訝色。「這是打仗，不是參加大集會！」他在她後面喊道，這時她已經跳進空地。

暴皮腳步踉蹌地站在空地盡頭，脅腹不斷湧出鮮血。塵鼻正狠狠痛擊白樺，被逼到蕨叢角落的白樺只能伸出前爪胡亂揮打。蛾飛繞過他們，在暴皮旁邊停下腳步。

灰色公貓氣喘吁吁，神情痛苦。蛾飛拆了一坨蜘蛛絲下來，敷在他的傷口上。暴皮皺了一下眉頭，但身子絲毫沒有畏縮。「這會止血。」她告訴他。

「那就好。」暴皮跳了起來。

「你不能再上場了。」蛾飛擋住他的去路。「你必須休息，不然又會流血。」

暴皮注視著她。「要是有族貓在我休息的時候戰死沙場，我一輩子都無法原諒自己。」

她無言地看著他。

他別開目光，衝到塵鼻旁邊，兩隻公貓連手合擊，朝白樺一陣猛砍，天族公貓節節敗退，逃進蕨叢裡。

蛾飛掃視戰場，尋找傷者。蕁麻腳步踉蹌地站在紅爪旁邊，後者正在和金雀毛扭打。迅鯉在麻雀毛下方不停掙扎，鬍鬚有血滴了下來。

「放開她！」蛾飛對著麻雀毛大吼，玳瑁色母貓還是把迅鯉的鼻口猛往地上壓。「她受傷了。」

蛾飛的頸背突然被利爪勾住，往後拉開。她倒抽口氣，不停掙扎。這時耳邊響起低沉的吼聲。是紅爪！「你要是不想上場作戰，就滾到旁邊去！」

「放開我！」她無助地揮舞著四肢。「我要工作！」

紅爪放開她。她立刻出聲斥責。

「你必須阻止他們！」她哭喊道。「這不能解決任何問題。」

「是嗎？」紅爪冷冷一笑，從她身邊擠過去，一把抓住冬青，把她從快水的背上拉開，扔到地上，隨即用後腿撐起身子，前爪狠砍她的胸膛。

蛾飛怒火中燒。**這太兔腦袋了！**

突然間，風奔的棕色身影在她眼角閃現。風族族長正衝向清天。

「停下來！」蛾飛追在後面。風奔朝天族族長撲過去，蛾飛趕緊剎住腳步。但身手快如狐狸的清天倏地轉身，前爪一揮，擊中風奔的頸子。鮮血濺上空地。風奔腳步蹣跚，驚恐地瞪大雙眼。

蛾飛衝向她，心臟簡直快跳出胸口。

風奔一把推開她，怒瞪著清天。喉嚨有鮮血汨汨流出，從毛髮滴下來。「你這次太過份了，」她痛到聲音沙啞。「竟然敢綁架我的孩子。」

「你不也是見死不救我的小貓？」清天吼回去。

「蛾飛不是來了嗎？」她對著天族族長怒吼。

「來得太晚！」清天朝她撲過去，那雙冰冷的藍色眼睛射出怒火。他又朝她揮出一拳，擊中她的面頰，風奔踉蹌倒下。他立刻跳上去，將她壓制在地，強而有力的後腿狠耙她的腹部。

蛾飛心上一驚，利爪伸出，怒火上身。她思緒紊亂。她的職責是救命……可是她不能眼睜睜看著清天傷害她母親。

風奔用力一扭，撞開清天的後腿，一躍而起，狠劃他的鼻口。

清天的鼻頭鮮血飛噴，他抬眼迎視她。「你竟然敢攻擊我的營地？我的小貓都在這裡！」他望向紫杉樹那裡，星花身子底下有幾雙驚恐的眼睛正往外窺看。「你是打算殺了他們嗎？」

風奔眼裡射出怒火。「是你起頭的！」說完突然鑽進他肚子底下，用力往上一頂，清天重心不穩，砰地一聲跌在一旁，她見機撲向他的喉嚨。

風奔正張嘴要咬，清天及時滾開，一躍而起，用後腿撐起身子。風奔抬起前爪迎戰他，但速度不及清天快，被他一掌揮中面頰。她本能地往後縮起身子，卻一個重心不穩，後腿滑了一下，被樹根勾住，猛地跌倒在地，那條腿扭成奇怪的形狀。

蛾飛只聽見喀嚓一聲，嚇得愣在原地。她吃過那麼多獵物，很清楚那喀嚓聲意謂的是骨頭斷了。她母親的腿骨斷了！

「風奔！」她衝到她母親旁邊。風奔神情痛苦，發出呻吟。

空地遠處的塵鼻和金雀毛一聽見她的呻吟，立刻轉頭查看。蕁麻本來招架不住他們，一直往樺樹樹幹那裡節節敗退，這時趁機反擊，低下身子，撲了上來，張嘴要咬金雀毛的腳爪。塵鼻及時回神，爪子劃過蕁麻的耳朵。

蛾飛驚恐地轉頭望著清天。**難道他還要繼續攻擊？**

但他只是像石頭一樣動也不動地站在原地，冷冷地看著風族族長。藍色的眼睛掃過一群正在扭打的身影，定在柳尾身上。

風奔倒抽口氣，試圖移動身子，但又跌了回去。蛾飛的目光從清天身上移了回來，直視她母親的眼睛。她在她眼裡看到的是恐懼嗎？風奔的頸子仍有鮮血流出，後腿以某種怪異的角度擱在地上。蛾飛胸口頓時揪緊，她從沒見過她母親害怕過。「你不會有事的。」她強迫自己思考，突然想起她的腳爪上仍有蜘蛛絲，趕緊解下一坨，敷在她母親喉嚨那道很深的傷口上，再伸爪摸索風奔那條斷腿。但風族族長痛得縮起身子。

「我動作會很輕。」蛾飛保證道。她摸到了斷裂處，呼吸頓時急促起來，因為她感覺得到斷裂的骨頭參差不齊，被擠壓在肉裡，就像一根斷掉的樹枝。她緊張不安。**骨頭可以像有切口的肌肉那樣長回去嗎？**她記得雲點幾個月前曾拿紫草給她看，說這種藥草可以癒合斷掉的四肢，不過目前為止他還沒試過。她閉上眼睛，暗自祈禱他是對的。

蛾飛身後傳來一聲悽厲尖叫。

她霍地轉身，嚇得大氣不敢喘。她看見清天從柳尾那裡折回，眼神驚愕卻炯炯發亮。

柳尾腳步蹣跚，發出慘叫，她的頭一轉過來，駭人的畫面令蛾飛作嘔。

母貓臉上有多道很深的切口，鮮血正從被利爪劃過的眼睛汩汩流出，從鬍鬚上滴了下來。柳尾悽厲哀號，身子搖搖晃晃，癱倒在地，茫然地望著前方。

蛾飛四肢顫抖。他弄瞎了柳尾。她瞠目結舌地望著清天，四周貓兒轉頭看見柳尾的慘狀，打鬥動作頓時慢了下來，最後動也不動地站在原地。

清天緩緩離開，背上毛髮起伏如波。他抬起鼻口，朝空地邊緣的紅爪示意。「她就交給你了。」他低吼。「隨你怎麼處置。」

虛弱的柳尾在地上爬行，貓兒們嚇得趕緊讓開，別開目光。紅爪放開爪間的迅鯉，緩步朝瞎眼貓走去。

柳尾的鼻子不停抽動。她嗚咽哀鳴，試圖爬走，不停轉動頭顱，似乎在尋找光源。

紅爪停在她旁邊。「你為什麼要撒謊？」

柳尾愣住。「你難道不知道嗎？」她的喵聲沙啞絕望。

「但你為什麼要把兩個部族牽扯進來？」紅爪眼帶憂傷。「那根本不關他們的事。」

「這是唯一能懲罰你的方法。」柳尾背上的毛聳了起來。「你殺了我弟弟！」

紅爪豎起毛髮。「他不是我殺的，他是被狗咬死的。」

「那麼是誰把狗帶進我們的營地？」柳尾粗嘎問道。

「你認為我是故意的？」

「你當然是故意的，是你誘牠們來的。」

「牠們在追我。」紅爪蹲在柳尾旁邊，渾身發抖，喵聲沙啞。「我那時候只是隻年輕的蠢貓，我撞見一群狗，牠們開始追我，我只好跑回我自認為安全的地方，我以為只要我回到那裡，牠們就不能傷害我。直到那群狗開始攻擊，我才知道我錯了。」

「你逃走了！」柳尾指控他。「你把我們扔在那裡等死。」

「我根本幫不上忙。」紅爪肩膀垂了下來。「我覺得好愧疚，我一直試著假裝這一切不曾發生。」

「但它畢竟發生了。」

紅爪垂下頭。「柳尾，對不起。」他的喵聲低沉。「若是有什麼方法能改變這一切，我絕對會去做。」

風奔抬頭看著他：「偷盜獵物這件事全是柳尾自己編的？」

「是的，」雙眼被鮮血染紅的柳尾將下巴擱在地上。「我宰殺了兔子，拖到邊界另一頭，再告訴你們我看見天族貓在高地上狩獵。」

清天目光凌厲地掃向風族族長。「你情願相信一隻惡棍貓，也不相信我。」

風奔躺在地上，疼痛到聲音沙啞低沉：「她是我的族貓。」

清天不為所動。「你總是忠於你的部族。」他不屑地說道。

風奔沒有退縮。「你難道不是嗎？」

清天別開目光。

蛾飛為風奔感到驕傲。儘管疼痛難耐，但她那句話卻令清天啞口無言。他當然也忠於他的部族。要是柳尾是天族貓而非風族貓，他同樣會挺她。她回頭望著可憐兮兮的柳尾，只覺得不忍。淺色虎斑貓全身發抖，耳朵貼平，喉嚨裡發出低沉的呻吟。

她顯然驚嚇過度！蛾飛掃視凹地邊緣，希望在樹根或荊棘附近找到百里香。但什麼也沒有。她爬向柳尾，尾巴輕撫虎斑貓的背。「沒事，」她低聲道。「我們會帶你回營地，好好照顧你。」

柳尾全身發抖，糾結的毛髮豎得筆直，那雙受傷的眼睛轉向蛾飛。「我的眼睛以後還能看見嗎？」

「我不知道。」蛾飛低語道，無能為力。她環顧四周圍觀的貓兒，發現他們個個遍體鱗傷，皮開肉綻，包括鼻口、身上、耳朵。空地上處處是血跡和毛髮。她忍不住火冒三丈。「這場仗打得一點意義也沒有。」她瞪著清天。「你當初為什麼不讓我回去？我可以跟風奔好好解釋。我可以把柳尾和紅爪之間的過節說給她聽。你們本來可以好好坐下來談的。」

清天瞇起眼睛。「我怎麼知道風奔會來攻擊我的營地。」

蛾飛頓時不知道該說什麼。要是風奔只派出一支隊伍來找她，而不是大張旗鼓地開戰就好了。「你們兩個必須和談。」她站起來，走到她母親和清天中間，輪流看著他們，大聲吼道：「現在就在這裡把事情說清楚。」

清天的目光在她身上逗留了一會兒，才垂下頭。「這是一場愚蠢的戰爭。」他讓步道。

風奔渾身顫抖地深吸一口氣。「我們根本不該加入戰局。」她厲聲道。

雜沓的腳步聲在營地屏障後方的林地響起。荊棘叢一陣抖動，橡毛衝了進來。她剎住腳步，瞪大眼睛看著遍體麟傷的貓兒們。礫心追在後面鑽進來，雲點和斑皮也跟在後面。

他們個個目瞪口呆。

斑皮的目光掃向柳尾。礫心趕緊衝到風奔旁邊，嗅聞她的身體，檢視頸上的傷，再伸出腳爪沿著脅腹摸索。

「她的腿斷了。」蛾飛焦急地告訴他。她望著雲點和斑皮。「我們得治療傷者。」她朝橡毛眨眨眼睛說道：「我需要你所儲存的藥草。」

「我們去拿。」斑皮已經爬上陡坡。

橡毛追在後面。

雲點甩甩尾巴。「我去採集新鮮的酸模和金盞花。」他低身鑽出營地。

金雀毛從空地對面跑過來，焦急地看著風奔。「她不會有事吧？」

「她的腿斷了。」蛾飛告訴他。

「斷了？」金雀毛神色一黯。「醫得好嗎？」

礫心代她回答。「只要用紫草裹住斷腿就醫得好。」他躍過風奔，開始在橡樹樹根那裡拔夠硬的小樹枝。「不過我們得先把腳固定起來。」

金雀毛趕緊過去幫忙。

「骨頭已經斷得脫離原來位置。」蛾飛一想到她母親的腿骨斷得參差不齊，便覺得不忍。

「我們可以扳正它。」礫心從樹幹那裡咬斷一根剛長出來的小樹枝，然後拿給金雀毛看。「我們需要像這樣的樹枝。」他下令道。

金雀毛點點頭，躍過樹根，開始掃視樹幹表面。

蛾飛看了柳尾一眼。「我們該怎麼幫她？」她絕望地問道。

礫心看著那隻母貓，眼神黯了下來。母貓看上去就像癱在地上的獵物，鮮血流滿一地。「依我看太遲了。」他低聲道。

紅爪在柳尾旁邊跌坐下來，瞪大驚恐的眼睛。

礫心快步走到虎斑母貓旁邊，耳朵貼近她的脅腹，抬頭搖了搖，神情嚴肅。「她死了。」

迅鯉一跛一跛地走近，眼裡充滿哀傷。鋸峰則怒瞪著清天。

風奔捕捉到瘸腿公貓的眼神，於是沙啞說道：「過去的事就讓它過去吧，我們現在能做的是好好埋葬她。」

斑皮現身坡頂，嘴裡叼著一坨藥草。橡毛也帶著蜘蛛絲從旁邊一躍而下。荊棘叢窸窣作響，雲點叼著金盞花、酸模和百里香回來了。雷族巫醫貓很快地環顧凹地四周，瞇起眼睛，蛾飛知道他正在檢傷分類。

「暴皮的脅腹傷口很深。」她告訴他。

雲點朝灰色公貓走去。橡毛穿梭在花開和迅鯉之間，檢視他們的傷口。斑皮朝踉蹌站在樺樹旁邊的蕁麻走去。不一會兒，三隻巫醫貓便都開始著手工作……不是蹲在地上將藥草嚼成葉泥，就是用蜘蛛絲包裹傷者流血的腳爪，或者將藥草的汁液舔在傷口上。

蛾飛的身邊這時有毛髮刷拂而過，金雀毛來到旁邊，嘴裡叼著一捆橡樹樹枝。他丟在地上，然後在風奔旁邊蹲下來。「蛾飛會馬上幫你處理。」他輕聲承諾。

礫心跳下陡坡，將一坨翠綠的葉子擱在蛾飛腳下。「我找到紫草了。」他看了風奔一眼。「你需要咬住一個東西。」他從金雀毛丟在地上的樹枝裡挑了一根最粗的，放進她嘴裡。

她沒辦法說話，只是狐疑地看著他。

「在包紮你的斷腿之前，我們要先扳正骨頭。」他朝一叢蔓生的雜草伸爪過去，拔了幾根粗一點的葉子過來，然後對蛾飛點頭示意。「把你的腳爪放在她腿的上方，我一打信號，你就往下壓。」

蛾飛聽命，兩隻腳爪放上去，感覺得到那條斷腿很燙。

礫心用下顎咬住風奔的後腳爪，眼神瞟向蛾飛，微微點頭，然後用力一拉。

蛾飛立刻往下壓，感覺骨頭正在移動，更聽見樹枝被她母親喀嚓咬斷的聲音。風奔痛苦呻吟。

蛾飛愣了一下，趕緊轉頭過去，用力舔她母親的面頰。「好了，好了。」她安慰道，突然覺得自己像是她的母親而非小貓。

金雀毛瞪著她看，驚恐地瞪大眼睛。「你把她弄痛了。」

「這是沒辦法的事。」礫心放開風奔的腿，腳爪輕輕撫過骨折處，對蛾飛眨眨眼睛。「你覺得怎麼樣？」

蛾飛渾身發抖，緊張地伸出腳爪往那裡摸。參差不齊的腫塊不見了。「你把它扳正了！」她頓時鬆了口氣，開心地對金雀毛喵嗚道：「現在應該可以醫得好了。」

「我們得把它包紮起來，才能癒合。」礫心勾出兩根樹枝放在風奔斷腿的兩側，再上上下下地放了幾根，然後用紫草緊密地包住。蛾飛總算弄懂他在做什麼，於是抓起一片質地較硬的長葉子，從她母親的腿下穿過去，繞著紫草和樹枝轉了幾圈，就像以前捆浸過水的蕁麻一樣。沒多久，風奔的斷腿便被緊緊包裹在紫草裡，以樹枝撐直。

蛾飛眨眨眼睛看著風奔：「感覺如何？」

風奔回望她，表情痛苦。「還好。」她謊稱道。

「我窩穴裡有罌粟籽，」蛾飛告訴她。「可以幫忙止痛。」這時她突然想起她的小貓們。誰在照顧他們？他們安然無恙嗎？他們一定嚇壞了……納悶她去了哪兒。她的心頓時揪緊。這場仗和這些傷者讓她忙到都忘了他們。

她覺得好內疚。

「蛾飛？」礫心皺眉瞪著她。他是不是看見她神色黯然？「你怎麼了？」

「我的小貓！」她緊張地低聲說道。「我不知道誰在照顧他們。」

礫心同情地眨眨眼睛。「這裡讓我們來處理就夠了。」他朝忙著照顧傷者的斑皮、雲點和橡毛點頭示意。「你先回去看你的小貓吧。在風奔安全回到營地前，我不會離開她的。」

蛾飛望著他，心緒紊亂。她真的能這樣撒手不管自己的母親和族貓嗎？

「快走啊！」礫心催她道。「如果你一心掛念著小貓，根本不會有心在這裡工作。」

她往後退。心裡莫名恐懼。**真的嗎？**

她甩甩毛髮。**不管了。**也許此刻，蜂蜜皮、蛛掌、泡溪和藍鬚都在哭喊著要找她。

她轉身衝出天族營地，跑向高地。

# 第三十二章

蛾飛在睡夢中微微顫動。她眨眨眼睛睜開。看見高地的邊坡。一個䜬色身影站在無半點星光的夜空下。蛾飛立刻認出他。她還住在影族時就曾夢到他與星族會面。他的旁邊有一隻棕白相間的虎斑母貓躺在草浪如波的地上，身子動也不動，蛾飛都不免懷疑她是不是死了。除此之外還有另一隻貓正抽動著耳朵，掃視四周薄霧。

蛾飛緩步接近。她知道他們看不到她的存在，也聽不到她的聲響。**我在這裡只能旁觀。**棕色虎斑母貓突然打了個噴嚏，爬了起來。她瞥了䜬色公貓一眼，彷彿是在尋求他的肯定。公貓將尾尖擱在她肩上，沒一會兒，一隻灰白相間的公貓從霧裡走了出來，身上水珠宛若星子閃閃發亮。**那是貓靈嗎？**

灰白色貓和䜬色公貓交談了幾句，蛾飛根本懶得豎起耳朵聽，因為她知道什麼也聽不到，只會聽見耳邊呼嘯的風聲。這時貓靈用鼻子碰觸虎斑母貓。

母貓痛苦抽搐。

蛾飛瞇起眼睛。這一幕她已經看過多次。這隻貓正在痛苦地承受星族的祝福。她的爪子深戳進粗糙的草地裡，這時愈來愈多貓兒現身霧裡，她好奇地豎直毛髮。

一隻深灰色公貓碰觸棕色虎斑母貓，母貓又開始全身顫慄。

然後換了一隻年紀較大的棕色虎斑母貓走上前來，她們之間一定有血緣關係，因為身上花紋極為相似，而且對望時，表情充滿憐愛。**她們是母女嗎？**蛾飛想到了風奔。戰役結束後，已經過了兩天，她母親的情況似乎沒有好轉，而且每況愈下。痛苦的呻吟聲將她的思緒拉了回來。年紀較長的母貓伸出鼻子碰觸，年輕母貓先是愣了一下，然後全身開始抽搐，緊緊咬住牙關。她的四肢搖搖晃晃，但還是挺住，直到老母貓抽開身，用力舔她的面頰，像在對她致歉，害她這麼痛苦。**她們一定是母女。**年輕母貓閉上眼睛，似乎很享受這一刻。虎斑老母貓轉身，走進迷霧裡。

年輕的虎斑母貓目送她離去，眼神絕望，滿布憂傷。她張嘴喊叫，但蛾飛聽不見她說什麼，她想一定是懇求她母親不要離去。

哀傷像根利爪狠狠戳進蛾飛心窩，痛到她從夢中驚醒。

她睜開眼睛，窩穴裡陰暗涼爽。她隔著入口看見陽光正炙烤著空地。

風奔躺在她旁邊那張用青苔和石楠製成的臥鋪裡，那隻骨折的斷腿就擱在臥鋪邊緣。蛾飛向她挨近。風族族長體溫高得離譜。**我該怎麼辦？**這兩天來，風奔清醒的時間愈來愈少，始終沉睡。這或許是件好事，至少睡著了就不會那麼痛。又或許這是她身體的一種自療機制。若真是如此，為何風奔高燒的情況愈來愈嚴重？**也許我給她太多罌粟籽了？也許她需要經歷疼痛，才能打敗病魔？**

蛾飛皺起眉頭。她曾幫忙礫心固定好她母親那隻骨折的斷腿，她很確定他們的方法沒有做錯。她用酸模和馬尾草治療頸上那道很深的傷口，這是彌迦教她的方法。但它到現在還在滲血。

她嗅聞頸上的傷，突然緊張地豎起毛髮。除了嗆鼻的藥草味之外，她還聞到傷口遭感染的酸臭氣味。為什麼彌迦的藥泥沒辦法阻止傷口的惡化？是這傷口害她母親病入膏肓嗎？要是彌迦的藥材療效不夠強，那什麼藥材才有效呢？

或許她該去請教一下礫心。不，她在影族待過一個月，很清楚他有哪些藥草。他有的，她也都有了。那斑皮呢？她和彌迦拜訪河族時，河族巫醫貓才剛開始要拿河邊植物當藥材試用。也許她找到了療效更強的新藥草，足以治癒風奔感染的問題。

「蛾飛？」蜂蜜皮的喵聲打斷她的思緒。他從窩穴入口窺看。「你可以來陪我們玩嗎？」

她照顧風奔的這陣子，都把小貓們交給族貓看顧。

蜂蜜皮圓圓的眼睛布滿憂慮。「我們好想你哦。」

罪惡感像蟲一樣爬進她心頭。「對不起，」她告訴他。「我必須照顧風奔。」

蜂蜜皮沒有爭辯，只是垂著尾巴，轉身離開。蛾飛更內疚了。

入口又出現黑影，那身影背著光，她還沒認出是誰，便聞到了金雀毛的氣味。

「她怎麼樣了？」金雀毛的喵聲嚴肅，緩步走了進來。他站在風奔旁邊，嗅聞她的身體。

「她的體溫更高了。」蛾飛承認道。「我不知道接下來該怎麼做。」

金雀毛發出低吼。「這不公平！」他厲聲道。「大戰役過後，我以為各部族不會再像狐狸那樣爭戰不休，結果好日子才過沒幾天，又惹出一堆麻煩。」

蛾飛站起來迎視她父親的目光。「我會治好她。」她承諾道。「我去河族找斑皮，看看有沒有別的藥草能治好她脖子上的傷口感染問題。我不在的時候，你可以幫我照顧她嗎？」

「當然沒問題。」

金雀毛在他的伴侶貓旁邊坐下來，蛾飛點頭示意那幾坨堆在她母親臨時臥鋪旁的溼青苔。「你得不時餵她喝點水。」她告訴他。「青苔若是乾了，就叫塵鼻或斑毛再去拿新鮮的來。」

金雀毛的耳朵不停抽動。「你會去很久嗎？」

「我盡快回來。」蛾飛低身鑽出窩外，瞇起眼睛，抵禦刺眼的陽光。灰板岩躺在窩外的長草堆上。灰色母貓的紅咳症已經痊癒，但仍然很虛弱。暴皮正和迅鯉在生鮮獵物堆裡翻找食物。高地上還有其他狩獵隊伍正在作業。自從風奔病了之後，鋸峰便暫代她的工作，編派狩獵隊伍，確保生鮮獵物不虞匱乏。

「蛾飛！」藍鬚興奮的喵叫聲在沙坑那裡響起。「你要來陪我們玩嗎？」

蛾飛愣住。「我得去找斑皮。」

蛛掌爬出沙坑，瞪著她。「可是你已經好幾天沒陪我們玩了。」

在藍溪旁邊玩摔角的蜂蜜皮和泡溪停止動作，放開彼此，跳起來站好。

「只要玩一下騎獾打仗就好了。」蜂蜜皮喵聲道。

「拜託。」泡溪渴望地朝她眨眨眼睛。

蛾飛心揪了起來，好生沮喪。她迎視蜂蜜皮的目光，爪子戳進土裡。「等風奔好了，我就能盡情陪你們玩了。」

灰板岩撐起身子。「我來陪他們玩好了。」她氣喘吁吁。

「你需要休息。」蛾飛嚴厲地說道。

暴皮從生鮮獵物堆那裡抬起頭來，朝蜂蜜皮喊道：「我吃完，就來陪你們玩騎獾打仗的遊戲。」

「我也可以嗎？」泡溪朝年輕公貓爬過去。

「鷹羽和露鼻馬上就狩獵回來了，」暴皮告訴她。「到時你要玩多少次騎獾打仗都可以。」

蛾飛感激地看了暴皮一眼。「謝謝你。」她越過長滿草的空地，衝出營外，

石楠叢在太陽的連日炙曬下變得焦黃。蛾飛看著地平線，發現遠方有雲層堆積，心裡不禁升起些許希望。下點雨或許可以幫風奔降溫。她最近給她服用的野甘菊無法幫她解熱。

她朝下坡走去，穿過石楠叢時，身上不斷被焦乾的枝葉戳到，腳下草地踩起來的感覺也變得很酥脆。她走近峽谷，隱約聽見遠處下方的流水聲。她朝崖邊趨近，循著陡峭的小徑下到崖底，崖底是平坦的小路，直通河岸邊。若是新葉季，連著幾個月下雨再加上雪融，這條河便會在陡峭的峽谷間翻騰奔流，但此刻水勢平緩，深處的急流無聲地沖撞崖壁。蛾飛停下腳步，喉

嚨乾的像著火一樣，於是舔了幾口水，才沿著河岸往寬闊的沼澤地快步前進。她看見前方河面的踏腳石，不禁悲從中來，想起幾個月前，彌迦就是在那裡等她。

這一次，她得獨自過河。

**彌迦？**她仰頭望天，希望星族聽見她的聲音。**我要怎麼樣才讓風奔好起來？**

太陽朝她射下刺眼強光，她沿著河岸快步前進。要是星族不能幫她，也許斑皮可以。

她走到有踏腳石的河岸那裡，逐一躍過。被太陽炙烤的踏腳石燙到她的腳墊都受不了，於是趕緊在一塊較矮的石頭上停下來，讓水浪輕舔她的腳，享受河水的沁涼。她掃視前方蘆葦叢，尋找可以進入的小路，通往河族營地。

這時狐狸的氣味突然竄進她鼻腔。她愣在原地，這味道很新鮮，她頓時不安，目光沿著河道望向被河水一分而二的蘆葦灘，那裡連著森林，林間有小鳥在陰涼的樹蔭下吱喳啁鳴，撲撲拍翅，飛掠枝椏間。但沒有看到紅色身影藏身樹叢裡。她躍過最後幾個踏腳石，登上泥濘的對岸，這時狐狸的臭味更強烈了，她緊張到毛髮賁張刺痛。她停下腳步，伸長後腿，撐起身子，窺看蘆葦後方。**那裡藏著狐狸嗎？**她不能回頭。她必須找到斑皮。她沿著河岸走，豎直耳朵。旁邊的蘆葦叢出現一個缺口。她心頭一驚。這不就是她和彌迦第一次來訪時走過的小路嗎？她張開嘴巴，讓氣味漫上舌尖，狐狸的臭味還是很濃。

她停下腳步。**河波應該也聞到了吧？**他八成已經派出巡邏隊去把狐狸趕出營地。現在也應該跑走了。她無視心裡隱約的不安。她一定得冒這個險。風奔的那條命全靠她了。

她正要低身鑽進蘆葦叢，後方突然傳來尖叫聲。

第 32 章

她認出那悽厲的喵聲，心頓時揪緊。

「蛛掌！」

「快救他！」

「他會淹死！」

她連忙轉身，看見蜂蜜皮、泡溪和藍鬚全擠在河中央一塊踏腳石上。他們蜷縮在一起，毛髮賁張，瞪視著腳下滾滾河水。

蛾飛驚惶地循著他們的目光看，驚見水面破出一隻腳爪，又隨即被急流捲走，消失河面，蛾飛嚇得心揪成一團。

她迅速地奔向河面的踏腳石，無視蜂蜜皮和泡溪的尖喊聲。

「蛾飛！」

「蛛掌掉下去了！」

她已經衝進河裡，河水寒冷，嚇得她倒抽口氣。她大口吸氣，在水面上掙扎，四隻腳奮力踢水，朝小小的漩渦游過去，她只知道蛛掌在那裡，但水面上看不到他。她死命地抬高鼻口，用力踢腿，試圖轉向蛛掌的方向。河水將她往下拖，拉扯著她的毛髮。河水淹漫她的頭部，她眨眨眼睛，用力睜開，她驚惶失措。**蛛掌！**

蛾飛強迫自己全神貫注，儘管在水裡眼睛感到刺痛，還是努力睜大。河水混濁，將她往下游拖。她奮力踢水，向上泅泳，終於破出水面，大口吸氣。泡溪、蜂蜜皮和藍鬚的尖叫聲似乎變得很遙遠。耳邊水聲咯咯作響，她幾乎聽不見他們的聲音。眼角的蘆葦叢變得模糊，她又被河水淹沒。

但這次她有備而來，用力踢著後腿，掃視昏暗的河水。前方有個淺色身影，一坨白色毛髮被捲在不停旋轉的急流裡。**蛛掌**！她急到耳朵充血，死命踢打四肢，奮力游過去。她往前急泅，與蛛掌之間的距離越拉越近。她伸出前爪，感覺到爪子勾住毛髮，趕緊一把拉過來，奮力踢腿，再次衝向水面。

她破水而出，大口吸入新鮮空氣，胸前那坨東西不斷掙扎，朝她撞擊，熟悉的味道充斥鼻腔。它絕對是蛛掌。

她蹬著後腿，設法讓頭撐在水面上。滾滾河水令她驚慌，完全失去了方向感。她搜尋河岸，發現仍隔著一大片水域，心不免下沉。

「我辦得到！」她咬緊牙關，朝河岸轉向，但爪間抓的那坨小東西本來一直在掙扎，現在竟變得動也不動，她開始心慌，低吼一聲，將蛛掌拉出水面。「把你的頭抬起來！」她厲聲下令。「快點呼吸！」她甚至甩動腳爪，一邊泅游，一邊試圖喚醒他。

但他的鼻口一直在水面上浮沉。

**他死了嗎？**

她的後腿突然蹬到河底的卵石，她扒抓了一會兒，終於踩到河床，一跛一跛地將蛛掌從水裡拖上來，放在卵石灘上。

她看見那坨溼淋淋的身軀，頓時慌了起來。他的鼻口倒向一側，腳爪癱軟在地。「蛛掌！」她的理智被恐懼淹沒，四隻腳像被凍結了一樣。

**蛾飛！**有個遙遠的聲音在她耳邊響起。**還記得斑皮做了什麼嗎？**

「彌迦？」蛾飛認出那冷靜的聲音，她茫然地環顧四周。

**記得小雨嗎？**

**當然記得！**蛾飛揮開恐懼，抬起前爪，放在蛛掌白色的胸前，開始按壓。她思緒漸明。曙霧的小貓！她以前也做過類似的急救！更何況蛛掌比那隻小貓還要身強體壯。「快呼吸！」她低吼道，死命按壓。

她腳爪下的蛛掌身子突然猛力一抽，嘴裡咳出水來。

她趕緊將他側翻，按摩他的脅腹。她瞥了上游一眼，河水將她沖離了踏腳石，如今距離好像更遠了。她剛剛是從河族這頭的蘆葦灘旁爬上岸。她瞇起眼睛，搜尋蜂蜜皮、泡溪和藍鬚。踏腳石上毫無蹤影。

狐狸氣味竄進鼻孔，她嚇得毛髮豎直。「快一點！」她推推蛛掌，要他起來。「我們得找到其他小貓，然後離開這裡。」她根本不敢四處張望，趕緊叼住蛛掌的頸背，拎著他，沿河岸往踏腳石的方向走去，被叼在嘴裡的小貓憤慨地不停踢打四肢。**他們在哪裡？**她掃視遠岸，目光掠過水面，望向蘆葦灘，突然看見三個小身影蹲在水邊，躲在蘆葦叢下面，她精神為之一振。原來他們已經跨過踏腳石，來到河的這一頭等她。她朝他們跑過去，蹣跚剎住腳步，將蛛掌擱在蜂蜜皮旁邊。

空氣裡仍瀰漫著狐狸的酸臭味。

「走吧！」她開始把他們趕向河面的踏腳石。「我們得離開這裡。」若是只有她一個，她其實並不在意撞見狐狸。但她的小貓們對狐狸來說是很容易到手的獵物，她必須先帶他們離開險境。

他們一來到渡口，她便衝到最前面。「在岸邊等，」她告訴他們。「我一次只能帶一隻小貓過河。」她絕對不再讓任何一隻小貓掉進水裡。她叼起藍鬚的頸背，逐步躍過每塊踏腳石，然後把她放在對岸。又跑回來，不忘掃視河灘上的蘆葦叢，搜尋可能的紅色身影，心撲通撲通地跳。

沒有狐狸的蹤影，只有空氣裡濃烈的狐狸味。她抓起蛛掌，叼住他，一路搖來晃去地過河。然後又回頭，心裡暗自慶幸斑皮曾多次帶她過河，所以她已經很熟悉這裡的環境，幾乎不用低頭查看腳下的踏腳石便能輕鬆渡河。這是她的第三趟了，她把泡溪放在藍鬚旁邊，轉身回去找蜂蜜皮。

但黃色小貓已經在踏腳石上，過了一半的河。

蛾飛當場愣住，驚恐地瞪大眼睛。

她大氣不敢喘地看著他跳到下一塊踏腳石，腳爪突然在石頭上滑了一下，但還是穩住了身子，再往下一塊跳。他又連跳了兩次，終於抵達這頭的河岸。

蛾飛瞪著他，心裡氣得要命，但又為他感到驕傲。「你們為什麼跑到這裡來？」她厲聲道。「很危險的。」

藍鬚瞪大圓圓的眼睛。「可是你來這裡啊。」她不安地說道。

「我知道怎麼照顧自己。」蛾飛扭頭對蛛掌說：「我過河的時候不會掉進水裡。」

蛛掌看起來好小一坨，溼淋淋的毛髮仍黏在身上。他眨著綠色眼睛看著她，一臉內疚。

蛾飛覺得不忍。她剛剛差點失去他！鼻口緊緊貼著他的面頰，開始舔乾他的毛髮。

蜂蜜皮推推她。「我們不是要走了嗎？」他喵聲道。「我聞到狐狸的味道。」

蛾飛對他眨眨眼睛，然後望向蘆葦灘。她需要找到斑皮，但也得先把小貓們帶離險境。「跟我來。」她下令道。她沿著河岸往前行，來到峽谷那條可通往高地的陡徑。

抵達了崖頂之後，她的肩膀才不再緊繃。清新的野風從高地上方掃了過來，沖淡了鼻腔裡的狐狸臭味。她低頭推著小貓繼續前進，帶他們走回營地。

就在快到凹地時，她瞄見草地上穿梭的金雀毛和暴皮。金雀毛一看見她，立刻抬起尾巴，朝暴皮喊道：「他們平安無事！」

兩隻公貓跑過來找她，滑到她面前才剎住腳步。

「我不知道他們怎麼溜出去的。」暴皮氣喘吁吁。「金雀毛一直待在營地入口。」

蜂蜜皮抬起鼻子。「我們是走白尾告訴我的那條祕密通道。」

金雀毛眼神凌厲地看著小貓。「你們應該待在營地裡。」

泡溪生氣地看著他。「我們想找蛾飛啊。」

「她在河邊。」藍鬚氣喘吁吁地告訴他。

「我掉進水裡了。」蛛掌大聲說道。

金雀毛的毛髮頓時豎了起來。

「蛾飛救了我。」蛛掌解釋道。

蛾飛甩甩滴水的毛髮。如今恐懼消失，取而代之的是惱怒。她本來應該去請教斑皮有沒有藥草可以醫治風奔，而不是護送自己的孩子回來。她的母親命在旦夕。她看著金雀毛。「我得再回去一趟。」

蜂蜜皮一臉緊張。「可是那裡有狐狸。」

蛾飛朝峽谷看了一眼。「河波現在應該派出隊伍去驅趕了。」

藍鬚貼著她的肚子。「要是沒有呢？」

蛾飛沒理她。沒時間擔心這些了。「風奔情況如何？」她問金雀毛。

「她一直在說話，」他告訴她。「可是她的話一點意義也沒有。她眼睛張開了一會兒，但看起來不像在看我。」

蛾飛緊張了起來。她的發燒狀況一定更惡化了。她轉過身。「斑皮會知道該怎麼做。」她跑向峽谷。「看好小貓。」

「要是有狐狸怎麼辦？」暴皮在後面喊道。

「到時再說囉。先幫我看好小貓！」蛾飛衝下坡，感覺自己的話被野風吹散。

**斑皮會知道怎麼做嗎？**恐懼爬進她每根毛髮。要是河族巫醫貓也幫不上忙，該怎麼辦？她可以去找雲點或橡毛。她的思緒不停打轉。**要是他們都不知道怎麼救風奔，那又該怎麼辦？**

**我必須試一試。**她賣力前奔，風在耳邊呼嘯。

崖頂出現橘白相間的身影。蛾飛慢下腳步，瞇起眼睛。**是斑皮！**玳瑁色母貓朝她走來。蛾飛跑過去找她。

斑皮在她前面剎住腳步，一看到她，似乎鬆了口氣。「我在河邊聞到你的味道。」

「我正要去找你。」蛾飛氣喘吁吁。

「有狐狸在我們領地裡狩獵，」斑皮告訴她。「我擔心牠可能攻擊你。」

「我聞到了牠的味道。」蛾飛告訴她。

「河波派出好幾支隊伍去驅趕牠。」斑皮彈著尾巴。「你找我有事嗎？」

「風奔病得很重。」蛾飛告訴她。「我想是頸部的傷口感染造成的。我試過酸模和馬尾草，但是傷口聞起來還是有惡臭味，而且她在發燒。你有什麼別的藥草建議我用嗎？」

斑皮皺起眉頭。「聽起來傷口感染得很深，以致於傷口表面的藥泥無法深入發揮藥效。」

她嚴肅地說道。「我不知道有什麼藥草可以從體內直接作用。」

蛾飛背上的毛豎了起來。「所以無藥可醫？」她望著森林，沒有等斑皮回答便逕直說道：

「也許雲點有解藥。」

斑皮循著她的目光，眼神黯然。「也許吧。」她的語氣聽起來不太有信心。「風奔的命運恐怕得由星族來決定。」

「不！」**要是風奔無藥可醫怎麼辦？**蛾飛覺得好無助，腳下地面似乎正在搖晃。「一定有解藥！我是個治療者！」

斑皮垂下眼睛。「有些傷勢是醫不好的。」

蛾飛的思緒紊亂。她絕望地看著斑皮，玳瑁色母貓卻避開她的目光。

突然間，一雙綠色翅膀出現眼角。

她立刻認出那雙翅膀。

**是大飛蛾！**她一轉頭就看見了牠……那隻美麗的大飛蛾，牠曾經帶著她找到高岩山。為什麼牠又回來了？她看著牠，全身突然有了活力。牠繞著她飛舞，往上坡飛掠而去，像幾個月前那樣乘風舞動，彷彿在向她示意。

蛾飛看了斑皮一眼。**她也看見了嗎？**

河族貓瞪著大飛蛾，眼神滿是好奇。

大飛蛾朝上坡飛去，然後又停下來。

「牠要我跟著牠。」蛾飛深吸口氣。

斑皮傾身向前，毛髮豎了起來。「那就快跟牠去啊。」她喃喃說道。

蛾飛的心裡突然燃起一線希望，趕忙追了上去。

**莫非牠有解藥？**

這隻綠色的大飛蛾會告訴她怎麼拯救風奔的性命嗎？

# 第三十三章

正當蛾飛跟著大飛蛾爬上坡時，突然襲來一陣強風，掀飛她的毛髮。她回頭一望，發現後方烏雲翻滾，森林和沼澤上方的天色漸黯。**快下雨了。**

她加快步伐，繞過營地，大飛蛾在前面越飛越遠。

**等等我！**蛾飛覺得好累。這幾天來疲於照顧風奔，再加上今天一整天來來回回河邊奔波，早就讓她體力透支。但是她不能停下來。因為大飛蛾正在指引她。

究竟在指引什麼？她來到高地的最高處，停下腳步，前方的地面往下綿亙，直抵那座可通往高岩山的谷地。

大飛蛾飛來飛去，蛾飛追著牠爬上坡頂，再跑下坡。**牠要我再去一次高岩山！**她情緒一振。**也許星族正在那裡等我，有話要對我說。**他們是要告訴她如何醫治風奔嗎？

大飛蛾停了下來，在風中盤旋。再低飛掠

過蛾飛，又往高地的方向飛去。

蛾飛驚訝轉身，腳在草地上打滑。「你到底要去哪裡？」她追在後面，看著牠往下坡的營地飛去。然後又停下來，半空中盤旋，等她趕上來。

蛾飛氣餒不已。「你到底要我去哪裡？」她質問道。

大飛蛾又鼓翅往高岩山飛。蛾飛轉向跟過去，但才追上，牠又掉頭飛往營地。就這樣在空中乘著風一會兒往這邊，一會兒往那邊。

「你可不可以做個決定啊？」話才說完，蛾飛突然愣住，怒氣瞬間消失。風勢愈來愈大，挾帶著強烈的雨味。那些有關月亮石的夢突然在她腦海裡閃現。她在那裡見過的貓兒都有同伴陪。他們抵達時，星族就會賜給他們某種東西。蛾飛的爪子不耐地耙抓著草地，費力思索。她知道這些夢一定有什麼涵意。而且跟現在的事情有關。所以星族才派大飛蛾來找她。

**不是只找我！**蛾飛突然懂了。第一顆雨水從天空墜落，她眨眨眼睛看著大飛蛾。「你是要我帶風奔去，對吧？」大飛蛾鼓翅往營地飛，彷彿是在應和她的答案。蛾飛快步跟在後面。「你要我帶她去月亮石？」

就在她對著風中大吼時，大飛蛾飛得更高了，鮮亮的綠色翅膀襯在灰色的天空下。蛾飛打從心底知道她說對了。星族正在等風奔，要把他們在蛾飛夢裡曾賜給其他貓兒的東西也賜給風奔。**難道這東西可以救她一命？**

她必須試試看。蛾飛瞇起眼睛，抵禦愈來愈大的雨勢，拔腿奔回營地。

斑毛和塵鼻正叼著生鮮獵物走向獵物堆。他們驚訝地看著從身邊跑過的蛾飛。迅鯉正把灰板岩推進圍牆下避雨，蘆尾嘴裡叼著一坨紫草，正要鑽進石頭佬的窩裡。

黑耳很是驕傲地坐在堆高的岩石上，無視雨水打在臉上，腳邊擺了一隻剛宰殺回來的兔子。蜂蜜皮、泡溪和蛛掌都圍著他，毛髮溼透。「瞧，這是我抓的！」他朝從旁邊跑過去的蛾飛喊道。

她慢下腳步，看了那隻兔子一眼。

泡溪正在嗅聞兔子，興奮地抽動著耳朵。「再過不久，我也可以去抓兔子。」她喵聲道。

蛾飛停下腳步。「快去和灰板岩、迅鯉一起避雨。」她心不在焉地喊道。她一心只想快回到她的窩穴。她要怎麼跟金雀毛解釋她的計畫？風奔有辦法走到高岩山嗎？**她必須走到！**

泡溪從沙坑裡爬出來。「蛾飛！」她的喵聲帶著受傷的語調，因為她的母親頭也不回。

「現在別找我！」蛾飛喊道。「我很忙！」

蛛掌跳出沙坑，在她後面眨著眼睛。「你答應要陪我們玩的。」

「你不是應該照顧自己的小貓嗎？」鋸峰從可以避雨的金雀花叢底下走出來，好奇地瞇起眼睛，冬青則從後面的暗處張望。

蛾飛沒理他，直接鑽進窩裡。「星族剛剛給了我一個神諭。」

她的父親正蹲在風奔旁邊，聞聲扭頭過來，神情緊張，毛髮豎得筆直。「她會好起來嗎？」

「我必須帶她去月亮石。」蛾飛上氣不接下氣。

「高岩山！」金雀毛跳了起來，眼裡射出怒火。「她不能遠行！」他鼻子轉向風奔。後者趴在石楠臥鋪上，裹著紫草的腿笨拙地伸在外面，眼睛半閉，眼縫裡只看得到眼白。

蛾飛愣了一下，恐懼像利爪戳進她心裡。風奔死了嗎？她在風族族長旁邊低下身子，慶幸還感覺得到她母親腹部的顫動，但呼吸急促，全身發燙。

「我去幫她配一些藥草，讓她路上多一點體力。」蛾飛快步走向藥草庫房，從金雀花的莖梗間抓出一些葉子。

「不行，」金雀毛吼道。「你哪都不能帶她去！」

蛾飛把大概一掌份量的野甘菊搓碎，又撕了點蕁麻、貓薄荷和款冬到裡頭。她還灑了點罌粟籽，希望能緩解風奔的疼痛，又不會讓她昏昏欲睡。她必須盡最大努力帶風奔去高岩山。

金雀毛的聲音在她耳邊響起。「你聽到我說的話了嗎？」

蛾飛看著他。「我不能坐以待斃地看她死去。」

「但你也不能帶她去那裡等死啊！」金雀毛憤怒到毛髮賁張。「就算她得死，也應該死在部族裡。」

「如果我能帶她去月亮石，她就不會死！」蛾飛怒瞪著她父親。「這是星族給我的指示。我知道怎麼做。」

窩穴入口出現黑影，不一會兒被雨淋溼的鋸峰鑽了進來。「你跟星族談過了？」

蛾飛迎視他的目光。「是的，在我夢裡。」

「他們告訴你必須帶風奔去月亮石？」鋸峰歪著頭。

「也不完全是，」蛾飛厲聲回答。「不過我知道這是他們的意思。」

鋸峰瞇起眼睛。「你認為那是他們的意思。」

蛾飛吼道。「我就是知道。」

金雀毛緩步走到風奔旁邊，低頭看著她。「她根本走不動。」

「可以的。」蛾飛用嘴巴叼起捏碎的藥草，從他旁邊擠過去，將藥草呸在風奔鼻口旁。「風奔，你可以吞下去嗎？」

風奔低聲呻吟，但是沒有睜開眼睛。

蛾飛不免慌了起來。

「你就讓她好好休息吧。」

蛾飛覺察到她父親伸出爪子把她往後拖。她朝他轉身，嘶聲吼道：「你必須相信我！你必須相信星族！半月要我當巫醫貓時，曾告訴過我，總有一天，部族的命運得靠我。」

鋸峰傾身向前，耳朵貼平。「這件事和部族的命運又有什麼關係？」

「我不知道！」蛾飛氣到渾身發抖。「但是你們必須讓我去找出答案。」

窩穴入口出現毛髮刷過石楠叢的聲響，一個溫和的喵聲從鋸峰背後傳來。「金雀毛，你就相信她吧。」

**是塵鼻！**蛾飛看見她弟弟表情嚴肅地緩步經過鋸峰旁邊，在他父親面前停下來。她心裡暗自感激他的力挺。塵鼻反問金雀毛：「從以前到現在，她的決定有做錯過嗎？」

金雀毛遲疑了一下，眼裡閃著恐懼。他看了風奔一眼，又看看蛾飛。最後垂下頭。「沒有。」

「那就讓她帶風奔去吧。」塵鼻低聲說道。

金雀毛開始發抖。「可是她會死掉。」

「金雀毛，別怕。」風奔沙啞的聲音從石楠臥鋪那裡響起。

蛾飛扭頭看見她母親正抬起頭來，朝著他們眨著眼睛。

金雀毛也轉頭過來。

風奔繼續說道：「哪隻貓兒不會死？不過我只死在戰場上。我是風族族長，我必須讓大家知道我並不貪生怕死，我的族貓也才能學會不貪生怕死。我要跟蛾飛去月亮石。」

蛾飛的心狂跳。**她相信我！**

鋸峰看著風族族長，表情驚訝。「可是你身體太虛弱了。」

「我會找到支撐下去的力量。」風奔眼神痛苦。

「把這些吃下去。」蛾飛將捏碎的藥草朝她推近，風奔轉頭過來舔食。她悉數吞了下去，然後看著蛾飛的眼睛。「蛾飛，我為你感到驕傲。你已經懂得為你的信仰而戰了。」

喜悅充滿蛾飛全身。風奔靠著剩下的三條腿施力，勉強撐起身子，發出痛苦呻吟，拖著那條被紫草裹得直挺挺的斷腿。蛾飛趕緊低下身子，幫忙放鬆她腿上的包紮，好讓她將那條後腿塞在身子底下。

風奔一拐一拐地從鋸峰旁邊走過。

金雀毛匆匆跟了上來。「我跟你們一起去。」

風奔轉頭說道：「不行。」

金雀毛眨眨眼睛，顯然很訝異。「可是……」

她打斷他。「要是我沒回來。風族會需要你。」她看了鋸峰一眼。「金雀毛將會是下任族長。」她一跛一跛地走出窩穴，留下金雀毛在後面目送。

蛾飛的腳步微微踉蹌，她看到了她父親絕望悲傷的神情。

「我一定會帶她回來。」她脫口而出。**星族，求求祢們救救她！**

她跟著她母親走進空地。雨滴打在臉上，滴滴答答地掉在空地，在草叢間形成小水塘。營地上方的廣陌天空顯得陰暗。她感覺到有毛髮從她旁邊刷拂而過，原來是塵鼻來到她身邊。

「我們跟你一起去。」他彈彈尾巴，示意斑毛。

斑毛原本在溼淋淋的生鮮獵物堆旁吃老鼠，這時抬起頭來，狐疑地瞪大眼睛。

「我們要帶風奔去月亮石。」塵鼻喊道。

斑毛跳了起來，跑過來跟他們會合。「這麼遠的路，她能走嗎？」他看著風奔，她正步伐蹣跚地走在草叢間。

冬青從金雀花叢底下衝出來。「她病得這麼嚴重，不能離開營地。」

迅鯉也在後面瞪視著她的族長。「風奔，回來！」

「她要去哪裡？」暴皮停下腳步，肩上仍扛著蛛掌。蜂蜜皮和泡溪站在他旁邊，耳朵豎得筆直。

蛾飛對暴皮眨眨眼睛。「我帶她去月亮石。」

「你才剛回來。」蜂蜜皮喵聲道。

蛛掌甩甩身上的雨水。「留在這裡陪我們啦！」

蛾飛避開他們的目光。**我的寶貝們，我不能留下來。我必須救風奔。**她的心幾乎要碎了。

金雀毛從巫醫窩裡走了出來，目光掃過旁觀的貓兒們。「這是風奔必須完成的使命，」他朝蛾飛點點頭。「星族召喚了她，她必須前往。」

蛾飛跑回她父親那裡，用面頰緊緊貼住他。「我會好好照顧她。」她低聲說道，隨即抽開身，回頭去追風奔。

「蛾飛！」藍鬚的喵聲在石楠圍籬旁響起。蛾飛轉身看見她的小貓在雨中發抖，溼淋淋的毛髮黏在小小的身軀上。她不安地看著她母親。「你又要走了嗎？」

蛾飛快步走到她小貓前面，叼起她的頸背，越過草叢，丟在石頭佬的窩穴入口，將她推進去。「我不在的時候，幫我舔乾她，別讓她著涼了。」她的喵聲傳進石楠窩穴裡。

蘆尾伸頭出來。

「我要帶風奔去月亮石，」蛾飛告訴他。「好好照顧族貓，我盡快回來。」

「蛾飛！」藍鬚可憐兮兮的聲音從暗處飄送過來。

石頭佬以低沉的喵嗚聲回答她：「她很快就回來。」

蛾飛轉身離開，悲傷像石頭一樣壓在她心頭。雨滴從她鬍鬚串流而下。**孩子們，對不起。我是逼不得已的。**

斑毛和塵鼻已經來到風奔旁邊，他們走在她兩旁，用肩膀撐住她。當他們走到營地入口時，蛾飛已經追了上來，跟在後面。

外面高地細雨綿綿。風奔的表情痛苦，眼睛直視前方。蛾飛跑到前面帶路，挑了一條最好走的路前往高地頂端。

她最先抵達山頂，回頭一看，愣了一下，發現即便有塵鼻和斑毛扶著風奔，還是落後了一大截。她望了天空一眼，希望烏雲散去。**太陽在哪裡？**它是不是正往高岩山西沉？他們必須在月亮升起前，趕到月亮石那裡。在她夢裡，只有當月亮石被月光點燃時，星族貓才會現身接見來訪的貓兒。所以風奔一定得及時趕到。

**要是烏雲不散呢？要是月光沒照在月亮石上呢？**她的毛髮豎了起來。她甩開這念頭，**先帶風奔到那兒再說吧！**她彈彈尾巴，示意塵鼻加快腳步。他瞥了她一眼，目光無奈。她知道他已經盡力。他們又不能催風奔走快點。不過他們今晚一定得抵達。蛾飛覺得她母親的病情沒辦法再多拖一天。

雨中的她看著下方的轟雷路。怪獸怒吼，從兩個方向隆隆奔來，眼睛射出強光，所到之處水花四濺。

他們要怎麼帶著風奔穿過轟雷路呢？

她快步走下坡，將風奔交給塵鼻和斑毛攙扶。快到坡底，也就是轟雷路貫穿草地的那塊區域時，她才慢下腳步。怪獸的臭味熏得她眼睛很不舒服，喉嚨像被燒灼了一樣。腳下地面微微顫動。她仔細觀察怪獸們經過之後的空檔有多長，想確定這時間夠不夠風奔穿越轟雷路。

她回頭看，心頓時一沉。斑毛和塵鼻才走到山頂附近。**這速度太慢了！**心臟止不住狂跳的她朝他們跑回去。風奔的眼神渙散。蛾飛湊近鼻口，聞到她母親鼻息裡有很臭的味道，又看見她頸上的傷口有血滲出，染紅的雨水不斷從她毛髮上滴落下來。**我應該帶蜘蛛絲的！**蛾飛懊惱自己不夠機伶。

「她怎麼樣了？」她問塵鼻。

風奔停下腳步，神智模糊地抬起目光。「我很好。」她沙啞說道。

蛾飛看見她母親這麼虛弱，覺得很不習慣。她向來比別的貓兒都強韌。

塵鼻和蛾飛互看一眼。她看見他眼裡閃過驚恐，因為他望見轟雷路上怪獸絡繹不絕。「我們不可能帶她過去。」

「我們必須帶她過去。」蛾飛告訴他。

斑毛瞇起眼睛。「如果我們算好時間，還是辦得到。」

蛾飛滿懷希望地看著他。

「也許得在中間停一下。」他補充道。

「停在中間？」蛾飛不敢相信。

塵鼻循著斑毛的目光。「怪獸交錯而過時，中間都會留一道很窄的空間。只要牠們不擦撞彼此，就不會撞到我們。」

蛾飛害怕到胃揪了起來。因為她明白他們終究得放膽一試。這是他們唯一的機會。「好吧。」她朝轟雷路轉身，慢慢走過去。

她母親氣喘吁吁地想要跟上。如今她的每口呼吸對她來說都很費力。斷腿始終縮在她身子底下。蛾飛無法想像她有多痛苦，她一定痛到無法忍受，才會一路上縮起那條腿。

她不敢多想，深怕想多了，就會被恐懼左右，索性只將思緒擺在眼前的難題上。我們一定得過這條轟雷路。

「來吧！」他們必須通過，即便這時的雨勢變大。她蹲在黑色岩面的邊緣，一頭怪獸呼嘯而過，她趕緊瞇起眼睛。惡臭的水像浪花灑在她背上，剛趕上來的斑毛、塵鼻和風奔也無一倖免。

「給我一點時間喘口氣。」風奔低吼道。塵鼻退到旁邊讓她坐下來休息，她的腹部劇烈起伏。

蛾飛貼近風奔的鼻口。「我希望有一天我也能像你一樣勇敢。」

風奔抬眼說道：「你已經做到了。」

「我們走吧！」塵鼻推開蛾飛，撐起風奔。此刻兩頭怪獸的間距剛好夠他們通過。

這是一個好機會。蛾飛跳上路面，又停下來，想確定風奔已經跟上。斑毛和塵鼻扶著風族族長步上轟雷路。風奔掙扎著想自己走。「我可以自己走！」她咬牙嘶聲說道，甩開兩隻公貓，一跛一跛地往前走，蛾飛轉頭望見一頭怪獸迎面而來，眼睛射出怒火。另一個方向也有另一頭怪獸奔來。

「就停在這裡！」斑毛尖聲吼道，撲上風奔。蛾飛也趕緊躲進她母親懷裡，塵鼻緊緊挨著他們。蛾飛瞇起眼睛。兩頭怪獸分別從兩邊呼嘯而過，她的心臟幾乎要從胸口跳出來。腳下地面不斷搖晃，惡臭的水四散飛濺，噴溼她的毛髮。

「快走！」塵鼻立刻下令。

蛾飛張開眼睛，看見遠處路面完全淨空。

風奔直起身子，痛苦呻吟，一跛一跛地往路邊走去。斑毛用肩膀撐住，推她前進。這時怪獸的怒吼聲又在蛾飛耳邊響起。她轉頭一看，被牠眼裡的強光照得睜不開眼睛。

「不要看！快跑！」塵鼻用力一推，她蹣跚跌進轟雷路邊緣，摔到後面泥濘的草地上，怪獸的圓形腳爪同時從她尾巴旁邊嘶吼而過，正在滴水的毛髮被呼嘯捲起的狂風不斷拉扯。

「風奔！」她驚惶失措地環顧四周。風奔躺在離她一條尾巴之距的前面草地上。

風奔有一半身子壓在斑毛的肚皮上，後者從她下方掙脫出來。「我跌倒了。」他嘟囔道，同時甩甩身上的雨水。塵鼻趕緊過去扶風奔起來。

蛾飛也跑過去。「你還好嗎？」她嗅聞風奔的斷腿。腿上的紫草綳帶有點鬆脫。她用鼻子碰觸時，風奔立刻痛得縮起身子。

蛾飛看著她母親那雙黃色的眼睛，眼裡滿布痛苦。她又回頭看了轟雷路一眼，川流不息的怪獸隨著雨勢和緩，開始加快速度。間距愈來愈密集。現在要回頭根本不可能了。他們只能繼續前進。

「你可以走嗎？」她搜尋風奔的眼神，暗自祈禱她的答案是肯定的。

風奔點點頭，勉強站了起來。塵鼻和斑毛趕緊從兩邊扶住她。

雨中的蛾飛眨眨眼睛，掃視前方草原。也許她可以在路上找到罌粟籽，或者任何可以緩解她母親疼痛的藥草。

他們緩緩穿過溼漉漉的田野，腳爪沾滿泥巴，徒步繞過草地，鑽進樹籬底下。蛾飛每走幾步，便抬頭看一眼高岩山，希望能看到它龐然逼近。但無奈好像怎麼走，那些暗色的巨大懸崖似乎都仍遙不可及。**我們永遠也走不到！**蛾飛低著頭，吃力地跋涉。她知道風奔正強忍著痛。雨不斷打在身上，四周田野漸漸昏暗。她專注看著腳上的泥巴，深恐被正在胃裡翻攪的那股恐懼牢牢攫住。她貼平耳朵，不敢聽見風奔痛苦的呻吟聲。

**難道我錯了嗎？**她開始質疑自己。要是她誤解了那些夢境，該怎麼辦？要是大飛蛾跟星族一點關係也沒有，又該怎麼辦？綠葉季的時候，石楠叢裡總是翩翩飛舞著許多蛾和蝴蝶！憑什麼這隻就特別不一樣？

她抬起頭，眨眨眼睛看著斑毛和塵鼻，他們正扶著風奔鑽進樹籬裡。黑暗中，她幾乎看不見他們的身影。暮色已逝，夜色姍姍來到。

難道他們此行將一無所獲嗎？她停下腳步，被恐懼淹沒。

「蛾飛？」塵鼻的呼喚聲驚醒了她。她看著他轉身鑽出樹籬，朝她走來。「你還好嗎？」

「要是我解讀錯了，怎麼辦？」她低聲道。

「你的解讀從來沒有錯過。」塵鼻告訴她。

蛾飛幾乎沒聽見他的聲音。「金雀毛說，如果她快死了，也應該死在部族裡。我們卻把她帶了出來。」

「她跟我們在一起，」塵鼻靠近她，壓低音量。「而且她不會死。」

蛾飛目光越過他，隱約看見樹籬後方斑毛和風奔的身影。風族族長躺在地上。蛾飛頓時緊張起來，趕忙過去，鑽進樹籬底下，嗅聞風奔的鼻口。她還有呼吸嗎？

「我只是在休息。」風奔咕噥道。

蛾飛鬆了口氣，四隻腳不停發顫。

「都快到了，你想我怎麼可能放棄？」她從泥地上抬起頭來，望著高岩山。

蛾飛驚訝地眨眨眼睛。他們快到了！她抬眼望著陡峭的崖壁，綠色翅膀又在她上方撲撲拍打。她抬頭一看，大飛蛾正朝岩壁上幽暗的洞口翩翩飛去。

蛾飛心裡燃起希望。**我一定要相信自己！**「來吧！」她輕輕推著風奔，要她站起來。「我們得趕在月亮出現前抵達那裡。」

「我們在跟月亮賽跑嗎？」風奔眼角覷著蛾飛，不忘苦中作樂地說道。「我總是告訴金雀毛，你是個小怪胎……」

蛾飛胸口頓時熱了起來。

風奔這時突然咳起嗽來，腳爪緊緊縮在身子底下。蛾飛聞到鮮血的味道。她用肩膀扶住她母親，塵鼻繞到另一邊。風奔的毛髮溫熱溼黏。蛾飛揣測她脖子的傷口一定在流血。**星族老天啊，求你們保佑她平安抵達目的地，**她在心裡暗自向星族祈禱，繼續扶著風奔往前走。**希望月亮石可以救你一命。**

# 第三十四章

「你必須在這裡等。」蛾飛神情嚴肅地看著斑毛，然後也向塵鼻點頭示意。「你也是。」

他們剛剛好不容易才把風奔拉上洞口。風奔靠在塵鼻身上，目光混濁。她低聲嘟囔：「金雀毛呢？告訴他我來了。」

蛾飛緊張地看了她母親一眼。高燒不退的風奔顯然腦筋糊塗了。

塵鼻窺看幽暗的洞口。「月亮石在哪裡？」

「在地道底下。」蛾飛告訴他。

「你有辦法自己帶她進去嗎？」

「沒辦法也要想辦法。」她是他們的巫醫，必須由她獨自帶她母親去見星族。

斑毛不安地蠕動著腳。「我們可以幫忙帶她下去，再離開。」

蛾飛猶豫不定。風奔已經筋疲力竭。**我真的有辦法可以帶她通過地道嗎？**烏雲正在消散，露出清澈的夜空。大片星子漫向遠方高地。**我必須自己決定**。斑毛和塵鼻是獵者……習慣在高地上奔跑，負責餵飽部族。但是和星族心靈相通的是我。她把心一橫，看著斑毛。「這件事我得自己處理。」

她鑽進風奔和塵鼻之間，步履踉蹌地撐起風奔的重量。「走吧。」她低聲道，只希望她母親聽得見她的聲音。

風奔蹣跚前進，蛾飛穩住身子，腳踏岩地，帶著風族族長往洞穴深處走去。黑暗吞沒了她們，她警覺到她母親的呼吸變得急促。她們拖著腳，一跛一跛地走進地道裡。空氣冰冷，像結凍的水在她們四周流竄。腳下地道往下傾斜。陰冷的岩石氣味被風奔身上的血腥味掩蓋。她聽見一滴血掉在地上，感覺到血滴噴上她的腳。然後又掉了第二滴，聲音迴盪在岩壁間。

蛾飛加快腳步，推著她母親前進。**不要死**。她的心跳愈來愈快。風奔身上流的血滴滴答答地濺在她的毛髮上。恐懼宛若藤蔓緊緊攫住她，她只能無視它的存在，全神貫注地往前推進，她的鬍鬚不停刷拂穴壁，沿著蜿蜒的地道深入地底。每一個感官都專注於前方的動靜，每一個思緒都在告訴自己繼續帶著風奔往前走。**你一定辦得到**。

她母親的呼吸愈來愈紊亂……一下子急促，一下子大口吸氣。蛾飛吞吞口水。她每次的呼吸聽起來都像是最後一口氣。

蛾飛終於聞到新鮮的空氣。在冰冷的地道裡待了一段時間之後，竟覺得迎面撲來的新鮮空氣很溫暖。

**洞窟到了！**

**她們辦到了！**

又走了幾步，岩壁霍然寬敞，月亮石所在的洞窟躍然在目。溫柔的星光從穴頂的洞滲了進來。月亮石巍峨聳立於洞窟中央，幽暗陰森。

蛾飛大喝一聲，用力將母親往前推，讓她挨著月亮石躺下。風奔氣喘吁吁地倒在地上，動也不動。

蛾飛退後，心撲通撲通地跳。

她的母親沒有動靜。

「風奔？」蛾飛的腳像在地上生了根。她看著眼前景象，驚恐不已，**難道太遲了？**

突然間，月亮石宛若火光上身。蛾飛縮起身子，瞇起眼睛，從眼縫裡覷見月光從穴頂洞口漫了進來。

她緊張地望向母親，隱約看見發亮的石頭旁有個暗色身影，應該就是她母親。

**拜託你動一動。**絕望的她只希望風奔能動動耳朵或腳。**告訴我你還活著！**

一個輕柔的喵聲突然在她耳邊響起。

**不會有事的。**

蛾飛愣住，她認出了這聲音，也聞到了熟悉的氣味，緊張到大氣都不敢喘。「是彌迦嗎？」

有毛髮刷過她身邊，她扭頭查看，發現他的眼睛只離她一個鼻口之距。

彌迦慢慢眨著眼睛，全身泛著星光。他的體溫彷彿融化了她，她這才察覺自己的身子有多溼冷。她挨近他，像以前一樣偎進他懷裡。他的面頰緊貼著她。「你做得很好。」他的喵聲充滿憐愛。

她的心被喜悅漲滿。「風奔會好起來嗎？」

「你已經盡力了。」他輕聲說道。「現在她是屬於星族的。」

她當場愣住。**屬於星族？她死了嗎？**

彌迦的鼻息輕拂她的耳毛。「有一天你會把拆散開來的熾烈之星花瓣集合起來，但還不到時候。」

她抽開身子，迎視著那雙綠色的目光。「這話什麼意思？」

他對她眨眨眼睛。「你只需要旁觀。」他低聲道，然後朝月亮石轉身。

蛾飛循著他的目光，看見熠熠閃爍的岩石四周有好多發亮的身影正在出現，他們的毛髮上宛若綴滿星子。

**星族來了。**

灰翅從成排的的星光貓裡走出來，停在風奔面前。他朝蛾飛轉身。「你不知道你有多像你母親。」他溫柔地說道。「帶她來這裡，需要很大的勇氣，還有毅力。你的勇氣和毅力遠超過你的想像。」他垂下頭。「不過你擁有一項你母親所欠缺的特質。蛾飛，你很特別。你可以看見一般貓兒看不見的東西。你能解讀神諭，瞭解它們的含意。」

蛾飛看了她母親一眼，後者仍倚著岩石癱在地上。**灰翅不是來救風奔的嗎？**「不要浪費時間了！」

灰翅的目光沒有移動。「你必須明白你這項特質的重要性。」

「只要是貓，都會追著大飛蛾跑。」蛾飛語氣不耐。

「但鮮少有貓兒知道什麼樣的大飛蛾才能帶領自己的部族步上安定之路。」灰翅告訴她。

「部族的安定與否不是靠我。」蛾飛心跳加速，探頭尋找彌迦，發現他已經不在她後面，只好在貓靈裡頭尋找他的蹤影。「我只是把風奔帶過來。你會救她，對不對？」

「我們救不了她這條命。」他的聲音在岩壁間迴盪，傳進蛾飛的耳裡。

她瞪視著他，覺得有點暈。「可是你一定要救她。」

灰翅退後，這時星族貓也開始在洞窟邊緣移動，繞著璀璨的月亮石圍成一圈。

蛾飛的心臟彷彿快要停止跳動。「別讓她死掉！」

「我們只能把我們的禮物賜給她。」灰翅低下身子，鼻子抵住風奔的頭，後者仍倚著岩石躺在地上。「風奔，我賜給你的這條命，將讓你下定決心，團結所有部族。」

風奔的身子突然抽動了一下，彷彿被什麼尖牙咬住一樣，全身發顫，毛髮蓬了起來。

等到灰翅退開時，風族族長竟然抬起頭來，眨眨眼睛，腳步蹣跚地站了起來，瞪視著圍成一圈、全身星光閃爍的貓兒。

蛾飛想衝過去親親她母親的面頰，但四隻腳像被凍住一樣，身體僵硬到無法移動。她無助地看著另一隻貓兒走上前去。蛾飛認出對方是花瓣，是她第一次遇見星族時所認識的星族貓。母貓朝風奔傾身，後者眨眨眼睛，滿臉疑惑。

「我賜給你的這條命，」花瓣告訴她。「將使你學會珍惜友誼、對朋友忠心。」她用鼻子輕觸風奔，後者再度全身顫抖，耳朵貼平。

「拜託別傷害她。」蛾飛喊道。「她已經受了很多苦了。」

彌迦目光溫柔地遠遠望著她，蛾飛以祈求的眼神看著他。他緩緩眨眨眼睛，似乎在向她保證，一切都會雨過天晴。

花瓣退開時，風奔的身子還在搖搖晃晃。龜尾取而代之花瓣的位置，風奔的眼裡露出懼色，縮起身子，緊緊夾起斷腿。

「風奔，別害怕，」龜尾安慰她。「我們送你的是禮物……也是送給所有部族的禮物。」

風奔直起身子，伸長斷腿，踏在地上。蛾飛看見她母親表情痛苦，彷彿正咬牙苦撐，她於心不忍。

龜尾伸出她的頭。「有了這條命，你將能不畏艱難地面對未來困境。」

風奔一被龜尾碰觸到，立刻發出呻吟聲，背上毛髮豎得筆直。蛾飛覺得很不安。她知道她母親很痛苦，只要看到她繃緊身子，她就跟著繃緊。龜尾退開後，她才鬆了口氣，全身癱軟。

風奔轉頭望著洞窟裡那群泛著星光的貓兒。她眨眨眼睛，彷彿此刻才察覺到他們的存在。這時一隻灰色公貓朝她走來，她倏地瞪大眼睛，不停抽動耳朵。「你在這裡做什麼？」她的喵聲裡帶著低吼。

蛾飛好奇地偏著頭。這隻陌生的貓兒是誰？她以前沒見過他。

公貓停在風奔面前，垂頭說道：「我知道你恨我離開你。」

風奔嘶聲道：「枝葉，你是個懦夫！你在我還沒成為獵者之前就棄我而去。我不想跟你有任何瓜葛。

「我不是故意離開你。」

「但你還是離開了我！」風奔瞇起眼睛。「但這是你對我做過最仁慈的事，因為要是你不消失，我就不會遇見金雀毛。他比你好上百倍！他很愛我，而且對我忠心耿耿，還給了我一對我引以為傲的孩子。」

蛾飛皺起眉頭。**他是誰？**顯然母親年輕時就認識他。正當她努力回想她母親以前的往事時，枝葉開口了。

「你值得擁有像金雀毛這麼好的伴侶貓，是我配不上你。」他傾身向前，用鼻子輕觸她的頭。「我賜給你的這條命，將讓你從今以後願意打開心房，接受別的貓兒，信任他們。」

風奔又在扭動身子，對方的觸碰似乎令她痛苦不堪。但蛾飛這次沒有害怕地縮起身子，因為這一切就像夢裡看到的一樣。風奔一定也可以像其他貓兒那樣熬過來，而且等一切都結束了……蛾飛瞇起眼睛。**等一切都結束了？然後呢？**

一個熟悉的身影走向風奔。**柳尾！**

她雙眼明亮、身體強壯，身上沒有留下戰鬥後的任何傷疤。她抬高下巴，取代枝葉的位置。

風奔迎視她的目光，表情憤怒。「你欺騙了我。」

柳尾點點頭。「我知道我錯了。我害我的族貓捲入戰爭。」她傾身向前，風奔卻低身想要躲開。「對不起。」

風奔聽見她這麼說，這才停下動作，用鼻子迎接柳尾的觸碰。

柳尾說道：「我賜給你的這條命，將使你能慈悲原諒所有貓兒，無論他們犯的錯有多離譜，心智有多軟弱。」

風奔動也不動，只有尾尖微微顫抖。

柳尾退開，一隻小貓取代了她的位置。

蛾飛認出對方是晨鬚，心裡頓時充滿喜悅。

小母貓走上前，風奔眨眨眼睛，泛著淚光。「晨鬚嗎？」她的喵聲顯得不敢相信。

晨鬚大聲地喵嗚。「嗨，風奔。」

風奔伸出鼻口歡迎她，但晨鬚躲開。

「還不行。」小母貓看著風奔，眼裡閃著喜悅。

風奔的尾巴微微顫抖。「你快樂嗎？你過得好嗎？」

晨鬚回頭望著那群泛著星光的同伴們。「我過得很好。半月和灰翅教我如何狩獵。」

「你會狩獵？」風奔語氣驚訝。

「我們會狩獵，也會在太陽底下曬暖身子，互舔彼此，就像你們一樣。」

風奔的喉嚨裡哽著快樂的喵嗚聲，然後又突然問道：「小燼跟你在一起嗎？」

晨鬚朝她母親眨眨眼睛，沒有回答，反而伸出鼻口，輕觸她。「我賜給你的這條命將帶給你無比的韌性，無論生活中遇到什麼困難，你都能勇敢地繼續前進。」她話一說完，風奔的毛髮便蓬了起來，全身僵硬，爪子刮著地面，強忍住這份禮物所帶來的痛苦。過了一會兒她的肩膀肌肉突然放鬆，晨鬚退回暗處。

小燼取代她的位置。

蛾飛往前傾身，心撲通撲通地跳。不知道風奔見到甫出生就么折的孩子，心裡有什麼感受？

「小燼？」風奔的喵聲充滿感傷。

「哈囉，風奔。」小燼用那雙又圓又亮的眼睛看著他母親。

「好高興見到你。」風奔的目光移向小公貓毛絨絨的身子，旁觀的蛾飛忍住笑意。

「我真希望我能留在你身邊久一點。」小燼輕聲告訴他母親。「但是我和星族在一起也過得很快樂。這裡有高地可以玩耍。有一天我會帶你參觀這裡。」風族還來不及回答，小燼就抬起鼻口，輕觸他母親。「我賜給你的這條命，將帶給你滿滿的愛。」

這一次，風奔沒有痛苦地縮起身子。她的毛髮平順，眼睛微閉，輕輕搖晃身子。當小燼退開時，她還是動也不動，閉著眼睛，彷彿陷入夢裡。

半月取代小燼的位置，她耐心等候風奔回神。

風奔終於睜開眼睛，她偏著頭，一臉疑惑。「你是誰？」

「我是半月。」身形修長的白色母貓的綠色眼眸裡，映照著閃閃發亮的月亮石。

「你是尖石巫師？」風奔垂下頭。「灰翅和鋸峰常提到你。蛾飛也是。很榮幸見到你。」

「你是第一個，」半月莊嚴地告訴她。「願你將星族常放心中。」

「第一個是什麼意思？」風奔瞇起眼睛。

半月伸出鼻口，輕觸風族族長。風奔全身痙攣。

蛾飛看見她母親抽搐不停，當場愣住。接著風奔腳一軟，癱倒在地。

「不！」蛾飛的心揪了起來，立刻飛奔到她母親身邊。風奔像死掉的獵物一樣躺在地上，腹部毫無起伏。冷冽的空氣中不再有她吐出的裊裊白煙。「你殺了她！」她怒瞪半月。「我帶她來是要你救她一命的。」

半月冷靜地對她眨眨眼睛，後退一步。「蛾飛，你要有信心。」

蛾飛思緒紊亂。**有信心？對什麼有信心？**他們應該救活風奔的！她環顧星族貓，竟然看見他們眼裡充滿喜色。難道他們不知道他們做了什麼嗎？

他們為什麼要她來這裡？他們是想要風奔喪命嗎？

被絕望、憂傷和憤怒同時擄獲的蛾飛，將鼻子埋進風奔的毛髮裡。她要怎麼告訴金雀毛，他的伴侶貓死在離高地和部族這麼遠的地方？

突然間，風奔動了一下。蛾飛嚇得抬起鼻子，毛髮豎得筆直。她看見她母親毫不費力地站了起來。

風奔抬起下巴，甩掉裹在後腿的紫草。曾經流血的頸部傷口已經完全不見。那根原本骨折的腿穩穩踩在地上，像其他的腿一樣強健。

蛾飛渾身發抖，思緒飛快地轉。是她母親加入星族了嗎？她打量著風奔，查看她身上是否泛著星光？但只看到棕色的毛髮。「我不懂。」她瞪著半月看。

「還記得你做的那些夢嗎？」白色母貓告訴她。

**那些貓都沒有死！**蛾飛突然恍然大悟。

半月向風奔垂下頭。「你是第一顆升起的星星。」

**是那個神諭！我們會劈開天空，然後星星會升起。**

半月繼續說道：「我們賜給你的禮物，也會賜給所有族長，也就是九條命的禮物。從現在起，你將更名為風星。」

喜悅遍灑蛾飛全身。她想起夢裡曾看到水溝裡的那隻藍灰色母貓死而復生。現在她終於懂了。風奔可以死去八次，再重新復活。

星族貓在她四周齊聲歡呼，聲音迴盪在發亮的岩壁上。「風星！風星！風星！」

# 第三十五章

「蛾飛！」泡溪走到她母親面前，那條粗短的尾巴興奮地蓬了起來。「白尾說我可以跟他還有暴皮一起去狩獵。」

蛾飛正在窩穴外面曬著早上的陽光。她一臉同情地看著小貓。「你太小了。」

「他說他不會讓禿鷹把我抓走。」泡溪爭論道。

「暴皮是帶白尾出去，教他狩獵技巧，」蛾飛解釋道。「如果他還要忙著照顧你，怕你被禿鷹抓走，他怎麼專心上課？」

泡溪臉一沉，氣沖沖地跺腳走了。

藍鬚跑來找她姊姊。「我早就告訴過你，她不會答應的。」

蛾飛目光越過兩隻小貓，望向大岩石下方的沙地。風星站在最前面，金雀毛在她旁邊，族貓們都圍著她。風星正在指派當天的狩獵隊和巡邏隊。明亮的晨間陽光灑在她身上。當她踱步時，完全看不出來瘸腿的痕跡。就連她的脖子，也沒有留下傷疤。

鋸峰低頭穿過族貓，停在她面前。「我可以去高地頂點的兔子洞那裡狩獵嗎？」

風星搖搖頭。「這個綠葉季，我們在那裡獵捕的次數太多了，再這樣下去，恐怕會沒有兔子。你帶冬青去影族邊界那裡看看有什麼獵物可以抓。」然後朝塵鼻點頭示意。「我要你去訓練銀紋。她速度夠快，但潛行技巧有待加強。」

銀紋豎起耳朵。「我們可不可以去抓麥雞？」她興奮地問暴皮。

暴皮緩步走向年輕母貓。「麥雞很難抓，」他告訴她。「還是先從抓老鼠開始吧。」

黑耳從他姊姊旁邊擠過來。「你也可以幫我上課嗎？」

風星打岔道：「斑毛會幫你上課。」

黑耳開心地抬起尾巴，風星則朝斑毛轉身。

「帶他去查看各處邊界，告訴他有哪些地方適合做氣味記號。」她下令道。

斑毛自豪地挺起胸膛，風星則朝迅鯉轉身。

「你跟著鋸峰還有冬青一起去影族邊界那裡。蘆尾……」她朝公貓點頭示意，「帶露鼻和鷹羽沿高地邊緣走。昨天我看見有紅隼在那裡狩獵，所以獵物應該很多。」

蛾飛注意到蘆尾緊張地看著風星。「你今天還要去狩獵嗎？」

「當然。」風星語帶驚訝。自從她回來後，每天都出外狩獵。

蘆尾瞪視著她那隻剛痊癒的後腿。「你確定你體力已經完全恢復？」

風星翻翻白眼。「我要跟你說多少遍才行？我現在真的沒事了。你不是也檢查過我的腿，它看起來像斷過嗎？」

蘆尾的耳朵不停抽動。「我只是不敢相信星族竟然有這麼大的本領。」

蛾飛可以理解他的困惑。就連在現場目睹的她，也很難相信。但這是千真萬確的。

他們幾天前才從月亮石回來，黎明時抵達營地，金雀毛一直等在入口。當他看見風奔朝他走來時，驚訝地瞪大眼睛，衝過來迎接她，不敢相信地一直繞著她轉。

「星族治好你了？」他倒抽口氣。

風奔冷靜地迎視他的目光。「他們的本領不只這樣而已。他們除了把命還給我之外，還又多給了我八條命讓我可以有更長的壽命帶領這個部族。」

金雀毛停下動作，背上的毛起伏如波。他望著蛾飛。「九條命嗎？怎麼可能？」

「我也不知道。」蛾飛不安地蠕動著腳。她到現在一想到星族的本領，都還覺得不可思議。「但這是真的，我以前在夢裡也見過。那是他們賜給所有族長的禮物。」

後來那幾天，蛾飛前往各營地拜會，和橡毛、清天、雲點、雷霆、礫心、高影、以及斑皮和河波分享這個消息。河波似乎沒有那麼驚訝，最興奮的莫過於清天。蛾飛相信他應該早就帶著橡毛去接收自己的九條命了。她希望所有族長都已經去過。今晚的半月集會上，就會知道答案了。

風星的喵聲把她從思緒裡拉了回來。「蜂蜜皮，快下來！」

蛾飛抬頭看見小公貓爬上大岩石中間的那塊突岩上。

迅鯉和蘆尾從凹地跳上去。蘆尾伸長前爪，搆到蜂蜜皮，一把抓住他的頸背，將他從岩架上抓回地面。

蜂蜜皮沒好氣地蓬起毛髮。「都不讓我玩！」

風星嚴厲地瞪著他。「去跟你的同伴玩。」蛛掌正在長草叢間奔竄，泡溪和藍鬚追著他的尾巴跑。風星朝他們的方向點頭示意。

蜂蜜皮皺起眉頭，走去找小貓們。族貓們這時從他旁邊魚貫經過，衝向入口，前往高地。營地上方，天空晴朗，萬里無雲。石楠的氣味混雜著獵物的味道乘風飄進營地裡。

蛛掌停下動作，一臉惆悵地看著風星和金雀毛跟著其他族貓穿過石楠叢縫隙。

泡溪繞著他跳來跳去。「我們來玩狩獵遊戲！」她低著身子，肚子貼在草地上。藍鬚也在他旁邊蹲下來。蜂蜜皮爬上草堆，前爪朝空中揮舞。「我在抓禿鷹！」

「有貓兒抓過禿鷹嗎？」藍鬚朝蛾飛眨眨眼睛。

蛾飛朝她走來。「我想沒有吧。不過灰翅以前說過高山上的故事。他說他們都抓老鷹來吃。」

「誰是灰翅？」藍鬚問道。

她還沒來得及回答，石頭佬就從窩裡走了出來。老公貓睡眼惺忪地朝她眨眨眼睛。「要不要我幫你看著小貓，你去採藥草？」

蛾飛遲疑了一下。自從風星生病後，她庫存的藥草量就愈來愈少。她應該再多存點。可是打從月亮石回來之後，她總覺得自己應該多陪小貓幾天。

石頭佬瞪著她。「昨天你說你要去摘更多貓薄荷回來，」他提醒她。「你說你的庫存不夠……」

蜂蜜皮打岔道：「我可以玩騎獾打仗嗎？」他從草堆上跳下來，落在蛾飛的肩上，害她差點跌倒，好不容易才穩住身子。

石頭佬走上前來。「我可以陪你們玩騎獾打仗的遊戲。」

泡溪朝他跳了過來。「我先！」

蛾飛往前走了幾步，坐在她肩上的蜂蜜皮搖來晃去。她心思不定，自從回營地後，這些天以來，她一直覺得不安。風星差點死掉，蛛掌也曾差點溺死。部族需要她，但小貓也需要她，她覺得自己快被撕成兩半，遇到事情變得優柔寡斷，常陷入莫名恐慌。她當不了最稱職的巫醫，巫醫的職責總是和她小貓的安全有所牴觸，或者說她的母親角色一再威脅到部族的利益。究竟有什麼辦法可以讓她兩者兼顧呢？

**我是巫醫！**

半月的話又在她腦海裡響起。**不管你喜不喜歡，這都是你的天命。你沒有選擇，只能照做。各部族的未來命運只能仰賴你。**

石頭佬一臉狐疑地看著蛾飛。「你到底要不要去採集藥草？」

這時蜂蜜皮的小爪子突然往她身上戳，蛾飛皺起眉頭，告訴石頭佬：「明天吧。我今天想陪我的小貓。」

蛾飛跟著礫心鑽進地道，雲點緩步跟在後面。寒冽的空氣裡殘留著橡毛和斑皮的氣味。

「他們一定在等我們了。」蛾飛自言自語地喃喃說道。

前面的礫心尾巴在空中拍來打去，翻攪著地道裡的空氣。「從這味道來判斷，她們好像才剛經過這裡。」

雲點的喵聲在潮溼的岩壁上迴盪。「我希望雲可以趕快散開。月亮已經升起來了。」地道前面霍然開闊，新鮮空氣迎面撲來。在水色光線下，她隱約辨識出橡毛和斑皮正坐在月亮石旁邊。斑皮抬頭望著穴頂上方的洞口，雲層遮住了天上的星子。

「今晚沒有月光了。」斑皮喃喃說道。

雲點緩步走向月亮石，在橡毛旁邊坐下來。「雲還是可能散去。」

「等雲散了，月亮也不見了。」斑皮轉身面對他。「這樣我們怎麼跟星族溝通呢？」

「也許他們今晚不想跟我們交談。」橡毛憤憤不平地說。

蛾飛緩步穿過冰冷的岩地，在離他們有點距離的地方坐下。她心情沉重，四肢痠痛。這整趟旅程裡，她都暗自祈禱雲開見月。因為她必須和星族談一談。**半月，求你幫幫我。**她的心滿是憂慮。

礫心緩步來到她旁邊，坐了下來。「星族這個月以來已經跟我們溝通過很多事情了。」

橡毛的耳尖指向他。「他們給了高影九條命嗎？」

礫心點點頭。「她現在更名為影星。」

斑皮的尾巴在岩地上甩動。「河波現在更名為河星。」

「雷霆改叫雷星。」雲點告訴他們，同時瞥了橡毛一眼。「他們給清天的新名字是什麼？」

「天星。」橡毛的尾巴甩過岩地。「當時我都快嚇死了，沒想到每一條命都接收得這麼痛苦。」

「我真不知道河星怎麼撐住的。」斑皮承認道。

蛾飛眨眨眼睛，望著月亮石，沒有專心聽他們的對話。她好想伸出鼻口，碰觸暗色的月亮石。也許就算沒有月光，星族也能跟她說話。

「他們真的治好風星的腿？」

蛾飛這才驚覺雲點正在問她話。

她甩甩身子，試圖集中注意。「是啊，完全看不出來腿斷過。」

「我真希望能帶陽影來這裡。」礫心難過地說道。

蛾飛扭頭看他。「陽影生病了嗎？」

「他得了紅咳症，」礫心告訴她。「不過危險期已經過了，現在只是需要一點時間恢復體力。」

斑皮傾身向前，「你認為貓兒的病都可以在月亮石這裡治好嗎？」

蛾飛凝神望著岩石，發現少了月光的它，看起來竟如此平庸晦暗。「月亮石本身發揮不了什麼作用，它只是我們跟星族溝通的一個管道。治病的是星族，不是月亮石。」

橡毛垂下頭。「那就讓我們祈禱他們能治癒陽影吧。」

雲點和斑皮低聲附和。

礫心看了蛾飛一眼。「你的族貓還好嗎？他們的傷口都復元了嗎？」

「暴皮的耳尖會留下一個缺口，」蛾飛告訴他。「不過我想他挺得意耳朵上的傷疤。」

橡毛哼了一聲。「紅爪也是！他還要求我不要治療他鼻口上的傷。我告訴他別傻了，要是感染了怎麼辦？」她突然噗嗤一笑，眼裡閃著憐愛。「我以前都不曉得紅爪其實很善良。自從那場戰事過後，他變了好多。我想是因為他和柳尾最後言和了，才讓他的心變柔軟了。」

斑皮眼帶笑意，揶揄說道：「聽起來你好像戀愛了。」

橡毛一臉嬌羞地別開目光。「我們現在走得很近，」她承認道。「甚至考慮同睡一個臥鋪。」

雲點喵嗚道：「看來未來有小貓的巫醫貓將不只蛾飛一個了。」

「不行！」蛾飛當場愣住，被自己粗魯的喵聲嚇到。

礫心眨眨眼睛看著她，斑皮和雲點也瞇起了眼睛。

「怎麼了？」橡毛不安地偏著頭。

蛾飛喉嚨一緊，憂傷在胸口淹漫。

「你是擔心我會失去他？就像你當初失去彌迦一樣？」橡毛追問。「那是你的運氣比較不好。不是所有的伴侶關係都會這樣收場。我意思是，我很遺憾你的伴侶貓離你而去，但這不表示紅爪也會……」

蛾飛怒目瞪著她。「你不懂！」粗厲的聲音在岩壁間迴盪。自從風星受傷後，恐懼和惶惶不安的情緒便一直啃蝕她的心，彷若冰冷寒風不斷吹襲。她的爪子緊抓著岩面，準備面對即將而來的情緒風暴。「巫醫貓都不該生小貓！甚至不該有伴侶貓。」

橡毛瞪著她看。「可是你有！」

蛾飛嘴巴發乾，瞪著天族貓看。「我犯了錯。」她的喵聲沙啞。

「你這話什麼意思？」礫心瞪大眼睛，表情憂慮。

「我不能同時當母親又當巫醫，」蛾飛嗚咽道。「蛛掌差點淹死，是我把他從河裡救了出來，當時他沒有呼吸。」她眼神狂亂地看著其他貓兒。「我太害怕了，我不知道該怎麼辦？巫醫貓不應該這樣！」

「可是你救活了他。」礫心直言道。

「是彌迦救了他。」蛾飛自承道。「他對我說話，告訴我該怎麼做。我當時嚇傻了。要是彌迦沒告訴我怎麼做，我一定是眼睜睜看著我的孩子死去。」她的心跳加快，脅腹跟著劇烈起伏。她感覺到礫心的尾巴正在撫順她那身豎得筆直的毛髮。她繼續說道：「在照料族貓時，我有一半的時間都在擔心我的小貓可能喪命。而當我在照顧自己的小貓時，卻又把另一半時間拿來擔心是否有族貓會喪命。星族給了我一個神諭，叫我去救風星。但要是這個神諭來得太早，而我剛好正在救蛛掌，後果會是什麼？我會錯過它！於是風星可能就此喪命。我們也永遠不會知道族長可以擁有九條命。」

雲點抬起下巴。「星族一定會再給你另一個神諭，確保讓你看到。」

「你怎麼知道會不會再有另一個神諭？這種事不能冒險！」蛾飛怒瞪著橡毛，目光越發熾熱。「你不能跟紅爪生小貓，你甚至不能跟他同床共眠。你必須完全奉獻給你的部族。只有這樣，你才能做個稱職的巫醫。」

黑暗中，橡毛的眼裡閃現怒光。「你說得倒容易。你已經有過伴侶貓，也有了小貓了。」

蛾飛蠕動著腳，岩壁似乎正從四面八方朝她逼近。「我再也撐不下去了。」

她旁邊的礫心愣了一下。「你打算不當巫醫？」

「不，」蛾飛倒抽口氣，憂傷像把利爪戳進她的心。「巫醫這份工作是我的天命，也是我這輩子絕不會放棄的工作。部族都仰賴我。這是半月告訴我的。」

礫心的眼睛在昏暗的光線中發出幽光。「你打算怎麼做？」

地面似乎在蛾飛腳下微微震動。彌迦之死所帶來的痛苦彷彿又在她胸口發作，憂傷傾洩而出，比她想像中還要猛烈。「我打算放棄我的小貓。」

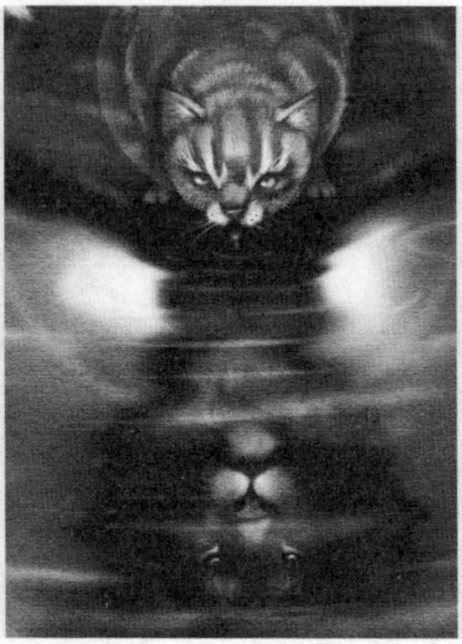

# 第三十六章

「這些橡樹好高大哦！」蜂蜜皮倒抽口氣，喵聲在陰暗的四喬木空地上迴盪。他抬頭仰望層層枝葉外的天空。太陽西沉在遠方的地平線，天色漸漸暗紫。

藍鬚緊挨著蛾飛。「可以回家嗎？」

蛾飛的喉頭一緊，哽住要說出口的話。她無法回答，於是朝正在攀爬樹根的蛛掌喊道：「別跑那麼遠。」

蛛掌回頭看了一眼：「可是我想探險啊。」

蜂蜜皮走到他弟弟那裡，泡溪跟在後面。「蛾飛叫你回來。」

藍鬚開始發抖：「我好冷。」

「馬上就好了。」蛾飛掃視四喬木山谷的邊坡。**他們到底來不來？**

礫心、斑皮、橡毛和雲點把事情都安排好了。他們已經跟他們的族長說好，每個部族都收養一隻蛾飛的小貓。

「你確定你不要他們住在一起？」橡毛前一天來訪風族營地時，曾這樣問道。

「不要，」蛾飛很篤定。「我要每個部族都收養一隻小貓。」她沒有多做解釋。她知道她做的事情是對的。

「可是如果住在一起，起碼能互相照顧。」橡毛勸她。

「我相信新部族會好好照顧他們。」蛾飛避開橡毛的目光。光是強忍住聲音的顫抖，對她來說就已經夠難了。

橡毛沒有再追問。「清天和星花聽說可以收養蜂蜜皮，都很開心。他們一直很想念微枝。蜂蜜皮的到來多少可以帶給他們安慰。」

「蛾飛？」藍鬚的喵聲把她的思緒拉了回來。小母貓隔著枝葉窺看天空，白黃相間的毛髮在暮光下閃閃發亮。「那是星族住的地方嗎？他們住在天空嗎？」

「若有一隻貓死去，天上就會多出一顆星。」蛾飛解釋道。

「哪一顆星星是彌迦？」藍鬚瞇起眼睛，很努力地隔著枝葉尋找。

「我不確定，」蛾飛的喵聲沙啞。「但是他一定在上面看著你。」

「真的？」藍鬚滿懷希望地眨眨眼睛看著她。

蛾飛用鼻口輕觸黃白色小貓的頭。「真的。」她承諾道。

「讓開啦！」泡溪憤怒的喵聲從空地上傳來。她正撐起身子想爬上多瘤的樹根，跟她的哥哥們站在一起。

蛾飛神情絕望地看著他們。他們的身軀看上去好小，在暗色樹皮的襯托下，毛絨絨的身子宛若一朵朵美麗的薊花。「過來，」她喊道。「我有話對你們說。」

蜂蜜皮跳下樹根，跑了回來。他一定是聽到她聲音的恐懼。「怎麼了？」

蛛掌追在後面。「我們要回家了嗎？」

泡溪從樹根上掉下來，也趕忙跑回來。「你為什麼要帶我們來這裡？」

蛾飛把藍鬚從她肚子旁邊推開。「站到你哥哥姊姊旁邊，」她看著面前排排站的孩子們，只見他們興奮地瞪大眼睛。「我必須跟你們說一件很重要的事。」

**有一天你會把拆散開來的熾烈之星花瓣集合起來，但現在還不到時候。**彌迦的那番話深烙在她心裡。她記得她母親曾說過熾烈之星的神諭，就是因為這個神諭，貓群才分成五個部族。

她注定得幫助各大部族團結起來。一朵花有五片花瓣，就像熾烈之星一樣。

**你會把拆散開來的花瓣集合起來。**

**但還不到時候。**

她會把花瓣集合起來，但首先，得先拆散他們。她的孩子們必須分散到各部族去。

她表情沉重地對著小貓們眨眨眼睛。「各部族的族長今晚會來這裡。」

「為什麼？」蛛掌豎起耳朵。

藍鬚縮起身子。「我們一定要見他們嗎？」

蛾飛沒有回答這個問題，強迫自己繼續說下去：「他們是來見你們的。他們要你們跟他們住在一起，當他們的族貓。你們將各自住在不同的部族。」

泡溪抬起她的鼻口。「我哪裡都不要去。」

蛾飛穩住自己的呼吸。「他們會好好照顧你們，從現在起，新部族就是你們的新家。」

藍鬚眼裡布滿驚恐。「我不要去。」

「你不要我們了嗎？」蛛掌一臉疑惑。

泡溪皺起眉頭。「我們做錯了什麼？」

「沒有！」蛾飛的心彷彿碎了一地，渾身顫抖。「我很愛你們，但這是沒有辦法的事。」

蜂蜜皮語氣突然嚴肅了起來。「不，不是沒辦法。這其實是你想出來的辦法。」

蛾飛吞吞口水。「沒錯，」她承認。「但不是我不要你們……而是因為你們很特別。」

蛛掌吼道：「特別到你必須擺脫我們。」

**彌迦，幫幫我吧！**蛾飛絕望地仰頭看天。**為什麼這件事要我獨自承擔？**她直起身子，試圖堅強。她開口道：「你們的父親告訴我，有一天我會把拆散開來的熾烈之星花瓣集合起來。」

「這跟我們有什麼關係？」蛛掌憤怒地質問。

「你們就是花瓣，」蛾飛告訴他。「早在你們出生之前，貓靈們曾來過這座空地……」

「貓靈？」泡溪緊張地回頭張望。

「他們現在還在這裡嗎？」藍鬚對著幽暗處眨眨眼睛。

「這裡只有我們在。」蛾飛安慰道。「但是他們以前來過這裡。那時我還沒找到月亮石，也沒有五大部族。是貓靈告訴我們要分成五大部族，就像熾烈之星的五片花瓣一樣。那時候大家都很斤斤計較，都想各據山頭，為了誰能擁有森林和高地打來打去，結果死了很多貓。因此我們將這些土地公平分配給五大部族。」

「可是部族還是打來打去啊。」蛛掌直言道。「所以風星才會受傷。」

蛾飛點點頭。「這也是為什麼你們必須各自加入一個部族。你們是兄弟姊妹，你們有血緣關係。等你們長大的時候，這層血緣關係會讓五大部族像一個家族一樣再度團結起來。你們就是熾烈之星的花瓣。」

蜂蜜皮若有所思地瞇起眼睛。「所以不會再有戰爭？」

「沒錯。」蛾飛為他感到驕傲。

泡溪看起來還是不太相信。「我們為什麼要加入新的部族？為什麼不讓暴皮、鷹羽和露鼻去呢？」

蛛掌瞥了他妹妹一眼。「因為我們很特別。」

藍鬚瞪著蛾飛。「我不想要特別。」

蛾飛遲疑了一下。她思緒紊亂，想到了高地……想起了好幾個月前，她父親說過的話。他說塵鼻總有一天會成為出色的獵者，但蛾飛很特別。那時她不太懂這句話的意思。她伸出鼻口，挨近藍鬚，心揪了起來。「小東西，我要你當個勇敢的小貓。我要你做的是一件很困難的事。我知道你會害怕，但這件事並不危險。雷族貓都很好。你會愛上那片森林。那裡到處都是美麗的植物，而且比高地溫暖。野風會在林間低語，所以你不會覺得孤單。他們會把你當自己的族貓一樣愛護。」

「可是我想跟你在一起。」藍鬚溫熱的鼻息吐在蛾飛的面頰上，她的心痛到快要無法承受。但她強迫自己不要發抖。

蜂蜜皮走到他們中間。「別這樣嘛，藍鬚。這很好玩欸。你可以在大集會上看見蛾飛，我們住的地方也沒相隔很遠。」他看著蛾飛。「我要去哪個部族？」

「天族。」蛾飛告訴他。

「你看吧，」蜂蜜皮對藍鬚眨眨眼睛。「我跟你住在同一座森林。泡溪或蛛掌有一個會住在河族。」

「蛛掌會去河族。」蛾飛告訴他。

蛛掌驚恐地瞪大眼睛。「那我不就得吃魚，還得游泳？」

蜂蜜皮推推他。「至少下次你掉進河裡，不會淹死。」

蛛掌若有所思地歪著頭。

蛾飛仍然看著藍鬚。她本來以為這隻最害羞的小貓一定最難接受這件事。但是藍鬚的眼裡竟閃現好奇。「雷族貓會爬樹嗎？」

「我不知道。」蛾飛承認道。

藍鬚抬眼往上看。「我一直很好奇從樹上往下看的感覺是什麼，我是說像鳥一樣。」

蜂蜜皮語帶鼓勵地彈彈尾巴。「我敢打賭雷星一定很會爬樹，搞不好他幫你上的第一堂課就是教你爬樹。」

泡溪瞪視著邊坡，那裡的幽暗吞沒了森林。「所以我去的是影族。」她的語氣顯得遲疑。

蛾飛的思緒飛回幾個月前她在那裡度過的時光。「松樹林是個很平靜詳和的地方。柏枝的小貓只比你大兩個月，可以當你的玩伴。」

「你到時就要吃青蛙了，那比魚還噁心！」

泡溪沒理他。「影族小貓可以離開營地嗎？」

「搞不好他們可以到處走，」蜂蜜皮告訴她。「因為禿鷹不會到森林裡狩獵。」

蛾飛感激地朝蜂蜜皮眨眨眼，他的語氣好像他父親，總是這麼樂觀，願意接受任何挑戰。她喵嗚道：「我會很想你們。」

藍鬚的鼻口輕搓蛾飛的下顎，蛛掌在她腳下穿梭。

泡溪爬上她的背。「最後一次玩騎獾打仗好不好？」

蛾飛在空地上學獾用力跺步，泡溪在她肩上被震得東倒西歪，小貓們都開心地喵喵叫。

蜂蜜皮快步走在她旁邊。「天星是最英勇的族長，是不是？」

蛾飛看著他，試圖不去揣想天星是什麼樣的監護者。「他很有自信。」她承認道。

蜂蜜皮揮動尾巴。「我很好奇森林裡的獵物嚐起來是什麼滋味。」

「一定比魚好吃。」蛛掌咕噥道。

「魚的味道美味極了。」蛾飛停下動作，眨眨眼看著他。「你一定會喜歡。」

「蛾飛！」藍鬚焦慮的喵聲令她愣住。小母貓正望著遠處邊坡。

蛾飛循著她的目光看過去。蕨葉叢動了一下，一個身影鑽了出來。她把泡溪從肩上甩掉，張開嘴巴，嗅聞到熟悉的河族氣味。

草葉一陣窸窣，河星緩步走進空地。

蛛掌緊貼住她。「我不要去。」

「不會有事的。」蛾飛抬起下巴，招呼河族族長。「謝謝你過來。」

河星垂下頭。「你這麼信賴河族，願意把其中一個孩子交給我們，我覺得很榮幸。」

他在說話的同時，後面的邊坡又出現雜沓的腳步聲，蛾飛抬頭看見雷星跳進空地。他急忙在河星旁邊剎住腳步。「嗨，」他的目光掃視小貓們，眼帶訝色。「他們長得好像彌迦哦。」

蛾飛還沒來得及回答，更多腳步聲出現了，影星跟在天星後面走進空地。

藍鬚鑽進蛾飛肚子底下，泡溪一直往後退。

「這對你們來說很沉重。」影星表情嚴肅地站在蛾飛面前。

蜂蜜皮上前一步，迎視她的目光。「我們才不怕呢。」

天星喵嗚道：「在我的想像中，彌迦的孩子個個都是天不怕地不怕的。」

泡溪歪著頭。藍鬚從蛾飛肚子底下爬出來。蛛掌抬起鼻口。

雷星眨眨眼睛看著他們。「藍鬚是哪一個？」

「是我。」藍鬚的喵聲小到像在耳語。她慢慢地走到前面來，停在雷族族長面前。蛾飛看得出來她很努力地不讓自己發抖。

「紫曙已經幫你準備好臥鋪。」雷星告訴她。

「我從來沒有自己睡過。」藍鬚低聲道。

「那你可以跟奶草的小貓們睡同一個臥鋪。」雷星的喵聲溫柔。「他們比你大不了多少。不過奶草常說他們像洞裡的兔子一樣動來扭去。」

「泡溪睡覺的時候也愛動來扭去，」藍鬚低聲道。「我習慣了。」

雷星用鼻子指著森林。「你準備要走了嗎？」

藍鬚回頭看看她母親，眼泛淚光。「我可以留下來陪你嗎？拜託。」

蛾飛趕緊走過去，鼻子緊貼住小貓柔軟的毛髮。藍鬚的體味充斥著她的鼻腔。她好想緊緊抱住她，再也不放開，但她忍住衝動。「你一定要去，」她沙啞說道。「雷族需要你。」

藍鬚轉過身，垂著尾巴，跟著雷星離開空地。

泡溪緩步走向影星：「跟你回去的是我。」

影星眨眨眼睛看著她。「你一定就是泡溪。」

「我不吃青蛙。」泡溪脫口而出。

影星眼裡閃過訝色。「沒問題。」

泡溪看了蛾飛一眼。「你會來看我嗎？」

「當然會！」蛾飛趕緊過去，鼻口緊緊貼住泡溪。

泡溪抽開身，瞪著蛾飛，神情黯然焦慮，但隨即眨眨眼睛，揮卻一切。「那就再會了。」

她朝邊坡走去。

影星向蛾飛點點頭。「我們會把她當自己的小貓一樣好好照顧。」

蛾飛垂下頭，無法言語。影星轉身離開時，藍鬚和雷霆已經消失在邊坡上面，泡溪正在空地邊緣低頭鑽進蕨叢裡。

河星看看蜂蜜皮又看看蛛掌。「你們哪一個要跟我回去？」他語調輕快地友善說道。

蜂蜜皮看了他弟弟一眼。蛛掌正瞪著河族族長看，彷彿河星是隻老鷹，正繞著獵物盤旋。

河星示好地揮揮尾巴。「河族貓都在等著見他們的新族貓哦。」

蛛掌慢慢往前移動。「我跟你走。」他低聲道。

河星對他眨眨眼睛。「你看起來可以成為一位很出色的泳者。因為你的肩膀很寬，腳掌很大。」他朝蛛掌多出來的那隻腳趾點頭示意。「魚很滑溜，多了一根爪子，就可以輕而易舉地抓到它們。」

蛛掌低頭看。「有一次我差點淹死。」

河族哼了一聲。「那是因為你沒有找對游泳教練。」他開始朝邊坡走去。「我教過的見習生每個都很善泳。你安啦。」

蛛掌眨眨眼睛看著蛾飛。「我真的得走嗎？」

蛾飛向前，鼻口貼著他的頭。「這是你的天命，」她低聲道。「別怕，星族會保佑你。」

「我想當你的小貓，不想當河族的小貓。」蛛掌低聲道。

蛾飛看著他的眼睛。「你永遠都是我的小貓。」這句話哽在她的喉嚨裡，她眼泛淚光，趕緊別開頭。

等她回過頭來時，蛛掌已經跟著河星匆匆走了。

天星走上前來，低頭對蜂蜜皮說：「你準備好要加入天族了嗎？」

「準備好了。」蜂蜜皮抬起下巴。

天星看了蛾飛一眼。「你準備好了嗎？」眼裡滿是同情。

蛾飛思索著該如何回答，但卻只能眼巴巴望著他。她的心都碎了。

蜂蜜皮用鼻子貼著她的面頰。「我知道你沒有選擇，」他低聲道。「如果這是星族的旨意，那麼我很樂意遵守。」

「我和你父親都以你為榮。」蛾飛沙啞說道。

「別難過，」蜂蜜皮的鼻口貼得更緊了。「我們不會有事的。」

他抽開身，蛾飛立刻感覺到剛剛被他偎熱的毛髮曝露在冰冷的空氣裡。

她木然地看著蜂蜜皮跟著天星離開。「再會了。」她喃喃說道。

**你做得很對。**彌迦的喵聲輕觸她的耳毛，如夜風般輕盈。

「是嗎？」她低聲道。

「你改變了各大部族的命運。」彌迦的聲音這時變得非常清楚，她好奇正在爬坡的天族和蜂蜜皮是否也聽見了。但是他們都沒回頭。

彌迦繼續說道：「你不知道你有多勇敢、多聰明。所以我才這麼愛你，到現在都還好想你。但還有好多事等著你做。作決定是件容易的事情，但要真正執行，卻需要相當大的勇氣。唯有忠於自己，做好你夢寐以求的巫醫角色，你才會知道自己有多特別。」

蛾飛抬起頭，隔著枝葉望向夜空。星群閃爍不定，宛若水面斑駁的陽光，她從未見過如此晶亮的星群，數量多到無法算計。

「我會盡我全力，」她承諾道。「我一向盡我全力。」

# 第三十七章

蛾飛蓬起全身毛髮，抵禦月亮石洞窟裡的寒氣，她抬頭張望，星星在洞頂外的夜空閃閃發亮，月光慢慢漫上缺口邊緣。她一邊等待月光灑向月亮石，一邊聽著其他巫醫貓聊天。

「還好雲及時散了。」礫心喵聲道。

「風這麼大，雲通常很快就會散。」斑皮回答道。「我的鬍鬚被風拉扯了一整天。」

「森林也掉下了第一批落葉。」雲點告訴他們。

橡毛打了個哆嗦。「我還沒準備好迎接禿葉季呢。」

「還有幾個月才禿葉季。」礫心保證道。

蛾飛的思緒飛離了他們的閒話家常，回到來時路上他們告訴她的點滴消息。自從她送走蜂蜜皮、泡溪、藍鬚和蛛掌之後，這一個月她的心都沉重到像一塊裂開的石頭。每夜她蜷伏在空蕩蕩的臥鋪裡，孩子們都不在，只有冰冷的青苔圍繞著她。每天早上醒來，都希望感受到孩子們柔軟的身軀偎在身邊，但什麼也沒有，只有自己的腳微微抽搐。

「藍鬚過得好嗎？」她在風族邊界與雲點會合時，曾這樣問道。

雲點說藍鬚胃口很好，已經和奶草的小貓們成為好朋友。「她跟顫薔每天形影不離。」

橡毛則喵嗚地告訴蛾飛，蜂蜜皮老是跟著天星在營地裡轉，總有問不完的問題。「天星倒是挺樂在其中，」栗色母貓這樣向她保證。「只要蜂蜜皮衝到面前，問天星一些他不懂的事，天星的整個精神就都來了。」

「泡溪過得怎麼樣？」他們越過昏暗的草地時，蛾飛曾這樣問礫心。

「這小妞兒領頭帶著懸葉、暮鼻和影皮跑到營地外面去探險。」

蛾飛乍聽之下，緊張到胃都揪了起來。「他們自己跑到森林裡去，這樣安全嗎？」

「都有貓兒在後面盯著他們。」礫心向她保證道。「鼠耳昨天跟著他們走進蕁麻叢裡。結果回來的時候，鼻頭和腳墊都被螫傷了。」

蛾飛緊張了起來。「泡溪還好嗎？」

「我儲存了很多新鮮的酸模。」礫心輕聲告訴她。「再說，每隻小貓早晚都會被蕁麻螫傷。鼠耳早有經驗，知道自己不該踏進去，可是他說他不敢讓小貓離開他的視線，所以就跟著走進去了。」

蛾飛覺得寬心許多，於是追上斑皮。「蛛掌在河族過得怎麼樣？」

「他會游泳了。」斑皮的喵聲裡帶著些許自豪。

「不會是他自己去游吧？」蛾飛又緊張了起來。

「小貓當然不能自己游泳。」斑皮跟她保證。「我們會等到他們已經大到足以駕馭急流，才會放單。」

蛾飛的思緒回到了前些時候她跟蛛掌「游泳」的經驗。當時她被河水沖來打去，恐慌無助，真不敢想像蛛掌有一天可以大到在水裡自在悠游。

「再過不久，他就會像條魚一樣在水裡游了。」斑皮八成猜出蛾飛心裡的焦慮。「這就像在高地上乘風馳騁一樣。」她斜眼覷看蛾飛。「你在風中奔跑時，從來沒有跌過跤，對吧？」

「沒有。」蛾飛其實沒有被說服，但她必須相信河族。

斑皮小心地換了一個話題。「小雨和松針都覺得蛛掌好厲害。他教他們怎麼玩青苔球。他真會跳，小雨都搶不到他的球。」

蛾飛望著高地，想像蛛掌的樣子。想像他在河族營地裡跑來跑去，他以前在凹地也是這樣。她的心好痛。她的小貓們會想她嗎？聽起來他們在新家都過得很快樂。**比跟我在一起快樂嗎？**她內疚到腳爪微微刺痛。她希望他們快樂，但又希望他們心裡仍留有一塊她的位置。

橡毛的喵聲打斷了她的思緒。「我很好奇星族有什麼重要的事情要跟我們分享。」

蛾飛不安地蠕動著腳。他們知道她把小貓送走了嗎？這樣做對嗎？罪惡感啃蝕她的心。

月亮石突然亮了起來。蛾飛縮起身子，眼睛瞇成一條細縫，整座洞窟瞬間被白光吞沒。無數顆星子似乎正在眼前閃現。她傾身向前，鼻頭輕觸發光的月亮石。

腳下岩地瞬間晃動起來，她感覺到自己被掃到一旁，嚇得心揪了起來。只覺得天旋地轉，突然間，腳下踩到柔軟的草地。她睜開眼睛，看見的是幽暗的暮色。礫心、斑皮、雲點和橡毛也站在附近，他們全都眨著眼睛望著綿亙的草地和遠處的森林。原來他們來到了星族的狩獵場，這裡是坡頂，和風煦煦，腳下草浪翻飛。

在他們上方，嫣紫的天空向墨黑的天際綿亙。她凝神望著夜空，星子在視線裡漸漸模糊，宛若一大群發光的鳥在空中打轉，朝地面盤旋而下。

礫心抬起下巴，驚詫地瞪大眼睛。斑皮背上毛髮豎得筆直。橡毛一看星群旋飛而下，趕緊後退。蛾飛則瞇起眼睛抵禦強光。草地這時開始發光，星群旋飛的動作慢了下來，直到降落坡頂，將他們圍在中間。

她眨眨眼睛，目眩的強光漸褪，她終於看見星族貓的身影。

全身白毛閃閃發亮的半月從他們當中走出來，站在蛾飛面前，垂頭致意。

蛾飛有點緊張，試圖窺看星族貓那雙暗綠色的眼睛，想查探她臉上的表情。**我照彌迦說的把熾烈之星的花瓣拆散了。**她知道自己想說什麼，她放棄了她的小貓。她想告訴星族，這是她唯一的選擇。但那些話哽在她喉嚨裡。就在半月迎視她的目光時，她突然脫口而出：「我必須這麼做！」

「我們懂。」半月冷靜地看著她。「你的選擇是對的。」

蛾飛目光越過白色母貓，希望找到彌迦。雖然在送孩子們去新家時，他已經給了他的祝福，但她還是想見到他……她需要看著他的眼睛，確定他真的明白她的苦衷。

但她還沒找到他，半月就開口了。「你們必須對星族和族貓忠心不二。」她的目光移向橡毛。「要確保這一點，唯一的方法就是全都承諾不會有伴侶貓，也不會有小貓。」

橡毛憤憤不平。「這不公平！我可以對你們和族貓忠心不二，也可以有伴侶貓和小貓。」半月沒有回答。

「我可以！」橡毛堅稱道。

一隻泛著星光的母貓走上前來。全身毛髮雪白，鼻口灰色。「你知道母親的角色是什麼嗎？」她質問橡毛，眼裡有光閃爍。

橡毛哼了一聲。「我看過星花怎麼帶小貓，其實不難。」

老母貓不悅地彈彈尾巴。「我是靜雨，是灰翅、清天和鋸峰的母親。他們離開部落時，我還留在山裡。但是他們走後，我的心每天都在為他們哭泣。」

蛾飛渾身發抖。**莫非這種心痛會折磨我一輩子。**

靜雨繼續說道。「我對他們的思念強烈到即便我只剩幾天可活，還是橫越了不知名的地方去找他們，只為了見他們一面。我要確定他們在新家過得好，才肯向每天折磨我的病魔屈服。」

橡毛瞪著她看。「我不是你！我的小貓以後會陪在我身邊。我不必擔心他們。」

靜雨發出空洞的笑聲。「你真的相信你在治療傷者時，能夠全神貫注，不理會小貓們的哭號嗎？」她轉頭責問蛾飛：「你沒有警告過這隻笨貓嗎？」

「她不笨。」蛾飛挨近橡毛。「我以前也以為我可以同時勝任母親和巫醫的角色。直到我親身經驗之後，才知道我不可能一心二用。」她對橡毛眨眨眼睛。「你必須在你有小貓之前先做出選擇，以後才不需面對我曾經面對過的難題。它會讓你心碎。」她的眼裡盡是憂傷。「現在就選擇。看你是要照顧自己的族貓，還是找個伴侶貓。你不能兩者都要。」

礫心甩著尾巴。「那我們呢？」他朝雲點點頭示意。「我們又不用當母親。」

半月偏著頭。「可是你們會成為父親，難道你們覺得父親對孩子的愛會少於母親嗎？」

灰翅從星族貓裡走出來。「礫心，」他輕聲說道。「每隻巫醫貓都必須做出選擇。你可以像一般部族貓一樣找個伴侶成家，但如果你做出這樣的選擇，就必須放棄巫醫的工作。」

半月掃視所有巫醫貓。「我們讓你們比一般部族貓更有機會接近我們，那是因為或許有一天你們的部族得靠我們的同心協力才能生存下去。所以我們必須確定你們會完全聽命於我們。要是你們做不到，受苦的會是誰呢？」

礫心的眼神一黯。「我的部族。」

半月點點頭。「那就做出選擇吧。」

礫心的腳不安地蠕動，目光在半月身上游移了一會兒，然後才開口說：「我選擇矢志效忠星族和我的族貓。」

半月抽動著耳朵。「所以你同意這一生都不找伴侶貓，也不會有自己的小貓？」

礫心點點頭。

半月帶著質疑的眼神望向雲點。

雷族貓垂下頭。「我也是。」

「我也一樣。」斑皮表情莊嚴地看著半月。

靜雨仍瞪著橡毛看。「那你呢？你的選擇是什麼？」

橡毛焦急地環顧四周，用期盼的表情望向蛾飛，彷彿在尋求她的意見。

蛾飛垂下目光。「你必須自己決定。」

橡毛在不安地蠕動著腳。「好吧，」她說道。「如果一定要選，那我選擇星族。」

靜雨瞇起眼睛，厲色問道：「你確定？」

橡毛抬起下巴。「我確定。」

蛾飛總算鬆了口氣。她知道這個決定對橡毛來說很艱難。她想起她和彌迦頭一個月的形影不離，當時愛意濃烈，甜蜜到連此刻回想起來都覺得心頭暖呼呼的。她無法想像此生要是從來沒有這樣轟轟烈烈地愛過，會變成什麼模樣。但明明知道相愛卻必須狠心拒絕，豈不更可憐？

她溫柔地偎著橡毛。「全心全意照顧你的族貓，你會從中獲得很大的成就和快樂，也會得到很多的愛。」她低聲道，暗自希望她說的都能實現。「把你的心交給他們。」她朝半月眨眨眼睛。「這才是正確的道路。」

半月點點頭。「未來的巫醫，永遠不得有伴侶貓，也永遠不能有自己的小貓。」

灰翅甩甩尾巴。「他們必須矢志效忠星族和他們的族貓。」

四周的星族貓紛紛發出贊同的低語聲，喵聲迴盪在無星的夜空下。

蛾飛望著他們，終於找到彌迦的蹤影，他遠遠凝視著她，眼裡充滿愛意。

她也看著他，一顆心淹沒在哀傷裡。**對不起了，我的愛。只要我還活著，我就必須放棄你。**為了當一位稱職的巫醫，她已經送走了自己的孩子。而從今以後，將再也不能和彌迦在夢裡相會。她的夢從此只屬於星族，她身上的每根毛髮、每個心跳、每次呼吸也都只屬於星族。

# 後記

蛾飛被一聲吼叫驚醒，她原本在星族那片陽光普照的狩獵場上，此刻突然回到了臥鋪，四周空氣聞起來陳腐。

她豎起耳朵，吼聲又起，好像是族貓在呼喊。那聲音來自營地外。

她從臥鋪邊緣窺看。睡在她臥鋪旁邊的黑耳聲音聽起來仍有睡意。這隻公貓已經搬進她的窩穴。算起來他已受了兩個月的巫醫訓練，學會了大半的藥草知識。

她撐起身子時，黑耳動了一下。「發生了什麼事？」他睡眼惺忪地沙啞問道。

「有貓兒在叫我。」她的腿僵硬，她皺起眉頭，慢慢從臥鋪裡爬出來，決定以後不再用青苔墊臥鋪，要改用紫草，就像當年她幫石頭佬所做的一樣。石頭佬早就離世了……迅鯉和蘆尾也走了。但風族仍然蓬勃興旺。梟歌第一次懷孕。暗閃的小貓還在育兒室裡。

她緩步走出窩外，結霜的空氣迎面撲來，

她不由會全身發抖，四周充斥著寒冽的岩石氣味。她深吸一口氣。清晨曙光下，她望見凹地四周的冰封高地往外綿亙。她走過空蕩蕩的空地，穿過長草叢，快步離開營地。

吼叫聲第三次響起。

「蛛掌？」她在高地邊坡上朝下喊道，同時掃視石楠叢，尋找白色公貓的身影。無論在哪裡，她都認得出她孩子的呼喊聲。雖然和孩子們已經分開了無數個月，但在她心裡，永遠為他們留了一個位置。

「蛾飛，我在這裡！」

她聽見他的喊叫聲從大片石楠叢裡傳出，於是快步走去，這時關節沒再那麼僵硬，於是索性拔腿開跑，鑽進凍得硬梆梆的灌木叢裡，再從另一頭跳出來，一眼看見蛛掌蹲在草地上。他旁邊還躺著一隻母貓，那母貓的表情痛苦難耐。

蛾飛立刻看到她的傷腿。母貓用一種奇怪的姿勢撐住那條腿，腳爪緊緊縮了起來。

「小雨跟花溪在冰面上玩耍，」蛛掌解釋道。「她滑了一跤。斑皮本來以為是扭傷，結果檢查的時候發現是骨頭斷了。她說你知道怎麼處理。」

蛾飛點點頭，注視著小雨那雙驚恐的眼睛。「你實在很勇敢，還可以撐到這裡。」她安慰道。「別擔心，你不會有事的。」她抬起鼻口，大聲喊道：「黑耳！」聲音響徹冰封的大地。

「我的腳會不會瘸掉？」小雨緊張地問道。

「不會，」蛾飛告訴她。「只要我們把它矯正好，就不會。」

她說話的同時，腳步聲也正朝她走來，黑耳繞過石楠叢，在他們旁邊剎住腳步。「怎麼了？」他氣喘吁吁地看著受傷的河族貓。

「她跌斷了腿。」蛾飛告訴他。「你去我庫房裡把所有紫草拿來。」

黑耳沒有猶豫，立刻轉身，跑回營地。

「順便帶點罌粟籽過來幫她止痛。」蛾飛在他後面喊道。她看著蛛掌。「你去石楠叢裡面拔幾根夠硬的小樹枝過來。」

她趁他鑽進灌木叢時，用腳爪輕輕撫過小雨的腿。她摸得到骨頭的斷裂處。於是突然想起當年在天族營地，她的腳爪摸到風星後腿參差不齊的骨折處，那時貓兒還在她四周交戰。不過這次骨頭斷裂的地方比較平整。有小樹枝當支架，再敷以紫草，應該會徹底痊癒。

「你還有別的地方會痛嗎？」蛾飛問道。萬一還有其他傷口感染卻不自知，那麼就算積極治療骨折也沒用。

小雨搖搖頭。

過了一會兒蛛掌回來了，把一捆石楠樹枝丟在蛾飛旁邊。「這些夠嗎？」

蛾飛逐一檢查，它們夠硬，但又不會太乾，這樣就不容易折斷。「把葉子剝掉。」她示範給他看，先用一隻腳爪將樹枝壓在結霜的草地上，再用另一隻腳爪剝掉又尖又長的葉子。

蛛掌觀摩了一下，也動手拔除其他樹枝的葉子。「你上個月沒參加大集會。」

「我想陪梟歌，她擔心生產的事。」手邊正在忙的蛾飛抬起頭來。「藍鬚有去嗎？她也快生小貓了吧？」

蛛掌喵嗚笑道。「她現在胖得跟一頭獾一樣，但還是堅持要來。你也知道她向來不想錯過任何可以八卦的機會。」

蛾飛忍不住笑意，鬍鬚不停抽動。藍鬚已經不再像孩提時那麼害羞，反而跟雷族貓一樣健談的很。這陣子以來，她甚至變得比奶草還多話。不過她的個性還是跟以前一樣溫柔善良。

「泡溪近來好嗎？」

「她有來。」蛛掌告訴她。「跟以前一樣愛在她的朋友圈裡當老大。蜂蜜皮也來了。」

蛾飛豎起耳朵。「他好嗎？」

「你又不是不知道蜂蜜皮的個性。」蛛掌喵嗚道。「看到誰都會打招呼，好像全是他朋友似的。老貓在聊天的時候，他就在旁邊教年輕的貓兒一些狩獵技巧。天星視他如己出，甚至經常詢問他的意見。雷星擔心沒有足夠的獵物可以度過禿葉季，天星就叫蜂蜜皮過來，問他最佳狩獵地點究竟是蕨葉叢還是荊棘叢？」

蛾飛覺得好驕傲。她長久以來的憂傷終於得以紓解，雖然她還是很想念她的小貓們，但看著他們健康快樂地在新的部族長大，也帶給她很大的安慰。她知道她的決定是對的。她終於精通了醫術，也將自己完全奉獻給族貓。風星愈來愈倚賴她的諫言，星族也滿意她的工作，並以她為傲。她放棄了小貓，但她終於瞭解了自己的價值所在。她是巫醫，而且受到貓兒愛戴。

隨著歲月流逝，毛髮漸漸斑白的她，知道自己與彌迦在星族重聚的日子不遠了。她不後悔自己曾經做過的選擇，她已別無所求。

腳步聲在附近響起。她抬頭看見黑耳嘴裡叼著一大坨紫草。她朝蛛掌點點頭。「她就交給我們來照顧好了。小雨可以住在我的窩穴裡，等到她覺得可以自己可以走回河族，再回去就行了。你先回你的部族吧。現在是禿葉季，他們會需要你幫忙狩獵。」

蛛掌把剝好的樹枝推到她面前。「你要我幫忙扶小雨到營地嗎？」

「我在包紮她的腳時，黑耳會回去找貓兒過來幫忙。」蛾飛憐愛地朝蛛掌眨眨眼睛。「要是梟歌順利生產，下次大集會，我就會再見到你們了。」

蛛掌低下身，用鼻子輕觸她的耳朵。「好好照顧自己，蛾飛。」

她看著他跳下邊坡，白色毛髮被霜白的石楠叢吞沒。「回頭見囉！」

WARRIORS 貓戰士

## 系列叢書

貓迷們！還缺哪一套？

部落貓為了尋找新家園，而踏上太陽之路，最終來到森林，並在各處建立營地，即使有過生死戰鬥、疾病肆虐、族群分裂，然而深厚的情誼打破隔閡，最後見證部族的誕生。

**五部曲－部族誕生**

套書1~6集 定價：1500元

遵循星族的預言，部族貓們必須尋回失落的天族，卻因此迎接前所未有的黑暗未來！幽暗的異象帶來的是希望，同時也有惡兆。在歷經種種的惡意猜疑、權力轉移後，五大部族同心協力、互相幫助，最終在湖邊一同建立了和平的家園。

**六部曲－幽暗異象**

套書1~6集 定價：1500元

WARRIORS
# 貓戰士

## 系列叢書

貓迷們！還缺哪一套？

對於貓戰士的正文故事起到了補充或者是完整的作用，故事內容都是獨立的，讓讀者對故事中的角色有更深刻的認識。

貓戰士外傳

描述部族的族長與巫醫誕生的歷程，還有發現戰士守則的真諦，尋找預言以及預言實現的過程。深入了解貓族歷史，讓讀者一目瞭然，輕鬆探索貓戰士世界的知識。

荒野手冊

國家圖書館出版品預編目資料

蛾飛的幻象 / 艾琳・杭特（Erin Hunter）著　；　高子梅
譯. -- 初版. -- 台中市；晨星 2017. 04
面；公分. --（貓戰士外傳；10）（貓戰士；38）
譯自：Moth Flight's Vision
ISBN 978-986-443-252-3（平裝）

874.59　　　　106003277

貓戰士外傳10 Warriors Super Edition

# 蛾飛的幻象 Moth Flight's Vision

| | |
|---|---|
| 作者 | 艾琳˙杭特（Erin Hunter） |
| 譯者 | 高子梅 |
| 責任編輯 | 陳品蓉 |
| 校對 | 呂曉婕、許仁豪、陳品蓉 |
| 封面插圖 | 萬伯 |
| 封面設計 | 王志峯 |
| 內文編排 | 張蘊方 |
| 創辦人 | 陳銘民 |
| 發行所 | 晨星出版有限公司<br>407台中市西屯區工業30路1號1樓<br>TEL：04-23595820　FAX：04-23550581<br>行政院新聞局局版台業字第2500號 |
| 法律顧問 | 陳思成律師 |
| 初版 | 西元2017年04月15日 |
| 再版 | 西元2021年01月15日（四刷） |
| 總經銷 | 知己圖書股份有限公司<br>（台北公司）106台北市大安區辛亥路一段30號9樓<br>TEL：02-23672044 / 23672047　FAX：02-23635741<br>（台中公司）407台中市西屯區工業30路1號1樓<br>TEL：04-23595819　FAX：04-23595493<br>E-mail：service@morningstar.com.tw<br>網路書店 http://www.morningstar.com.tw |
| 讀者專線 | 02-23672044 |
| 郵政劃撥 | 15060393（知己圖書股份有限公司） |
| 印刷 | 上好印刷股份有限公司 |

定價 399元

（缺頁或破損的書，請寄回更換）

ISBN 978-986-443-252-3

# 歡迎加入貓戰士俱樂部！

| | |
|---|---|
| 姓　　名： | 暱　　稱： |
| 性　　別：□男　□女 | 生　　日：西元　　年　　月　　日 |
| 職　　業： | 聯絡電話： |
| 電子信箱： | |
| 通訊地址： | |

你最喜歡哪一隻貓戰士？為什麼？

★有參加集點活動才須寄回回函。

## 貓戰士鐵製鉛筆盒抽獎活動

請將書條摺口的蘋果文庫點數與貓戰士點數黏貼於此，集滿2個貓爪與1顆蘋果後寄回，就有機會獲得晨星出版獨家設計「貓戰士鐵製鉛筆盒」乙個！

點數黏貼處

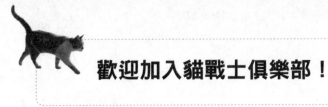

請填妥後對折裝訂，貼妥郵票後寄出即可。

貼郵票處

407

台中市工業區30路1號

# 晨星出版有限公司

TEL：（04）23595820　FAX：（04）23550581

e-mail：service@morningstar.com.tw

http://www.morningstar.com.tw

請沿虛線摺下裝訂，謝謝！

# 加入貓戰士俱樂部

【貓戰士會員優惠】

憑卡號在晨星出版社購書可享優惠、擁有限定商品、還能獲得最新消息等會員福利。

【二方法擇一，加入貓戰士會員】

1. 拍照本回函資料，加入官方Line@，再以Line傳送，或上傳至FB粉絲團。
2. 掃描「線上填寫」QR Code，立即填寫會員資料。

★若已經加入會員，將不會重複寄出會員卡。如若遺失卡片，可至官方LINE及FB詢問卡號。或寄信至service@morningstar.com.tw

★因需要處理時間，需2週左右才會拿到會員卡，敬請見諒。

「線上填寫」　官方line@　官方FB粉絲團